长安道

江湖夜雨 著

ZHEJIANG UNIVERSITY PRESS
浙江大学出版社

目·录

零壹

安邑鬼宅

大唐中宗年间，秋风里的长安黄叶萧萧，阴雨绵绵。

从寒到暑走了九个多月，西域少年李煊终于来到了长安城。这是个从小时候起，父辈们就在他耳边不时说起的遥远城市。似乎，在他这一生中，有一个非常重要的使命，就是要来到这座远隔万里、充满神秘色彩的城市。

记得父亲临终时，把一个非常古旧、缺了尾巴的白玉老虎放在他的手中，叮嘱道："长大后，一定要回到中原，回到长安，那里是你的，是你的家……"如今，七年过去了，他已从懵然无知的孩童，长成了十九岁的俊朗少年，然而，他却还是不明白这句话到底是什么含意。

而且，李煊感觉，长安似乎不欢迎他这个来自葱岭西边的少年。刚到此处，就下起了绵绵的秋雨。这雨幕就像这里的贵家女子出行时戴的幂篱一样，给长安城蒙上了一层水珠织成的面纱。

水，是大漠和草原上最珍贵的东西，李煊从没想过，它也能带来这许多的不便和麻烦。

还没有见到那雄壮巍峨的宫阙，李煊和老仆人尔朱陀先来到了这座名为"绿猗馆"的客栈。这客栈建在长安西市的南面，名字应该是取自《诗经》中的"瞻彼淇奥，绿竹猗猗"。

环顾四周，这客栈倒也称得上是名副其实。这里不但有竹梁、竹瓦，连地板和墙壁也是由厚厚的竹片编成或铺就。走进去，但觉一片清幽洁净，若是炎夏之时，更是绝佳的好住处。只不过此时秋雨绵绵，西风泠泠，不免让人陡生寒意。

李煊从小就居住在西域，从未见过这种竹制房屋，他啧啧称奇，看来看去，觉得十分新鲜，直到半夜，才得安眠。

睡到四更时分，李煊只觉得窗纸呼啦作响，忽然外面的凉风吹着几滴冷雨淋在脸上。猛然惊醒的他，轻声呼唤睡在对面的老仆人尔朱陀，却始终没有听到回答，也没有听到往日尔朱陀那熟悉的鼾声，只闻得一股焦臭的气味在空中弥漫。

摸到几案上的铜烛台，点亮后，摇曳的青光中，他惊讶地发现老仆人的身躯竟然变成了一堆伴着灰烬的碎骨！缕缕青烟依旧在升腾飘散，尔朱陀的衣袍烧得只剩下小半截，一只瘦骨嶙峋的手居然还握在那把镔铁陌刀的柄上。这是梦魇吗？李煊大声呼喊，但整个屋子忽地四处都蹿出火苗来，一切都化为灰烬，包括李煊的行囊。

行囊里有他们万里迢迢从西域波斯贩来的婆律膏、龙脑香和干陀罗树香，这些东西，拿到长安西市上货卖，价过珠玉。然而，比起这些来，老仆人尔朱陀的莫名死去更令李煊痛心疾首，这个老仆自李煊儿时起就陪伴着他，虽名为主仆，却情同父子。此刻他的心中，一直回忆着童年时的情景。

开满野花的草原上，老仆人尔朱陀把他搂在怀中，望着东方高耸的雪山和辽阔的云天，用粗犷的嗓音在唱：

本是蕃家将，年年在草头……弃毡帐与弓剑，不归边土，学唐化，礼仪同，沐恩深……生死大唐好，喜难任。齐拍手，奏乡音……

李煊哭道："这就是你日夜盼着的长安吗？你不时给我讲长安有多好，不远万里带我前来，难道就是这样一个结局吗？"

悲愤之中，李煊揪住客栈那个黄胡子矮胖掌柜，向他讨要说法。结果那掌柜却一口咬定说，是李煊他们从西域来此地的路上，中了邪祟的恶咒而致，还连累客栈也烧坏了两间屋子，这账还没算呢。

让他这么一说，李煊倒也不禁疑心起来：老仆人尔朱陀虽然年纪大了，但仍然神力过人，机警无比。李煊会用石块打下低飞的兀鹰，这一手绝技就是他亲手教的。从西域到长安的途中，也不知遇到过多少伙贼人，明抢暗盗，要谋取他们的财物，都被尔朱陀轻松制服。他怎么会在无声无息中就遭人暗算？怎么会一下子就变成灰烬中的碎骨呢？

李煊突然记起，昨天黄昏时，没想到那样快眼前就出现了日夜盼望的长安城。他们喜笑颜开，走在落阳斜照里的渭水桥上，却看到桥头的石栏边，坐着一个麻衣白发的邋遢道人，带着一种诡异的笑容看着他们，接着不知从哪里掏出一块白布，冲着他们缓缓展开。

只见这布上用朱砂画着一个狰狞凶恶的天神，披着甲胄，戴着宝冠，右手持棒，左手擎塔。说来奇怪，这天神的面容，李煊有一种似曾相识的感觉。而当时老仆尔朱陀的脸色，却刷地一下变得惨白，眼中像是看到了生平最可怕的事情，流露出一种从没有过的恐惧。

李煊从小到大，就没见尔朱陀的神色如此恐怖过，他刚想开口询问，却被尔朱陀迅速用手掩住嘴，逃命般拉着他的手匆匆离开。他们在草原上遇到狼群时，他都没有这样惧怕过。

难道这个道人，就是蛊惑人心、害人性命的邪祟吗？

这时候，天色已经大亮，不知从哪儿聚来一大群人，在客栈门口七嘴八舌地谈论起长安城这一年来发生的种种奇异和诡秘的事情。

一个客商打扮的中年汉子说："前几个月，百里外的凤翔下了一场血雨，其中夹着不少鸟兽尸体，并且还有人头和断肢。更奇怪的是，天上掉下来一个千斤重的大石狮子，好家伙，一下子砸在张老汉的院子里，将家里的泥坯房震塌了三间。"然后，此人压低了声音，"官府忌讳这场灾异，让众人不得相传，并匆匆用土掩埋……"

另一个长须老者说："前几天深夜里，长安城南面十几个坊宅都听到有鬼在高声吟诗，一个嘶哑的声音吟道：'六街鼓歇行人绝，九衢茫茫室有月。'接着，又有另一个鬼在应答：'九衢生人何劳劳，长安土尽槐根高。'那声音别提有多瘆人了。有人说，还看见两个身高一丈的白袍鬼从屋顶上飞过。听人说，这长安城下，住着很多妖魔，为首的是个女怪，叫作地母夫人，天天要喝活人的新鲜脑浆，手下有一千多鬼卒……"

一个算卦先生慢条斯理地端起茶盅说："依我看来，最为可怕的还是今年夜空中，经常出现彗星和流星侵扰紫微宫垣，怕是要有一场刀光剑影、血雨腥风啊！"

李煊走到算卦先生跟前，急切地问道："渭水桥上，那个麻衣白发的邋遢道人，你可知道他的踪迹？"那算卦先生白眼一翻："他住在安邑鬼宅，你敢去？"

众人又是一片哗然。这个老宅子是传说中长安城的三大鬼宅之一，相传这座老宅里，原来住着一位姓房的开国功臣，后来子孙不贤，有不轨之心，被朝廷下旨满门抄斩。之后宅子也曾赏赐过他人，然而，后来住进这个宅子的人，都是没多久就遭到了厄运，或染怪病身亡，或下狱暴死。所以这个地方，就成了一座冷寂无人的空宅。

而这里被称为鬼宅，是从某一年的冬天开始的。

一群孩子踢球玩，一不小心，这球就飞进了这座大门紧闭着的废宅里。孩童们翻墙进去找球，偶然间走进了大堂的正厅。就是在这儿，他们看到了让人不可思议的情景。只见正厅的地上，居然一瞬间浮现出一张非常巨大的怪脸，这张脸十分可怖，泛着蓝荧荧的光，还对着他们翻白眼。孩子们尖叫着逃出这里，不久就都生了一场大病，人们从此就把这里叫作鬼宅。

后来，此处又发生了很多更加耸人听闻的怪事，这些传闻足足能说上几个时辰，李煊听说最近的事情发生在五年前的冬天。

有一个杀猪的屠夫，平素胆子极大，又非常有力气，能一下子扛起两头宰好的大肥猪。那天喝醉了酒，和人打赌，说是倘若他敢在这鬼宅里睡一晚，大家就凑一千个铜钱给他。那一天，大雪纷飞，星月无光，这个身材魁梧的屠夫由着性子一去之后，居然就没再出来。

几个人壮着胆子，在白日高悬的中午进去一看，只见大堂中的房梁上，一条沾着陈旧血迹的麻绳吊在这个屠夫的脖子上，他披发吐舌，面容似笑非笑，好生吓人。最为奇诡的是，这间屋子虽然宽阔，但空无一物，这人的脚离地面足足有半个人高，他是怎么上吊的？而且，雪后的院子里，只有他自己留下的脚印，并无他人的半点踪迹。

事情还没有就此结束，后来进了这座宅子的三个人，七天之内，竟然全都死了。死法和那个屠夫一模一样，都是自缢而死。只不过有的吊死在家里的房梁上，有的吊死在城外的槐树上。

此后，这座房氏老宅，更是人人唯恐避之不及，再也没进去过人。

虽然听大伙讲了这一切可怖的事情，但是傍晚时，彷徨无措的李煊牵着他的雪山白驼，还是站在了安邑坊的房氏老宅前。

长安的雨一直在下，让李煊十分心烦意乱。在西域，蓝天总是那么蓝，白云总是那么白，让人胸怀开阔，清爽无比。而此时，如乱絮飞丝般的雨幕将他的整个身心都打得冰凉黏湿。

终于，一阵阵冷风吹过后，绵延几天的雨忽然停了，一钩新月在云端显现。房氏老宅的门额上仍然嵌着一块青石，上书"敕建梁国公房氏宅"，看来这还是当年皇上御赐的府第。虽然饱经岁月风霜，有的字迹有些漫漶不清，但仍然透着劲拔隽秀。

朱门上，厚厚的红漆早已斑驳脱落，门缝处交叉贴着残缺零散的纸条，也不知是官府的封条还是庙观的符箓，这些原本是红色的纸条，被长时间的雨水洗刷成了惨白色，看起竟像是出丧时的灵签。

李煊手中牵着的雪山白驼，不知为何突然恐惧地往回倒退，发出"喔喔"的叫声。李煊心中一紧：难道这里面真有古怪？拉住他心爱的雪山白驼，李煊用手轻轻地抚弄它颈下的软毛，让它安静下来。可是，房氏老宅必须要进，因为他听人说，那个麻衣白发的邋遢道人就经常走进这座宅子。

这是破解他心中谜团的唯一线索。

四周一片寂静，檐角依然在滴着雨水，发出一声声清响。厚厚的宅门并没有锁，只是被一根半朽的草绳拴着，李煊略一用力，就绷断了，滞涩的门轴发出沉闷的响声，仿佛是一个老者发自胸腔的嘶哑声。李煊有些紧张，从怀中掏出蟠钢鱼肠剑，月色下闪出幽冷的寒光。

进得门来，只见满地残砖碎瓦，荒草没膝。对着大门，是一堵砖雕照壁，上面爬着枯藤野蔓，沾满了泥垢，一时也看不清原来雕的是什么东西，李煊只惊讶照壁上斜压着一只桌面大小的石龟，已是碎成了两段，而照壁也被压塌了一个角。仿佛是有什么人一生气，拿起这只大石龟扔在了上面。可这石龟少说也有千百斤，谁能有这样大的力气呢？

更为奇怪的是，这只大石龟的眼睛似乎是什么宝石做的，龟身上遍布泥垢苔藓，只有这俩眼睛却是炯炯发亮，仿佛它是一个潜伏的灵物，在暗暗地窥视着一切擅自闯入的不速之客。

这时候，雪山白驼仿佛闻到了什么，又不安地嘶叫起来。一阵阴冷的风从虚掩的宅门吹进来，吹动满院的荒草野蔓窸窣作响，李煊只觉得毛发倒竖，黑暗中，仿佛有无数鬼祟在窃窃私语，幽幽冷笑。

李煊定了定神，一咬牙，干脆将宅门关住，又将雪山白驼的缰绳系在东墙上的拴马石上。拴马石上端，雕的是一个耸鼻深目、络腮虬髯的胡人，这形象和尔朱陀倒有几分相似之处，李煊心中一酸，不禁泪水盈眶。

想到尔朱陀，李煊心中升起一团复仇的怒火，将恐惧烧掉了大半，他紧握蟠钢鱼肠剑，从乱草上跨过，然后拾阶而上，直奔中堂。

中堂前有三级青石台阶，已经倾颓得歪歪斜斜，然而，虽然凋零破败，尘封藤掩，却依然能看出这座屋宇当年的气势，正厅上高悬着一块匾额，写着"芸辉堂"三个大字。这座中堂呈庙宇结构，飞檐斗拱，狮子头柱，白玉扶栏，配以通天楗夹扇。上面的镂空木雕极其精美，似乎是些富贵吉祥的图案，丝毫没有朽烂残缺，可见木质优良名贵。

李煊此时也无心细看。正厅的门虚掩着，绾住门环的，竟是一缕沾着污血的头发，门上有一块似乎是刀刮去红漆后留下的白印，足足有三尺多长，上面写着四个黑色的字："开者即死"！

李煊愣了半晌，他并不是被这几个字吓住，而是因为他在西域时认识一个从天竺来的僧人，精通机关玄术，他见李煊聪明好学，就给他讲一些暗算人的机关巧械，像暗弩、飞箭什么的。因此李煊留了意，并不敢贸然进去。

李煊灵机一动，心想这门上不知是否真有古怪，干脆我从窗户进去好了，这里是鬼宅，我还讲什么礼数，不让我开门，我跳窗进去得了。

想到这里，他哑然一笑，转到侧面的窗棂边，只见窗棂上白花花地结满了蜘蛛网，中间有个碗口大小的黑色东西。李煊用火折凑上去一照，吓得又是倒吸一口冷气！

原来窗棂的蛛网上，卧着一只身带青绿色斑点的大蜘蛛，这蜘蛛比一般的蜘蛛大了何止百倍，简直像只甲鱼一样的大小，黄褐色的螯肢骈张，显得十分凶恶。

李煊下意识地退后几步，盯着那毒蜘蛛仔细地看，然而，这只毒蜘蛛却始终动也不动，这家伙是在睡觉？还是蓄势待发？李煊也搞不清楚，他咬了咬牙，从地上拾起一块西瓜大的碎石，慢慢举起，想给这只毒蜘蛛奋力一击。

突然，只听得身后有窸窸窣窣的声音，李煊大吼一声："什么人？"转身看时，只见草丛中犹如水波翻转，隐约看到一个东西急速地向西北角奔去。李煊飞步跟着跑了几步，猛然想到，这东西别是引我去中什么机关埋伏，于是就慢下脚步,哪知这一犹豫,那个东西就没了踪影。

这个院子的西北角,看起来似乎原来是一座荷花鱼池,现在里面积满了淤泥,长满了半人高的苇蒿,池角依然有一枝洁白的荷花怯怯地开放。李煊循着感觉,似乎那东西去了池边的那口八角琉璃井了。

这口井,四周围着雕有螭龙的玉石栏杆,但早已是东倒西歪,残损折断。井口呈八角形,镶嵌着碧绿色的琉璃瓦,月光下冒着一股幽冷的寒气。井上的辘轳看样子倒还完好,但李煊触手一碰,它就像泥粉团就的一样,柄轴全部碎断不堪。

因为夜色朦胧,所以这口井看不出有多深,李煊只闻得井底泛上来一阵阵血腥和腐臭气味,令人作呕。他拿起一小块石头,轻轻地从井口丢下,想从激起的水声判断出井的深度,然而,扔下去后,静静地听了半晌,竟然再没听到什么声音。

李煊正侧耳倾听,突然从井中传来一阵阵婴儿的哭声,这哭声凄厉之极,让人真想马上跳到井中去救这个婴儿上来,但转念一想,这个宅子多年没人进来,怎么会有婴儿在井里?还居然能活着?而且这个"婴儿"一直没有哭,怎么我来到井边,他就哭了起来?这个婴儿想必是个早已死去的鬼魂吧,或许是在灭门的惨祸中,尚在襁褓中的他就被丢在了这口井里,所以至今阴魂不散。

李煊虽然平素胆子不算小,此时却越想越怕,不禁心中发毛,心想这座宅子真是处处透着诡异,反正我是来查寻那个疯道士的线索,又不是来捉鬼,还是到各处仔细看一看,如果没有这个人的踪迹,我就离开吧。

想到这里,李煊苦笑着摇了摇头:李煊啊李煊,你还是怕了,是找个理由自我安慰吧!不过,他还是一边注视着井口,一边倒退着离开,回到了正厅边。

李煊想起窗棂上还有那只巨型蜘蛛等着,于是再次来到正门前。此时月光如水,照得地上洒满银霜。想起刚才自我安慰的话,李煊心里又有了一个主意,他想:反正我是来查寻那个疯道士的踪迹,既不是捉鬼,也不是盗宝,我不用非开这扇门不可啊,我就在门上挖一个小孔,窥视一下里面有什么东西好了。想到此处,李煊很是得意,他手持锋利的蟠钢鱼肠剑,稍稍用力,就在门上挖出了一个铜钱大的小孔。

李煊把眼贴在门孔上,里面黑洞洞的,啥也看不到,只看到那面窗户处隐约透着月光。李煊心想,一不做,二不休,反正是挖窟窿,小的也是挖,大的也是挖,干脆我挖大一点好了。他抡起短剑,用力一戳,只听"吱呀"一声,左边那扇门页,已经被他捅开了。

原来这双扇厅门,只是被一缕沾着污血的头发拴着,李煊只顾用力挖孔,不想这缕头发承受力十分有限,居然被他一下子扯断了。李煊一惊,下意识地退了两步，只怕有什么古怪的事情发生。

　　然而，他足足站了有一炷香的时间，也没见有什么异动。那"开者即死"的咒语灵验也罢，不灵也罢，反正门是开了，李煊此时倒也不再顾忌，他用火折点起一根松枝，走了进去。

　　室内和院子倒大不一样，院子中凌乱不堪，室内却空旷之极，一件杂物也没有，只是地上积满了灰尘，中间巨大的横梁上悬着半截乌黑色的麻绳。李煊立刻意识到，这里就是五年前那个擅自闯入的屠户诡异悬梁之处！

　　正发慌时，李煊闻得一股淡淡的香气，心中一惊，他曾听人说过，江湖上有不少用毒的高手，会制一些散发香味的毒气，不知不觉中就能麻倒了人，甚至直接取人性命。李煊吓得屏住呼吸，跳出了门外。定了定神，好在全身并无任何异样。

　　绕过大堂，转过一座怪石嶙峋的假山，出现在眼前的是院中的后堂。只见这后堂的大门有半扇折倒在石阶上，里面也是同样的空无一物。后堂东面像是一间佛堂，李煊手执火把走进去后顿时惊呆了。

　　只见佛堂正中的宝座上，供奉的并非常见的佛祖、菩萨，而是一个狰狞凶恶的天神，这个天神披着甲胄，戴着宝冠，右手持棒，左手擎塔。正是那天在渭水桥上，那个疯道人给他们看的白布上的图画形象！

　　李煊突然想起来了，为什么这个神像给他的感觉那样熟悉。他在西域时，也就五六岁大小吧，当时父亲还活着，有一天父亲把他抱上高大的骏马，在戈壁的砾石上奔跑了好一会儿，来到一个雄伟的赤色石崖边，上面赫然刻着一个天神，虽然更加硕大威严，但样子和这个神像几乎一样。

　　父亲神色凝重，和他一起在这座天神像前跪拜，幼小的他看到天神凶恶的样子，怯怯地说："父亲，这天神的样子好吓人啊！"父亲温和地抚着他的头说："不要怕，他是我们家的神。"

　　他是我们家的神？怎么会出现在这儿？可又为什么见了他，就发生古怪的事，老仆人尔朱陀还丧了命？难道我们到长安来，就触犯到了这个神吗？

　　李煊绕着这尊比人还高的神像仔细看了一圈，发现这尊神像是青铜所铸，既坚固又沉重，神坛下是一块大青石板，这下面会不会有什么秘密呢？李煊转念一想，这神像实在太重，就算下面有什么隐秘之物，自己也无法可施，还是再到别处去探寻吧。

　　院子的东北角，是一座两层高的小楼，虽然和前厅后堂比起来，显得小巧玲珑了些，但是飞檐高挑，雕饰精美，华贵中透着典雅，灵巧处不乏端庄，一看就是花了不少心思和钱财的。

　　李煊虽然是第一次涉足中土，但从小家人就给他讲大唐的风俗和掌故，所以他忽然想到了：这是一座绣楼，是当年这府上小姐居住的地方。

沿着香楠木板搭就的楼梯轻步而上，火把照亮处，只见楼上是一派杂乱的情景：地板上一面海兽葡萄镜碎成了两块，几案上放着一张犀玉金彩瑶琴，弦柱早已断折散落，还落满了鸟的粪便。窗前绣花的大绷子上，一幅精美的鸳鸯图，只绣了一半，一只雄鸳鸯孤零零地浮着，水草、荷花也没有绣完，有十几处虫子蛀蚀的孔洞。

　　象牙床边，一件大袖对襟纱罗衫透迤在地，上面血迹斑斑。遍布尘灰蛛网的粉墙，隐约有两行字迹，李煊将火把移近，只见上面似乎是一首诗，前半截已有几字模糊不清，写的是："爷娘送我□□根，□□青枫几回落。当时手刺衣上花，今日为灰不堪着。"字迹娟秀工整，想是女儿家的手笔。

　　"当时手刺衣上花，今日为灰不堪着。"李煊一寻思，不对啊，这口吻分明透着十足的鬼气，这是在感慨现在的情景，如果是这座绣楼上的小姐当年所题，那她难道能预料到当下这一切吗？若真是现在所题，那她肯定是变成鬼魂后又回到了这里！

　　李煊正在凝神遐思，忽觉一股焦味冲鼻而来。他一扭头，不禁吃了一惊，原来自己只顾推想这楼中古怪的题诗，没料想手中的火把一不小心，竟点着了象牙床上的石榴红帐幔，他急忙连扑带打，扯下帐幔来灭火。李煊手忙脚乱，好不容易将帐幔上的火踏灭，正想舒一口气，忽然一扭头，又吓得冷汗淋淋。

　　象牙床上，一床蜜合色金线海棠绫棉被里，竟然卧着一只洁白的狐狸，虽然这只狐狸一副安恬熟睡的样子，但这个情景实在是太诡异了，难道这里成了狐狸精的巢穴？

　　正想到此处，突然头顶上有如天女散花，落下如雨般的金黄花瓣来。李煊闻到一股类似菊花发出的香气，紧接着，眼前的景象就渐渐模糊起来，整个身体中的骨头仿佛都被这香气侵透、融化。他软倒在地，就此人事不省。

零贰

四大丑女

不知过了多少时间,李煊悠悠转醒,却发觉眼前一片漆黑,向四周摸去,到处都是嶙峋的山石。他一摸怀里,幸好火折还在,撕下半截袍袖点着了,发现这里是一个石洞。

李煊久在西域,对石洞本不稀奇,但这座石洞遍布石芽、石笋,远处还有黑黝黝的石柱,森然矗立。这都是李煊从未见过的,突然置身其中,不免感到十分惶恐。

半截袍袖不一会儿就烧完了,又是一片漆黑。

这里是什么地方?难道我被妖怪摄了过来,关在这里,当它的猎物吗?李煊联想到在西域时,大伙儿一起打猎捕兽,就经常将一些一时吃不了的野羊野驴关进山脚的大石洞里,养着慢慢来吃。

这样一想,李煊更加害怕起来,他站起身来,摸索着向前走去,没走几步,一脚就踏进了冰冷的水中。前面的水越走越深,渐渐到了腰间,再走几步,竟没到脖颈。好在再走了几步,水又渐渐浅了起来,然而再往前走时,只摸到一面冰冷的石壁,这个洞似乎到了尽头。

李煊无可奈何地返回原地,黑暗中,他又冷又饿,绝望地想:这里的妖怪既然把我关在此处,肯定不会让我轻易逃走的,大概是先饿我几天,让我把身体内的杂物排净,再来吃我!

想来想去,都无法可施,感到无比困乏的他也只能靠着一面大石昏昏睡去。

突然,只觉得一道阳光照了进来,李煊抬头一看,洞顶处想来有人搬开一块大石,露出一个井口大的孔洞,刺眼的光芒射了进来,照得李煊一时睁不开眼。

只听有个粗糙的声音说道:"姐姐,这里关的坏东西还留着做什么,让我拿石头砸死算了!"

李煊听了心中一惊，赶紧缩身到一个角落中，抱住一个大钟乳石，不敢发出响动。这时又有一个声音说："那可不行，主人说不能弄死他，你敢不听主人的，看主人把你一身胖肉烤出油来炒菜吃！"

李煊心想不好，这个主人肯定是个大妖怪，记得在绣楼时，最后一眼看到的就是一只狐狸，十有八九，就是只狐狸精吧。

只听上面那个声音又说："这人关了两天了，要不给他点吃的，恐怕要饿死了，主人吩咐，要给他饭吃，铁孟光，你快烧饭与他吃。"

只听"当啷"一声，上面不知扔下什么东西，接着又是两声闷响，那个被称作"铁孟光"的嚷道："姑奶奶哪有耐心伺候他，我把铁锅、木柴和米袋扔下去，让他自己做好了！"

李煊幸好躲在角落，只见那铁锅米袋等物正好砸在原来他睡觉的位置，不禁暗暗心惊，但同时他心中也是一宽，那个粗糙的声音自称是"姑奶奶"，想必是个女子，并非妖怪。

李煊捡了木柴树枝，用火折点着了，有了光，有了温暖，这在黑暗阴冷的洞窟实在是莫大的喜悦。人总是这样的，沙漠里有一泓水，比任何美酒都要甘甜万分。

李煊喜滋滋地从洞中的积水中打了些水，将已被摔扁的铁锅用石块砸回原来的样子，又用乱石简单地砌了一个灶，然后在火堆上烧水煮米，饱餐一顿。

吃饱喝足，又有了木柴，李煊精神一振，虽然明知被关在这里，应该不会有其他出口，但还是不死心，于是燃起一束树枝当火炬，想探一条出路。

有了光亮，比原来那种瞎子摸象般的乱闯可要方便多了。不过，映入眼帘的景象，却让李煊毛发直竖，地上每隔几步，就散落着几个白森森的骷髅，难道前几次他在洞中摸索时，踢到的东西都是骷髅？当时他还只以为是石头。

这些骷髅是什么人？为什么只有人头而没有躯体的骨架？难道是被人斩首后，将人头丢到这里来的？李煊听授业的塾师讲过，从前有个夏国国王叫赫连勃勃，曾经率大军杀了很多东晋军兵，还把他们的首级堆积成一个高台，称为"骷髅台"。

不过史书上的骷髅台，多是为了炫耀军功，而这里的骷髅人们是难以看到的，自然不会是这个原因了，如果是搞暗杀后藏匿尸体，那为什么看不到尸身？李煊想不明白，只觉得此处也是十分诡异。

李煊小心翼翼地向前探行，前面突然开阔起来，一片白白的石笋像田地里的禾苗一样整齐地竖立着，滴下的水声像琴音一样悦耳，要不是身处险境，手中的火把又维持不了多久，他真想坐下来，多看几眼这奇异的美景。

然而，再走几步，道路又中断了，一堵石壁好像大门一样挡住了去路，李煊奋力一推，觉得这石壁似乎有所松动，他回退几步，加速奔跑着向石壁撞去，只听"砰"的一声，石壁给撞得晃动了一下，但还是没有开。

李煊被撞得浑身剧痛，手中带的柴火也将告罄，正想摸索着返回，转念又想，这石壁既然能撞得松动，那就不会太厚，我用石头砸几下，说不定就破了。李煊想到此处，又激动起来，四下寻觅，却不见有大石，于是又退回去，想找些大的石块。

可惜洞中散落的石块，最大的不过拳头大小，李煊暗暗叫苦，好在天无绝人之路，当他摇动一个石笋时，发现竟然十分松动，于是用力敲动，竟将这根三尺多高的石笋搬了下来。

李煊兴冲冲地举起石笋，用力向石壁砸去，訇然一声大响后，石笋碎成了粉末，石壁也裂开一丝缝。他上前猛踢几脚，石壁彻底碎裂坍塌了。

然而，眼前的景象，却让李煊惊呆了！

眼前是一个巨大的洞窟，正是他原来的出发点，他生火做饭的锅灶提示着他，没错，就是原来那个地方。他等于是绕了一圈，又回来了！

李煊身子一软，颓然坐倒在地。火把也熄灭燃尽，黑暗中，李煊第一次想哭。

那石窟之中，一片黑暗，难计日夜。也不知过了多久，李煊连烧饭的心思也没有了，只是倒头昏睡。蒙眬中，突然听得洞穴上又有响动，李煊睁眼一看，不知何时已垂下一条铁索，接着有一个臃肿肥胖的身形，拿着火把沿着铁索溜了下来。

李煊忙缩身在石钟乳后，屏息凝神，只见这人是一个奇丑的胖姑娘，不但体态臃肿如猪，还长着一个蒜头鼻子，脸上的肌肤也是粗糙不堪。之前李煊听到过洞顶上的交谈，猜测这个丑姑娘大概就是被称作"铁孟光"的。

李煊所料不错，这个丑姑娘正是铁孟光。她还有三个师姐，个个都是丑得出奇的女子，分别名叫金嫫母、银无盐、铜东施。原来，她们的师父本是个多情的女子，因所爱的男人移情别恋，一怒之下，就觉得了无生趣，想自杀解脱。

但因为曾经立下誓言，不能让师门中的武功绝技湮没，只好苟活于世，择徒授业。她恨极了天下所有的男人，于是特意收养了四个丑陋之极的女子，从小就警告她们男人是最坏最毒、比蛇蝎毒虫还危险的东西。

四大丑女深信不疑，终年在这座山林里居住练武，从不涉足城市。她们师父在一个密洞里藏了一窖银饼，嘱咐四大丑女可以用这个买东西，但不让她们直接和人交易，而是委托一位孤居林边的老寡妇代为购买。四大丑女也不知价钱多少，就是买几个碗碟，也付给老寡妇一枚银饼。

前些天，突然有个盲仆拿着师父的凤头金牌还有一封书信，说是此后，这个送信的人就是她们的主人。另外，这边的山洞里关了一个叫作李煊的男人,让她们小心看管,既不能跑了,也不能死了。

四大丑女觉得这事好生蹊跷,想追问送信人,但这人既盲又哑,实在是无从问询。丑女们自幼就被师父严加训导,绝不可与男人有什么来往,如今师父为什么要让自己看管一个男人?但看书信和金牌却是真的,所以也无可奈何。

四大丑女心下好生不愿,于是互相推诿,铁孟光辈份最小,又生性愚蠢,于是就把任务全交给了她。但后来金嬷母听说铁孟光把柴米都扔下来就不管了,不由得心中一惊,想起当年她听师父说起过的一段故事。

当今皇上的嫡妃原来本非韦后,而是一个姓赵的女子,她身世显赫,母亲是唐高祖的女儿常乐长公主。但武则天非常不喜欢她,于是将她废掉,幽禁冷宫。本来也无意处死她,没想看守她的卫士偷懒,没人愿意做饭,只是扔进去些生米干柴。这赵氏从小娇生惯养,锦衣玉食惯了,哪里会点火做饭?竟活生生地饿死在里面了。

此时金嬷母听说铁孟光也是将生米干柴扔下去就不管了,怕也将李煊饿死在洞里,于是让铁孟光赶快去察看一下。其实李煊小时候经常和牧人在一起游荡,生火取食这些事情,自然不在话下。

李煊躲在一个钟乳石后面,见铁孟光身躯肥硕,头发蓬松,圆脸小眼。当下打定主意,想藏好身形,等铁孟光到洞内深处寻觅时,伺机爬上铁索逃生。

哪知铁孟光用鼻子深吸了几下,就嗅到了李煊的味道,她摇头晃脑地直奔李煊藏身之处,李煊心中一急,扬手用石子向铁孟光头上打去。

别看铁孟光体胖如猪,反应却极为敏捷,听到有风声响动,就立刻弯身缩脖。只听一声闷响,石子打在后面的石壁上,一下子又反弹到她胖胖的脖子上。铁孟光一声怒吼,已经扑了上来。

李煊在西域时,也经常练习摔跤、擒拿等诸般武艺,此时见铁孟光虽然凶悍,但毕竟是女子,心里也并不十分畏惧,当下左手一扭她的手臂,右脚猛然一钩,就想把她跌个筋斗。

没想到铁孟光的身躯实在太重,手臂上的力气也大得惊人,再说李煊在洞里又饿又怕了许多天,气力只剩下神完气足时的三成不到,所以不但没有拉动她,反而被她借势一甩,跌了个趔趄。

铁孟光蒲扇般的大手一下子就掐住了李煊的脖子,她眼冒凶光,呼呼地喘着粗气,竟似要将李煊当场掐死一样。李煊一时间呼吸困难,向她肚子上打了几拳,都好像打在棉花包上一般,丝毫不起作用。

情急之下,李煊忽然往铁孟光腋下一挠。都说胖子怕痒,铁孟光最怕挠痒了,平日里她们四个姐妹打闹,三个姐姐专门用这一手来欺负她。铁孟光每次都要讨饶的。此时被李煊这么一挠,她吓得如被蝎蜇了一般,急忙缩身松手,后退了好远。

铁孟光又羞又怒,从腰间拔出一把黑黝黝的长刀来,圆眼怒睁着猛扑过来,李煊见她犹如发了猪癫风,不敢和她硬来,只是在山洞中穿梭跳跃。李煊久在西域,经常和牧人一起奔跑狩猎、追山兔、打野鸡,身形灵动之极,而铁孟光虽然力气惊人,但跑动实非其所长,转来转去,始终追不上李煊。

李煊灵机一动,想起自己发现的回环岔道中,有一处非常狭窄,料想铁孟光这样肥胖的人,必然难以通过。于是他引着铁孟光跑到此处,一猫腰就从窄道里窜了过去,铁孟光虽然名字里有个"光"字,但脑筋却不灵光,她往前一挤,只伸过去一个头,身体却卡住了,此时退回也罢了,偏偏铁孟光不服,用尽力气拼命一挤,结果被牢牢地卡在石缝里,进也不能,退也不能。

李煊见状,不免哈哈大笑,他本是性情开朗的少年,但来到长安后,却屡遭变故,这是他第一次开怀大笑。

李煊不敢耽搁,急忙跑到铁孟光下洞时垂下的铁链处,抓住铁索,往上攀缘,哪知才爬到一半,一张大网从天而降,李煊身在空中,半点回旋不得,接着铁链一松,他就重重地摔在地上,疼得四肢百骸像是散架一般。

只见洞口又垂下一条铁索,三个丑女手持火把溜下洞来。原来铁孟光的三个师姐见她下到洞里半天不上来,又听得洞里有打斗声,所以就前来察看,正好碰到李煊沿着铁索想逃出来,于是将他重新捉住。

铜东施把卡在石缝中的铁孟光拽了出来,三个师姐纷纷嘲笑铁孟光无能。李煊此时细看这四个丑女,果然是各有各的丑法,只见金嬷母鼻孔朝上,头发半秃,稀疏干黄,皮肤如炭一般乌黑,活像一只母猿;银无盐瘦如竹篙,面皮蜡黄,并无半点生人的气色,几如干尸一般;铜东施身材尚可,但一张脸上生了一大块青色胎记,而且嘴唇外翻,露出金黄的大门牙来。

只听四个人叽叽喳喳,争论不休,银无盐吩咐铁孟光:"你截一段绳子,把这个男人绑起来!"

铁孟光怒道:"男人这样恶心的东西,我才不碰,要绑他,你自己来嘛!"

却听铜东施嬉笑着说:"刚才听你说,你按住了他,结果他一挠你胳肢窝,你就把他放开了。你们摸也摸了,挠也挠了,还装什么?"

铁孟光一张猪脸涨得通红,当下抵赖道:"师父说,嘴唇上长有毛发的才是男人,这个人相貌清俊,嘴唇上也没有毛发,大概不是男人。"原来四大丑女常居深山,不见男人,师父没法讲清什么叫"胡子",于是就讲"嘴唇上长毛发"的就是男人。

银无盐笑道:"师父当时只说'嘴唇上长毛发'的必然是男人,没说嘴唇上没毛发的就一定不是男人。师父说我们要将男人视作粪便一样恶心,你还敢说他长得'清俊',肯定是动了邪心……"

铁孟光赶忙抢白道:"我也是瞧男人如粪便一般嘛……"

铜东施不依不饶:"你说瞧男人如粪便一般,刚才却分明用了'清俊'这个词,这粪便还有丑点的、俊点的不成? 难道驴粪就比人粪俊吗?"说罢,便和银无盐、金嬷母一起咯咯大笑起来。

铁孟光索性赖皮到底,嬉笑道:"驴粪蛋儿光滑如球,倒真的似乎更好看些。"

李煊听了,也忍不住一起大笑起来,心下觉得这四大丑女天真烂漫,也并不十分可恶可怕。

铁孟光又仔细看了看李煊的脸,其时李煊年方十八,乃是少年郎君,当然没有粗黑的长须,她又问师姐:"为什么嘴唇上有毛发的定是男人,没毛发也可能是男人? 我觉得倒可能是这样,'嘴唇上有毛发'的男人应该是更加恶毒的坏人,'嘴唇上没有毛发'的和我们差不多,恐怕还不很坏。"

金嬷母摇着头说:"师妹你错了,男人都是坏东西,和嘴唇上有无'毛发'没关。"

铁孟光困惑起来,呆呆地说:"那到底如何鉴别男人和女人呢?"铜东施悄声说:"我听说,男人和女人还有一点不一样,女人胸脯上有两坨肉,"说着她往铁孟光胸乳上一按,然后又偷偷指着李煊说,"男人胸脯上就是平的,没有。"

铁孟光凝眸细瞧,果然如此,她一时茅塞顿开,喜道:"师姐你果然渊博多闻。"铜东施洋洋自得,正要自称自赞一番,哪知铁孟光一转眼,看到银无盐瘦如竹篙,胸前也是"一马平川",疑惑又起,她指指点点,对铜东施悄然说道:"哇,不对,难道二师姐也是男人吗?"

铜东施一时愕然,也困惑无解。

丑女们正喋喋不休地探讨如何"鉴别"男人,突然看见从洞口垂下的铁链急速向上缩回,金嬷母叫声:"不好,上面是什么人?"

银无盐和铜东施都答:"我们一起下来的,当时并没有旁人啊?"银无盐身轻如燕,说话间就一纵身抓住了上升的铁索,哪知铁索只是略一停顿,上面又传来一股大力拽起银无盐提了上去。

丑女们见势不好,铜东施飞身跳起,捉住了银无盐的脚踝,金嬷母又捉住铜东施的脚踝,铁孟光动作虽慢,但她的身体实在分量过人,她抓住金嬷母的脚用力向下一坠,上面的人果然再也拉不动了,只听铁链咯咯作响,显然是在双方的较劲下吃上了巨力。

正僵持间,突然上面一个粗犷的声音笑道:"既然你们不愿意上来,佛爷我就不费这力气了,你们四个丑女就和那小子在里面洞天福地吧!"接着铁链猛然一松,四大丑女猝不及防,连同铁链都坠落下来,摔在洞底。好在铁孟光在最下面,爬得最高的银无盐正好落在铁孟光的大屁股上,竟如摔在一个软绵绵的垫子上,并无损伤。

只听洞口一阵巨响，刚才那个声音又冷笑道："洞口我压上了水碓寨的磐石，一会儿上面再封上土，这真是一座天然的坟陵啊，帝王也不过凿山为陵，你们该知足了！"

丑女们又惊又怒，纷纷咒骂，金嬷母高声问道："你是什么人，敢告诉我们吗？我们就是化为厉鬼，也要去寻你！"

只听那人阴恻恻地说："佛爷法名慧范，你们口出恶语，佛爷也不计较，你们为人一世，不通人事，也是可惜。如今佛爷安排了一个清俊少年陪你们，又再赠给你们一本极乐秘籍，临死前参详一下，死后也是个风流快活的女鬼！哈哈哈……"

说罢，洞口落下一本厚厚的书册，"叭嗒"一声落在地上，接着只听"轧轧"声响，一块巨石封住了洞顶。

金、银、铜三丑女当下默然，知道已处于绝境，都是愁绪万端，只有铁孟光却不晓得利害，自个嘀咕道："这个人自称'会饭'，不知道是什么东西！"紧接着她又狠狠瞪了李煊一眼，心想，都是因为担心你不会做饭，这才让我下来这洞窟，才有了这场灾祸，你要是也叫"会饭"，岂不省了这许多事？

只见铁孟光俯身拾起妖僧慧范扔下的那本书，点燃火炬后，只见封皮上写着"洞房秘戏"四个大字，她心中欢喜，对铜东施道："师姐，这本书是不是学山洞中的功夫，刚才我在山洞里吃了亏，如今我可要好生学学……"说着她翻开一看，却只见满篇都是画着男女赤裸相抱的欢爱姿势，当下愕然，奇道，"怎么全是洗澡时打架的功夫？"

金嬷母看了两眼，满面通红，当下劈手夺过了书册，喝道："师妹你真是蠢如猪啊，这妖僧扔下来的东西能看吗？"

原来四丑女中，数铁孟光的脑筋最为呆笨，但师父自有她的主意，她觉得其余三个丑女徒弟，丑是丑了，但脑筋却好生聪明，以后有"学坏"之虞。只有铁孟光最为朴直可信。所以，虽然铁孟光学艺不精，既懒又蠢，师父却时常偏爱她几分。

金嬷母突然叫道："熄了火把！"银、铜、铁三丑女一向听她的话，连忙将火把扔在地上，踩灭了。只听金嬷母叹了口气说："我们深陷这个山洞中，不知多久才能出去，火把留着探路和煮食时用，不可轻易浪费掉。"

李煊听了，不禁心中暗暗佩服：这个丑女师姐遇险不乱，心思还是这样细密，倒也厉害。

黑暗中，一时间大家都不说话，各自寻思着心事。

零叁

隆庆池畔

那妖僧慧范，命几个黄衣力士，搬土运石，将洞口牢牢封死，然后策马直奔长安的隆庆池边，密报给太平公主。此时长安城内的隆庆池畔热闹非凡，这里矗立起临时用绸帐扎成的一座彩楼，当今天子唐中宗高坐其中，正在大宴群臣。他命人招来江湖艺人耍弄杂艺百戏，还牵来南诏进贡的舞象助兴。这些大象锦襜加身，金丝为络，浑身的皮毛被打理得十分清洁光鲜。

当时大唐中土的人们很少见到象这种动物，而这些皇家舞象居然还会随着音乐摇头摆尾，前踢后踏，非常合乎节奏。人们都觉得大开眼界，一时间歌管喧天，酒香四溢。

却说这隆庆池在则天女皇掌国的时候，还是一片叫隆庆坊的民宅。但突然有一天，一个水井开始像涌泉一样往外冒水，后来地面也渐渐塌陷，居然变成一个约十顷地大小的水池，所以得名隆庆池。

唐中宗李显是武则天的第三子，两个哥哥都被武则天相继害死和逼死，只有他和弟弟李旦得以偷生。如今李显长得肥肥胖胖，红光满面，这几年可以说是他生命中最舒服的日子了。母亲武则天在世时，他被贬往偏远的房陵小邑，住在简陋不堪的居所，终日里战战兢兢，生怕哪一天就一道诏书过来，赐他毒酒或白绫，让他三更死，他就活不到五更。

还是当皇帝好啊，生杀大权在自己手里，天下人无不看自己的脸色行事，这感觉多舒服！不过当皇帝也有不省心的地方，整天要防备别人来抢自己的位子。李重俊！唐中宗想起这个名字来就心痛：他是朕的亲生儿子，居然也带兵谋反，想夺朕的皇位！

现在李重俊死了，他的人头还放在太庙里，以警告其他子孙，这就是犯上作乱的下场。但唐中宗好几次在梦里，都见到那个场面：李重俊一身铁甲，带着千百名精兵，手中全是闪着寒光的利刃，要冲开玄武门，杀掉和自己一起房陵患难的韦皇后，杀掉他最心爱的女儿安乐公主李裹儿，然后把自己幽禁起来，不见天日。

亲生儿子都不可靠，何况他人！

唐中宗现在只和三个女人最为亲密,除了妻子韦后和女儿安乐公主她们俩,他最信赖的就是上官婉儿了。这个女人不像韦后那样狠毒霸道、目光短浅,更不像安乐公主那样刁蛮任性、无法无天,而是婉顺可亲,达观明智。

中宗现在很明白,怪不得母亲武则天在世时,也让上官婉儿参与各种机密要事。如今的李显,已将她当作最亲密的心腹智囊,无事不询。

中宗之所以今天在隆庆池泛舟戏象,饮宴歌舞,起因却是这样一件事。

前两天,安乐公主气呼呼地来到宫中,和中宗说:"父皇,我听人说,隆庆池里在泛王气,我们可要小心那'五坊小儿'!"

中宗正在御塌上陪韦后玩双陆棋,他知道女儿口中的"五坊小儿",是借指弟弟李旦的五个儿子:长子李成器、二子李成义、三子李隆基、四子李隆范、五子李隆业。他们都住在隆庆池的北面。这五子中,李隆基尤为英气逼人,有帝王之气概。

韦后气呼呼地一扬手,把百宝螺钿镶就的双陆棋盘掀翻在地,青、白两色的玉棋子洒落一地,两旁的宫女们吓得浑身发颤,却也不敢贸然上前收拾。因为前几天,刚有过这样一件事。

韦后晨起时,对镜梳妆,发现眼角有几丝皱纹,就突然大怒,把镙钿葵花纹铜镜还有雕花象牙粉盒都扔在地上。宫女蕙儿手脚利索,连忙去收拾,结果没料想韦后更加暴怒,命人将蕙儿拖出去痛打四十棍,关进掖庭的炭房里。蕙儿呻吟了半夜,清晨时身体早就僵硬了。

中宗脸上闪过一丝不豫之色,却听韦后厉声喝道:"依我之意,趁早下手杀了'五坊小儿'那一窝人,还有那个南山女妖!"

唐中宗知道韦后口中的"南山女妖",说的是妹妹太平公主。他这个妹妹相貌和气质上都像极了母亲武则天,杀伐决断,极富魄力。虽然中宗是兄长,但是见到这个妹妹,心中总不免生起一丝怯意。

不是没有机会和借口,然而中宗总是狠不下心肠。他想起武周时遍地血腥、骨肉相残的一幕幕,实在不忍心再擅动刀兵,大开杀戒。难道就没有不杀人、不流血的方法来治国吗?因此,韦后今日重提要诛灭妹妹的主张,中宗只是低着头默然不语。

安乐公主和她母后一样,也是火暴的脾气,她见中宗不说话,就急吼吼地催促:"父皇,你倒是宣个旨意啊,难道任由他们王气旺盛,终有一天酿成大祸不成?"

中宗不答,转而问道:"这隆庆池王气腾盛之说,是出于何人之口?"

"听说是渭水桥边一个疯道人所说。"安乐公主话刚出口,却见韦后对她大使眼色,心想糟了,说是道人所说也罢了,还加上一个"疯"字,这不是自己挖坑埋自己吗?

果然只听中宗说道:"既然是疯子所言,恐怕是无稽之谈……"话还没说完,韦后截断他的话说道:"仙道高人,往往装疯卖痴,宁可信其有,不可信其无!"

中宗面露难色,一时不知所措。正在此时,只听有人传呼:"上官昭容到!"

话音未落,满面春风的上官婉儿就款步走了进来,虽然年逾四十,上官婉儿的皮肤依然嫩滑粉白,五官也生得玲珑可爱。她的身躯本来就不似韦后那般丰硕肥胖,如今身穿一件宝蓝色瑞锦长裙,外罩平金绣鸳鸟纹锦半臂,显得袅袅盈盈,妩媚多姿。

只见上官婉儿眼波一转,看出来是这母女俩又在让中宗左右为难,问清原委后,她嫣然一笑道:"百岁医仙孙思邈先生有言:'消未起之患,治未病之疾。'皇后和公主都是见识不凡,忠心为国分忧啊。"

婉儿看韦后神色渐和,又对中宗说道:"请圣上勿忧,慈恩寺近来入驻了一位天竺神僧,法术通玄,待我派人向他请示禳解之术,定能将隆庆池所谓的王气镇压禁制。料那五坊小小的'王气',怎比得上陛下洪福齐天的瑞气!"

中宗听了,顿时龙颜大悦,胖脸上笑逐颜开。

接着,婉儿又眼眉一挑,神神秘秘地说道:"请皇后移步内室,我有要事禀告。"安乐公主心直嘴快,跟着起身道:"什么事情啊,我也去听听。"只见韦后突然脸上一红,少见地露出一丝忸怩之色,轻声叱道:"裹儿,别啰唣!"

只听韦后和上官婉儿轻声谈笑着携手走远,安乐公主从鼻子里哼了一声,对中宗说:"那个上官婉儿啊,肯定又是给母后物色了清俊美貌的少年郎君了!"中宗装聋作痴,懒懒地挥手道:"休得胡说,下去吧!"

这隆庆池畔的饮宴和戏象,就是上官婉儿提议的禳解之术,据说来自那位天竺神僧的推算。安乐公主最喜欢的就是饮宴和热闹,首先拍手赞同,唐中宗见这办法不动刀兵,十分和谐,自然依从。

韦后虽然觉得这个举措有点隔靴搔痒,不够解恨,但前天晚上品尝了上官婉儿新物色的那个美少年后,心怀大畅,心里只惦记着再去秘所私会,于是她也没再生事取闹,只是假借身体不适,没有去隆庆池饮宴。太平公主虽然勉强前来,但没多久,就借故告退了。中宗情知此事定然令她大大地不快,不免心中有愧,所以也不阻拦。

一头大白象用鼻子卷起白玉酒碗,里面盛的是黑如纯漆的龙膏酒,这酒传自波斯,名贵非常。只见大象摇摇晃晃地来到御席前,给唐中宗敬酒,一时间千百名大臣、兵士和百姓齐呼万岁,江山在手,万众蚁服,这感觉真好啊!唐中宗未饮先醉,早已醺然。

安乐公主最喜欢这种热闹的场面了,她今天特地将百鸟裙穿了出来。为了给安乐公主做这件百鸟裙,宫里特意派十万大军到岭南捕鸟,一路上搜山荡谷,使得山林中的鸟兽无端遭遇了一场大劫难。工匠从上千只鸟中,选用最漂亮的几百根羽毛精心织成了这件百鸟裙。

此时安乐公主站在肩舆之上,手持斟满美酒的缠枝纹八棱金杯,由轿夫抬着绕行一周,只见这件裙子真是宛若云霞变幻,瑰丽无比。从正面显出宝石般的碧蓝,而随着肩舆的移动,似乎又变幻成了藕荷,在阳光下一映,呈现出金灿灿的明黄色,而走到阴影中又是水汪汪的湖绿,而且裙上还隐约闪烁着百鸟图案,令在座的人们咋舌不已。

驸马武延秀走过来,小心翼翼地托起安乐公主的裙摆说:"公主累了吧,还是到席中来坐吧!"安乐公主柳眉一竖:"你来做什么?滚一边去,本公主还要乘舟到池中玩呢。"武延秀赔着笑,躬身退下了。

安乐公主要了一艘画船,到了隆庆池中,她非要亲自撑篙掌船,仆人们不敢不依,只好答应。但她哪里会使船,这船被她弄得东倒西歪,险些翻掉。她低头一看,池水溅湿了那件百鸟裙,不免又对仆人大发脾气。

等安乐公主回到岸上,只见六个大力士正和大象拔河为戏,这六个力士都是胡人,身高足足一丈,胳膊和池边的小柳树一样粗,六个人肌肉突起,正全力和大象较劲,正当大家凝神注目地观看时,突然"砰"的一声,绳索从中断开,六人猝不及防,一起倒地。

众人哄笑叫好,安乐公主却大声对中宗道:"父皇,人和大象拔河,我都见过多次了,没意思,不如让大臣们拔河,先让品级最高的官儿拔一下,看看谁最厉害。"

中宗笑道:"那就让老宰相唐休璟和韦巨源两人试一试。"唐休璟和韦巨源已是发白如雪的老头,都是三朝老臣,突然听到皇上竟然任由安乐公主胡闹,命令自己拔河为戏,心中羞怒万分。但圣上有命,不敢不依,只好装模作样地拿起绳子摆了个姿势。

安乐公主看出两位老臣出工不出力,于是抱过她驯养的黄毛花点猞猁,口中呼哨一声,只见那猞猁跑到拔河的缰绳中间,咬住绳子用力一扯,韦巨源和唐休璟这两老头一起倒地,半天爬不起身来,安乐公主和唐中宗等哄然大笑。

上官婉儿此时却凝眉思索,对眼前的闹剧似乎视而不见。她在想,隆庆池畔这一闹,那英武睿智的李隆基肯定会有所察觉,他会如何反应呢?忍气吞声不是他的性格,上官婉儿脑海中闪过这样一幕:

女皇武则天当政时,长安城内溅满了李姓皇族的鲜血,而武家子弟如武嗣宗、武三思、武懿宗等人,都是气焰熏天。这武懿宗虽然相貌丑陋,身材短小,指挥打仗时愚蠢无能,但屠杀百姓是心狠手辣。河北百姓被契丹人掳掠去,好不容易逃了回来,他居然斥为通敌,将这些百姓活生生地剖腹挖肝,真是惨绝人寰。

这些情况上官婉儿知道得很清楚，因为当时她在武则天身边执掌机要，批阅过不少控告武懿宗的奏折，当真是声声是泪，字字是血，但有武则天的庇护，武懿宗仍旧稳做高官。当时有一天发生的情况，让她至今记忆犹新。

那一年，李隆基刚刚七岁吧，自己也还是二十八岁的青春年华。那一天，李隆基这个小家伙在几个甲兵的簇拥下去朝堂拜见祖母武则天，正好碰到武懿宗值殿宿卫。獐头鼠目的武懿宗借故呵斥李隆基的卫兵，以显示他们武家的威风，没想到尚为小小孩童的李隆基，却高声叱道："这是我们李家的朝堂，有你什么事？"

"李家的朝堂"，要知道当时李姓皇族，能活下来的也都改姓为"武"，谁还敢说是"李家的朝堂"？上官婉儿当时心就一揪，生怕这孩子惹怒了武则天，马上就有无妄之灾。可出乎意料的是，女皇脂粉掩饰下的老脸，却少见地绽出了温和的微笑，这一刻，她似乎变成了民间一位慈祥的老祖母。

善于揣摩别人的心理，是上官婉儿非常拿手的本领，但她一直不明白，当时的武则天为什么会有这样的态度？是出于疼爱小孙儿的天性，还是从李隆基这个小家伙身上看到当年自己要制服"狮子骢"的骄傲无畏之气？

李隆基，这绝对是个不能忽视的人物，加上太平公主也是他的强援，他更是如虎添翼。上官婉儿又往彩楼上看了一眼，心想：肥头大耳的唐中宗，简直就是头猪，安乐公主就知道胡闹，韦后虽然表面凶恶霸道，但对军国大事却是懵然不得要领。

但是上官婉儿内心希望这样的局面维持下去，这是她一生中最风光快乐的时候。在女皇身边时，她并无半分权柄，只是每天身心疲惫地处理各种烦人的文书奏折，还要小心翼翼地揣摩女皇的心思，稍有不慎，就有灾祸加身。

那天，她只不过是多看了一眼女皇的男宠张宗昌，眉目里流露出动情的神态，结果就被女皇用金簪狠狠地往眼睛上扎去，她慌忙中一躲，刺在眉心处，至今留下一个疤痕，不得不刺成梅花形状来掩饰。

每天清晨，她对镜梳妆时都提醒自己不能忘记了眉心上的这块疤！什么是地位？地位就是有的人在吃，有的人却只能看；有的人坐着，有的人却跪着；有的人可以随意打人，有的人却必须忍受。

她永远忘不了，作为一个卑微的宫女，那身份有多恐怖，一个总管宦官瞧你不顺眼，就可以把你活活杖打至死。你弱时，任何人都可以欺凌你、践踏你，而你想出头时，又有多少血红的眼睛盯着你，要扼住你刚昂起的头颈。

她不是皇亲国戚，不是生有皇子的宠妃，她是罪臣之女，能走到今天这一步，她度过了多少偷生忍辱的日子，又有多少如临深渊、如履薄冰的岁月！

所以，得势后的上官婉儿不愿意再居于深宫，她知道，这宫里虽然到处都弥漫着沉香瑞脑的气息，但还是掩盖不住背后那浓浓的阴气，有着发霉的味道、朽坏的腐臭。一到暗夜,仿佛就有无数的冤魂凝集成一片片血浆般黏稠的雾霭,随着殿角的阴风吹来荡去。

然而,婉儿虽然在长安坊巷里置下好几处私宅,但她还是没办法脱离这个华丽而阴森的皇宫。她敬佩李隆基和太平公主的英武决断,却还是不得不和令人恶心的韦后一党搅在一起。因为如果是李隆基执掌了天下,自己又将置于何地?又哪里会有这样的权柄风光?

当然,上官婉儿也不希望中宗和韦后彻底消灭了李隆基和太平公主,没有危机感的韦氏一族,还会把自己倚为臂膀,加以重用吗?所以,只有这两大势力平衡,自己才是一颗决定天平倾斜方向的重要砝码,虽然她的分量并没有多重。

婉儿正在遐思中,突然见慧范鬼头鬼脑地悄然过来向卫士们低声询问,不免大起疑心,此人是太平公主的亲信,此刻急匆匆前来,不知又在弄什么古怪。眼见他得知太平公主不在,就匆匆离去,心中颇有些后悔,何不将他唤住,套问些口实?

正在此时,一个贴身侍女递上来一个花钿锦盒,打开后,只见里面是一柄金丝镶边玉版做成的小团扇。婉儿心中一惊,忙吩咐侍女:"你们留在这里,要是皇上问起,就说我身体不适,先回府了。"

上官婉儿虽然名分上是宫里的昭容,但她并不常在宫中居住,而是在延庆坊等地修建了不少宅院。这些宅院,远不及安乐公主、太平公主的府第富丽壮观,但十分玲珑精致,处处可见匠心独具的小心思。

进得婉儿宅第,但见径曲屏小、松古石怪、亭朴竹疏、泉涌花闲,说不出的清幽别致。没有金玉满堂的俗气,却有几分山林隐逸之士的素雅。内行人知道,这样的池馆,花费的钱财并不少,像中庭那棵隐映在松柏中高三丈的玉石树,就是万里迢迢从天山脚下运来的,而花丛中间杂的白玉珊瑚,也都是宫里少见的珍品。何况婉儿的宅第据说也是机关重重,宝器秘藏,别人难窥究竟。

刚才说的那个是婉儿最常住的地方,叫作"天台苑",但婉儿的宅第不止一处,这一次她赶去的是最隐秘的一个宅第,婉儿将这里叫作"天枢馆",是专门处理机密事务的地方。当然,这处宅院朴实无华,就是长安城中一般富户的宅第形制,匾额上也并无"天枢馆"的字样,这个名称也就上官婉儿和几个亲随知道。因为里面放满了古书,几个亲随都误以为是"天书馆"。

此时天枢馆的几案上,放着一封蜡丸封好的密信,信中说:

毗沙门后人重返长安,窥伺神器,为我所擒,何用何从,望面见商榷。

扳儿

"毗沙门",这个名字婉儿似乎感到很熟悉,她知道,若非很重要的事情,扇儿是不会这样急促地约自己相晤的。她移开墙角的屏风,拉动墙上的两个铜环,走进一间暗室。

暗室里,赫然放着一尊六尺多高的金佛。这尊佛和洛阳龙门奉先寺的卢舍那大佛一模一样,面部丰满圆润,眉如弯月,嘴边微露笑意,神情带着三分威严和七分慈祥。

这尊佛是参照武则天当年的模样铸就的,也是当时开凿石窟时的模本,背面铸有八个古篆写就的字:"足金造佛,如朕帝身。"所以,在毕生畏惧武则天的婉儿眼中,这尊像的感觉就远没有外表那么慈和可亲。

此前,这尊金佛深为武则天喜爱,常供奉在其寝宫旁的一个佛龛内。神龙宫变之后,武则天已是缠绵病榻,无心再理这些事情。依她的意愿,此佛大概是应该陪葬乾陵的,但是当时人心惶惶,中宗等只顾自己登基即位后的军政要事,哪有多余的心思理会这等小事!于是上官婉儿就藏下了这尊佛,放到这间密室中。

金佛放在这里,婉儿是花了一番心思的,一般人不会发现这间密室,而且,即便发现了这间密室,掠走了金佛,也不是太要紧。因为,金佛并不是此处最重要的秘密。

婉儿移开密室角落处一个陈旧的蒲团,又轻踏了两下墙角的一个青瓷花砖,只见地面上,一个三尺见方的石板翻转下去,现出一条密道来,这才是更重要的秘密。如果有人发现了这间密室,目光肯定会先被那尊金佛吸引过去,想试着搬动金佛,而金佛只要一被搬动,那密道的机关就会被卡死,一时就难以发现和打开了。

幽冷的暗道中,有几个跪伏在地上的青铜人俑,头顶着一盏盏油灯,发出摇曳着的光芒。婉儿轻击两掌,一顶小轿由两个盲仆抬过来。这两人因为长年生活于地下,面目惨白,犹如鬼怪,婉儿有些厌恶地皱了皱眉头。

盲仆抬着婉儿,走过长长的地道,约摸走了一炷香的时间,来到一个刻满经咒的石幢前。盲仆扯动上面的铁环,打开了一道通往地面的暗门,却不敢再往前走了。婉儿下了轿,款步踏上石阶。

这是一间幽深晦暗的殿宇,厚重的金黄色帘幕深深地低垂,婉儿叹了口气,说:"即便是我,你也不肯当面相见吗?"

帘幕后却是可怕的寂静,隔了许久,才有一声若有若无的叹息声,仿佛是风吹落了一颗微尘般的细微,却又似乎凝结着千年幽怨一般的沉重。

零肆

终南别业

慧范马不停蹄，又直奔太平公主的山庄——终南别业。这里逶迤数十里，散布在终南山各个风景绝佳之处。太平公主和婉儿不一样，她不喜欢玲珑小巧的雅致，而喜欢极度奢华的巍峨壮丽。每当被人用肩舆抬上这高高的白玉石阶，端坐在这气度恢宏、丝毫不亚于皇宫的殿宇里，她就有一种如饮醇醪般的快意。

太平公主的生活非常有规律，她总是赶在日出前起床，就算是没有大朝，不用去皇宫也依然如此。每天早晨，如无风雨，太平公主都要到观日台上去用早膳。除了各式的精制点心外，太平公主早上最喜欢喝粥，每天必备一百样粥饭，尽管公主常用的不过是茯苓粥、人参粥、石英粥、杏仁粥等几种。

公主选定的粥里，须另外加上侍女们从花草叶上撷来的晨露，还有从十二名未经人事的清俊少年身上采得的阳精。然后，公主对着初升的红日，静静地用餐，这叫作"采日精"。而每次十五月圆之夜，水池边的揽月亭上，公主要对着明亮的圆月，吃年轻妇人初乳调和的粥饭，名为"吸月华"。

这个法子是太平公主的母亲武则天听一个叫明崇俨的术士所说，后来太平公主也信之不疑。当年明崇俨慨叹："食草者壮健多力，食肉者勇悍轻疾，食谷者智慧聪明，食元气者地不能埋，天不能杀，人之初生，必从精始，人之始生，本乎精血之原……"

于是，女皇武则天于久视元年，曾下令改控鹤府为奉宸府，命广选美少年为"奉宸供奉"，引得朝野热议。其实这些美少年被选入奉宸府中后，好多人根本连女皇的面也没见过，只是充当了"奶牛"而已。

早膳用毕，公主就会到朝元阁处理事务。太平公主杀伐决断，却并不喜欢樗蒲争胜或马球赌赛之类，她打心底信服母亲武则天曾说过的"以天地为赌局，以将相为赌具，以性命为赌注"，这才叫真正的过瘾。

中午，公主一般是和议事的宠臣们一起饮宴。太平公主公私分明，议事之时，神色一丝不苟，有功必赏，有过必罚，就算是昨天刚和她在床上耳鬓厮磨、缠绵有加的男人,如有言语不当、举止有错,也会疾言厉色地申斥。而散了议事之会后,公主褪去了满脸的杀气,成了一位和蔼可亲的贵妇人,轻易不发脾气。

而下午,太平公主往往会小睡一会儿,到了日晡时分,就是太平公主和男宠游玩散心、寻欢作乐之时了。这时的太平公主,又仿佛是一位满眼风情、春色无边的巫山神女。所以,身为太平公主男宠之一的崔湜,曾私下悄悄对别人说:"太平公主朝如魔母罗刹,令人生畏;午如慈眉菩萨,令人生亲;夕如高唐神女,令人生恋。"

太平公主不喜欢和男人鸳被同眠,她总是把欢爱和睡觉区别得很清楚,就连当年和薛绍新婚时,也是如此。她总是要到一间坚固而狭小的密室里安眠,身边不要任何人,就算是最贴心的侍从也要隔在紧闭的房门之外。这样她才有安全感,才能够睡得格外安稳。

至于驸马武攸暨,本来就性子沉谨和厚,整日里唯唯诺诺,如今年岁大了,患了头昏目眩之症,更是远远地偏居别宅,以伺弄鱼鸟为乐,诸事不问。

绣着衔花金凤的华丽帷帐中,太平公主午睡方足,正懒懒地倚枕而卧。两个清秀的童子一执银盂,一执茶盏,另有两个侍女端着盛满净水的莲瓣金盆,等待着公主梳妆。

只听侍女镜儿答道:"公主,武总管在东市为您寻得一幅画儿,不但称得上是流丹溢彩,神韵飞扬,而且还有一奇妙之处。"

她所称的"武总管",是武家的远亲,武攸暨没有当驸马前,他就在其府中效力。太平公主见他油滑伶俐,就经常使唤他做一些闲杂之事。

太平公主心情正好,说道:"哦,拿来看看,你倒说说有何奇妙之处。"侍女镜儿将卷轴展开,只见上面画的是月中仙娥,一轮明晃晃的月轮中,点缀着琼楼玉宇,单看这星河邈远、桂影婆娑之态,就知绝非凡笔。再看这画中的嫦娥面容,嘴角凝着盈盈笑意,粉面含春,眼波流盼,高华的气韵中又有一种别样的风情。

太平公主看了,心下极为欢喜,又问道:"这画倒是很不错,不过你说此画还有什么奇妙之处,是怎么回事?又像上次那样,晚上看会有另一幅画显现吗?那个妖道送来的画,夜半闪出一个蓝脸虬髯的五道神来,把本公主吓得不轻。"

侍女笑道:"不会的,公主。有了那次,属下哪敢再用那种妖物冒犯公主,这次是很好玩的。"

说罢,侍女镜儿让人取来一坛烈酒,接着打开了酒坛上的木塞。公主问:"这个时间取酒来做甚?"

镜儿笑道:"公主有所不知,这画上的嫦娥,闻到烈酒的香气,就会脸色发红,酷似饮酒之后醉颜酡红一般。"说着,用青瓷酒觚盛了满满一盏,放在了姮娥画像前。

不到一炷香工夫，这画中的嫦娥，脸色果然渐渐转红，真像是饮宴后大醉了一般。太平公主看了，朗声大笑道："有趣！有趣！"

侍女又赔笑道："公主，那个画画的人更有趣呢！"这镜儿靠近太平公主，放低了声音，又说道，"这画画的人，是个极俊秀的少年书生，相貌颇有几分当年'莲花六郎'的样子，武总管借口要买画，就把他带到山庄来了，可是听说这小子脾气倔得很，竟然不肯服侍公主，武总管气得想把他吊起来拷打，又怕伤了他那一身玉脂般的细肉，现在正关在畅春堂偏殿的小屋里呢。"

太平公主的偏好和母亲武则天极为相似，开始喜欢体格健硕、相貌英武的男子，如薛怀义、慧范那种，后来却喜欢清秀如女儿家般的稚嫩少年，如面若莲花的张昌宗。太平公主曾经和张昌宗有过数夕之欢，后来却将他转献给母亲武则天。二张后来倚权骄横，早已忘了太平公主的汲引之情，最后竟大有嫌隙，公主痛恨之余，心下不免时常耿耿。

太平公主听后却不生气，脸上带着听到小孩子淘气一样的神情，微笑道："这个少年有点意思，他叫什么？"

"听说姓张，叫张文放。"侍女答道。

"哦，"太平公主听了，眉头一扬，"我知道这个人，当年还是我母亲圣神皇帝临朝时，有人写诗讽刺朝政，说什么'补缺连车载，拾遗平斗量，杷推侍御史，碗脱校书郎。糊心巡抚使，眯目圣神皇'，竟然直接侮蔑则天大圣皇帝。这还了得，但经人查访，写诗之人竟然是一个年方十二的小童儿。母后惊讶不已，但见这小神童长得玉雪可爱，于是就没有为难他。算起来，他今年应该二十岁了吧。"

这时，又有两个侍女从外面进来，面露难色地悄声说道："公主，我们奉命给张文放送去香汤锦袍，让他沐浴更衣，他却执意不肯，还在大吵大闹呢。"

太平公主伸了个懒腰，笑道："猫儿捉到老鼠，不用急着吃，我太平公主看上的人，还从来没有跑掉的。"

正在这时，突然有人禀报："启禀公主，圣善寺主持慧范求见。"太平公主听了，不觉一怔：慧范是来自天竺的僧人，武艺精熟，而且擅用一些奇药媚术，可是现在慧范已老，早已不再充任自己的男宠，但很多事情自己还是挺倚重他的。如今这个时候他突然来访，是为了什么呢？

按说慧范应该知道每天这个点是太平公主销魂快活的时间，打搅了公主的兴致，那可是自找晦气。难道他也像当年的薛怀义一样，起了妒意？太平公主摇了摇头，又否定了这个想法，慧范为人持重多谋，绝不是薛怀义那样的莽夫。

一般情况下，太平公主是不在这个时候见客的，但慧范既然这样急着前来,必然有格外紧急的事情。于是她摆手,让侍女宣慧范入见。

慧范已是四十多岁的中年男人,他并不像长安城内常见的胡僧那样深目蓝睛、黄须多毛,除了头发卷曲、皮肤作古铜色、鼻子额角硬朗高耸外,他的相貌比较近似中土人物。

慧范让太平公主屏退左右,悄声禀告道:"公主,有件大事要禀告。毗沙门的后人重现长安,还想策动我谋反,已被我所擒。"

太平公主沉吟道:"毗沙门?当年的隐太子?还有后人在世?他们为什么要煽动你?你是我太平公主的人,朝野皆知,他们会策反你,难道是失心疯了?俗话说,苍蝇不抱无缝的蛋,慧范,你可要对我说实话。"

慧范看到太平公主那犀利的眼神,心想事已至此,就将原委如实相告吧,这样也好,自己说出来,总比从别人口中透露给太平公主好。

慧范踌躇了一下,正想如何措辞叙述,公主正春情荡漾,不耐烦地站起身来,吩咐说:"你慢慢写成密札,封于此处的密瓯之中,我晚上再看吧。"

太平公主带着八名侍女走进畅春堂。这座畅春园修于山坳环抱之中,此处遍地涌泉,计有泉眼九处,公主令人精心整饰,遍植荷花、香草。如今已是晚秋,荷塘中的莲花逐次零落,不堪再看,却早有花匠摆出诸位大臣精心进贡的菊花,清香四溢、缤纷多姿。

总管武崇福远远地迎了出来,他这人长得肥头大耳,个子本来就不高,加上体形臃肿肥胖,几乎成了个圆球,而且经常在公主面前作揖打躬,显得更加猥琐不堪。

不过,太平公主也听人说过,这只是在自己面前,出了山庄的门,他可是腆胸凸肚,高傲得很。而且他私下收了不少钱财,娶了九房花容月貌的江南美女做小妾,这些太平公主都知道。不过正所谓"不以二卵弃干城之将",这个人虽然贪点小财,但办些日常琐事时谨慎细心,明白自己的本分,所以武崇福在太平公主手下当差也近二十年了。

此时,武崇福满脸堆笑,指着玉阶前最大的一盆金黄色菊花说道:"公主请看,这一株百宝千头菊,是金吾大将军常元楷从潞州专门运来敬献的。"

太平公主瞥了他一眼,心想这人肯定是私下里收了常元楷的贿赂,才特意见缝插针地找机会为其多加美言。武崇福见太平公主的目光犀利如刀,仿佛是早已洞烛了自己所有的心思,吓得低下了头,心里像揣了只小兔子一样,怦怦直跳。只听公主说道:"赐常元楷二十匹绵彩缣缃。"

武崇福听了愕然,心想二十匹绵彩缣缃虽然在老百姓看来,也是价值不菲,顶得上穷苦人家一年的收入。但对于常元楷这样贵为将军的人来说,却未免是毛毛雨一般无关痛痒,他更指望公主能给他加官晋爵。

想到公主如此赏赐,老常恐怕要大大的失望。但既然如此,也是无法可想,所以当下只是略微迟疑了一下,随即就答应道:"小人先在这里替常将军叩谢公主了。"

　　然而,太平公主却从他这一瞬间的迟疑中懂得了他的心思,笑着说道:"你跟常六(常元楷排行老六)说,他给本公主帮大事,本公主就给他大的赏赐,如果只是弄株菊花这样的小事,也就只配给这些小的赏赐,知道吗?"

　　武崇福连连答应,听了好生欢喜。他欢喜不是为了别的,因为既然公主有话带给常元楷,那自己"上达天听"的任务就算圆满完成,老常就不能说那百宝千头菊送得冤枉,至于公主满不满意,那就不是他的事了。

　　太平公主斜倚在畅春堂的绣榻之上,金鸭状的香炉中,侍女燃起了百合香和麝香。这香气甜甜的,有一种销魂荡魄的气息。那镜儿见太平公主已经示意,忙命仆妇将张文放带进来。只见四名身高力壮的健妇如老鹰捉小鸡一般将一个美少年提在手中,来到堂内,踏倒在地。

　　这四名健妇也追随太平公主有十多年了,她们出身苗蛮之地,有的本来穷苦不堪,有的曾经被当地的豪强欺侮,身负血仇。太平公主需要的就是这样的人,她派人暗访后,或资助其脱困,或协助其复仇雪恨,因此,这四名苗女都是感恩戴德,死心塌地效忠于太平公主。

　　当年则天女皇的男宠薛怀义恃宠强横,女皇萌生了除掉他的意思,就命太平公主派这四名健妇埋伏在瑶光殿旁。那薛怀义来到时,四名健妇突然出手围攻,虽然薛怀义原先闯荡江湖,也是力敌数人的好手,但在这四名苗女的夹攻下,不一会儿就倒地被擒。后来公主示意不留活口,苗女们几下就扭断了薛怀义的颈骨,薛大和尚当即毙命,接着尸身被装进布袋,运走后烧掉了事。

　　张文放的脸先是紧贴着冰冷的青瓷地面,这时一名苗女扯起他的头发,让太平公主好看清他的容貌。只见这张文放面容姣好,眉目如画,确实有几分当年"莲花六郎"的神韵。

　　张文放久闻太平公主之名,却一直没有亲眼目睹过,只见她高额丰颐,龙睛凤颈,身着描金团花胭脂色大裙,显得十分威严高贵。

　　只听太平公主缓缓地说道:"我母后则天大圣皇帝,曾和朝臣讲过她当年还是一名才人时的事情。当时太宗有一匹宝马叫狮子骢,性子暴烈,没人敢骑。母后说,她要三件东西:一铁鞭,二铁檛,三匕首。铁鞭击之不服,则以檛檛其首,又不服,则以匕首断其喉。"说到此处,她的目光如箭一般射向张文放,"你可听明白了?"

　　张文放壮着胆子,嗫嚅道:"圣贤云:富贵不能淫,贫贱不能移,威武不能屈,此之谓大丈夫⋯⋯"没等他说完,太平公主就朗声大笑起来:"阿榕,带他去见识下,回来再看他怎么说。"

　　那个叫阿榕的苗女,拖着张文放来到一个黑黝黝的洞窟中。还没有进洞,就听得有人在嘶哑着惨叫。张文放听得心中发毛,颤声问道:"你要带我去什么地方？”

苗女阿榕厚厚的嘴唇咧开，露出洁白如砥石的牙齿，带着嘲笑的表情说：“你知道‘拔舌地狱’吗？下了地狱后，牛头马面们会掰开人的嘴，用铁钳夹住舌头，生生拔下，而且，并非是一下就拔下，而是拉长，慢慢拽……”

张文放是书呆子脾气，这时候脑筋倒还清楚，还在辩理：“我又没有恶语詈言诬陷伤人，污言秽语毁佛谤道，为什么要我受那拔舌之刑？”

阿榕在张文放屁股上踢了一脚，说道：“听祖奶奶给你说完，你不肯孝敬公主，我们要让你进‘拔根地狱’，活生生把男根从你身上拔下来，呵呵……”

张文放一听，顿时浑身发抖，求饶道：“我、我愿意听从公主玉旨。”阿榕揪住他的头发：“现在晚了，赶快进去吧，鬼脸老七给那个私通公主侍女的少年用完刑后，就轮到你了！”

幽暗的石窟中，一个巨大的青铜鼎里放满了桐油，粗大的棕绳当作灯芯，燃起熊熊的火焰。洞窟的顶上，钉着两个狰狞的兽头铜环，铜环上垂下拇指粗的绳索，一个和张文放年纪相仿的少年被倒吊在绳索上，身上的衣服被剥得一丝不挂，双眼半睁半闭，似乎已经昏死过去。

阿榕冷笑着说：“这个少年私通公主的一个侍女还不算，他们俩还将公主收藏的宝物偷到东市上去卖，准备攒够了钱就私奔到西域去。这也罢了，他们为了怕公主宝物失窃后被发觉，居然放了一把火把公主藏宝的地方给烧了，可惜公主收罗多年的书画珍宝但凡放在山庄的都没了，差点没把公主气死，那个侍女算是好命，逃跑时掉山涧里死了。这个少年被捉住后，公主要他遍受五刑而死。”

张文放饱读诗书，倒也听说过“具五刑”这一说。这是秦朝时的酷刑，先在脸上刺字为黥刑，后用刀割了鼻子，这叫劓刑，然后砍掉左右脚趾，并用藤条活活笞杀，死了还不算，还要斩首示众，并“菹其骨”，就是将尸身砍碎，再“肉于市”，则是像卖猪肉一样陈列于市场上。

据说秦时丞相李斯被宦官赵高诬陷谋反，就死于此刑。如今隔了近千年，张文放从没想到过，太平公主居然将严酷的秦法搬到今天来用，心中暗想：如果太平公主执掌天下，这唐朝百姓不又像暴秦之下的治民一样要饱受苦楚了？心中刚这样一闪念，又不禁哑然苦笑，自己尚且是泥菩萨过江，自身难保，还有心情“心忧天下”，也太过痴呆了吧。

阿榕得意地说：“我们公主可是石鼓，不是泥鼓，公主说这个少年虽然坏，脸蛋还是很俊的，公主从来不做煞风景的事儿，于是让我们把字改刺在他的屁股上，割鼻子、斩脚趾也不必了，他偷东西用手，就剁掉他的十指，私通公主侍女，就给他上‘拔根之刑’……”

张文放开始听得一愣，不明白“石鼓”、“泥鼓”什么的，后来结合前言后语一思索，料想公主原话是“师古而不泥古”，结果这个粗鄙无文的阿榕，错以为是"石鼓"和"泥鼓"了。

只见阿榕冲着那个倒吊的少年抽了一鞭，那个少年发出嘶哑的惨叫，身体就像陀螺一样转了几圈。张文放眼尖，看到他雪白的玉臀上用黑色隶体刺了"贱贼"两字，两腿之间已是血肉模糊。张文放吓得两腿筛糠一样乱抖，身体一软，竟坐倒在地。

阿榕把脸一板，一声厉喝道："鬼脸老七，将他押上匣床，用刑！"只见那个浑身漆黑、身上肌肉分明的昆仑奴，带着三名凶神恶煞的狱卒，立刻像鹰拿燕雀一般揪起张文放，还没等他明白过味来，身上的衣袍就被片片撕裂，赤条条地被按在了匣床之上。

这匣床设计得十分精巧，上有揪头环，系住张文放的头发；脖间有夹项锁，卡住他的脖子；又有压腹木梁，紧压住他的肚子；两脚则被用力向两边扯开，固定在匣栏两端的枷孔中。

张文放头不能转，只能看到这个洞窟黑沉沉的石顶，他吓得不停讨饶："阿榕，我求你了，你去禀告公主，我情愿侍奉公主！"然而，却始终听不到阿榕的声音。难道她已经走了？张文放又急又怕，虽然是三秋时分，天气已冷，又精赤着身子，但他还是汗出如浆。

鬼脸老七狞笑着举起大号的木钳在他眼前晃动。张文放第一次感觉到，在强权和威势的面前，他就像车轮前的螳螂一样无法抵抗侵凌而来的羞辱和痛苦，什么体面和骨气，都要被碾得粉碎。

文弱的张文放终于吓得昏死过去。

当他醒来时，却是在一处温泉的香汤中，两个婢女在用心地给他擦洗身子，并敷上青桂香露。他不敢再反抗，像只温顺的羔羊一样，被送到太平公主暖阁密室中的象牙床上。

阿榕拿出一束朱丝细绳，将他的双手双脚牢牢地缚在象牙床的四个角上，张文放怯怯地说道："我不敢违忤公主了，你不用绑我了吧，你一绑我，我就不自主地胆战心惊。"

阿榕把脸一板，训斥道："你要时刻记得尊卑有别，公主喜欢怎么样，你就要怎么样。刚才你也见了，得罪了公主是什么下场！"张文放吓得不敢再多嘴，只好唯唯称是。

一个侍女捧着玉壶过来，阿榕嬉笑着说："喂他喝了这壶九春虫泡就的药酒。"说罢在张文放脸蛋上扭了一下，"喝了后，你就不用担心伺候不好公主了。"张文放不敢不依，只好喝下。接着，阿榕等人放下桃红色的轻丝帐幕，轻轻地退了出去。

太平公主沐浴更衣后，缓缓地走了进来，她看着象牙雕床上这个清俊娇怯的男人，像只受惊的小兔子，心中登时浮起十分得意的征服感和满足感。太平公主喜欢让人怕她，这比有人爱她更重要。谁说男人从来就是强势，女人就是弱势？男人比女人力气大,狮虎熊罴比男人力气还大呢,不照样被关入囚笼。关键是看手段。

手段高明了,就没有人能不遵循我太平公主的旨意,就算还有这样的人,那就想办法让他从这个世界上消失。

窗外,金色的菊花在朵朵饱绽;暖阁内,太平公主骑坐在张文放的身上,又一次达到满足的巅峰。

神清气爽的太平公主重新沐浴后,由侍女们用肩舆抬回了朝元阁。她取出铜瓯中慧范的密信,看了后皱眉道:"这个慧范,做事越来越不清楚了。"说罢她唤来阿榕,"你去告知慧范,明天把那个毗沙门的后人,取了首级献来。"

零伍

五兵神窟

李煊和四大丑女被困在洞窟中，也不知过了多少时刻。开始大家都沉默不语，但隔了一会儿，只听铁孟光突然嚎啕大哭起来，嚷道："我不要在这里等死，我要和那个臭和尚拼一场再死！"说着，只听金铁敲击的声音，显然是她乱舞镶铁刀，砍中了周围的石头。

"师妹冷静！"只听金嬷母厉声喝止，"你这样自己先疯癫起来，成什么样子！"

铁孟光平时很怕大师姐，听了后不敢再乱舞刀子，但依然低声啜泣。其实此时大家的心中，都像铁孟光一样郁闷，铁孟光这样一发泄，倒似乎替大家将郁闷都散发出来了。

只听李煊发问："我想死前能明白，你们到底是什么人？为什么把我关到这里来？"

金嬷母叹了口气说："我也不明白为什么要把你关起来，但师父的亲笔信上就写着让我们把你关进'五兵神窟'。像她们……"金嬷母的声音顿了一下，她下意识地向三个丑师妹指了一下，马上又意识到这漆黑的山洞里，李煊根本看不清她的手势，心里暗骂自己糊涂，接着说，"像她们原来就从未听说过这洞窟的名字，也不知道有此洞窟。"

"五兵神窟？"几个人同时发出惊疑的声音。银无盐说："我进师门就比你晚几年，怎么师父就没有说过这个地方？"

金嬷母得意地说："师父好多东西都不和你们说来着，师父说，你们知道得太多，有害无益，所以很多事都不再和你们说。"

铜东施反唇相讥道："师父后来改了策略，肯定是因为看对你说得太多，让你生发了邪思歪念，所以后来就不再让乌七八糟的事情干扰我们。"

她们姐妹孤居寂寞，于是经常拌嘴为乐，金嬷母通常也不以为忤，但这次却被说得脸上发烫，原来确实是因为师父教了金嬷母写诗后，金嬷母竟然写了句："山高孤冷处，无日可逢春。"师父大发雷霆，将她痛骂了一顿，勒令她再也不准读诗，后来更烧了很多图书，再不让其他弟子修习杂学。

好在洞窟黑暗，大家谁也看不到金嬷母脸上尴尬的神情，她于是没有理会，接着说："这个石窟，叫作'五兵神窟'，也不是师父起的名字，而是附近的村民口口相传下来的。"说到这里，铁孟光插嘴道："'五兵'是什么东西？"

金嬷母说："五兵，传说是上古时蚩尤所造，是矛、戟、弓、剑、戈五种兵器。"李煊这时说道："我在洞里仔细搜寻了好几天，只发现了一些死人的头骨，并没有什么兵器啊？"

金嬷母没有理他的话，接着说道："这个洞窟在附近村民的眼中，很是神秘，原来每年要杀一名年轻姑娘作人牲，据说才能避灾免祸，不然就会有种种灾难出现。那一年，轮到窟东村里一家富户的女儿了，这家人不愿意让独生爱女白白送死，于是就全家逃走了。就是这年冬天，村里突然流行瘟疫，不少人的胳膊和大腿上出现了青黑色的斑块，溃烂而死。这病一传十、十传百，这个村里的人几乎全死掉了。"

铁孟光听得咋舌："真这样可怕啊？师姐你说得我浑身发冷。"要是平时，几个师姐肯定会你一言我一语地嘲笑铁孟光，然而此时大家都身处险地绝境，没了那个心思。

金嬷母顿了顿，接着说："后来又有这么一年，因为周围村民有女儿的，往往还没长大就被送走甚至卖掉了，窟边几个村子里，再也找不出年轻的姑娘来，结果大家合计，用泥土烧了一个陶俑献祭。结果这一年竟然天气大旱，村里颗粒无收。这时候，来了一个穿黄袈裟的和尚，自告奋勇要进窟去除妖，结果下去后，居然就再没有上来。又过了三天，村里的祠堂供桌上，赫然摆着和尚身上的那件黄袈裟，上面沾满了污血，腥臭难闻。村民们都吓坏了，十家有八家都逃离了这个地方。"

铁孟光越听越是害怕："那师姐，师父为什么敢让我们住在这附近？"金嬷母说："师父本领大，肯定是不怕邪的，这个地方清净，不会有闲人来，所以她才让我们在这里清修。"

铁孟光转念一想，惊叫道："不好，这邪魔肯定好多年没吃过姑娘了，今天一口气吃我们四个，捞捞本儿。"银无盐笑道："你身上肉最多最肥，妖怪肯定先吃你。"铁孟光更加害怕："你说妖怪吃人，是生吃还是熟吃？"

李煊忽然朗声说道："管他什么邪魔妖祟，就是打不过他，我们也要拼上一下，揪下他几根毛也行，不能让妖魔小看了咱们。再说了，这里既然叫作'五兵神窟'，那肯定有我们没发现的秘密洞室，说不定正好妖魔串门去了，我们还有逃生的路途。"

四大丑女听李煊这样一说，都觉得很是在理。金嬷母说："正是，与其坐以待毙，孰若起而拯之！李煊，我们此时要同心协力，不可再生相互争斗之心。"

李煊和其他三位丑女都点头称是。金嬷母让点亮火把，循着李煊曾经探访过的路，又仔细地查寻了一遍，除了多发现地上的几个死人骷髅外，并无其他收获。

金嫫母很是细心，将周围的石壁逐一敲击，却发觉处处凿实，也没有地方显示出有空洞。

铜东施有点沮丧，说道："这'五兵神窟'的名字，说不定也是以讹传讹而来的，听说有的村寨就叫'大佛寺'，可既没佛也没寺，啥也没有，当地人从来也不知道曾有过什么佛寺。"

铁孟光哀叹了一声："说不定几百年前，有人扔在这洞窟里几件破烂兵器，就有人起名叫'五兵神窟'了，咱们还是想法推开洞口的封石吧。"

大家都不由自主地抬头望去，只见洞口离洞底足足有七八丈高，想要攀上去已是千难万难，再要推开封住洞口的磐石，可真是异想天开。

李煊突然说："大家不要泄气，刚才金、金师姐不是说，有个和尚曾经下来后，再没出去吗？大家仔细搜过了，可有他的尸骨？"

四大丑女齐声说："我们仔细找过，只有一些人头，并无尸骨。"李煊说："这就是了，如果没有别的出路，那和尚必然是死在这里，死在这里就会留下尸骨，现在没有尸骨，分明是有其他出路嘛。"

铁孟光听了，欢喜拍手，银无盐却说："也许这和尚被妖怪吃了，连骨头都嚼了呢！"李煊愕然，一时无言以对。

金嫫母一直在低头沉思，这时开口道："银师妹，李煊说得有道理，照你说的那样，和尚失踪真是被妖怪吞掉，那我们就只好认命，人再有本事也斗不过妖怪不是？我们的一线生机，就是在假设没有妖怪的前提下，和尚肯定是从这个洞窟中去了另一个隐秘的所在。"

银无盐说："会不会这和尚偷偷从洞口又溜走了呢？"金嫫母说："这恐怕不可能，当时好多好奇的村民守在洞窟，七天七夜盼着和尚上来讲一下窟里的情形，结果始终没有见到他的人影。"

李煊突然眼前一亮："金师姐，你说和尚下这个洞窟的时候，正是大旱之时，是吗？"金嫫母察觉到李煊语气中的兴奋，突然也茅塞顿开，她一拍大腿说："唉，我怎么没有想到这一点呢！"

银、铜、铁三姐妹脑筋略慢，一起凑上来说："师姐快说，有了什么新线索？"金嫫母和李煊齐声说："小溪！小溪水下有密道！"李煊接着解释说："这和尚下来时，天气大旱，如今下了这许多天的雨，密道的入口肯定是被淹在水下了，我们都趟过那一段溪水，但都没注意水下有什么不是？"

铁孟光大喜，自告奋勇地跑到溪水处，屏住呼吸，一猫腰，就钻到了水下，没过多久，只听她"哇呀"一声跳了上来，说："吓死我了，水下有个死人！"

金嫫母焦急地问道："死人？是死和尚吗？"她心想，如果和尚死在此处，那就不足以证明洞内还有其他出路，这唯一的希望不免又破灭了。

铁孟光满手都是乌黑的淤泥，说道："我哪里知道是不是死和尚，活和尚我也不知道是啥样。"原来铁孟光幽居深山，确实没见过什么男人，更不用说和尚。李煊大概就是她平生看到的第一个男人。

银无盐说："师妹，和尚头上是没头发的，你可摸到头发了？"铁孟光说："我摸到的好像是头，又圆又滑，似乎没有头发。"

金嬷母越听越是失望，只听铁孟光又在纠缠不清："这和尚头上没头发，嘴唇上有毛发没？"于是大怒道："师妹这时候还有心情打岔，快去把死和尚捞上来！"

铁孟光嗫嚅地说道："我害怕，那个死和尚冰凉滑腻，头好大，腰好粗，想来是泡得发胀了，又恶心又吓人。"

这时李煊见铁孟光着实害怕，于是说："我去捞他上来。"说着从腰间掏出一条用撕下的衣服搓成的绳子，这绳子本来是他想用来攀上洞顶逃走的。铁孟光瞅见了，嚷道："好啊，原来你偷偷准备了绳索想逃……"

金嬷母截断她的话头，说："师妹，我们说过，脱险之前，不可再生敌念，何况李郎现在是帮你去捞死人。"金嬷母这句"李郎"脱口而出，自觉失言，已是羞得满脸飞红，幸好大家都聚精会神地看李煊下水捞死人，并未在意她的措词。铁孟光更是根本不明白"李郎"这词是亲昵的称呼。

只听众人惊呼声中，李煊用绳索拉起一个黑色的人形上来，铜东施一触手，奇怪道："这和尚就算是死了，也不能僵硬成这样子吧？"李煊笑道："不像是人，冰冷坚硬的，好像是尊石像。"

众人纷纷动手，舀水冲洗，那具"僵尸"渐渐露出了本来面目，原来是尊陶俑，塑的是一个笑容可掬的双鬟小丫头形象。

大家恍然大悟，而这更印证了金嬷母说的那回事，那年村民找不出年轻的姑娘来，于是就花钱烧造了一个陶俑献祭，这必然就是那尊陶俑了。

金嬷母仔细端详着陶俑，心中却别是一番滋味，她想这陶俑虽是泥巴捏成的，却似乎比我还漂亮了百倍，真可气，我的父母怎么会把我生得如此丑法。她心中这番话刚要说，又强咽了下去。因为此言一去，众师妹肯定要诘责她："你想生得漂亮做什么啊？勾引男人吗？"

金嬷母平生绝不敢起"勾引男人"这样的念头，但如今生死未卜，凶多吉少，身旁又紧挨着李煊这个俊朗的少年男子，不觉得思潮起伏难以自己。

大家听金嬷母深深地叹了一口气，还以为她是因线索中断了而失望，银无盐说："既然不是死和尚，那师姐你就不用叹气啦，我们再到水下去探一探吧"。铜东施突然叫道："且慢，你们看这水！"大家看去，火把照耀下，浑浊的小溪中不时翻出几缕暗红色的血水来，铁孟光伸刀去捞，捞上一团乱麻似的东西，仔细一看，似乎是人的头发，腥臭不堪，令人作呕。

铁孟光吓得后退了两步："难道水里有吃人的妖怪？"这时候又是李煊昂

然道："反正要是没有出路，在这洞里也是活活闷死。我下去探一探，就算当场死了，也落个痛快。"说罢，李煊把长绳系在腰间，对四大丑女说："你们扯住绳索，如果过了很久，我还没露出头来，说不定水下有什么古怪把我缠在水底，你们就用力扯绳子，说不定还能救我上来。"

四大丑女脸色郑重，一齐用力点了点头。铁孟光抢先过去，第一个紧紧地握住绳子的另一端，李煊做了个鬼脸，苦笑道："说不定一会儿你一拉，就只拉上我的半截身体上来，吓你一跳。"

金嫫母心中一酸，打断他的话说："别瞎说，你会安然无恙的。"铁孟光把自己的镔铁刀递了过去，说："你拿着我的刀，这是师父给我的，邪魔妖怪肯定会怕。"

李煊并没有接，笑道："你这刀太沉，我在水里不好使。"他又转身对金嫫母说，"如果我死在这里，你们又有机会出去的话，请费心找一下我的雪山白驼，看它是不是还活着，最好能托西域来的商人把它领回碎叶城去。"

李煊见四丑女谁也不答话，于是说："你们从来不下山，也不牵涉人世上的事情，我这个嘱托恐怕是强人所难了……"还没有等他说完，金嫫母声音哽咽着说："不是我们不答应你，是你根本就不会死，如果你死了，我们也绝不可能活着出去的，所以你的嘱托等于没说。"

火把下，李煊见四丑女眼中都闪着泪光，心中一暖，他朗声笑道："是啊。哈哈，说不定我下去就摸得珍珠玛瑙、金银财宝什么的，可说好了，咱们可不能均分，我要多分一点。"

铁孟光死心眼，说道："你分一半，我们四姐妹一共分一半好了。"接着她转念一想，又叫道，"呀，要是我们出不去，要这些金银财宝做啥用啊。"

嬉笑间，李煊已经潜入了水下，只见水花翻涌，渐渐又恢复了平静。四大丑女全都屏住呼吸，紧张地等待。这一刻，所有的心都在怦怦直跳。

隔了好一阵，李煊还没有浮上来，铁孟光着急了："师姐，不好了，我们快扯绳子吧！"金嫫母口中默念着数字计时，她摇了摇头。然而，又过了好一会儿，李煊还是没有上来，金嫫母急了，大声嚷道："快扯绳子！"

四大丑女一齐扯动绳索，只觉得十分沉重，绝非仅仅是李煊身体的重量，像是水下有什么东西用力扯着似的，她们更是惶急，用力一扯，只听"砰"的一声，绳索从中断掉，铁孟光猝不及防，一屁股坐在了地上。

铁孟光看着那半截绳子，突然间放声大哭起来，金嫫母抄起一根木柴，伸到水中去，一边捞，一边呼喊："李煊！李煊！"然而，水里面似乎什么也没有，李煊更是踪影皆无。

又过了有一炷香的时间，大家都注视着水面，依然没有什么动静。银无盐说："人在水下，哪能待这么久，李煊恐怕是难以活命了！"此言一出，四姐妹都泪如雨下，铁孟光突然说："都说男人都是坏人，我觉得李煊虽然是男人，但绝不是坏人。"这话在平时可是非常"大逆不道"的，如非身临绝境，铁孟光也没有胆量说出来，但是此言一出，其他三位师姐居然也都在心中默然赞同，竟无一人反驳诘难。

正在此时，突然水花一翻，李煊竟然湿淋淋地从水中出来了，丑女们大喜，金嬷母更是一下子握住了李煊的手，问道："可急死我们了，你怎么在水下待了这么久？有什么古怪吗？"

李煊满脸喜色，一边用手抹去脸上的水渍，一边说道："水下果然有暗道，我过去后虽然还是一片漆黑，但确实是一个狭长的通道，而就在这时，你们就拼命开始拽绳子，我好容易过来了，不想就马上回去，于是和你们较了几下劲，就用匕首割断了绳子。"

铁孟光冲着李煊肩头轻打了一拳，半嗔半喜道："原来是这样，你可让我吓得不轻啊！"铜东施追问："那个密道能直接通到地面吗？"经铜东施这一问，大家也纷纷询问，现在大家最想的就是能赶快回到地面，见到阳光。

李煊答道："我小心翼翼地走了几十步，前面依旧是黑漆漆的一片，不知道何时才是尽头，我怕你们太着急，所以就回来了。"

四大丑女随着李煊钻入水下，果然这溪水的一侧，有一个仅容一人通过的暗洞，铁孟光身材肥胖，银无盐和铜东施用力拉扯，她才硬挤过去。铁孟光暗暗庆幸，幸亏这两年自己还略略瘦了一些，要是像前几年一样的胖法，这个暗洞恐怕无法过去，那可麻烦了。

只见前面的通道实在是狭窄，四人挤成一团，铁孟光叫道："师姐，点火把啊！"金嬷母说："不好，我们的火绒全湿了，哪里生得着火？"铜东施埋怨道："师姐你一向谨细，怎么这次却粗心了呢？"

金嬷母脸上一红，自己这阵儿确实是思绪纷乱，以至于忘了这回事。这条窄道十分狭窄，低矮处只能猫腰匍匐而行。此时，金嬷母紧紧偎依在李煊背后，心中却别有一番心思。她觉得这险境之中，却也有好处，如不是在这样的地方，哪里能紧贴着李煊这个年轻男子的身体？这黑暗也自有黑暗的好处，李煊看不到我丑陋的样子，就不会太讨厌我吧？

金嬷母一时间胡思乱想，不能自己。在黑暗的窄道中摸索了许久也不知前面毕竟如何，别人都是忐忑惶急，她却心里充溢着甜蜜，潜意识中似乎盼着这条路能永无穷尽才好。

然而，万事总有个尽头。大家只觉得前面的路突然变宽了，虽然依旧目不能视物，但都能感觉出脚下变得平坦如砥，两侧的石壁也整齐光滑了，显然是经过人工精心整饰过的。大家心中狂跳，一阵阵兴奋。再往前走，前面隐约透出来光亮，李煊他们更是信心倍增，加快脚步向前走去。

"咦？"李煊突然停住了脚步，只见两侧石壁上刻出两个石龛，里面分别嵌着两个跪伏的青铜人俑。这两个人俑塑成方面怪眼的模样，手中竟各捧着一颗鸡蛋大小的夜明珠,照得洞内一片明亮。

众人狐疑不定,没有亮光还好,这夜明珠发出幽蓝的光芒,照得人脸上也是一片鬼蓝之色,从李煊眼中看去,四大丑女更是如罗刹海鬼一般恐怖。李煊心下暗暗庆幸:好在共同经历过生死患难,对她们并不感到十分恐惧了,要是猛然一见,定要吓个半死。

铁孟光伸手就想从青铜人手里把夜明珠抠出来,但那夜明珠似乎像铸在上面一样,竟然怎么也抠不动。金嬷母怕有古怪,喝止了铁孟光。再往前走,每隔十几丈,就有一对这样的青铜人俑,形貌略有不同,有的高鼻深目,有的虬髯卷发,多是胡人的形象。令人惊奇的是,这些人俑手中,都捧着几乎同样大小的夜明珠。

四大丑女不涉人世,金银财宝在她们眼中和石块瓦砾也没有什么太多不同,但李煊却知道,不少西域胡商贩买的夜明珠,远比这些小一多半,就要百两黄金呢。但此时身在险境,也无心去设法弄走这些夜明珠。

突然,只听铁孟光一声惊叫,李煊抬眼一看,一个身着红色衣裙的身影一闪而过,铜东施惊道:"是谁?这里面怎么有人?"金嬷母说:"我也隐约看见了,好像是个红裙女子。"银无盐颤声道:"这里面献祭了好多女子,难道是她们的冤魂?"

铁孟光吁了一口气道:"既然她也是被害的人,和我们应该是同病相怜,不会害我们吧!"

银无盐说:"那可未必,你听说过僵尸尸变吗?僵尸突然跃起后,连最亲的人也会扑咬的,这些红裙女鬼的脑子说不定都被鬼怪吃了,只剩下听鬼王指挥的躯壳而已。"铁孟光听了,吓得"嗷"的一声大叫,声音在甬道中回荡开来,更是瘆人。

李煊没有细听她们姐妹们说话,而是疾步走在前面,只见甬道斗然转了个大弯,一道巨大的汉白玉石门赫然出现在他的面前。门上阴刻着四个篆体朱红色大字,金嬷母此时也追了上来,兴奋地指着这四个字说:"五兵神窟,这就是五兵神窟了。"

大家一齐聚过来,只见这石门的边沿雕饰着莲瓣纹和葵花纹,足足有两丈高,半尺厚,单凭这几个人的力量恐怕难以推动,好在天无绝人之路,这神窟的石门,居然闪开一条缝隙,似乎能容人通过。

铁孟光最是担心,五个人中数她最胖,生怕大家都能挤过去,她却无法通过。于是抢先冲到门前,试了一试。原来因为这石门太过巨大,闪出来的缝隙看起来很小,实际上即使胖如铁孟光,通过也绰绰有余。

铁孟光性子最急,也不等别人,一下子就冲到了门内,只见"啊"的一声惊呼,就再也没了声息。其余三名丑女急得大呼:"铁孟光,你怎么了?有什么情况啊?"然而,厚厚的石门后,还是一片寂静。

金嬷母从门缝中探过头去，只见门后面是一片黑沉沉的死寂。铁孟光似乎被门后的黑暗一下子吞噬掉了，金嬷母又急切地呼喊了两声，也没有半点回应，只有她自己的声音在回响激荡。

金嬷母迈步就想冲进石门，李煊一把拉住她，说："先别冒失，提防门后有古怪。"金嬷母大为恼火："我的师妹不见了，赔上性命也要去找啊！你当然不担心她了。"李煊听了，脸上一热，非常尴尬。

铜东施劝道："姐姐出语伤人了，李煊也是为了你的安全，不要枉送了性命，只有我们健在，四妹才有被救出的希望。"金嬷母也醒悟过来，想说些致歉的话，却又一时不好出口。

突然，李煊觉得眼前一花，感觉五颜六色的圆球在空中飘来飘去，一会又渐渐地消失。他惊讶间，只听金嬷母开口道："这是什么，怎么飘过来这么多金黄的花瓣？"

"不好！"李煊忽然想起，西域胡商们说有一种毒药能让人产生种种幻觉，现在恐怕是中招了。好像听说，自己割破手臂放一点血可以抵御，但李煊却觉得此刻浑身像是用软糖捏就的一样，软绵绵的，不想动似乎也不能动，紧接着，又有一股暖意传遍全身，似乎连骨骼都要融化。慢慢地，他就什么也不知道了。

零陆

十二金人

蒙眬之中，李煊仿佛又回到了大漠，一转眼起风沙了，漫天的黄尘向他的身上覆盖而来，突然又变成了冰冷的雨滴淋在他的脸上。

他缓缓地睁开眼，果然有水滴落在他的脸上。首先映入眼帘的是一个巨大的铜人头像，她高挽发髻，愁眉紧蹙，眼珠足有马球一般大小，而且在不断地滴下眼泪。

李煊吃了一惊，同时又发现自己正躺在这个铜人硕大的手掌里。他转头一看，更是一惊，铜人手掌离地面足有三丈多高，自己要是一不小心翻个身，掉下去不免摔个半死不活。但随即惊奇地发现，铜人的手掌似乎有一种吸力，像是能把自己牢牢地粘住似的。

抬眼望去，这里依然是一个石窟，顶上用铁锁悬着一个火球，一直在燃烧，发出耀眼的光芒，然而，这石窟实在太大，光还是照不清地面的情形。对面石壁上镶着一面圆圆的大镜子，发出蓝幽幽的光。

突然，这面镜子里显现出一朵仿佛摇曳于风中的曼陀罗花，娇艳的花瓣缤纷飘落，紧接着，镜子里显现出一个朦胧的女子身影。虽然看不清面目，但李煊却也能感觉到她婀娜妩媚、风姿迷人，和四大丑女有霄壤云泥之别。

一个清脆悦耳的声音在李煊的头顶响起："你来到幽冥灵界，快将一生的功过讲述出来，让冥王评定功果，度你超生。"

李煊心下一惊，心想难道我早已死去，进了阴曹？可是听说阴间有奈何桥、阎王殿、牛头马面什么的，怎么这里全然不像？但不敢多问，心想这里没有油锅、刀山，岂不是好事！肯定是仙女眷顾，才免了地狱之苦。当下哪里敢隐瞒，于是就一五一十地从小时候说起，"好事"如救活被狼咬伤的羊羔，"坏事"如上树掏鸟窝中的鸟蛋之类，统统慢慢讲来。

那仙女似乎听得有些不耐烦，打断他的话，说道："幼时的无聊之事，不必说了，就说你来长安是为了什么？"

李煊叹了口气，说道："唉，老仆尔朱陀经常和我讲长安的繁华，我经常牵着他的衣角，要他带我来，他却一直不肯，这一次终于答应了，却出现了这样的灾祸。对了,尔朱陀的魂魄也在这里吗?"

仙女冷冰冰地说:"你们都将再世为人,各分东西,一会儿喝下孟婆汤,诸事皆忘,就不必询问了。我见你的箓簿之上,粗笔重写的黑字大罪不少,当入抽肠地狱关一万年。我出于慈悲心肠,怕勘查有误,才来询问,你是否尚有隐瞒?"

李煊听了,浑身发抖,说:"绝对没有隐瞒,我怎么敢和仙女你这样的神明撒谎?"接着他思索了一下,"对了,老仆尔朱陀在路上,有次很郑重地对我说,这次去长安,要找一个刻有一龙一虎的白玉印,上面的字是'敕正万邦之宝',说是对我们非常重要的东西。而我当时并未在意。"

那仙女声音一变,显露出非常急切的心情,说道:"这是本朝开国高祖的御印,一般人谁敢收藏? 你们找这东西做什么用?"李煊吃了一惊:"是吗?是皇上玉玺? 那我可就不知道了。我是绝对没有坏心的,仙女娘娘您就大发慈悲,放我回去吧!"

只听那仙女轻声娇笑:"只要你此后对我言听计从,不敢违拗,我就有法力让你想什么就有什么!"李煊大喜道:"真的吗?"仙女声音一沉:"哼,怎么你还不信?"李煊忙连声说:"我信、我信……"仙女问:"那你最想办的事情是什么? 大胆说就是。"李煊说:"让老仆尔朱陀活过来,我们一起回西域还过原来的生活。"

仙女一时沉默起来,李煊随即黯然说道:"人死不能复生,可能连神仙也难办,看来我这愿望是无法实现的……"仙女打断他的话说:"这其实也不难,但你就没有别的愿望吗? 比如,你就不想看看我的容貌!"

李煊心中一荡,忍不住说:"虽不敢有刘阮天台遇仙之想,我也很想看一眼仙女的花容月貌。"

只听仙女突然"呸"一声,厉声叱道:"看你样子倒像个憨厚郎君,哪知道也这样不老实!"李煊吓得噤若寒蝉,心想这仙女的心思好生难以捉摸,忽阴忽晴,实在是变幻莫测。

李煊一时正想不起怎么应答,只听一声巨响,右面的石壁突然塌下了一块,跟着"呕呕哑哑"地辗过来一辆铁车,这铁车样子极为奇特,四周包着铁甲,活像一只铁盖大乌龟。

一个粗豪的声音在里面冷冷地说道:"贺兰晶,你这个小妖精,又在装神弄鬼了? 上次你用暗弩射死了我师兄弟四人,如今我有备而来,暗道中的弩箭根本伤不了爷爷半根毫毛,哈哈哈!"

那仙女却并不答话,也没有半点声息。突然,李煊身下的铜人腹内一个苍老的女人声音说:"魏家兄弟,你贪图钱财,受了那赃官兵部尚书宗楚客的一千两黄金,来帮他取回罪证,这事就算是你们的师父知道了,也要把你们清理门户。你以为躲在这王八壳里,我们就奈何不了你了?"

这声音从铜人的腹内发出，瓮声瓮气的，回荡在耳中，很是瘆人。"乌龟车"里的汉子显得十分恼怒，口出污言秽语骂个不休。没多时，突然洞顶上浇下一股黑水，落在"乌龟车"上。这铁车一沾黑水，就像冬天里的冰块遇见热汤一样，融化成黑黑的汤汁。

那姓魏的汉子"嗷"的一声怪叫，从车里跳了出来，双手扣捂着后脑。李煊依稀看见他脑后的头发已被黑水腐蚀掉一大块，露出鲜红的头皮来。

"魏三，你抬头看一下。"老妇人冷笑着说道，"看见了吗？"李煊也想扭头去看，但他身在铜人的手掌里，视线受到障碍，看不到有什么情况。但魏三却看见了，正对着他，一排黑衣人，手持亮闪闪的钢弩，早已瞄准了他，魏三心下一惊，心知今日定然有死无生。

却听老妇人说道："魏老三，你能找到这个洞窟，也算得是个人物。不过你脑筋太不灵光，兵部尚书宗楚客给了你一千两黄金，你们就费尽心机来杀我们主人。却不想想是我们主人好杀，还是宗楚客那个蠢货好杀。你们去杀了他，同样可以赚得千两黄金。"

魏三听后似乎茅塞顿开，跪地求饶道："求你们放了我，我帮你们去杀宗楚客这个狗官，千两黄金也不要了，我回去就带过来献给你们。"

这时，圆镜背后的仙女突然开口了："哼，我们想要杀兵部尚书，何必用你？我们只用一个三岁小孩送个密函，将他的罪状公布天下，宗楚客的人头不久就会悬在长安东市。你身负血仇，安肯忠心于我们，现在要想活命，也可以，吃下缚心丸就好了。"

魏三惨然一笑："吃了缚心丸，我就会像他们一样。"说着他一指那些黑衣盲仆，"眼也瞎了，人也傻了，像狗一样听你们使唤，一点自己的思想也没有了，那还不如死了快活。贺兰晶，你小小年纪，竟和你母亲一样的歹毒，早晚有报应的一天，啊……"

没等他说完，一支弩箭正中他的喉咙，贯穿而过后，又射在后面的石壁上，溅出一点火星来，可见这强弩的力道实在大得惊人。紧接着，雨点般的箭将魏老三浑身上下射得和筛子一样，到处都是血洞。

李煊看得惊心动魄，大气也不敢出，又怕这仙女也给自己喂了缚心丸，心中忐忑不安，不由自主地浑身战栗。

突然间，一个声音阴恻恻地说："狐眠败砌，兔走荒台，尽是当年歌舞之地；露冷黄花，烟迷衰草，悉属旧时争战之场。盛衰何常？强弱安在？"大家同时一惊，纵目四寻，竟然看不到有任何踪迹。

"在上面！"李煊失声叫道，原来他身子被粘住，只好仰面向上看，倒是首先发现了这个幽灵一般的黑袍人。众人听到李煊的叫声，纷纷抬头仰视，只见一个黑袍人犹如一个巨大的黑蝙蝠一样头下脚上，倒悬在石窟顶部，还荡来荡去，似乎马上就要掉下来。

黑袍人幽幽地叹了一口气："这个汉子虽是个浑人，但说的话也有些道理，晶儿你一个女孩儿，也整天双手沾血，实在不是件好事。依我推算，不久就将发生一场天翻地覆的大血灾，你还是早早远避天涯才好。"

只听圆镜后贺兰晶愠怒的声音说道："你是什么人？怎么也知道我的名字？和这魏老三是一党吗？"

黑衣人声音凄凉："前尘旧事，恍若隔世。我的名字，你们这一辈人可能早就不知道了。三十年前，老夫叫作明崇俨。"

"明崇俨！"这可是当年的一位神秘人物，有一年唐高宗李治患头疼病，昏厥烦闷，几欲死去。满朝的御医都束手无策。正惶急无措时，宫外来了一位神采如仙、姿容如玉的美少年，自称学得仙人奇术，可治皇上的顽疾。他屏去左右，只用三根细如发丝的银针，就治好了高宗皇帝的病痛。皇帝龙颜大悦，把他看作仙人。

相传他玄术通神，执掌仙佛不测之机，极尽天地包藏之妙。有一年夏日里，人人热得大汗淋漓，天皇唐高宗食不下咽，不禁感慨，这个时令，再好的珍馐美味也吃不下，要是能有一盘冰雪摆在面前，岂不胜过那驼峰鱼翅？明崇俨应声答道："此事不难，待小臣去阴山之巅取来。"说罢，取了桌上的一个邢窑白瓷瓯，转身而去，不多时，满满的一瓯寒雪就呈在御宴之上。

类似这样的奇异之事，大家哄传的还有不少。一时间天皇天后对明崇俨都是恩宠甚隆。然而，只过了一年多，一个初夏的月明之夜，明崇俨的宅第内传出一声凄厉的呼喊，那声音响彻了官街坊巷。当巡夜的兵士们赶到时，只见明崇俨浑身青紫，脸庞漆黑肿胀，早已气绝身亡，胸口插着一支明晃晃的匕首。

有人轻轻一抓匕首的后柄，就觉得像被蝎子蜇了一下，手指奇痛无比，紧接着，手指也肿胀溃烂，后来忍痛截去几个指头，才勉强活命。明崇俨的右手中紧握着一个黄布卷轴，人们不敢乱动，后来有人用铁夹子钳过来，展开看时，只见上面写着十六个血红的大字：

鬼车九首，妖怪之魁。凡所遭触，灭身破家。

人们惊骇不已，都纷纷传说明崇俨经常役使各种小鬼为他做事，鬼怪们不厌其苦，这才"造反"，将他杀死。

后来，太子李贤的一个家奴，供认是太子派刺客所为。因为明崇俨经常在武则天面前进言，反对李贤继位。事情到此，似乎就完全明朗了。哪知道隔了这许多年，怎么又冒出一个人，自称是明崇俨？

贺兰晶哼了一声，说道："明崇俨是天后时人，早已被太子所杀。你假冒他的名字，有何图谋？"

只听那黑袍人说道："世事波谲云诡，众人口中所传的事，真假参半。就算是史册中所记的事情，有时也并不可信。我讲这样一件事给你听：那一年，我在含光殿的内廷御宴之间，变化出一盆双头牡丹，天皇天后大喜，当时上官婉儿，也就是现在的上官昭容，还是个年方十四的小丫头，即席吟诗道：'势如连璧友，心似臭兰人。'高宗皇帝大喜，将一支镶有夜明珠的玳瑁簪赐给了她。你日后让你娘问一下，就可证实。"

贺兰晶心中一惊，追问道："难道当年你是诈死？那如今为什么又主动把这个大秘密告诉我们？"

明崇俨呆了半晌，一言不发，似乎在追忆当年的事情。良久，他叹了口气，说道："我们之间颇有渊源，当年我确实是诈死，要不是我假装先死掉了，我们一家老小、六亲九族都会被杀个干净。你可知当年要杀我的是谁？"

贺兰晶道："难道不是太子李贤？"

明崇俨哑声说道："不是，他也是被诬陷的，他虽然对我并无好感，但还不至于做派人行刺这样见不得人的事情。真正想杀我的是武则天！"

"天后？我不是听人说，你和天后情意缠绵，十分暧昧吗？"贺兰晶奇道，"她为什么要杀掉你？"

"那一夜，天后深夜召我入宫。"明崇俨声音有些颤抖，"我当时以为是武后患了什么急病，要我医治。哪知道宫女引我进入一个宫室里，四面全是明鉴秋毫的铜镜。在几十支巨烛的照耀下，我居然发现，天后浑身赤裸，竟然寸丝未挂。"

贺兰晶欲言又止，明崇俨却似乎察觉到了，接着说："你可能会想，天后勾引我，并非是什么坏事，一个大男人家，又怕什么？可要知道，与天后私通，此事非同小可，如果皇帝知晓，那可是满门抄斩之祸！我明崇俨当年丰姿过人，身边可不缺美女相伴，犯不上冒险来私侍天后。"

"然而，我刚说了句'天后安歇，微臣告退'，哪知道天后一摆手，她的贴身侍女团儿，拿过来一个人偶，我一看，这人偶是高宗皇帝的样子，上面写了他的名讳，并密密麻麻地插满了钢针，我当时就汗如雨下……"

"这肯定是天后拿来威胁你的把柄，并非是你做的吧！但世人都知你擅长厌胜祈禳之术，你可是逃不了干系的。"

"一点不错，当下天后宣称，早已安排了人手，在我的住所及我老家的宅第里都秘密放置了人偶，一旦有什么风吹草动，就将此事揭露，那时我们明家一门良贱都将死无葬身之地！"

那一夜，已过去了三十多年。明崇俨却依然清清楚楚地记得，纵然他精通幻术和武艺，在天后武曌面前，却像猫儿爪下的小耗子一样任其摆布。年已半百的天后保养得丰腴细嫩，散发着成熟女人的风韵。

然而，她却带有一种近乎疯狂的贪婪神情，对情欲的贪婪，明崇俨从未见过女人的眼中竟会有这样的神情。他被天后下令绑在镜殿的象牙床上，天后骑坐在他的身上，那骄傲和满足的神情，仿佛是征服了一匹不听话的烈马……

大家都沉默不语，各自暗地里盘算，过了好一会儿，明崇俨才又缓缓地说道："如果只是让我成为则天皇后的裙下之臣，我也认了。而后来的事情，却让我生死两难。你可知道，你们的独门秘药缚心丸的来历？"

贺兰晶听了一惊，随即说道："你既然也知道这是独门秘药，来历自然不便对外人说。"

"哈哈，"明崇俨笑道，"小女娃言辞倒是应对得很伶俐，只不过骗得过别人，却骗不过我，这缚心丸正是我和六位宫廷御医一起创制的！"

"啊，你这话是真是假？"贺兰晶其实也不知道这缚心丸的来历，只知道这种丸药炼制不易，而且对人脑损害极大，又无解药可施，不可轻易使用。此刻听这个不知真假的明崇俨言之凿凿，一时间将信将疑。

明崇俨知道她不肯轻信，于是说："你可能也不完全知道缚心丸的秘方，但是你应该知道，你们总会派一部分人去交趾去捉一种大个的花蜘蛛，采一种有暗黑斑点的毒蘑菇吧，这正是用来配制缚心丸的材料。"

贺兰晶大惊，心想此人说得果然不错，不免对他的话由将信将疑几近转化为深信不疑，当下追问道："那你当年配制这丸药，是为了什么？想用来加害则天皇后？"

明崇俨苦笑道："加害她？我可没那个胆量，你是没见过天后，她那双眼，就像传说中的秦宫明镜一样，能照人肝胆，我的任何想法，似乎都逃不过她的眼睛。给我的感觉，她不是人，她是魔、是妖，幻化后来到人间的。这丸药是她责令我配制的。而武则天配制这丸药，是想给当时的天子唐高宗服下，让高宗变成一个神智全失、任人摆布的行尸走肉！"

明崇俨接着叹道："如此谋逆大事，我自然不愿意去做。但天后线网密布，我如果忤逆她的心意，不免有亡身灭族之祸。就在丸药即将配制成功之时，高宗皇帝突然宣召我入内面圣。我当下惊惶失措，以为事情败露。但宦官和卫士都堵在面前，也无计可施。"

听到此处，李煊暗暗心惊，惦记着这个叫贺兰晶的小仙女，会不会让自己也吃下那可怕的缚心丸。

"然而，高宗皇帝见了我，却是一脸的慈和，他看我神态慌乱，以为是我面睹天颜，心情紧张。就温言勉慰，又命宫女赐来茶水点心。我想皇帝召我这等江湖方士，多是问长命长寿之道。于是就开口谈论些健体养生之术，哪知高宗悯然一笑，说自知人寿有限，各依天命。他听说我能通达冥界、召神役鬼，所以想让我为王皇后、萧淑妃、魏国夫人、太子李弘等一些人祈禳超度。他拘于时势，未能约束天后专擅，实在是心中有愧。"

"我看到高宗皇帝言语真挚，眼中闪着泪花，不禁大为感慨。皇帝仁厚慈和，治理天下，海清河晏，实在是一代仁君。我又怎么忍心做下犯上弑君的大逆之事！"

明崇俨的声音回荡在空旷的石窟中，句句惊心："于是我就萌生了'金蝉脱壳'的想法，正好当时有一个市井流氓，假冒我去奸淫了司录参军家的张小姐。我将此人擒拿住后，看他和我确实很是相似，就让这家伙吃下我刚配制成功的缚心丸，他果然心智全失。于是就让他假扮成我，对外宣称是试制药丸，不慎中毒，染重病在家。我希望天后能允许我回归千里外的故乡，就此远离这诡谲恐怖的宫廷旋涡。"

贺兰晶问道："既然你想保全自己，称病不仕也就罢了，为何还要费尽心机找人假冒自己？"

"你还是不了解天后的为人，她是何等狠辣绝情的人物，连尚在襁褓中的亲生女儿都下得了毒手，何况我这等外人！何况我又知晓了如此多的秘密，那是必须要置我于死地才安心的。"

贺兰晶恍然大悟："原来你故意让天后派来的刺客当场刺死了假明崇俨，然后又将他的尸身扮作中毒而发的样子，好让细心的人也辨不出你的样貌，对不对？"

明崇俨叹道："我这把戏瞒得过别人，其实却并没有瞒过天后，好在有人帮我遮掩。"贺兰晶奇道："那则天皇后又是如何识破的？"明崇俨沉吟不语，似乎有什么难言之隐。

原来，假明崇俨本来和他就有八九分相似，明崇俨本人又精通易容改妆之术，给假明崇俨修眉理鬓、剃须敷粉之后，已是十分相像。加上后来那具尸身又熏以黑气，作中毒浮肿之状，纵然是自己朝夕相处的亲随，恐怕也认不出来。

哪知道，刑部的仵作刚走不久，天后的心腹侍婢扇儿就来了。她奉天后之命，摒去左右人等，命宦官将尸体的下裳剥去验看。原来，这明崇俨的私处，有一颗豆粒大小的红痣。明崇俨刻意"修饰"他的替身，却哪里会想到"修饰"这下身的隐秘所在。天后果然是心智过人，专门找这最不易为人察觉的弱点，实在让明崇俨惊出一身冷汗。

明崇俨知道，依天后的性情，知道自己欺骗她，肯定要将明家满门抄斩，杀个干净。于是情急无奈下，秘密约见了扇儿，被迫答应将本来决欲毁去的缚心丸秘方送给她作为交换，让她代为遮掩此事，这才得以保全余生。

天后后来听扇儿说，尸体的私处果真有一枚红痣，大小方位一点也不错，虽然还是有些疑心，却也有九分相信了。她一直疑惑为什么明崇俨能这样轻易地被刺死，后来自己想，大概果真是因炼药中毒，才导致神志不清、武艺全失，是真的有病在身了。

于是武则天的心中倒是有了一丝愧疚，所以下旨追封明崇俨为侍中，又厚赏给明家不少的金银财宝。明崇俨就此隐姓埋名，不敢透露半点踪迹。

此事说来很是不雅，又牵涉到不少他不想说的秘密，于是明崇俨不答贺兰晶的话头，而是说道：

"今天我讲的已经不少了，那些旧事，要是聊起来，能说上个三天三夜，件件都是让天下人震惊的大秘闻，本来都是应该烂在肚子里的，但今天说给你听，是想劝你和你母亲别再卷入这宫廷的争斗。以我明崇俨为例，如果当年不贪图金马玉堂的荣耀，如今我还是到处结友饮酒、徜徉四海的道遥羽士，怎么会这样人不人、鬼不鬼地活着！而且，我能活着，就算是侥幸了。"

贺兰晶听了"人不人、鬼不鬼地活着"这一句话，似乎心有所动，她问道："前辈肯以秘密相告，定然和我们颇有渊源，能否示下？"

明崇俨打了个呵欠："这个你以后自知，不必说了。"说罢，他一扬手，一个铜球扔在了地上，发出"铛"的一声脆响。只见铜球在地上弹了两弹，滚落到贺兰晶藏身之处。

贺兰晶拾起铜球，只见这铜球是空心的，表面镂着一只金凤，凤眼处却是镂空的，里面依稀有东西。她再抬起头来，发现那洞顶处的明崇俨已无影无踪，真是行如鬼魅。自己虽然也知晓一些幻术，但还是惊奇不已。

贺兰晶拔下头上的发钗，轻轻地从铜球中挑出一张纸笺来，上面有蝇头小字写道：欲款通消息，置信于内，放在十二金人之齐王像口中，取于韩王像腹内，阅后即焚，慎之！

贺兰晶却没有依言烧掉，而是收于怀中，眼见李煊依然在铜人手掌中，想到因这两个人一搅，自己扮不成仙女了，不禁很是扫兴。她语含恚恨，对李煊说道："李煊，而今你尽知我等不少机密，这如何是好？"

李煊惊得汗出如浆，说道："你们的秘密，和我无涉，我起个誓，不对任何人说就是了。"

贺兰晶正色道："背信弃盟者，数不胜数，哪里算得数！眼下有三条路，一是生路，二是死路，三是不生不死路，任你挑选。"

李煊心道：死路肯定就是杀了我，不生不死多半就是吃下缚心丸，当一个行尸走肉。于是他开口道："我当然要生路，但不知生路如何走法。"贺兰晶笑道："生路就是你加入我们的玉扇门中，受我指挥，终身不得违拗。"

李煊踌躇一下，却也无法可想，于是说："我愿终身听仙女的吩咐。"贺兰晶听他仍然叫自己仙女，又高兴起来，笑道："那好，现在你说一下愿望，让我施法力帮你。"李煊脸上一红，说道："我现在只觉得肚中饥饿，身上湿冷，想吃点东西，换件衣服。"

"哈哈……"贺兰晶发出银铃般的笑声，"计婆婆，你来带他去，给他穿最华贵的衣服，去吃上好的筵席。"

一言既罢，镜中贺兰晶的身影，已淡去不见。

没多久，一只带着长铁链的钢钩从天而降，一下子钩住李煊腰间的衣带。这只钢钩用力一提，只听"嗤"的一声响，李煊背后的衣衫给铜人手掌粘下来一大块，连后背都火辣辣地生疼，看来自己确实是被类似树胶的东西粘在铜人手上的。钢钩迅速向上提起，李煊只觉得后面凉飕飕的，心想不好，这下衣衫也被粘掉一大块，如此露着屁股见人，尤其面对贺兰晶那样的美少女，可真丑死了。

没想到，李煊来到上面，只见收铁链的是两个盲人。这里仍然是石窟之内，两边都有长长的通道，黑黢黢的不知通往何处。这两个盲人一言不发，径直往前走去。李煊急忙跟在他们后面，可是脚下一软，一个趔趄，差点摔倒在地，然而生怕自己再迷失了道路，只好强打精神跟着前行。

七转八转，来到一个石窟之内，只见一个巨岩上满是琳琅精致的石花，犹如草原中千花怒放一般，密密麻麻地聚在一起。这些石花玲珑剔透，全是出自天然，宛若鬼斧神工，璀璨夺目。一个青铜人俑跪在地上，手擎油灯，火光闪耀下，从石花后面转过来一个打扮得花红柳绿的女子来，只听她用嗲声嗲气的声音说道："小弟弟，姐姐身上这衣服漂亮不？"

李煊定睛一看，不禁大为惊讶，只见这女子虽然身材玲珑娇小，但一张脸上如核桃一般满是皱纹，少说也有六十以上，惊奇之下，不免发起呆来。这老婆婆见李煊对她目不转睛地看，突然又做害羞状："你这样子色眯眯地看人家，好难为情的。"说着，用一方冰丝罗帕掩住了老脸。

李煊哭笑不得，正错愕间，想起仙女提过计婆婆这个名字，想必这个扮嫩的老婆婆就是她了。还没等李煊开口，这计婆婆就唠叨起来："你这浑身脏兮兮的，不免熏坏了人家，赶快去前面的汤池中泡一泡，换上我给你准备的衣服。我给你准备的这件衣服啊，可是从长安东市裁云坊买来的，那布料和绣工啊……"

计婆婆说个不休，还不时从怀中掏出瓜子、核桃仁填在嘴里，边吃边说，竟然互不影响。又过了一会儿，李煊看计婆婆东拉西扯，从衣服说到鞋袜，从针线活讲到抛绣球，无休无止，于是行了个礼说："晚辈先去沐浴更衣，回来再听前辈赐教。"

计婆婆勃然大怒，把手中的瓜子、核桃往李煊脸上一丢，气冲冲地说："什么前辈，你觉得我很老吗？"李煊一惊，忙辩解说："晚、在下只是说您见识高卓，知道的事情多，并非是年老之意，您声音清脆，如燕语莺声一般，像是年方二八的女子……"

只听"啪"的一声，计婆婆不知从哪里抽出来一根鞭子，一下打在李煊的屁股上，把已经破损的衣衫又撕下一大块，口中骂道："什么叫'像是年方二八的女子'？'像是'，那就不是，你还是说我很老，还是说我很老……"

计婆婆气恼之下，连声音也没了矫饰，变得苍老起来，李煊听了出来，她就是刚才躲在铜人腹内的那个年老妇人。李煊情知又说错了话，加上屁股都要露出来了，于是往下拽了拽衣服，裹紧后跑到左边石洞的汤池去沐浴，心想这样计婆婆总不会再赶过来了吧。

　　左边山洞里，有一个鸭蛋形状的温泉汤池，虽然出自天然，但边缘似乎已被人工修饰过，装饰了很多整齐的白玉般的石条。池中正热腾腾地冒着白气，李煊心下大喜，忙脱去衣服跳进了汤池之中。哪知道，一阵脚步轻响，计婆婆又跟了过来，李煊窘道："男女授受不亲，还请……回避一下。"

　　计婆婆却咯咯地笑了："当年我在洛阳开黑店，凡是色眯眯地瞧我的男客商，我就一下迷药让他们睡死过去，然后拖到后堂，剥光洗净，当猪一样宰了，做成人肉大饼卖给别人吃。这男人的光屁股，我见过成千上万，怕什么！"

　　李煊大惊，说道："刚才你也说我色眯眯地瞧你，肯定也是想杀我了，骗我自己洗干净，倒省了你的事，我只想求你，能不能让我死个明白，把这些天的怪事真相告诉我？"

　　计婆婆往嘴里又塞了一瓣橘子，笑道："那是很多年前的事了，后来我改了脾气，谁要是不色眯眯地瞧我，就杀谁。你所谓的这些怪事嘛，我可都一清二楚，但是主人有吩咐，是不能告诉你的。"

　　李煊好奇："主人，谁？是那个仙女吗？对了，和我一起的四个丑女，她们怎么样了？"只见计婆婆捂着嘴，拼命大嚼零食，又对他摇着头，似乎是很想说，又要忍住不说的样子。

　　李煊知道她为难，于是说道："如果刚才问的这些事，你不可以对我说，那我也不强人所难，那这里是什么地方，那个铜人又是怎么回事，能告诉我吗？"

　　计婆婆如释重负，咽下满口的食物，清了清嗓子说道："这事你可问对了，如果问别人绝对不会知道得如此清楚。不过，我也只能给你讲一部分。这里面的铜人你只见到一个，还记得是什么样子吗？"

　　李煊想了想，说道："好像是一个女神的样子，高挽发髻，衣冠高古，不像是本朝人物。"计婆婆拍手道："你这小子还有点眼力，这是秦始皇当年所铸的十二金人之一。"

　　"十二金人？"李煊一惊，说道，"我倒听说过，秦始皇当年灭掉六国，收天下之兵器，铸成十二金人。但后来被董卓等人拆毁熔化铸钱用了。"

　　计婆婆道："这你就只知其一、不知其二了，你想天下的兵器，有多少件？当年秦始皇怕六国百姓再造反，就把他们的兵器都收上来熔化了，铸成好多个铜人。除了你刚才说的那一套，这座石窟中的十二个铜人，应该是比较大的了。你倒猜猜，你见过的这个铜人是什么人呢？"

李煊脱口说道："这是秦始皇的妃子？公主？不对，这个铜人好像愁容满面，难道是六国国君的王后？"计婆婆眼睛一亮，说："你这小子还真聪明，这里面的十二个大铜人，正是按当时为秦所灭的六国国王和王后的样子铸成的，你见到的那一个，是燕国的王后。他们都是跪着的姿势，秦始皇想让后人见到这铜人，就时时记起他当年灭掉六国的威风煞气。"

"那这个石窟是做什么用的呢？"李煊问道，"是不是秦始皇也葬在这里？哦，我想错了，秦陵巨大，世人皆知是在骊山。"

计婆婆摇头说："这事也不可贸然断定，帝王们疑心重，多有做假坟来迷惑世人的。有些事情我们也不明白，一开始发现这个地方时，第三层第二个石窟里面有一具巨大的石棺，大家都猜测或许有秦始皇的尸体。可是费尽九牛二虎之力打开时，里面竟是盛了满满的黑色污水，这黑水很可怕，沾在人身上就会奇痛无比，还慢慢地溃烂。总之，这里面机关重重，直到现在，我们也只发现了十二铜人中的九个，还有三个不知藏在什么秘密所在。"

李煊在石窟中待了这许多时日，并无兴趣再寻幽探秘，只想早点出去，重见天日。他对计婆婆说："我只想走出这个石窟，管他是秦始皇的还是汉武帝的，我好想再看一眼太阳。"

"见太阳还要等一等。"计婆婆见李煊听了一愣，随即又笑道，"不是不让你出去，只是现在不是白天，还是黑夜。""哦。"李煊长吁一口气。

说话间，李煊已经洗浴干净，穿好了衣服，却见计婆婆一转眼间，竟然不知道上哪儿去了，他不禁有些着急，难道又在骗我？好在正犹豫间就听到脚步声响，计婆婆手中多了一块碧蓝色的雕花玉珮，递给李煊说："把这个带在身上。"

李煊摇手道："我一向不习惯带这些零碎又不实用的东西。"计婆婆脸色一变，嗔道："这是刚才那个仙女给你的，你要是不收，她可要生气了，她要是生了气……"李煊没等她说完，吓得赶紧说："我收下就是了，赶快带我出去吧。"计婆婆脸带笑意，上下又打量了一番李煊，神色好生奇怪。李煊不免有些纳闷，却不敢多言。

跟着计婆婆七绕八绕，最后从山坡上的一棵大空心树里钻了出来。八名黑衣盲仆，早已备下两顶轿子，让他俩乘坐。此时明月在天，秋风飒飒，虽然已是繁霜满地，落叶萧萧，但李煊轻吸一口清新的空气，心中有说不出的愉悦。

零柒

玉版团扇

此时，早已是城门紧闭，夜鼓响过，金吾卫士不停地在街上巡视。但计婆婆取出金字令牌，一路上畅行无碍。七转八转，来到一座宏伟壮观的府第前，只见两侧石兽巨大，玉石台基高达三级，朱漆大门前，站着不少身材魁梧的金甲卫士。红灯笼上写着"韦府"两个大字。

李煊见这阵势，不禁有些惶恐，轻声问计婆婆："我们来这里做什么？"计婆婆露出神秘的微笑："你没听到里面传来酒饭的香气和歌舞丝竹之声吗？让这里的韦国舅请你吃最好的宴席啊。"

但见计婆婆的老脸上嫣然一笑，显得甚是诡异，李煊不禁又心下惴惴起来。

这座府第的主人，正是当朝韦后的胞兄韦温，他前不久刚被韦后在中宗驾前保举，做了太子少保，同中书门下三品。如今皇帝又命韦家子弟分掌左右羽林军。

这皇家羽林军，最为精锐者称为"万骑"，是护卫皇室的禁军。最早是在唐太宗时，选了几百名最为骁勇的猛士，随侍左右，叫作"百骑"。后来人数逐渐增多，到则天女皇时，就称为"千骑"，如今到了中宗一朝，改称"万骑"。

韦温的侄子韦播、外甥高嵩，被任命统领万骑。说来这事还是上官婉儿给韦后出的主意。她见韦后虽然威权极盛，但外强中干，于政略上粗疏糊涂。将来恐怕抵御不住太平公主和李隆基联手的锋芒。于是她趁韦后浓睡方足之时，就悄悄前来进言。

韦后云鬓蓬松，心中还回味着前夜骊山温泉宫的狂欢。自从上官婉儿为韦后进献美貌男宠后，韦后食髓知味，不断派人从民间搜罗掳掠美貌少年。她生性淫毒，这些少年无论是否合意，都一概事后秘密杀掉，扔到御沟中灭口。

这一天，韦后的贴身女侍卫贺娄氏悄悄来禀告，说是锁在养润馆中的那名少年不见了。这贺娄氏是一名人高马大的胡人女子，面色黧黑，力大无比。韦后见她忠实可信，又武艺高强，于是特意把她留在身边，并封为内将军。宫中侍卫皆听她号令。

韦后焦急，正要下懿旨彻查。安乐公主却笑吟吟地进来了，她见只有贺娄氏一人在场，也不避讳，附在韦后耳边，嬉笑着说："母后，您怎么挑的都是最差劲的次品，是上官婉儿送来的吗？"

贺娄氏忙躬身行礼，说道："属下办事不力，请皇后恕罪。"心中却想，似这般几天就弄死一个，哪里去找这么多"良材美质"的男子？

韦后料想是女儿作怪，当下笑着说道："我听上官婉儿讲过一个故事。在晋朝有个傻子皇帝叫晋惠帝，大臣说天下闹饥荒，老百姓纷纷饿死，这傻皇帝说：'他们吃不上饭，怎么不弄些肉汤喝喝？'女儿你也是，有你的美貌郎君武延秀陪着，自然要笑话我们这些打野食的人了。"

安乐公主得意地说："说起我家武延秀，确实是男子中万中选一的人物。女儿以前初嫁武崇训，觉得他也相当不错，但后来认识了武延秀，那却又有天上地下的分别了。每次我抱着他啊，身体就好像一块糖糕，要粘在他身上，化在他身上……"

韦后听得心里痒痒的，截断安乐公主的话头道："你可得着宝了，别说这些没用的，难道你肯让武延秀来陪我？"

安乐公主嫣然一笑，偎在韦后身边说："这有什么不可以，母亲当年生裹儿，那是多辛苦，就让他陪母后一次，也算女儿尽了孝心。"

韦后怦然心动，她素来也目睹武延秀风姿动人，但不知还有如此高妙的手段。但随即又摇头道："让延秀来陪侍，毕竟有悖伦常，以后相见时，也未免尴尬。"

贺娄氏脸上露出谄媚之色，趁机进言道："奴婢的老家是蛮荒未化之地，于男女大防，从不计较。每逢盛夏月圆之时，全寨青壮男女就过'百合节'。大家喝足了椰子酒，赤身裸体，跳到溪水里相互嬉戏，捉对儿欢爱，尽情取乐，全不管辈分亲疏的。"

韦后听了，羡慕不已，说："这可比宫中逗人开心的'泼寒胡'之戏有趣多了。"安乐公主附和道："就是，那'泼寒胡'啊，无非就是一群胡人大冷天光了膀子，让我们用冷水泼，看谁能泼着，然后看那些怪模怪样的胡人的狼狈样儿。第一次把我笑得肚子都疼了，但年年都是老样子，我都没兴趣了。不知道为什么父皇还是那样高兴。"

韦后嗔道："你父皇啊，就是个庸才，玩也玩不出新鲜花样来，这国家大事，要不是因为我帮他料理啊，哼哼……"

贺娄氏察言观色，小心翼翼地说："要不，我们在宫中也过次'百合节'？只不过如今天气寒冷……"安乐公主拍手叫好："不怕，我们去骊山温泉宫，在莲花汤里嬉戏。贺娄将军，我记得你们蛮人脸上画有花纹，还戴着各种鸟兽面具，不如就这样给母后扮上。到时候你们都是一张大花脸，我那绣花枕头一样的郎君武延秀肯定认不出来是谁。"

韦后心下大悦，口中却矫饰道："胡闹！胡闹！"安乐公主摇着韦后的手臂说："我老奶奶则天圣神皇帝，比我们更胡闹得多呢！人生一世，草木一秋，快活一时，便宜一时。前天听上官婉儿读了一首诗，原诗我记不得了，反正意思是说出了城门，全是死人的坟墓，这些死人埋在地下，无知无识，郁闷死了。所以，要趁能吃能喝能玩，尽情享受啊。"

贺娄氏赔笑道："对对，依奴婢看，不如这样，这几天我们再捉几个美貌少年来，加上我和公主驸马，一起陪皇后玩一次'百合节'。"

韦后含笑不语，但大家心知肚明，都知道她是十分乐意的。

于是，寒霜满地的深秋之际，韦后却有了一次春意荡漾的畅快之游。从骊山回来后，她美美地睡到第二天的下午。此事上官婉儿自然也探到些内情，但她佯作不知，悄悄进言道："当年废太子李重俊作乱，幸好中宗皇帝亲自向叛军宣谕，我等才能幸免，如今再不可重蹈覆辙，不如建议皇帝将所有羽林禁军，都交给韦家亲族统领。这样皇后您才能高枕无忧啊！"

韦后听了，心中大悦，觉得上官婉儿真是忠心可嘉。忙吩咐侍女将大轸国进贡来的重明枕、神锦衾、碧麦、紫米等宝物送给婉儿，婉儿推辞一番，只得如数收下。出得宫来，婉儿当即写了一个短笺，说明诸韦执掌禁军之事，封于蜡丸之中，派人密送太平公主知晓。当然，她绝对不说是自己出的主意，只说是韦后撺掇中宗安排的。

韦后的胞兄韦温，是个不学无术的大草包。当年唐中宗第一次即位时，还不知道母后武则天的厉害，就先把老丈人韦玄贞从蜀地小吏升为豫州刺史，没过多久，又想升他为侍中，朝中大臣纷纷反对，中宗当时很傲气，发怒道："我以天下与韦玄贞，何不可！而惜侍中耶！"

结果武则天知道后，当即大怒，立马废了中宗皇位，把韦玄贞连同四个儿子包括韦温也远远地流放到广西钦州。当地有家土豪叫作宁氏兄弟，对他们横加折辱，老头子韦玄贞当场气死，韦温的四个哥哥韦洵、韦浩、韦洞和韦泚抢起刀剑和宁氏族人拼命，结果都被剁成了肉酱，母亲崔夫人也被宁家兄弟扔到江里淹死。韦温懦弱怕死，跪下给宁氏兄弟装孙子，才逃得一命。

如今中宗又复立为帝，妹妹韦氏成了皇后，朝廷派大将周仁轨领十万大军，将宁氏兄弟寨中的男女老幼全部杀光，鸡犬不留，大大地出了口恶气。宁氏兄弟一直逃到海上，被周仁轨派快船追上斩首。一直给宁氏兄弟当猪倌的韦温，也立马一步登天，成了纡金曳紫的朝中权贵。

中宗颁下诏书，让韦氏兄弟统领禁军，这自然是天大的喜事。韦家叔侄子弟先是一起进宫拜谢了韦后，然后就齐聚韦温的府第，大开酒筵，欢饮达旦，不醉不休。

此时，已近初冬时分，秋风如箭，不断地从门窗中透进来。韦温的外甥高嵩,已喝得醉醺醺的,正举着巨觥欲敬韦温,一阵轻风吹来,将他的帽带拂动,落在酒觥里。韦温的侄子韦播,肥脸小眼,半倚在案几上,嬉笑道:"高嵩兄弟人馋,帽子也馋,哈哈!"

那马脸高嵩,听了这话,也打趣道:"帽子馋?它不算最馋的,我的脖子最馋,那次我去贵府见了嫂子裴夫人,它馋得直流口水呢!"

韦播也不以为忤,讪笑着说:"我那老婆虽有几分姿色,比你家豆卢娘子可差远了,只是豆卢娘子浑身雪白,就左边大腿根有一颗小红痣……"话音未落,高嵩已是脸上青筋暴起,直欲拍案发作。

这豆卢娘子是他最宠爱的一名小妾,平时防闲甚严,不允许她出门半步,她住的屋子周围都洒上香灰,每天高嵩都要亲自查检,就怕她和男人勾三搭四的。可以说连猫儿狗儿也没个雄的,怎么却让韦播这个色狼得了手?

韦播见高嵩真急了眼,忙笑着赔话说:"兄弟你别急,其实你家豆卢娘子我也只是见过一面,一根汗毛也没碰过她。之所以知道这事儿,是我的小妾穗儿告诉我的,她有次酷暑之时去你家,和豆卢娘子唠家常,一起洗浴时见到的。"

高嵩这才释然,笑骂道:"你这家伙,可真下作,差点让我冤枉了我家豆卢小娘。"一直在旁看他们胡闹的韦温,装出尊长的架子来,说道:"我侄韦播啊,你小子脑瓜挺好用的,也放在正事上一点,别整天想的全是吃酒、搞女人。"

韦播连忙点头道:"叔父教训得极是,侄儿一定为咱们韦氏一族出计出力,当然了,大事还是要叔父亲自掌舵,我们几个小辈是不成的。"然后他岔开话题,又借机献媚道,"刚才都是这秋风捣乱,前些天越州刺史派人送来一架紫檀木的屏风,上面刻有十二个仙女,改天我给叔父送来。"

韦温听了,老脸上却显出怫然不悦之色,他从鼻子里"哼"了一声,说道:"你小子以为我府里没一架像样的屏风吗?一般的屏风,老夫还真瞧不上。今天我给你们瞧点新鲜玩意儿。"

说罢一拍手,几十名体态丰腴、身材高大的美女手持银盘走了进来,盘中盛着各色岭南佳果。这些人进罢果子,并不离去,而是团团而立,将正在饮宴的席中人围住,一时间密不透风,只觉得脂香粉气,扑鼻而来。

韦温一捻长须,得意地笑问:"诸位,看我这架肉屏风,比那些金的、玉的强得多吧!播儿,你那屏风上刻的仙女,都是死的,有这样香喷喷、软乎乎吗?"

韦播、高嵩这才意识到,原来韦老头子是让这些家妓围成一圈,做屏风之用,心里暗骂:刚才还人模狗样地教训我们,不要只会喝酒、耍女人,你这老小子,心思也没用在正事上啊!但脸上却挂着笑容,交口称赞这"肉屏风"真是活色生香,销魂荡魄。

韦家一伙人正在酒酣耳热之时，突然一名仆人悄悄地走到韦温身边，将一个花钿锦盒送到他面前。韦温打开后，只见里面是一柄金丝镶边玉版的小团扇。他大吃一惊，忙说："快将来人请到惠风堂上坐，献茶敬果。"

原来，半年前的一个深夜里，发生了一件让韦温现在想起来都心生寒意的怪事。当时歌舞宴罢，韦温带着七分酒意，正拥着一个扬州歌妓想要入帐寻欢。忽见前面韦府南端的清赏阁，点亮了灯火，而且一明一暗，如此反复三四下。

这清赏阁是韦温商议机密要事和存放重要公文的地方，平时严禁闲杂人等入内，这夜半时分，有谁会去那里？韦温大怒，唤来几个仆人，手持火把，登阁一瞧，四处却无异样，只是高高的红烛不知被什么人点着了，烛光之下，一柄金丝镶边玉版小团扇下压着一张字条，上面写道：

钦州负义，欺心瞒天，脚踏母身，足蹴兄首，暗害姊妹，何忍心耶？

韦温见了，如五雷轰顶一般，吓得像雨淋的蛤蟆一样发呆，几乎软瘫在地。原来，当年广西蛮酋宁承基欺辱杀戮韦家一族时，韦温滑头，自称要保留韦氏血脉，于是换了身破烂衣服，扮作韦家僮仆。这也罢了，但他看宁氏凶残，大有将韦家无论主仆全部斩尽杀绝之势，就扑倒在宁承基脚下，声称和韦家有深仇大恨，并狠狠地踢了捆成粽子般的母亲崔氏三脚，将老母踢得肋骨折断，口吐鲜血，又将亲兄弟韦洵、韦浩等人的头颅当球一样乱踢一通"泄愤"，以此换得性命，苟活于世。

这还不算，他有一姊一妹，姿色相当不错，于是被宁氏兄弟抢到寨里，逼为妓女，饱受奸辱。而正当周仁轨大军前来，要将两姐妹救出时，韦温怕自己做的那些丑事被姐妹们揭发，于是就先趁乱在她们住的竹楼下，点了一把火，将自己的亲姐妹活活烧死在里面。

韦温自以为做得天衣无缝，但没想到还是有人知晓，这留纸条的是人是鬼，还是神？韦温一时心乱如麻，彷徨无措，此事如果大白于天下，别说天理国法不容，就是自己的妹妹韦后，也要先剥了他的皮。韦后打小就不喜欢自己这个哥哥，她和二哥韦浩、大姐韦薇关系最好……

韦温当时失魂落魄，心中蓦然想起传说中的"掠剩鬼使"来。故老相传，人的财禄是阴司注定了的，如果享受太过，就会有"掠剩鬼使"来掠夺，难道真是这样？想自己积敛的财宝如果化为流水，那可要心疼死了。

后来他悄悄打听，得知也有不少官吏收到过小团扇为标记的秘笺恫吓，据说江湖上有一个极为神秘的组织叫作玉扇门，其中耳目众多，诡异莫测，掌握了很多位高权重之人的隐私和把柄，而且据说其中的首脑人物，直接上达天听，和宫中最有权势的人物来往甚密，好在这些人物也不轻易动用他们手中的杀手锏,只要凡事给他们行些方便,就安然无恙。

如今,他一见这锦盒中的小团扇,吓得浑身全是冷汗,连忙将李煊和计婆婆二人请到惠风堂单独会见。

这惠风堂装饰得极为华贵,李煊一进这惠风堂,就觉得有一股淡淡的香气,似乎很是熟悉,一时间却想不起来。只见一架巨大的云母屏风将宽敞的堂宇隔成内外两个空间,家僮让李煊他们入内,踞坐于红线软毯之上,随即奉上茶点果品。

李煊却皱着眉头,一直思索这里的气味怎么好像似曾相识,突然,他一拍大腿叫道:"我想起来了!"然后转过头问计婆婆,"婆……"李煊刚一出口情知不对,吓得赶紧装作"啵"的一声吐出嘴里的果核,计婆婆精明过人,当然也知道他的心思,这次却并未动怒。

"这里的香气和安邑鬼宅里那间有吊死鬼的堂屋的气味一样。"李煊神情惶恐地附在计婆婆耳边说。

计婆婆却哂笑道:"真是穷荒僻壤的傻小子,这是用芸草捣烂后粉刷的墙壁,不但室内清香不散,还能驱虫祛邪,夏天连个苍蝇蚊子也不会有的。"

李煊听了,这才明白,记得当时还以为这种香气有毒,不禁尴尬地一笑。但对安邑鬼宅中的种种诡秘事情,还是充满了疑问,他刚想再问计婆婆,却见她一摆手,侧耳做倾听状。只听有浊闷的脚步声传来,换上官服的韦温已走了进来。

计婆婆见韦温脸色铁青,淡然一笑说:"韦大人,我等来此不是想为难于您。只求您两件事。"韦温慌忙施礼:"实在不敢当,但有所命,一定尽力,一定尽力。"

"这两件事很是容易办,一是给我们准备你府上最好的宴席;这第二件事嘛,"计婆婆看了李煊一眼,"等我们吃完后再说。"

韦温听说并非什么难事,先放下一半心,但还是好生奇怪,这两人专程赶来,竟是为了吃一顿饭,不知安的是什么心。当下不敢怠慢,忙命人速速准备。

韦温一扯柱边的红绒绳,门口响起清脆的金铃声,走进来一个珠圆玉润的厨娘。这位女子看样子三十来岁,长得极为富态,圆圆的脸就像一张摊开的大饼,手中拿着一张玉版金笺,向韦温和李煊他们躬身行礼后,朗声说道:"两位贵客,请听我读一下食单。"

韦温却不耐烦地一挥手:"别啰唆了,快去准备,食单上这八十八道菜,统统呈上来,耽误了时辰,你们每人都要吃二十鞭子。"

计婆婆取了朱红色食单,拿给李煊看,上面用烫金字写着:

白龙臛、金粟平锤、丹心宝袋、小天酥、仙人脔、清凉臛碎、五生盘、过门香、汤浴绣丸、凤凰胎、箸头春、同心生结脯、缠花云梦肉……

后面还有一大片,李煊终于看到了个"肉"字,猜测这些大概是荤菜,又拿过天青色食单,只见上面写着:

玉露团、贵妃红、见风消、单笼金乳酥、水晶龙凤糕、御黄长生饭、金橘水团、乳糖椎、拍花糕、十色小丛食、锦丝头羹、百味韵羹、劝酒果子库十番……

这些菜名闻所未闻,也不知道是什么材料,李煊看得目瞪口呆,计婆婆却淡然一笑,问道:"怎么没有'素蒸音声部'这一道菜?"

那厨娘面露难色,说道:"这道菜只有唐宰相家的柳五娘才会做……"韦温一挥手道:"马上备车,去接柳五娘来,我修书一封给唐休璟,他没有不依的道理。"

不一会儿,珍馐佳馔接二连三地呈了上来,李煊在山洞里有一顿没一顿地吃了好多天夹生白米,这时胃口大开,吃得津津有味。边吃边听计婆婆讲解,他才明白,原来"白龙臛"是鳜鱼身上的肉,"金栗平锤"是鱼子儿,"丹心宝袋"是羊肉、丸子、猪心放在一起做的,而"小天酥"是鸡丝和鹿肉丝穿上铁签炙烤而成……

相比之下,李煊最喜欢"清凉臛碎"这道菜,这菜是野狸肉炖明脂,肥而不腻、鲜香爽口。计婆婆不断笑着提醒他,别一道菜吃得太多,要留着肚子好品尝遍这八十八种美食。

李煊大快朵颐,吃了有一个多时辰,只见六名侍女直接抬了一张几案过来,上面有十多个一尺多高的小人儿。明亮的红烛光下,仔细一看,原来是十多个歌女的样子,眉目清晰,姿容婉丽。李煊甚是惊奇,不知道突然抬上来这些类似于玩具的小人儿做什么用处。

只见韦府的婢女们不停地忙碌,不一会儿,共抬进来六张几案,个个上面摆放着千姿百态的歌舞伎人,有的怀抱琵琶,有的口吹横笛,还有的手执鼓槌,作势击鼓,有的似在引吭高歌。李煊大致数了一下,似乎有七十多个,他看得口中啧啧称奇。

计婆婆笑道:"这就是今夜的压轴大菜——素蒸音声部,你来尝尝吧。"李煊听了一惊:"什么!这些小人儿也是菜吗?"

那厨娘含笑劝道:"请贵客品尝。"李煊惊问:"真的能吃吗?"

计婆婆嗔道:"真是傻小子,要是不能吃、不好吃,就显不出做菜人的功夫了,直接弄一堆泥塑的人俑端上来不就得了。快尝尝,现在天气冷,一会儿凉了口感就不好了。"

计婆婆笑着让李煊仔细观看,果然,这些舞姬的衣服绿的是青翠的菜叶,黄的是剪裁好的蛋饼,红的是玫瑰的片片花瓣。这眼睛似乎是嵌了一颗黑色的豆子,但这豆子的形状太像人的眼睛了,连瞳孔的细致部分也是惟妙惟肖,实在让人惊奇。

说罢,计婆婆指着其中一个最为丰满的盘中"姬人",示意让李煊下手来吃。

李煊见这人偶做得如此精致,又是可爱的女子模样,实在不忍心去吃。计婆婆却不管那一套,当下一筷子把那个最富态的"菜舞姬"夹了过去,"喀"的一声,就咬掉了半个脑袋。

李煊想起计婆婆自己夸口开黑店时,常剐了人肉来烧菜,心下不禁悚然。却听厨娘劝道:"这些人偶连头发都是可以吃的,这头发是突厥使者特意进献的龙须菜,也叫发菜,有解毒清热、理肺化痰、调理肠胃之功效……"这厨娘的口齿甚是伶俐,一连串词儿脱口而出,想必是经常介绍她这份得意之作,早已是倒背如流。

李煊见她一直诚心诚意地劝,于是也拿起一个人偶学着计婆婆那样一口咬掉脑袋,只觉甘甜满口,又兼有果仁的酥脆和清酒的香醇。

计婆婆笑问:"知道这小美人的头是什么做的吗?"李煊咽下口中的食物,摇头说:"不知道,是什么珍稀瓜果?"

计婆婆假意嗔道:"呵,你才来中原几天,就忘了本了,这是你们那儿的东西啊!"李煊一惊,有点摸不着头脑,想了一下,说:"难道是高昌附近出产的白玉瓜吗?但是没有这样的甜香啊!"

厨娘笑道:"的确是西域的白玉瓜所雕,但我们事先在梨汁、甘蔗汁和清酒中浸过,上面又嵌有果仁,滋味当然有所不同了。"

李煊一来吃得饱了,二来还真不忍心吃这些可爱的小人偶,吃了两个后,就摇手推辞,计婆婆也不再劝,就命人撤去了。

宴席已罢,韦温又派人奉上顾渚紫笋茶,计婆婆朗声说道:"我们已是酒足饭饱,这第一件事你办得不错。第二件事,也是很容易的,你写个条子,让我们这位小兄弟到万骑营中当一名金吾侍卫。"

计婆婆此语一出,李煊心中一惊,他只想着寻找雪山白驼的下落,然后就找个从西域来的商队,随他们一起回去,他可不想做什么御前侍卫。他正要发话,却见计婆婆对他连使眼色,刚到嘴边的话只好又咽了下去。

韦温甚是诧异,心想对方不知安的是什么阴谋,但既有把柄在人家手中,也不得不照办,好在并非是什么太为难的事情。

计婆婆命韦温安排了一间清静的屋子,给李煊暂住,自己就要匆匆离去。李煊面露难色,对她说:"我可不想做什么金吾侍卫,我想回西域去。"

计婆婆转头微微一笑:"你还记得求过我们小主人什么事吗?"

李煊一怔,说:"就是让我回西域啊!哦,对了,还有让尔朱陀活过来,不

过，这真能办到吗？"

计婆婆神秘地说："是的，能办到。你仔细在羽林禁军中慢慢找，就能找到尔朱陀。"

"什么？"李煊兴奋地说，"他没有死吗？这是怎么回事，你告诉我啊。"

计婆婆放下轿子的帘幕，挥手说："现在不是对你说的时候，不过，我们玉扇门把你当自己人，骗谁也不骗你，害谁也不害你，你就放心好了，过段时间，有人会来指点你的。"

李煊老老实实地躲进给他安排的静室中，虽然屋子里陈设清雅，罗幕低垂，但李煊的心还是依旧同身处石窟中一样忐忑不安，因为这一桩桩事，实在是太奇怪了。

临入睡前，李煊突然又想起，这计婆婆心思好细，她知道如果先说了让我做侍卫的事情，我必然心事重重，那一顿饭就吃不快活，因此暂且不言，留到后来才说。想到此处，李煊的心中又隐隐有些恐惧。但随即劝慰自己，如果她们真想要取他的性命，在石窟中早就可以像捻死只蚂蚁一样把他弄死，何必如此大费周折。

先不管了，美美地睡一觉再说。他刚和衣倒下，突然一件硬硬的东西硌痛了他的左肋，摸出来一看，原来是那块晶莹碧蓝的玉珮，这是那个叫贺兰晶的女子给他的。素来玉珮多是洁白的，这蓝色的还真少见，李煊又想起，既然她的名字叫"兰晶"，那她一定是很珍爱这块罕见的蓝色美玉了，那她为什么要送给我呢？

一霎时，李煊的脑海中，全是贺兰晶那婀娜的身影和甜美的笑声，让他心神激荡，无法成眠。

零捌

大唐西市

三天后的正午，红日朗照，虽然初冬的天气有些清冷，但三百声开市鼓响后，长安西市照样人声鼎沸，热闹非凡。

这长安城有东、西两市，东市靠近太极宫、大明宫、兴庆宫等皇族内苑，所售之物，自然大半是名贵珍奇之物，所以顾客以达官贵人、名门望族居多。而西市多出售肉、炭、米、布等日常杂物，加上有不少胡商贩卖些珠宝、骏马、香料、丹药等物，所以鱼龙混杂，更为热闹。

此时的李煊，正驾了一辆马车，缓缓地行进在大唐西市的巷道中。

原来，韦温答应了计婆婆之后，左思右想，总是觉得不大放心。他暗想，老婆子让这小子当羽林万骑，到底有何居心？难道是在我们身边安插眼线？对，十有八九是这打算。

韦温想到此处，就起了一个毒念，他唤来外甥高嵩，想吩咐他设个圈套，弄死李煊，然后说是失足落水，或者说是惊马踏杀，反正找个借口得了。

然而，当高嵩走进来时，韦温又打消了这个念头。他心想，弄死了玉扇门的人，那计婆婆岂有不报复之理？自己的老命可就悬了。于是，他贼眼一转，又想了个法子。

韦温也不敢以实情相告，编了个假话含糊地说李煊是故人之子，要高嵩好好照应，又说李煊性情懒散，不宜多留在军中，不如任他为仓曹，负责采购军中粮米草料等杂物。

韦温心想，这仓曹颇有油水，也算是十分照顾玉扇门的面子了。而且，这差使经常在外面跑来跑去地采购东西，军中机密大事一概不闻，岂不是两全其美！想到此处，韦温捻着胡须，心下暗夸自己，很是得意。

李煊本来就无心在军营中效力，也不计较什么，听高嵩如此差遣，心下也挺高兴的，借此机会，正好在长安西市逛逛。他走着走着，又寻到当初头一天来长安时落脚的地方，只是找来找去，却怎么也找不到那间竹屋客栈了。

一打听，一个卖年糕的长须老者说，那间客栈的老板不久前失踪了，新接手的是一位新罗客商。他把原来的竹屋全拆了，建成了一间青瓦白墙的货栈，专售金楠纸扇、棕玉绸扇等物。

这次来西市，李煊是奉高嵩之命采购军中衣甲，羽林禁军一向衣袍华贵，如今要赶制冬衣，需上好的麻绢五百匹。其实只要派一个兵卒招呼一声，布店货商肯定会狗颠屁股一般地送来，犯不着让禁军仓曹亲自前去。

高嵩虽不知李煊来头，但既然韦温十分罕见地郑重举荐，想必关系大非寻常，于是特意让李煊支取六枚重达五十两的大银锭，也不加派其他人手，就让他自己驾车来进货，其意不言而明，当然是有意想让他从中捞些油水。但这一番心思，恐怕是俏媚眼做给瞎子看了，李煊本性朴实，哪里理会这些。

李煊满心里在琢磨，计婆婆说老仆尔朱陀没有死，是真的吗？他忽然想起，石窟里明崇俨所讲的诈死经历，不觉心头一热，难道尔朱陀也是诈死瞒名？他到底想逃避什么呢？

李煊正细细回想那个夜晚的情景，突然间马车似乎碰倒了什么东西。他一惊，只见一大筐红枣撒在了地上，推车子的是一个白衫老者，正在连声叫苦。

李煊赶忙致歉，又帮这老头儿拾起满地的大枣。老头随口问道："小军爷这是要买什么货物？"李煊心无城府，于是据实相告。老头儿把手一指："此处前行五百步，有一家翩然布匹店，货真价实，童叟无欺。现在天已不早，一会儿三百声锣响后，就要收市了，小军爷莫要四处乱逛，赶快去吧。"

李煊道完谢，猛一抬眼，发现前面酒楼上一个俏丽的身影一闪而过，依稀就是那个小仙女贺兰晶的模样。李煊心中一颤，忍不住就要追上去，但转念又想，她怎么会在此处呢，大概是自己看错了吧，于是按老头所指朝前行去。

这一路甚是拥挤，前面路中间，还有一群人围着看两只雄鸡相斗。这两只大公鸡脚爪上都套了十分锋利的金钜，斗得已是羽毛狼藉，鲜血四溅。这些人看得目眩神迷，还不住地喝彩助威。更有人取出大串的铜钱，押下赌注。一个高瘦汉子，见了李煊，也招呼他，要他来下注赌赛，李煊对此毫无兴趣，摇手推辞了。

来到翩然布匹店前，李煊见这家店面并不大，里外倒是粉饰一新。一个三十来岁的中年胖子走了出来，满面春风地招呼李煊，并奉上果脯、松仁等小吃。得知李煊一下子要麻绢五百匹，这胖子眉头略略一皱，说道："客官一下子要这么多，我可要到货仓去取了，请稍等片刻，我这就取来。"

李煊为人热忱耿直，于是说："既然如此，我这里有车，就同你一起过去取吧。"

那中年胖子脸上露出一丝尴尬："实不相瞒，本店并无这许多存货，我这是一家家布店搜货去，将他们的存货买进来再卖给你。这是西市上的商家通行的法子,谁也不敢囤太多的货不是。"

这人见李煊脸上略有迷茫和踌躇之色,又贴过来悄悄地说:"你是给官家办事,也要赚些跑腿钱不是,五百匹绢我一定给你足量,也是上好的货色。但价钱嘛,略贵上一点点。不过,我可以给你留出三十两茶点钱。"

李煊摇头道:"这事不行,我怎么能中饱私囊,只要尽快办好货物,也就是了。"中年胖子眼珠一转,说道:"反正我给你剩下三十两银子,你回去充还公帑也罢,自己用也罢,我就不管了,天色不早,我先给你办货去。"

中年胖子向内室唤道:"阿母,您出来照应一下这位客官和店面。"只见一个五十来岁的老太太应声而出,脚步甚是健朗。然后胖子脸上露出一丝歉意,说道:"我店里只存了三百多铜钱,要进货恐怕不够,客官先将三百两银子给我,我好去办货,你在这里饮几盏茶,不消半炷香工夫,我就办齐备了。"

李煊点头答应,那老太太陪他坐下,也不说话。李煊更是无心和她闲聊,只是默想今后的打算。

然而,等来等去,三百声收市的铜锣都响了,还不见那个中年胖子回来。李煊有点着急了,问那个老太太,老太太也茫然不知。

冬日白昼很短,渐渐已是红日将落,李煊急得如热锅上的蚂蚁,再三诘问老太太,老太太也害怕起来,和李煊说了实情。李煊一听,当真是"分开八片顶阳骨,倾下半桶冰雪水",情知是被人骗了。

原来,这个老太太根本不是那个中年胖子的母亲。据老太太说,她本是一个在华阴县里沿街乞讨的穷婆子,丈夫早早去世,自己并无儿女,加上容貌粗陋,又不识字。原来还能帮人做点粗活度日,如今年老力衰,于是沦落到街头行乞。

哪知一个月前,这个中年胖子见到她,口称是她的族侄,并将她接回家,洗浴更衣,又饱餐一顿。老婆子虽然听他谈论起家事来,完全不对卯榫,但好容易有人使之衣食无忧,哪里敢否认!过了几天,中年胖子又坚持让老婆子收其为义子,二人母子相称,老婆子欢喜过望,以为是菩萨显灵,神佛保佑,当然是满口答应。

李煊虽然朴实,但并不愚蠢,听到此处,已经完全明了,原来这人早就是处心积虑,安排下这样的圈套等人上钩。一旦有巨额的钱财到手,他就立刻金蝉脱壳,逃之夭夭了。因为留下店面里的"老母"为质,客商必然不疑,哪里知道竟有这样一手?

老婆子此时心里也全然明了,于是瘫坐在地上号啕大哭起来,李煊无可奈何,只好倒反过来劝慰了她几句。

此时晚风飒飒,冰轮般的冷月从天空升起,街鼓早已响过,长安城的大门想必早已紧闭。李煊呆坐在几案前,思绪随着油灯的火焰不停地跳跃:

自己采购军需物品,一去不归,军中想必认为自己是携款远逃了吧。如果如实回去禀告,想必也会遭到重罚。为什么自己来到长安,偏偏就遇到这一连串怪异的事情?那计婆婆和贺兰晶想来也不会真是什么好人,我还是趁万骑兵将们没来捉我之前,悄悄逃了吧!对!抓紧逃回西域,还过白天放牧打猎、晚上喝酒唱歌的自在生活去。

　　想到此处,李煊主意已定,突然他心中一惊,暗暗叫苦道:"不好,我日落不归,想必军中早已派出缉拿我的甲兵来了。"李煊迈步出门,悄悄绕过巡街卫士,走到朱雀大街边,正想趁机溜走,只见黑夜中,一大队人马疾驰而来,细看那灯笼上的标记,写着斗大的"韦"字。

　　李煊更是心中惊惧,认为是韦播亲自来拿他,他赶忙缩到一棵大槐树后。过了一会儿,只听人声渐渐远去,才又蹑手蹑脚地往前走。他不敢再走大路,转弯抹角地寻小巷前行。

　　突然前面又是一大队人马过来,隔着数十丈远,觉得香风拂面,一辆四面装饰着明黄色流苏、擎着九花蟠龙宝盖的香车迎面驶来,有人远远呐喊:"什么人?"李煊大惊,眼见左边是个古庙,前面小池塘边有一棵大柏树,有个树洞十分宽大,忙一转身躲在树洞里。

　　一进树洞,他差点惊呼出来,原来树洞里早有一人,她高梳云髻,穿着枣红色锦缎蝴蝶纹百裥褶裙,是个美貌女子。

　　李煊并不知道,其实这一天,羽林万骑中闹得天翻地覆,根本无人来理会他的事情。这些人也根本不是为他而来的。

　　原来,万骑中的将士一个个不是身经百战,就是弓马娴熟,武艺精通。他们见韦播和高嵩两人见识平庸,武艺低微,连五石硬弓都拉不动,都很是鄙夷。

　　一日,韦播见左营统领葛福顺有一匹膘肥体壮的枣红色宝马,贪念顿起,就开口索要。哪知此马甚为顽劣,又极通人性。韦播一骑,这匹宝马就觉察出变换了主人,于是上蹿下跳,蹶蹄狂奔。

　　韦播草包一个,如何驾驭得了,当即就从马上倒撞下来,跌得鼻青脸肿,惹得众将哂笑不止。韦播不自认骑术不精,反倒猜测怪罪葛福顺有意将他戏耍,就此恼恨在心。

　　这天,韦播借口葛福顺所部军容不整,就大声训斥起来。葛福顺是血性汉子,一时怒起,当即反唇相讥,韦播就下令让自己的亲兵把葛福顺绑到柱子上当众鞭打。打到几十鞭后,只见葛福顺怒目圆睁,突然奋力一挣,捆绑住他的麻绳竟被齐齐挣断。他像受伤的猛兽一般,抡拳踢脚,早打翻了数名韦播手下的亲兵。

　　韦播一时惊得目瞪口呆,左营将士们也袖手旁观,伫立不动。混乱中,葛福顺抢过一把陌刀,浑身血痕斑驳,突然跨上一匹快马,冲出了军营,纵马自行飞驰而去。

韦播大呼："反了，反了！赶快给我拿回来！"高嵩却劝住他，对禁军喝道："葛福顺不听号令，犯上谋逆，大家都是亲眼所见，你们左营军兵，不可和他一起作乱，如有率先擒回葛福顺者，赏银千两。"

然而，左营军兵个个仍旧木然不动，原来这羽林军极重义气，葛福顺在营中，威信极高，谁肯先出头，落此不义之名？况且万骑将士，个个都是名门高第的子侄，本不怎么稀罕钱财，听高嵩用赏银千两作饵，更是不齿。

韦、高二人见此情景，生怕激起兵变，口称要面圣陈词，飞马去禀报其叔韦温，然后相约入宫向韦后告状。

葛福顺纵马直奔城外，只见山寒水浅，黄叶飘零，跑了有四十多里，到了一个山坡前。他驻马长叹一声，倍感凄凉。逃出军营时，他依旧赤裸着胸膛，刚才一路发狂般地急奔，尚不觉得什么，现下但觉秋风凄冷，透体生寒，不胜瑟瑟。

眼见红日将落，正惆怅间，突然后面一骑人马追了过来。只见来人衣甲鲜明，身手矫健，这十数骑到了葛福顺面前，戛然驻足，分列两厢，中间一位贵公子轻裘缓带，金鞍玉勒，眉宇间透着一股英气。

他亲手捧起一袭蜀锦长袍，披在了葛福顺的身上，葛福顺微微一怔，觉得他有些面熟，问道："阁下好似曾经照过面，是哪一位？"

这人微微一笑："前一段时间，我们在东校场打过马球。记起来没有？在下临淄王李隆基。"

李隆基属下的从人一阵忙碌，转眼就用锦帐在这山野中搭成了一间小屋般的帷幄，并搬上美酒牛脯，请葛福顺举杯痛饮。李隆基见葛福顺心情逐渐平静，眉头却渐渐紧皱起来，于是趁机说道："葛将军，如今你一时冲动，逃出羽林万骑大营，今后如何打算？"

此言一出，葛福顺须髯颤动，黯然说道："我是有家难奔，有国难投。老葛我打算就此远走天涯，四处混迹江湖，即使落草为寇，也不想在此处受气。"

李隆基沉吟道："可是，葛将军，据我所知，你的妻子刚诞下一个麟儿，还没有过周岁。你一走了之，这母子俩怎么办，那姓韦的要是下毒手报复，又如何是好？"

葛福顺脑门上青筋暴动，先是攥紧了拳头，然后又突然垂下头来，叹道："如果我不远走，姓韦的也不会饶过我，说不定现在他就在密告韦皇后，给我安上策动禁军哗变的罪名。就算当今皇帝仁厚，不把我送到东市砍头，我也会给他们整死在黑狱之中。"

李隆基叹道："唉，当年黑齿常之和程务挺将军威震边陲，何等神勇，但就是因为谗言陷害，都白白屈死了！"

葛福顺怒发欲狂，挥动手中的长刀："我这就潜回军营，先取了韦播和高嵩的狗头，就算老子没了命，也不能便宜了这两个畜生。"

李隆基望着长安城的方向，缓缓地说道："据我所知，韦播约同韦温，正匆忙前去进宫面见韦后，并安排了右营骁骑卫士满城戒备，悬赏捉拿你葛将军，这回去无异于自投罗网。如果你不辞而别，更是坐实了畏罪潜逃的罪名。为今之计……"

李隆基沉吟不语，似在细细思索，葛福顺急得手足无措，在帐中踱来踱去。看着葛福顺心急的样子，李隆基心中暗笑，其实他早已安排好了一切。

安福宫内，唐中宗正和宫女们开"夜市"玩闹，只见华灯高悬，照如白昼，宫女、宦官们扮作街市上的贩夫走卒，穿梭来往，彼此高声讲价，喧闹无比。

唐中宗也是一身短衣小帽，嬉皮笑脸地和一个假装当垆卖酒的宫女调笑，他手里拿了一串大粒明珠，前来问价，宫女道："一盏酒收三颗珍珠。"唐中宗假意还价，并动手动脚地乱捏乱摸，宫女也假意嗔怪躲闪，两人吵了半天，结果和宫女讲定一盏酒收一颗珍珠。

正胡闹中，忽然有宦官传报，说太平公主有急事求见，中宗被搅了兴致，不免大为不悦。但他知道太平公主是无事不登三宝殿，若非有很重要的事情，决计不会此时进宫。于是他匆忙换了冠冕，在神龙殿召见太平公主。

太平公主神色郑重，对中宗说："统领万骑的将领，可是叫作韦播的？"中宗含糊答应。"他私自和突厥默啜的密使来往，有人证和书信在此。"说着向旁边跪着的一名汉子指了一下，"这是万骑左营统帅葛福顺，正是他窥得了秘密，结果韦温就想借机处死他，好不容易逃了出来，因无法进宫面圣，才拦住我的车驾，禀告此事。"

葛福顺一直伏在地上，听中宗说了句"呈上书信来"，这才心怀惴惴地将秘信双手托过头顶，当即就有小宦官取了拿给中宗看。

这一切都是李隆基的计策。他告诉葛福顺，为今之计，只有先下手为强，抢先进宫面圣陈说韦播有不臣之举，才能摆脱危机。李隆基早已吩咐高手依照韦播的字迹写下一封暗自和突厥首领默啜勾结的书信，让葛福顺持此入宫。因天色已晚，葛福顺一介禁军兵将，身份低微，不可能当晚就面见中宗，所以李隆基又请太平公主协助，这才得以直接闯宫"告密"。

中宗自然辨不出是否真是韦播笔迹，但谋反大事，宁可信其有，不可信其无，正要传旨将韦播革职拿问之时，只听宦官高呼"皇后驾到"。中宗眉头一皱，神色更为难看。

只见韦后气冲冲地带着韦播走了进来。韦播一瞥眼，看到葛福顺也在殿中，不禁大吃一惊，怒道："你这贼子，怎么混进宫来的？"

葛福顺早得到李隆基的指点，此时朗声说道："皇上圣明，韦播为掩饰罪行，肯定是前来捏造种种是非诬陷小人，还望皇上明鉴。"

中宗转头问韦播："皇后带你来，所为何事？真如葛福顺所言吗？"韦播一时语塞，不知怎么说才好。支吾半天，还是嗫嚅着说了葛福顺不听将令，擅自逃营而去等罪状。

中宗冷冷地一笑，抛下那封书信，让韦播自己看。韦播一看，吓得魂飞魄散，焦急之下，更是语无伦次。

却说韦播借机鞭打葛福顺，只是为了恐吓全军，借此立威。本来就是些"鸡蛋里挑骨头"的借口，他万万没想到葛福顺竟然也能进来皇宫面圣，更没想到还拿了一封模仿得几乎天衣无缝的假书信来反咬一口，这葛福顺是个粗莽军汉，怎么会有这样谨细的心思？要怎样才能向皇帝辩清绝非自己所写呢？

韦播脑子里乱作一团，说话更是结结巴巴，显得十分理屈词穷的样子。韦后大怒，恨不得当众掴他几个耳光，她强压怒火，向中宗大声嚷道："朝中有不少人，对我们韦家一族很是忌恨，这封信定是伪造，也不必看了，我来担保我侄韦播绝无反心。"

说罢，韦后竟拿起那封书信，三两把撕得粉碎，然后一扬手，纸片如蝴蝶般在夜风中片片飞舞。然后，她恶狠狠地盯着太平公主。

太平公主神色不变，只是冷笑了两声，转眼盯着唐中宗李显。她心中想道：韦后跋扈到这样的程度，竟敢当众毁灭证据，真是可气！但好在这证物其实是侄儿李隆基假造的，细究起来，倒也麻烦。这蠢婆娘一怒毁去，正好显得韦家理亏。

中宗神色甚是尴尬，他沉吟半晌，说道："此事必是误会，肯定是有人伪造书信，诬陷韦氏宗族，韦家贵为皇族，荣宠非常，岂有和外敌勾结造反之心？但葛将军也是一派忠心，信也不是他假造的，这纯属一场误会。"

太平公主知道中宗懦弱，想要他下旨处置韦家族人，是做不到的。于是趁机说道："虽然如此，葛福顺和韦播两人就此生下嫌隙，今后恐怕多有不便之处。"

中宗吩咐道："那就让羽林万骑分为四个营，左营由葛福顺调动，右营归韦播指挥，前营受高嵩统领，后营听常元楷号令。"

这常元楷，正是重阳节时给太平公主送菊花的那人，太平公主听得将她的亲信也提了一人统领万骑，心下略为满意。然而，韦后却十分恼火，当着众人的面，也不便发作，她气冲冲地先行离去，脚下的高屐踏得香檀地板咔咔直响，回廊远处，传来韦后的一句冷语："哼！成何体统，真是个'和事天子'！"

中宗听了，脸上微微一红，挥手让众人离去。小宦官过来问道："启禀皇上，今晚还射风流箭吗？"

这"风流箭"是一种纸杆卷的箭;箭头裹以软软的皮囊,射在身上,不但无性命之忧,连疼也不疼。中宗专门用这箭射"街上"假扮摊贩的宫女,如正好射中酥胸,当夜就让她来侍寝,所以宫中有"风流箭,中得人人愿"之说,但此时经这事一闹,中宗有些疲乏,挥手道:"罢了! 不射了!"

这小宦官很是伶俐,赔笑道:"不如皇上去看赌坊里的宫女们赌钱吧,今晚谁赢得头筹,就让谁侍寝。"中宗一听,兴致又起,连声道:"好! 好! 这就去看看。"

零
玖

平康坊巷

李煊藏身树洞之中，却见里面早有一个美貌女子，两人虽然都是惊异非常，但均不敢出声。这树洞本就不大，又不可露出衣角引得别人发现，只好紧紧相拥。那女子似是害羞，转身背对李煊。李煊紧贴着她，黑暗中，脸也是热得发烫。

过了好一会儿，只听人马响声渐渐远去，李煊正要发问，只听树梢一阵轻响，一个人从半空中跳下来。只见这人鼻孔朝上，头发半秃，稀疏干黄，活像一只母猿，正是四大丑女中的金嬷母。

金嬷母向树洞里轻声呼唤："程雯。"那女子尚未应声，金嬷母突然看到有一个男人伏在她身上，以为是有人对程雯大施轻薄。她自小就受师父教诲，最恨男人欺负女人的行为，不免心中大怒。她十指如钩，左手一把揪住李煊的后领，将他扯了出来，右手举在半空，就想当胸来上一记重拳。

李煊见势不好，急呼道："是我，莫动手！"借着月光，金嬷母也看清了李煊的脸庞，她奇道："咦，怎么是你？"与此同时，李煊也惊呼道："怎么你也来到此地？"

正在此时，几名巡街卫士远远看见这边有人，厉声喝道："什么人敢犯夜禁？站住别动！"要知道，犯了夜禁，轻则罚钱挨鞭子，重则拘至监牢里关上一夜。这几人，都是各有心病在身的，哪里肯停下来让卫士捉拿，金嬷母从树洞里抱出程雯，和李煊拔腿飞奔，逃进了古庙里。

这座古庙年久失修，主殿已坍掉了一个角儿，里面有十几尊木胎神像，东倒西歪地倾卧在地上。主神塑像早已不见，却有一具巨大的石棺横陈在中间，透着十分诡异的气息。

李煊似乎看见一个黑影一闪而过，飘到后面的小院中去了，这人的背影隐约有些熟悉，是计婆婆？不像，似乎是个男子的背影，却一时间想不起来究竟在哪里见过。

那些兵士，只是按例巡街，见这几人跑得不见踪影，也就无心细查。李煊他们躲在石棺之后，互相间悄悄问起这段时间的去向。

原来，在五兵神窟之中，金嬷母也是眼前先出现了很多金黄色的花瓣，后来就身体一软，昏了过去。当她醒来后，发现自己居然就和三个师妹躺在原来她们一起住的山间草庐里，这一切就像是做了一场大梦。

　　金嬷母轻推三个师妹，银无盐、铜东施和铁孟光也都渐渐地醒来。几个人从头到尾一说，都是惊异非常。过了两日，金嬷母惦记着李煊，又到石窟封口处默默端详，正在犹豫要不要想办法揭开封石再犯险探寻，忽然听得人声喧闹，妖僧慧范领着一群天竺胡僧也来到这里。

　　这慧范将李煊等人封在石窟中回去复命，太平公主却冷冷地说道："活要见人，死要见尸，你办了这么多年的事情，怎么这次如此不力？快去将那人的首级斩下呈上。要不是你忠心跟随我多年，我都要怀疑你是故意放走了他。"

　　慧范一听，不免冷汗淋淋，虽然之前他早就向公主汇报过有人要策动自己作乱，并且在密札中向太平公主坦白了：毗沙门的人之所以和他联系，正是因为自己的父亲也是毗沙门旧将的后代。但那都是老黄历了，他绝无此心。

　　然而，如今太平公主说出这番话来，似乎还是对他深有疑忌，慧范当下很是心惊，所以他多纠集了一些人手重来此地，倒不是为了厮杀，只是为了尽快移开洞口巨石。他满以为李煊等人就算不死，也会饿得气息奄奄。

　　哪想慧范来到此处，一眼就瞥见了金嬷母，不禁大吃一惊，其心中的惊异绝不在金嬷母之下。他心中暗暗叫苦道：这个女丑八怪既然能脱困，那李煊想必也跑掉了，这可如何是好？

　　慧范手下的这一群天竺胡僧，自号"十八罗汉"，见金嬷母虽然丑怪，但毕竟是个女子，当下就围上来想将她捉住，哪知金嬷母身手矫捷异常，突然抽出贴身的短刀，一下子斩断了一名张牙舞爪冲上来要抓她的胡僧的手腕，那胡僧痛得哇哇怪叫，一下子成了"断手罗汉"。其他"罗汉"们，再不敢大意，纷纷抡起熟铁禅杖，向金嬷母打去。

　　敌人一多，金嬷母毕竟难以抵挡。好在山林中大树极多，她见形势不好，且战且退，来到大树旁边，从怀中取出一副金丝手套带上，用力一纵，就跃上了树干。这手套前面的十个指尖处，是用精钢打就的指套，这样金嬷母犹如生了一双利爪，活似狸猫一般飞速攀上了大树。

　　天竺胡僧正要伐倒此树，却见金嬷母借着树枝的弹力，轻轻一跃，又跳到相邻的一棵树上。气得这群胡僧口中"嗷嗷"喝骂。

　　慧范见大家都没有弓弩，一时奈何不了金嬷母，又惦记着李煊的下落，就喝令大伙住手，带着一群胡僧径直远去了。原来慧范见金嬷母居然在此守候，以为是有意安排，想必李煊还没逃多远。如果和她缠斗下去，不免中了"调虎离山"之计。于是匆忙撤去，令众僧分头在方圆十里之内的山中要道上四处把守,严密搜寻。

不觉天色昏暗,慧范等搜寻了半日,并无结果,只好悻悻离去。慧范想,如果这样空手而归,定会让太平公主大起疑心,要是公主说他是有意放纵李煊逃走,这可如何是好?

他眼珠一转,想了一条毒计。只见远处山路上有一个十几岁的打柴少年背着一大捆柴草正要回家,慧范喝住他后,急急赶了上来。那少年一脸汗水,茫然不知何事,慧范眼露凶光,抽出大食国所产的弯月宝刀,唰啦一声,就斩下了少年的人头,他取出革囊,将人头放入,心想:回去就和太平公主禀报,已杀了李煊,反正公主也不认得他。

慧范回得山庄,却听武崇福说道,太平公主有事去会见临淄王李隆基去了。原来,太平公主得到上官婉儿的蜡丸密报,说是中宗受韦后的挑唆,命韦家人统领羽林万骑。她心中十分焦急,于是匆匆前去找李隆基商议对策。

听得此言,慧范也不着急,心想拖得越久,他皮囊中的人头就更加模糊难认,岂不更好!

慧范惶惶不安地回到终南山庄,却不知金嬷母一路悄悄地尾随其后,也来到了山庄边的红墙下。原来金嬷母自从和李煊共同经历了石窟劫难之后,竟然对他萌生了爱意。她见慧范四处搜山,就十分担心李煊被他们捉去。

金嬷母自幼受师父严训,不可对男人有丝毫感情,她情知现在对李煊关切有加的心态已大大地违犯了门规,但又自行宽解道:师父不是在信中吩咐了,不能让他跑了或死了!我这样做,也是遵循师命啊。

心念至此,金嬷母又理直气壮了。她远远地跟随着慧范等人,却没有瞧见慧范滥杀砍柴少年这一幕。等她追过来时,只看见一个没头的男子尸身伏在山谷之中,更是心惊。虽然走近验看,并不很像李煊,但仍旧不放心,于是悄悄地一直跟到终南山庄。

山庄门口,有多名金甲卫士把守,戒备森严,不亚于皇宫内院。金嬷母不敢硬闯,眼见红日西沉,昏鸦喧噪,夜幕即将降临。金嬷母绕着朱红色的围墙,走了有数百步,想找个容易攀越的地方,等夜深人静时一探究竟。

金嬷母伏在长草之中,吃了几口随身所带的蒸饼,静静地等着。初冬的清冷夜风中,草木瑟瑟有声,天幕中几颗最亮的明星开始闪烁起来,弯月如眉,很是好看。

金嬷母想起偶尔也去过山间的乡村边,每逢这个时候,都是炊烟四起,村妇们忙碌着煮好热腾腾的饭菜,让田间荷锄归来的汉子和放牛回来的孩童们饱餐一顿,一家人有说有笑,其乐融融。

一瞬间,李煊的身影又出现在她眼前,她心中忽然起了一个自己都不敢想下去的念头:要是我能和李郎结成夫妻,不求别的,就像那些村庄中的柴米夫妻一样过日子，有多好啊！

正在胡思乱想，突然见远处墙边有响动，金嬷母悄悄一看，只见一个女子穿着枣红色锦缎蝴蝶纹百裥褶裙，好像是公主侍女的模样，带着一个包裹，从墙上翻了出来。只见她身手十分拙笨，不像是身怀武功的人。

果然，只见她一不小心，就扒掉了墙上的琉璃瓦，几片瓦砾落到地上，发出清脆的响声，紧接着有人大喝："是谁？休得逃走！"

那女子十分忙乱，一个踉跄从墙上滚落下来。她顾不得浑身疼痛，爬起身来没命地向前奔跑，可是墙内跳出来两个身穿软甲的彪形大汉，身手甚是敏捷，飞速地从她身后追来。那女子心下惊恐，一下子被脚下的枯藤绊倒在地，那两个大汉如鹰拿燕雀一般将这女子按住，其中一人还骂着用脚来踢打。

金嬷母自幼就听师父灌输男人都是坏东西的理论，见此情景，不禁心中大怒。她一纵身就来到两个卫士身后，其中一人刚听得有些异样，猛一回头，还没看清金嬷母的样子，就被她手套上的钢甲精准地切断了脖子上的喉管。另一人腰间的刀才拔出一半，金嬷母手中的短刀就捅进了他的胸膛。

眼见那女子匍匐在地，一时行动不便，金嬷母就背起她来，也不敢再探山庄，急忙远远地逃开。到了一个僻静的山谷，这女子哑声说道，自己名叫程雯，是山庄里的侍女，只犯了些小错，就要被打死，这才逃出来。她跪地磕头，请金嬷母送她回长安城里去。

要送这女子进长安城，倒并不是多难，但金嬷母的师父原来严令她们不得涉足城市，这可是大大的犯戒。程雯见金嬷母有踌躇犹豫之意，于是打开包裹，只见里面有好多珠宝，金壶金碗等灿然夺目。她取了一个大金壶要送给金嬷母，金嬷母坚辞不收。

只见程雯急得又哭了起来，金嬷母突然心念一动：我就悄悄将她送回长安城，又有谁知道？这段时间，金嬷母"邪念"横生，就像堤坝溃决一般，开始只是小小的蚁穴一般渗漏，到最后却越来越难以控制。

借助金嬷母灵巧的身手，加上程雯对长安街坊十分熟悉，两人倒是绕过了层层巡街的金吾侍卫。可刚来到崇义坊这个地方，便远远望见似乎是太平公主的宝马香车疾驰而来，直把程雯吓得面无人色。她慌忙指点金嬷母来到这间荒僻的古庙前，此处号称"血盆照镜"之凶地，一向少有人靠近。这半夜时分，更是无人前来，没成想却碰上了李煊。

李煊和金嬷母互相简略地诉说了彼此的经历，突然间李煊想起，刚才那个背影似乎就是初入长安城时，在渭水桥上遇见的那个麻衣白发的邋遢道人！

是他，正是他，就是看见了他，才有了这一系列的怪事。想到此处，李煊纵身跳到古庙的后院，只见这里杂草丛生，枯枝零落。西边有一座奇怪的石塔,这石塔十分高大,几乎有十丈来高,好似一个宝葫芦一般,顶端挂了五盏灯笼,两盏黄灯、三盏红灯。

东边正对着石塔,有一个赑屃驮着的神像,这尊神披着甲胄,戴着宝冠,右手持棒,左手擎塔。李煊见了,如中雷击,这正是当时麻衣道人向他展示过的神像模样,而且他在安邑鬼宅里的一座佛堂中,也曾经再次见过!

金嬷母和程雯这时也跟了过来,见李煊呆呆地发愣,金嬷母问起情由,李煊一五一十地讲了,程雯听了害怕起来,拉着金嬷母的手,示意要尽快离开此地。李煊心中也有些惶恐,几次都是死里逃生,难道每次都有这样好的运气不成?

只是,李煊和金嬷母对长安城一点儿也不熟悉,更不知哪里有更好的藏身之处。程雯却胸有成竹,建议大家先往长安城内的平康坊里躲避,等天明再悄悄出城远走。

这平康坊里,是长安城中诸妓云集之处。其中沿坊墙而列的妓家,都是一些容貌平庸的粗妓,院舍也陈列简陋。最有名气的是南面和中间的妓家,称之为"南曲"和"中曲"。这里庭院中遍植异种花卉,更有怪石盆池、曲廊古藤。精雅的亭阁之上,有不少貌若天仙、能歌善舞的名妓居住。有的名妓极重身份,尊贵非常,不少长安贵家公子,一掷千金,仅得对面饮茶数盏而已。

程雯之所以要到这个地方来,是因为此时长安城内家家闭户,只有此处还开门迎客,喧闹如白昼。三人七转八转,到了南曲一个门前栽满翠竹的馆舍,只见屋檐下红灯高挂,朱门却紧紧关着。

程雯知道,像这样的情况,不是早有客人包馆,就是馆里的名妓已被王孙贵人们接去玩乐。她悄声在李煊耳边叮嘱了几句,李煊点头,就依她所说前去叩门。

隔了许久,只见一个十来岁的小丫头打开院门,紧接着一个四十来岁的胖鸨母扭着肥屁股出来赔笑道:"这位客官,今日多有得罪,我家润娘已被常侍郎家的公子接去陪宿了,请改日再来吧。"

李煊说道:"我们只想借间屋子住一晚,再给我们准备些酒饭就好,并不想找你家什么润娘。"这时,程雯打开包裹,拿出一只金灿灿的酒杯递了过去。

那鸨母心中很是惊讶:我在风月场混了这许多年,只听说过用饭时自带酒水的,还没听说过来逛妓院自己带女人的。她用牙轻咬了一下金杯,确定了果是真金打就,心想管他们是怎么回事,先有金宝入手就好。当下满脸堆笑地答应,一边对小丫头喊道:"阿媛,赶紧带这……三位客官去鱼水阁歇息。"

这老鸨一开始没看到金嬷母,眼见他们三人一起去了鱼水阁,心下更是惊讶:我一开始还以为是这少年拐了动了春心的贵家小姐出来私会,怎么又跟进去个丑陋男人？这女子看起来文文静静的，想必是良家小姐，竟然肯和两个男人睡在一起，真是天下之大，无奇不有！

原来金媸母容貌非常丑陋不说，身上的衣服也是自己胡乱缝就，也不依男女之别，鸨母黑夜之中，不及细看，不免误将她也当作了男人。

三人入室坐定，点上了高高的银烛，刚要谈论事情，鸨母敲门道："客官可要些酒菜？我这里有上好的清酒，就连高昌的葡萄酒、波斯的三勒浆、林邑国的槟榔汁酒、诃陵国的棕榈叶酒，我们也都能为你们弄来。对了，前天刚弄来一坛漆黑发亮的龙膏酒，那滋味可是人间罕有啊！看客官是阔绰的贵人，想必有兴趣尝尝？"

李煊那次跟随计婆婆在韦温府上品尽天下佳肴，却唯独没有喝酒。如今听得这许多美酒的名称，李煊不禁垂涎三尺，但随即想到，如今身在险境，饮酒最易误事，于是强行压抑住饮酒的念头，对着鸨母摇了摇手，说："我们有正事要办，不喝酒，只吃饭。"

鸨母心里暗自哂笑道：你们两男一女深夜造访此地，有什么正事好办，我看全是邪事。当下也不多言，命仆人速速端上十样菜来，虽远不及韦府精致，但也鸡鸭鱼肉样样都有，很是丰盛。

这三人都没吃过晚饭，此时早已饥肠辘辘，纷纷举箸而食，大快朵颐。正吃得高兴，忽听有人用力打门，声音甚是匆促，大家心下一惊，李煊赶紧吹灭了烛火。

黑暗中，大家侧耳倾听，只听鸨母开了门，说道："索将军，我家润娘已被常侍郎家的公子接去陪宿了。"那索将军却粗声粗气地骂道："腌臜狗婆娘，上次你就把润娘藏了，却瞒得我好苦，如今我可不信，刚才看楼上灯烛都亮着，见我来了，慌忙熄了，不正是藏在楼上吗？"

鸨母忙赔笑说："楼上可真不是我家润娘，是客人在上面！"那粗野汉子不气反笑："你家润娘不在上面，客人在上面做什么，你这是客店饭馆吗？"鸨母支吾道："不是，人家自己带了一个小娘子在上面！"

只听"砰"的一声，接着鸨母杀猪般地嚎叫了一声，想是那索将军将鸨母踢翻在地。又听索将军骂道："少在这里消遣老子，老子今天非把润娘睡了不可！"接着只听脚步杂沓，似乎这人还带了不少随从。

索将军一脚踢开鱼水阁的房门，几个随从举起灯笼，灯光下索将军看虽然有一女子，但并非润娘，略有些失望，不过他随即色眯眯地说道："呵呵，这个小娘子也不错，来啊，给我带到府上去！"

金媸母听了，正要暴起发作，只见索将军和两个随从突然脸上肌肉同时一阵抽搐，容貌变得十分可怖，索将军口里还惊诧道："唉屎狗奴才，怎么把灯笼给灭了？"然后就眼睛发直，从双眼中慢慢地渗出鲜血来。只听"扑通"一声，这三人同时跌倒，灯笼也掉落地上，被压灭了。

黑暗中，李煊三人只闻得一股刺鼻的尸臭味，金嬷母从怀里掏出火折，点亮了案上的灯烛。她和李煊凑上去一看，只见索将军等三人，面色乌黑，已然变形溃烂，似乎是中了什么奇异的剧毒。但这三人上来时，神完气足，好好的模样，也没有听到什么异响，怎么就这样神不知鬼不觉地中了毒呢？

烛光摇曳之下，大家惊奇地发现，这三人的尸体越烂越快，居然不到一炷香的功夫就化成了三摊黑水。李煊他们惊异之下，不敢再逗留，赶紧下楼，想离开这里。

哪知道，大门已被一缕带着污血的头发拴住，这和李煊在安邑鬼宅中看到的一模一样！院子里静悄悄的，一点声息也没有，鸨母和妓馆中的丫环仆人都到哪里去了？霎时，四处静谧无声，然而，这寂静中仿佛埋藏着无穷的杀机，令人不觉毛发倒竖。

几个人正面面相觑，不知如何是好，忽然楼阁上灯火亮起，两个黑衣盲仆举着青纱灯笼左右侍立，中间凭栏站着一个麻衣白发的道人，正是李煊初入长安时在渭水桥上所见的那个人。李煊的心怦怦乱跳，仿佛找到了一把神秘的钥匙，又是惶恐，又是欢喜。

青幽幽的烛光照映下，麻衣道人的脸色显得非常凝重可怕。他的目光逐一从三个人脸上扫过，突然喝道："金嬷母，你怎么私自下山？忘了你师父的训诫了吗？"

"你怎么知道我的名字？"金嬷母毫不畏惧，昂然说道，"你又不是我师父，哪里轮得到你教训我！我不要听你的！"

麻衣道人手里举起一块凤头金牌，冷冷地说道："许凤姑有没有和你们说过，见着此牌，如见她本人？"

金嬷母天不怕、地不怕，就怕师父，她听得这麻衣道人居然知道师父的名字，当下再不敢撒泼使蛮，一下子怔怔地站在那里。

麻衣道人又盯了程雯一眼，说道："这位小娘子，走过来！"李煊和金嬷母同时喊道："做什么？你要将她怎么样？"

麻衣道人从黑衣盲仆手中取过一盏灯笼，从阁上一跃而下，举起灯笼凑到程雯的脸边，他冷冷一笑道："你们护花心切，只可惜她其实是个男人。"

此言一出，李煊和金嬷母同时大惊，纷纷转而诘问程雯到底是怎么一回事。程雯匆忙跪倒，对众人行礼道："在下确实是男人，但事出有因，并非故意欺蒙，万望见谅。"

原来，这个程雯，就是被太平公主掳去作男宠的张文放。

却说张文放被太平公主捉到山庄之中，虽然衣食无忧，但如鸟入金笼，不得自由，加上公主喜怒难测，常心怀惴惴，恐有性命之忧。因此他总想着找机会求太平公主放他出去。

但总管武崇福经常吓唬他说，除非公主先开口，要是他自己请求离开，不免被公主视为嫌恶自己,会死得很惨。之前有个少年哭着要走,正好赶上公主那两天性情焦躁,就把他扔在舂米的大石臼中活活捣死。

张文放听了,更是恐惧。好在这几天太平公主听得韦后族人掌了禁军大权,心中急躁,整天忙于军政大事,无心来"召幸"他。慧范也带走不少护卫山庄的武士去追拿李煊,山庄里一时间防卫极为松懈。

张文放瞅准机会,看准山庄东侧围墙边有一块虎皮黑花石,攀着这块大石,度量着自己也能翻墙而过。他心下暗自盘算,如果就这样冲出去,到不了墙边,就会被人发现了。于是想起乔装改扮这一办法来。

山庄里侍女众多,又多有脂粉钗环等物。张文放悄悄偷来一套女子的衣服,对镜仔细扮上,又将眉毛剔得细了,画成远山眉的样子,只等天色将暗就逃出去。

他转眼看到室内陈设的金壶、金碗等物,心想反正太平公主知道自己要逃走,捉住的话怎么也是一死,干脆一不做二不休,将这些金器偷走算了,以免逃出去后,没有生计过活,更难藏身。心念及此,就将这些东西塞进包裹,随身带了出来。

然而,天色渐暗后,他悄悄地从花木扶疏的墙边溜过去。正要翻墙时,还是被山庄中的两名护卫发现,要不是金媪母正好将他救下,还是无法逃脱。

麻衣道人皱起了眉头,又问道:"你果真只是带了一些金器,并无他物?"张文放说:"绝无隐瞒,如果阁下不信,可细细搜查。"麻衣道人一摆手:"这倒不必,只是我奇怪,为什么太平公主火速要派高手拿你,就这样几个金壶、金碗,值得吗?"

原来,那终南山庄的管家武崇福,见张文放竟然能杀了侍卫逃走,一时叫苦不迭。但同时又想,反正公主总要怪罪,这一顿板子是少不了的。娘的,老子屁股上的板子也不能白挨,所以就索性顺手牵羊,将公主书房中的一个嵌百宝的檀木匣盗了出来,就说也是张文放盗去了。

这檀木匣打开一看,武崇福傻了眼,原来里面并非珠宝,却是太平公主和李隆基、上官婉儿等人来往的密札。其中虽然言辞隐晦,措辞文雅,武崇福看了虽不完全明白,但他知道,这是非常重要的机密。这可是天大的祸事,想放回去,但封条已经撕开了,只急得他冷汗淋淋。

太平公主从皇宫中回来,这一惊可非同小可,这檀木宝匣平时她都放在最隐秘的地方,今日情急慌乱,忘了此事,这其中的密件要是昭布天下,可如何是好?所以,她急命慧范带人,务必要捉到张文放,追回宝匣。

张文放原以为自己跑了,太平公主也不会多在意,没想到还"火速派高手"捉拿他,吓得跪倒在麻衣道人面前,施礼道:"道长慈悲,还望能援手救小生一命。"

麻衣道人不置可否,转眼又和李煊说道:"计婆婆让你在军中藏身,你为何不遵她的嘱咐,擅自逃出来?"李煊于是把购货时被骗走银子的事情讲了一遍,麻衣道人听后微微一笑,自言自语道:"真是调皮胡闹!"

李煊听了一怔,原以为这麻衣道人会骂自己蠢笨,不想却冒出这样一句,很是摸不着头脑。接着一想,这句话似乎不是说自己,那么是有人在捉弄戏耍自己吗?难道是那个贺兰晶?

麻衣道人击了几下掌,黑衣盲仆点起五盏红色孔明灯,冉冉升起到夜空中去了。三人这才明白,那破庙后院,有一座高塔,上面悬挂着黄红两色的灯笼,看来也是传递信号之用,至于具体是什么意思,外人却不得而知了。

那道人用手一指李煊,说道:"你随我来。"李煊一惊,问道:"去哪里?"麻衣道人不答,只是冷冷地扫他一眼。李煊突然感到一阵郁闷,他一直受人捉弄摆布,现在这麻衣道人傲慢的神情让他心中腾地生起一把无名之火,他昂然说道:"我命悬于你手,要杀就杀,没来由听你摆布,是何道理?"

说着李煊后退两步,摆出一副要拼命的架势。麻衣道人看了一眼,不怒反笑,口中赞道:"有胆色,不愧是天潢贵胄。"他语气缓和了许多,说道,"我一贯冷言冷语,并非有意蔑视于你。请随我去见一个非常重要的人物。"

李煊这才释然,他看了眼金嬷嬷和张文放,说道:"那他们俩怎么办?"麻衣道人说道:"太平公主手下的人正在四处搜寻,就在此处最好,我已安排下人手。"他一指张文放,"你还暂时扮作女子,宣称患了麻风病,"又对金嬷嬷挥了挥凤头金牌说,"你改扮成男子,先守护在这里,等天亮后我再派人告知你师父的吩咐。"

他言语中,自有一种威严的气度,让人不得不从。金嬷嬷虽然有些不情愿,但这人似乎和师父渊源极深,又有凤头金牌在手,也只好遵命。

接着,麻衣道人口中似乎是说了一连串咒语般的话,大家都听不明白,但那些黑衣盲仆却同时行动,提了灯笼排成队列,在前面引路。麻衣道人携了李煊的手,一同向坊巷深处走去。

壹拾

黄泉地肺

麻衣道人引着李煊七转八转,来到一个幽深的庭院里,这院子面积宽大,布置精雅。累石为山,以拟华岳;引水为涧,以拟天河。更有飞阁步檐,斜桥磴道,四壁画以丹青,饰以金银,莹以珠玉,华贵已极。

更是有不少的奇石怪木、名卉盆景,罗列在庭中,而且院子里的青石板上光洁如镜,一点儿尘灰落叶也没有,似乎有贵人在此居住,常命人打扫。

"计婆婆!计婆婆!"麻衣道人喊了两声,只听里面有声音说道:"青乌先生,来此有何事啊?"李煊对计婆婆颇有好感,兴奋地喊道:"计婆婆,我是李煊……"

被称为青乌先生的麻衣道人一摆手,示意李煊不要多说,然后高声说道:"白百灵,莫要胡闹,天女和计婆婆哪里去了?"

雕花的琐窗突然打开,一个十来岁的小丫头露出头来,只见她身穿鱼白色冰蚕刺花绸衣,下衬青缎绣锦浅花裙,怀中抱着一只浑身雪白的猞猁,转着一双水灵灵的黑眼珠,显得很是可爱。她对李煊做了个鬼脸,依旧用计婆婆的声音说:"天女听得一个消息,到曲江池边去了,计婆婆去地母夫人处了。"

李煊这才明白,原来刚才计婆婆的声音是这个叫白百灵的小丫头模仿的。若非这个麻衣道人叫破,还真分辨不出来。

"你带李煊去见地母夫人。"麻衣道人对白百灵说道。

白百灵有些吃惊,问道:"地母夫人可是不轻易见外人的,带他去?夫人会不会动怒?"

麻衣道人答道:"决计不会,带他前去,正是夫人所命。"

白百灵引着李煊来到院子的西南角,那里有一口八角琉璃井,井口十分宽大,李煊站在井台上往下一望,只见井底映着星光,水波闪动。麻衣道人命黑衣盲仆转动墙上嵌着的一个青铜圆盘,只听井底传来"哗哗"的流水声响,不一会,井中的水似乎已顺着一个暗道流到别处,露出深不见底的漆黑暗道。

白百灵放下猞猁，轻声说道："好好待着，别乱跑。"然后自己也像一只小猫咪一般，灵巧地跳进井旁的木桶里。两个黑衣盲仆摇动辘轳，把她送到了井下。

没过多久，黑衣人又将木桶摇了上来。麻衣道人示意李煊也坐木桶下去，并在他耳边用蚊鸣一般的细小声音叮嘱道："地母夫人威严易怒，要小心答话。"

静静的黑夜里，辘轳的响声特别刺耳。经历了石窟历险后，李煊对黑沉沉的暗道有一种恐惧感。当木桶越下越深，井口已缩小成头顶上一个圆圆的亮影时，李煊的心在不自主地收紧。

终于来到了井底，地下似乎是白玉砌就的坚固平坦地面，几个跪伏在地上的青铜人俑，头顶着一盏盏油灯。这情景和当时石窟中的布置非常相似，突然，一阵婴儿的哭声从里面传来，李煊一怔，不禁又想起在安邑鬼宅中听到的声音。对！就是这声音。

这时白百灵笑眯眯地跑了过来，李煊突然醒悟，冲口问道："安邑鬼宅的婴儿声就是你装的吧？"她笑盈盈地答："安邑鬼宅中婴儿的哭声正是我装的。"这一句话的口音却是模仿了李煊。

李煊惊奇不已，问道："怎么你连我的声音也会模仿？难道你只要听过一次就能学会吗？是怎么练成的？"

白百灵神色黯然，凄然说道："小时候，原来父母兄弟等一大家子人在一块儿住，大家有说有笑，非常热闹。可是，后来不知为什么，我的祖父得罪了朝廷，被斩首了，家产也被查抄得一干二净。亲人们病的病，死的死，还有的被流放到岭南给豪强为奴，父亲的一个朋友见我年龄幼小，就私下把我藏在荒山古庙中。晚上我自己闷得慌，又害怕，就学他们说话，好像是大伙儿依然在陪着我一样。"

李煊听她这样说，联想到自己的身世，不禁也是悯然神伤。

边说边走，只见这地下的暗道越走越开阔，两边的土壁都用青色方砖镶砌，隔上几十步就有一个石龛，又有大颗的夜明珠出现。当时李煊在五兵神窟之中，看到的是方面怪眼的青铜人偶，而这里却是一尊尊婀娜多姿的神女玉像，那些流苏璎珞，都是用宝石镶嵌。她们身边都雕着天狐一样的神兽，这些神兽的眼珠，就是用一粒粒夜明珠做成的。

李煊不禁低声说道："我在石窟中见过这样的暗道，只不过那里是怪模怪样的青铜人俑，这里却是仙女。"

白百灵笑道："你知道奇门八卦不？这黄泉地肺共有八个门：'休、生、伤、杜、景、死、惊、开'。这里是'生'门，你那次走的是'伤'门，当然见到的也就完全不同了。要是你从'死'门进啊，那层层叠叠的毒砂、钉板、暗弩、陷坑、灰池，有千百人进去，也都会葬身于此，甚至尸骨无存。"

李煊又问:"这黄泉地肺又是什么?"白百灵不答,走了几步,扯了下土壁边的一条铁索,只听清脆的铜铃声在远处响起,四个盲仆抬了两顶小轿来,他们二人各乘一顶。走了一会儿,四周完全陷入了黑暗,只觉得越走越是往下,七绕八绕,足有半个时辰,来到了一个青石高台边。

这里空间甚是广阔,足可以容下几百人聚集。正中间头顶处,是双龙盘荃莲花藻井,两条蟠龙的口边,各有一颗香瓜大小的夜明珠,辉火照耀下,一座高高的石台上,赫然踞坐着一只巨大的石兽,身体像是狸猫,脑袋是纯白色,身上却有黑白相间的花纹,四只巨爪特别庞大,好像是猛虎的利爪。李煊忽然想起,《山海经》上曾讲过有一种叫"梁渠"的怪兽,似乎就是这个样子,但他没敢多问。

李煊正目不转睛地观看着,白百灵拿起一个小锤,敲击台上架起的一排小铜钟,敲出乐曲一般的声音,不多久,一只挂着红色纱灯的小船缓缓地从远处驶来,李煊奇道:"这地下怎么有船?"

白百灵笑道:"岂不闻平地之下,一丈二尺为土界,又一丈二尺为水界?而且土界、水界各有起伏,所以暗道中就会有时穿土,有时涉水。"

上了船,沿着窄窄的暗道又穿行了好大一会儿,接着又上了石阶,走过一段黑暗的甬道,终于来到一座幽深晦暗的地下殿宇前。厚重的金黄色帘幕深深地低垂,三人合抱粗的八根石柱边,各有一个踞着的青铜宫女人偶,举着盛满脂膏的雁足灯。

白百灵一向活蹦乱跳,此时却一副极为郑重的神色,李煊见了,也不由自主地屏息静气。只听帘幕后面一片寂静,隔了良久,方有一个略带威严的中年女子声音说道:"天女为何还没有过来?"

白百灵回答道:"地母夫人,天女有点小事,耽搁了,马上就会过来的。"帘幕后的女子哼了一声,自言自语道:"晶儿就知道一味胡闹,安能托大事!"

白百灵和李煊默不作声,不敢答话。就在这时,只见远处脚步轻快、一身夜行衣的贺兰晶像小燕子般轻飘飘地赶了回来。她看到李煊,两人都同时一惊,心想:他(她)怎么会在这里?

只听帘幕后面,那叫作地母夫人的中年女子十分郑重地说道:"晶儿,你来了。今日要和你说一件大事,我决定,把你许配给这个叫李煊的少年。"

此言一出,三人都是惊诧莫名,贺兰晶和李煊更是脸红心跳,手足无措。贺兰晶奇道:"为什么要我嫁给他,这个傻小子被我多次戏耍,很笨的啊。"说着瞥了李煊一眼,撅起小嘴,一副不屑的样子。

只听地母夫人缓缓说道:"晶儿,你不要害羞,你不是把碧波玉珮给了李煊,还留下人家的白玉老虎了吗?"

"那白玉老虎,也并不是寻常之物。这是太祖景皇帝李虎的贴身之物!"大家都知道李虎乃是本朝开国皇帝李渊的爷爷,西魏八柱国之一,后封为唐国公，本朝国号就是由此而来。这样重要的物件，怎么会在李煊身上？

贺兰晶正要率先发问，地母夫人却看了她一眼说："晶儿，你可不要小瞧了李煊，你可知道他是大唐皇族的嫡系传人，本朝高祖皇帝的五世孙，隐太子李建成的四世孙！"

这句话虽然说得极轻，但却有如平地一声雷般令人震撼，李煊和贺兰晶等人都是大吃一惊！贺兰晶忍不住问道："当年的隐太子李建成，不是全族被诛，已被太宗皇帝斩草除根了吗？"

只听地母夫人幽幽地说道："世人都这样认为，可能就连当年的太宗李世民也以为是这样。哪知道，六十年过去后，一份残破泛黄的信札，却透露出这样一件秘闻。"

李煊听得地母夫人居然对太宗皇帝直呼其名，不免十分骇异，这可是大逆不道的行径。

贺兰晶又问道："敢问地母，是谁写的信札，又是什么事情？"

地母夫人没有直接回答，反而问道："晶儿，你可知道我们玉扇门的来历？"

"想必是夫人您一手创建的吧！您以一人之力，能创建这如此宏大的门派，真是有通天彻地之能啊！"

只听地母夫人叹了口气："通天彻地！哼哼，以前的确是，可如今的玉扇门，是上不着天，下不着地了！"说罢，言语中透出无比的凄凉。

一时间，李煊他们都不敢搭话。过了良久，地母夫人又接着说："要说这玉扇门的创始人，可不是我，实际上创建者是大周朝的金轮圣神皇帝——武则天！"

"啊！"众人面面相觑，各有惊诧之色。

地母夫人接着说道："晶儿、煊儿、灵儿，今天我索性就把多年的秘密全部告诉你们，你知道我是什么人？我和那上官昭容一样，都是当年服侍则天皇帝的贴身侍女，她唤我为扇儿，唤上官昭容为婉儿，当时还有一个叫团儿，我们三人最受则天皇帝宠爱。"

"婉儿文采过人，谨细机敏，所以则天皇帝让她执掌文书，其实她的资历远不如团儿和我。当年天后尚未称帝前，就在宫中暗设了不少人手眼线，由我和团儿统御，向她禀报，于是宫中发生的一切事情，都逃不过天后的眼睛。"

地母讲到这里，语气中透出一股得意之情："那一年婉儿的祖父上官老儿和高宗皇帝密谋，想拟旨废掉天后，正是由于我的及时禀报，天后火速赶到，向高宗皇帝当面辩驳，又哭泣诉说，才脱离了凶险。不然诏书一下，天后就再无翻身之日了。也正因为如此，婉儿才被籍没进宫。这事我从未和她说过，也不知她如今是该恨我，还是谢我。"

贺兰晶听了，若有所思，心想如果没有这件事，上官婉儿不会有当初的磨难，却也不会有现在的风光，她可能就嫁个笃实忠厚的丈夫，平平淡淡地过此一生吧。可不知两者相比，哪一种经历更是她想要的？

地母夫人接着说道："有了此番险些被废的经历，天后更加注重窥探诸般音讯，后来高宗皇帝病体难痊，终日昏昏，威仪大柄尽在天后手中。在她的密旨授意下，从宫内到宫外，都散布了搜罗各种机密的眼线人手，全都由我统御。二十年前，当今的中宗皇帝初次即位，旋即又被天后废掉，当时禁军中有几人不服，在妓馆饮酒时口吐狂言，结果他们酒没喝完，消息就传到天后耳中，于是这几个人当场被斩杀，一时间三军战栗，这都是当年我们的功绩。"

众人都听得入神，只听地母夫人又得意地说："武周革命后，则天皇帝又设铜匦奖励告密者，这众多密件都由我遴选呈报，后来我奉旨征得十万健卒，开凿了这宏大无比的黄泉地肺，当时天后常居洛阳，世人都知道薛怀义在东都建的明堂、天堂壮观无比，哪知道在长安，另有一处神秘浩大的工程！"

李煊听到此处，忍不住问道："敢问地母，这黄泉地肺耗时费力，建来何用？"

贺兰晶插口道："这个我倒知道，黄泉地肺里，四通八达，暗布机关，我们的人，借此行走，如神出鬼没一般，而且里面暗设机关，可以用来贮藏机密文书物件和奇珍异宝，可谓万无一失。"

李煊听了，这才恍然大悟，心想那安邑鬼宅等处，肯定也是能连通黄泉地肺的入口处了，其中也可以存放不少机密或珍宝。所以玉扇门暗布机关，又制造渲染出可怖的邪祟之气，以致人人避而远之，这些地方也就更加安全隐蔽了。

只听地母夫人说道："这些陈年旧事，日后再慢慢说给你们听。先说则天皇帝当年，四处搜罗机密，包括此前宫中的一些机密文书也都广为收集。这天，我从太宗皇帝居住过的寝殿梁柱上找到了一份密函，上面记录了这样一件秘密：太宗曾经派人从魏征墓里盗掘出来一个石匣，匣中有一块玉版，刻着奇形怪状的文字。后来才知道，上面写的是吐火罗文，而且这只是其中一半的玉版，而送来玉版的人，正是隐太子李建成的长子李承宗。"

"李承宗？"熟悉前朝之事的贺兰晶诧异道，"不是相传他十六岁就醉时乘马，坠蜀地沱江中而亡了吗？难道他也是诈死？"

地母夫人道："世间好多看似捕风捉影之事，倒有一多半是真的，堂而皇之记之在册，传诸后世的文牒，却有一多半是假的。这真真假假有谁能完全识得？真假之间，信则为真，疑则为假，弄假也可成真。"

李煊听了，觉得地母夫人此言很是玄妙，又不免有些茫然。一时间，大家都不说话,只有两旁雁足灯中的火焰燃烧时发出噼啪作响的声音。

帘幕后一阵响动,似乎是地母夫人端起茶盏喝了几口,然后又听她讲道:"这李承宗当年被长安酒肆里的一个胡人女子迷惑,竟和她私自逃去了西域的高昌。李建成当时十分恼怒,又怕父皇李渊怪罪、亲族们笑话,于是就采纳了亲信幕僚魏征的主意,对外假称他去蜀地游玩时坠江而亡。岂知'塞翁失马,焉知非福',玄武门之变后,竟因此保留下了太子的一线血脉。"

贺兰晶突然插言道:"哦,我知道了,太宗皇帝曾一怒之下,让人推倒了魏征坟前的墓碑,想必也是因为这件事了。原来大家都说是因为魏征举荐过的侯君集作乱,惹得太宗生气,现在看来其实还是恼怒魏征和李建成有牵连。可是隔了一年,为什么又重新树起了魏征的墓碑?"

地母夫人说道:"晶儿猜得不错,但后来重立碑石,这事连太宗最秘密的笔札中也没有提及,但是太宗晚年多疑多梦,曾梦入地府之中,被建成、元吉等人揪住,要告他杀兄屠弟、囚禁父皇的罪恶,因此常常夜不能寐。他曾命秦琼和尉迟敬德全身披挂,为他守门。至今此二人被传为门神,常被画于门上。常言道'不做亏心事,不怕鬼叫门',若不是这李世民心中有愧,何以至此?"

李煊听了,心下不胜寒栗,原先觉得太宗是一代明君,仁德遍布四海,怎么会是这样一个人?但地母夫人的话,确实有理有据,由不得不信。

李煊这时奇讶地说道:"囚禁父皇?难道当年太宗竟然囚禁了高祖皇帝?不是说,当时高祖皇帝在太液池泛舟,后来又亲自下旨诛灭了太子及李元吉的余部吗?"

地母夫人笑道:"这都是太宗编的谎话,当时他状告太子建成秽乱宫禁,高祖皇帝决定在六月四日这天让他们对质理论,哪有清晨起来,却跑到湖上游玩的道理?事实却是李世民让尉迟敬德勒兵入宫,杀了十多名高祖的亲随将校,并把高祖皇帝劫持到湖中的船上,作为挟制,然后逼其下旨。你想当时高祖二子十孙一日丧命,难道都是他老人家的意愿?"

众人遥想那个鲜血四溅、伏尸满地的"玄武门之变",都是悚然动容。想起太子建成家连尚不会走路的孩童也被残杀,都不禁悯然叹息。

"后来高祖皇帝被囚在太极宫,名为太上皇,实为锦衣囚徒。叹息之余,常念太子建成宽仁谦和的好处,深悔要是早作主张,废去秦王李世民的势力,安能困厄至此?所以,据说高祖后来也风闻太子建成尚有后人传世,他激动之中,曾写下一道密旨,御笔写明不管隔了多少世,如果能再寻得太子后代,大唐群臣皆奉高祖皇帝临终遗命,拥立此人为帝。"

说到这里,地母夫人的语气显出一副昂扬得意之态,她朗声说道:"只要我们齐心协力,寻出这份密诏,宣告天下,李煊就可以登基即位,成为大唐帝国的第五代君主!"

李煊听了,恍如梦中,手足无措。贺兰晶却拍手叫好,欢呼雀跃。

地母夫人等贺兰晶等人安静下来,却又说道:"但这密诏到底还存不存于世上,委实难言。那太宗李世民也是机敏狠辣之人,安能留此大患?但高祖皇帝也并非庸人,他必然也有一番巧思。为今之计,我们玉扇门要全力以赴,搜寻开国高祖的密诏!"

就在此时,右边黑沉沉的巷道中响起三声清脆的金铃声,似是在报讯。随即地母夫人的帘幕后传出三声洪亮的金钟声,似在应答。白百灵悄悄告诉李煊:"三声金铃是有外客来访,应以金钟就是地母夫人想见,如果应以鼓声,就是拒见。"

四个盲仆手执灯笼指引,前面一个李煊认识,正是计婆婆,后面则跟着一个秃顶老头,看着似乎很眼熟,但一时想不起来是谁。但秃顶老头见了李煊,竟是热泪盈眶,开口叫道:"煊公子,这些日子可受苦了?"

这人一出声音,李煊登时心中大颤,犹如被雷击中了一般,他就是尔朱陀!他没死,他又活了,真的活了!李煊扑过去紧紧地拥抱着他,依然是那样宽阔的胸膛,依然是那样有力的臂膀,是他!真是他!

李煊一时如在梦中,却听地母夫人的声音又在帘幕后响起:"一会儿我会安排你们叙旧,现在有件大事要办。李煊父亲早逝,母亲别嫁。尔朱陀,你虽为老仆,却和李煊情同父子,你就替他拟下婚书吧。"

尔朱陀呵呵一笑,也不推辞,贺兰晶见李煊正注目细瞧自己,突然很是害羞,嗔了一声,就跑入金黄色的帘幕后,去和地母夫人窃窃私语。

计婆婆命人搬来几案,铺好玉版松纹花笺,尔朱陀饱蘸浓墨,用工工整整的楷书写道:

今有李家长男煊年已成立,未有婚媾。承贤地母夫人长女,令淑有闻,四德兼备,愿法交援。谨同媒人尔朱陀、青乌先生,敢以礼请。若不遗,伫听嘉命。

计婆婆早准备好一个黄杨木的小匣,尔朱陀郑重其事地将写好的婚书卷起来,放入匣中,又用五色丝线缠好。计婆婆双手接过,由盲仆转交给帘幕后的地母夫人。

突然,远处一阵凄厉的竹哨声传来,大家都是一惊,计婆婆和白百灵更是神色大变,这是外敌侵入时的示警讯号,究竟是何人,能躲过这黄泉地肺中的重重机关,直达核心重地?

计婆婆从两名盲仆手里取来一个卷轴,展开之后,是一张"黄泉地肺"的总图,贺兰晶皱眉道:"从任何一个入口到达此地,都要经过丑艮位的血池、卯巳位的流沙,再不就要破掉未坤位的刀坑、子癸位的毒虫,这些人如何并无惊扰，就直捣我们的机要重堂?"

贺兰晶回身说道:"青乌先生，你带一百名铁甲仆隶，扼守住洞窟中的司命关，如敌人势大，不可抵挡，就退到勾陈窟，放下龙门石，让千斤毒砂掩没坑道!"

麻衣道人领命，匆匆离去。

贺兰晶又道:"白百灵，你和计婆婆去看下通往月神窟的密道是否有异，是否有外敌侵入的迹象? 这是我们的退路，要提防敌人早已设下了埋伏。"

这贺兰晶一改昔日顽皮胡闹的形象，发布诸般号令，显得井井有条，决断十分明快。李煊心下不由得暗暗佩服。

李煊望了下尔朱陀，心中有千言万语想说，却见他一脸郑重的模样，并不眼瞧自己，刚要出口的话，又咽了下去。

此时，只听帘幕后地母夫人说道:"虽然有凶客扰了清兴，但今日晶儿和李煊订下婚事，也不能不饮酒为贺。取当年林邑国进贡的清酒与岭南果品来，我们小酌几杯相庆。"

刚饮得几杯，只见青乌先生，也就是那麻衣道人回来这里，他笑呵呵地说:"原来是两个身份低微的小角色，只是两个盗墓小贼而已。一个胖乎乎的，像只肥老鼠，还自称'穿山虎';一个瘦得像只竹节虫，自号'钻地龙'。"

众人顿时放心，贺兰晶问道:"那他们为何能直达总堂重地?"

"说来也巧，这瘦贼长年在洛阳的北邙山盗墓，天长日久，也很有些心得。他特地打造了一把长柄的铁铲。用此物往下一插，取出土样，听取声响，就可知地下古墓的情形。这胖贼听得心痒，就要出钱购买，这两个小贼在通义坊用此物凿地试验，不想正好打在咱们密道的上方，他们听得声音有异，以为必有什么宝物。前不久，他们刚在一处古宅的地下探得一瓮金银酒器，卖了有几十万钱，这次以为又要发大财，哪知却撞进咱们这儿，这才叫'地狱无门自来投'。怎么办，直接除掉吗? 还是让他们吃下缚心丸?"

地母夫人说道:"这两个人留着，接下来可能有用处。先让他们尝一尝苦水地狱的滋味，然后劝他们投靠我门。"

贺兰晶说:"本门擅长钻地打洞的人才有的是，计婆婆早将三百盲仆训练成掘洞蚁兵，一日可打通十里地脉，迅速无比，何必要这两个龌龊小贼?"

地母夫人笑道:"这你可就有所不知了，掘洞和盗墓是两回事，我们虽有掘洞的人才，却没有勘陵盗墓的行家。再说了，今天是我们的大喜日子，不可杀伤人命。"

众人都沉吟不语，李煊心想，这地母夫人真是有些贪心不足，她富足天下，拥有的奇珍异宝恐怕连王侯也难与之相比，为何还要打这盗墓的心思? 掘人坟墓，毁人尸骨，可是伤天害理的行径啊! 但他只是心中默想，不敢说出口来。

计婆婆见李煊不自主地打了个呵欠，心想这一天一夜折腾下来，李煊肯定已是疲倦至极，加上他和尔朱陀欢喜重逢，必有很多话要叙，就提议先安排李煊和尔朱陀歇息。地母夫人欣然应允。

　　计婆婆派人将李煊、尔朱陀送上地面，引入一家坊巷深处的密宅。只见已是红日初升的清晨时分，虽然冬日的北风飕飕作响，但李煊拉着尔朱陀的大手，心中感到从未有过的温暖和踏实。

拾壹

曲江池上

原来，尔朱陀和青乌先生的父辈都是太子李建成的部将，因为隐太子小名叫毗沙门。这毗沙门正是四大天王中多闻天王的梵语名讳，他们就借供奉毗沙门为名，彼此作为暗号联络。

　　然而，太子已亡没多年，是否有后人在世也是扑朔迷离，这个组织渐渐人心离散。像僧人慧范之父，当年也是毗沙门中的一名元老，后来却远走天竺，娶了当地的美女为妻妾，和毗沙门早就恩断义绝。

　　由于毗沙门渐渐式微，青乌先生也不得不投入玉扇门，与之联手，伺机共谋大事。要是从前，玉扇门皇诰在手，号令天下，谁敢不从，还真不屑与青乌先生这样的旁门左道携手，但如今，韦氏一族掌国，玉扇门再也无法恢复昔日威风，只是搜罗了不少朝廷大员们的劣迹作为把柄威吓，再倚仗上官婉儿从中斡旋，才有今日的局面。

　　当时尔朱陀带李煊初入长安，青乌先生在渭水桥上和他联络，给他展示毗沙门神像，并用手势暗语警告他惹了大祸，所以尔朱陀才会面色变得极为恐怖紧张。当晚的雨夜中，李煊正在熟睡时，青乌先生就悄然来到了客店，他责怪尔朱陀不该贸然带隐太子的唯一血脉李煊来到长安，这可是大大的冒险。因为当时地母夫人的意思还没有探听明白，韦后、太平公主和李隆基等人，无不会视李煊为祸根异类，必除之而后快。

　　尔朱陀听了，也深怪自己有些鲁莽。青乌先生沉吟了一番说："你十年前在长安闹过事，大家都知道你是毗沙门中的人，如今还大摇大摆地过来，岂非自投罗网？这样吧，你假装离奇死去，然后易容改妆，再见机行事。至于李煊，我安排人送他先回西域去。"

　　于是青乌先生用骷髅和骨架做了一个假人，中间杂以油纸、灯草等物，并给它穿上尔朱陀的衣服，点燃这个假人的同时，用凉水浇在李煊面上，将他泼醒，让他以为尔朱陀确实中邪焚身而亡，就此隐瞒住这一切。

　　哪知道尔朱陀诈死一事，虽然将李煊瞒住，也让慧范等人一时间认为是某些门派暗中取了尔朱陀的性命。不过地母夫人还是立即知晓了此事，火速命人宣召青乌先生到黄泉地肺中问话。同时又派贺兰晶、计婆婆、白百灵带人去看住李煊，贺兰晶生性活泼顽皮，于是将李煊引入了安邑鬼宅，着实恐吓戏弄了一番，再下迷药擒住。

此时，正好得到密报，绝阳玉女许凤姑竟然和尔朱陀私下幽会。这四大丑女的师父许凤姑，真正是一位武学高手。仪凤年间，曾盗大内明珠藏于雁塔顶层，又于昆明池演武时，假扮为男子，突然下场较艺，连胜三名金吾大将。她年轻时曾热恋尔朱陀，却因尔朱陀执意要远赶西域，两人互生嫌隙。

刚巧长安酒肆中有个波斯胡女也深爱尔朱陀，她追随尔朱陀的足迹西出阳关，临走时却留下一封信，故意骗许凤姑说，尔朱陀远去西域是为了和她长相厮守。结果许凤姑当下被气得七窍生烟，一气之下，恨极了全天下的男人。于是收了四个极丑的女徒弟，从小就教她们说男人是极坏的东西。

玉扇门的人，早知许凤姑的名头，却不知道她和尔朱陀有这样一段旧情，这次派人跟踪尔朱陀，才无意中发现了这一段秘密。贺兰晶听了很感兴趣，于是和计婆婆到终南山的一座古庙中"捉奸"。

哪知去了后扑了个空，并没有"捉"到尔朱陀，只发现了许凤姑正在浣洗尔朱陀换下的衣衫。贺兰晶躲在暗处，让计婆婆现身诘问，这计婆婆嘴不饶人，将许凤姑挖苦得羞惭无地，无奈之下，只好答应加入玉扇门。贺兰晶很是好奇她收的四大丑女，于是将凤头金牌要过来，又把李煊放入五兵神窟中，让丑女们看管。这一切，都是基于胡闹好玩之心。

经青乌先生反复陈说，地母夫人终于觉得李煊也是奇货可居的有用之人，才下令保全他的性命。后来又听计婆婆等人说李煊仪表堂堂，有天潢贵胄之血脉，这才有了将贺兰晶许配给他的心思，于是就有了昨日之事。

李煊虽然一天一夜没睡，满眼都是血丝，但还是聚精会神地听尔朱陀陈述了这一切的来龙去脉。庆幸之余，也是暗暗心惊，这一切都来得太过突然。他感觉心中好乱，就像西域荒漠中蓝蓝的盐湖碧水一样，本来非常平静安详，似乎从来就没有受过惊扰一样，但不多会儿，狂风来了，湖水被吹得波涛翻卷，澎湃沸腾。

李煊这一睡，从中午一直睡到第二天的清晨，梦里，他一会儿回到广阔的西域草原，一会儿又在洞窟中匆忙地奔跑，幸好几次醒来，身边都有尔朱陀那真实亲切的脸庞。

午饭过后，朔风转紧，彤云密布，天空中纷纷扬扬地飘起了雪花。重楼金阙，九衢坊巷，处处堆银砌玉。此处离皇宫内苑不远，登上院中青砖阁楼的最高层，只见北方天幕黑沉，一座座高大的宫中殿宇静静地伫立，自有一种威严的气度在内。

李煊望着巍峨的皇宫，不由得想起地母夫人所说的那段往事，他呆呆地想难道自己真的能成为紫殿玉墀的主人？真的能成为大唐帝国的至尊？这个念头在他心头一闪而过。此时，一阵凄厉的北风夹着冰冷的雪片，灌入他的衣领，让他不自觉地打了个寒噤。

冬日的白昼很短，不觉已是灯火昏黄的傍晚时分。快到了静街夜禁的时候，贺兰晶带着白百灵匆匆到来。尔朱陀寒暄了几句，就取了斗笠要出门，李煊很是不舍，拉住他悄声问道："天色已晚，你这又到何处去？"

尔朱陀笑着低声道："我们有很多大事要办，这个仙女一样的贺兰晶已是你的未婚妻，你要和她多交谈才是。我再潜入军营，一则刺探消息，二来看能不能劝一些军将归顺我们。你诸事小心仔细……"

说罢，尔朱陀就踏雪而去了。

白百灵点起高高的红烛，备下精致的点心和酒菜，让贺兰晶和李煊面对面小酌。李煊虽然和贺兰晶多次碰面，但从未仔细地看过她，如今灯下的贺兰晶眉如春山，面似芙蓉，肤若凝脂，风采绰约，看得李煊双眼发直，贺兰晶却有些不好意思起来，一朵红云飞上脸颊，更增妩媚。

李煊突然想起尔朱陀嘱咐他，要他把从西域带来的一件紫羔毯送给贺兰晶，贺兰晶见了紫羔毯，很是欢喜，虽然她奇珍异宝应有尽有，但见李煊心意甚是诚挚，不禁心花怒放，低声吟唱道：

客从远方来，遗我一端绮。相去万余里，故人心尚尔！

这诗出自《古诗十九首》，李煊要是机敏聪明，就应该立马接上："文彩双鸳鸯，裁为合欢被。著以长相思，缘以结不解。以胶投漆中，谁能别离此？"岂知李煊成长于大漠，虽有通识汉家文化的亲人长辈教诲，但毕竟粗疏，根本不知道这首诗的内涵。

贺兰晶唱出这几句时，本来娇羞异常，岂料李煊竟然木然不知，完全是俏媚眼做给瞎子看了，不禁大为恚怒。她突然起身，披起猩红的貉氅，就径自远去了。

白百灵见了，虽然她也不明白贺兰晶所唱诗句的意思，却猜得出几分此中的关窍，眼见贺兰晶愤然而去，她于是劝慰道："天女就是这样的脾气，一会儿欢喜，一会儿生气，你也不必多在意，过一会儿就没事了。"

李煊欲言又止，二人一时默然。

李煊突然想起金嬷母和张文放二人来，便向白百灵问起他们的情形。白百灵笑道："那日城中搜检，他们遵照青鸟先生的嘱咐，张文放假扮成一个患麻风病的妓女，金嬷母扮作男仆模样，吓走了不少禁军。只有一个姓侯的校尉不信，非要上楼看，不想踏到楼梯上青鸟先生设下的透骨钉，当下全身乌黑，化为脓水，其余的人都抱头鼠窜。那个地方，以后可能又要传为一处鬼宅了。"

白百灵抱来的那只猞猁,闻到那些酒食的香气,直想跳到几案上来,李煊扔给它一个大骨头,方才安静了。只听白百灵接着又说道:"这个消息你可能也感兴趣,四大丑女之一的铁孟光,现在被困在曲江池上的一条船中,她正发出火流星,向同门求助呢!"

李煊惊道:"是吗?她可有危险?是怎么回事呢?"白百灵答道:"具体的情形我也不知晓,但据报四周并无敌人,我已通知她师父许凤姑暗中救援,不必担心。"

原来,这铁孟光见金嫫母下山后一去多日,却并不担心,只是羡慕。她心中愤愤不平,心想为何师姐能违背师训下山去玩,自己就不能?于是悄悄打定了主意,编个理由说是寻找师姐,就溜出山来。

一开始,铁孟光不敢直接和人说话,只是藏在树梢或山石后偷窥这芸芸商客。她不知路径,也没找到长安城门,只是看了城外的几个乡野集市,就已暗暗惊叹世上的繁华热闹。

也是合该有事,这天下午,铁孟光又在一座半人高的土丘后躲藏,伏在草丛中,看商贩们人来人往,讨价还价,很是新奇。哪知有个卖姜的老汉,多喝了几碗粥饭,因要小解,就悄悄转到土丘后面来。

铁孟光正看得津津有味,突觉背后一热,有尿水淋下,她转身一看,只见一个男人正褪下袍子,露出一个奇奇怪怪的东西来。铁孟光又惊又怒,跳起来冲他大吼一声。可怜这个老汉,本就生来胆小,突然见草丛里冒出一个"妖怪",对他怒目而视,声如霹雳,吓得尿都没撒完,就昏死过去了。

铁孟光这一惊也非同小可,她脚步不停,飞奔到山谷中僻静无人处,才稳下心来。心想此事万万不能让师姐们知道,不然自己可没脸活了。这样一闹,消息很快就由玉扇门中的线人密报给贺兰晶等人,贺兰晶生性顽皮,于是又想着戏耍铁孟光一番。

贺兰晶放出四大丑女联络时用的讯号——四颗火流星,铁孟光就巴巴地跑了过来,只见贺兰晶一身的夜行衣,脸也蒙得严严实实的,只露出两只眼睛,就问道:"你是什么人?"

贺兰晶心中暗笑,说道:"你师姐被贼和尚们捉住了,也不知关在什么地方呢!"

铁孟光一听,也不辨消息真伪便焦急万分,说道:"那怎么办?我怎么去救她?"贺兰晶说道:"我来教你,你可以捉住其中一个坏和尚,用这人来换你师姐。"

铁孟光粗声粗气道:"真的?"

贺兰晶笑着说:"我怎么会骗你,男人才会骗人,我是女的啊。"说罢,拉起铁孟光的手向曲江池边走去。

不一会儿，她俩到了池边。贺兰晶指着不远处泊着的一艘画船，煞有介事地附在铁孟光的耳边说道："这船上有个女子，坏和尚一会要来找她干一些下流龌龊的事情。你换上这名女子的衣服，坐在船舱帐子里等。你别动手杀人，要活捉了他。这人是坏人的首脑，比那个慧范权势还大。"

铁孟光心下暗喜："我入门最晚，师姐们总说我蠢，瞧不起我。如今我立此大功，必然让她们嫉妒死。"想到此处，铁孟光不禁咧开大嘴，乐得合不拢了。

这湖上的画船，原来是长安贫家船妓的行当，深夜之中，便在这船上揽客。天气温暖的春夏天气，池上多有船妓招揽生意。如今寒冷，就几乎没多少人光顾了。但铁孟光如何能知晓。

铁孟光悄悄前行，待得此船靠近，她腾的一声跳上船头，只听"咯啦"一声，船板被她踏碎了好几块。

船上那名女子吃了一惊，开始以为来了强盗，借着烛火定睛一看，见到母猪精一样的铁孟光，又疑心是遇上了妖怪，直吓得浑身颤抖。

但见铁孟光的胖脸上却堆出笑容，说道："你莫要害怕，俺是好人，尤其不杀女子，先脱下衣服。"

那女子心中狐疑，她见铁孟光虽然丑如母猪，但看起来似乎还是个女人，现在铁孟光竟然命她脱衣服，不免又迷惑起来，心想无论她是男是女，反正也不能不依，再说自己本也不是良家女人，有什么好怕的。当下就脱得精光，并摆出一副妖媚的姿态来讨好铁孟光。

铁孟光见这女子显然是误会了她的意思，倒有些害羞，忙道："只脱外衣就是啦。"说着她便将这名女子的衣服胡乱套在身上，只听"哧"的一声，原来铁孟光身体太胖，将人家的粉红丝裙撑开了一道口子。

那名女子倒也机灵，夸道："姐姐你穿上这件衣服，当真漂亮极了，我再给你敷上点胭脂香粉吧。"说罢，将梳妆台上的胭脂香粉擦在铁孟光脸上。

铁孟光自幼在山中长大，从来没有用过这些东西，她虽是丑女，又遵照师父的严命不得梳理打扮，但普天下无论美女丑女都有与生俱来的爱美情结，铁孟光往脸上涂了香粉胭脂，向镜子里照了照，暗自得意。

那名女子又道："后舱我还有几件首饰，也拿来给姐姐用。"说罢转身走开。

铁孟光等了半天，竟不见这女子回来，走入后舱寻时，连一个人影也没有。原来那名女子毕竟害怕铁孟光，于是找个借口，偷偷来到后舱，也不顾天寒水冷，当下泅水逃走。她本来是穷苦的船家女儿，水性极熟。

铁孟光到了后舱寻不见人，却找到一大坛酒，还有不少熟牛肉，原来都是船妓用来招待客人的。铁孟光随身带的干粮早已吃完，饿得肚中已是咕咕作响，加上她一向贪吃，忙抓起牛肉大嚼，又打开那坛酒，只觉芳香扑鼻。

俗话说"酒能乱性",所以许凤姑从来不许铁孟光她们师姐妹喝酒,但铁孟光越闻越是嘴馋,自己宽解道:今天我穿花衣服,涂脂抹粉,都是为了擒拿坏人,并不是我有何邪心。我若不喝酒,不免装得不像,要是让敌人看出了破绽,不免功亏一篑,所以还是喝点吧。

想到此节,铁孟光茅塞顿开,当场捧起酒坛,咕咚咕咚地大喝起来。她开始只说尝一尝就作罢,哪知越喝越多,不一会便头脑昏昏沉沉的,她倒还想着,应该在船舱帐子里等,当下摸到床上,一倒头便昏睡过去。

这只花船无人掌舵,在湖面上飘来荡去。不想一阵风将船吹到了岸边,就此搁浅。铁孟光睡得死猪一般,丝毫不知。

也是碰巧,一名从江南贩木材起家的商贩,已是年过半百,和这只花船上的船妓乃是老相识。这夜也喝了一番酒,睡了一小会儿,就想来此取乐。原来此人十分惧内,常常等到下半夜老妻也熟睡后,才出来偷欢寻乐。

他轻手轻脚地摸上船,此时舱中灯烛全灭,黑暗中也看不清东南西北,好在此人是常客,轻车熟路,老马识途,很快就摸到了床帐之内,搂起铁孟光就亲了起来。

铁孟光虽然酒后酣睡,但毕竟是习武之人,旁人一碰她身体,立刻警醒。此时她只觉有个干瘦的男人正伏在自己身上,一番亲热。铁孟光大叫一声,振臂猛击,将这老头儿打得骨断筋折,穿破船篷落到了曲江池中,当即一命呜呼。

打翻这老嫖客后,铁孟光酒醒了有一多半,她暗暗后悔,心想人家让我捉住坏和尚,怎么我将他打落了水中?又埋怨这坏和尚也太不禁打。走到船头,只见船儿又飘离了岸边,直往曲江池中去了。铁孟光平生没有下过山,哪里懂得掌船,她又不通水性,急得团团转。

如果多等一会儿,曲江池本不大,船儿很有可能就又飘到岸边,但铁孟光天生性急,又是初次"出山",惶恐之下,也不考虑别的事情,当即从怀里掏出火流星,点起一个,想让师姐们知晓。

然而,这里离南山距离遥远,根本看不到讯号,反而引来了一队搜城的卫士。当时太平公主因担心机密失泄,派禁军全城大索,捉拿张文放。她知道有韦后势力参与其中,不但帮不了忙,而且更添麻烦。所以自己又加派亲信,统领兵卒细细搜索,这一队的首领,正是她的亲信随从——苗女阿榕。

阿榕命人点起火把,张弓搭箭,向船上喝道:"那只花船,快点靠岸,我们奉旨搜检!"

铁孟光本来胆子很大,天不怕地不怕,但在五兵神窟之中,莫名其妙地被捉住,才觉得世间上的事神秘莫测,不可妄自尊大。她悄悄地伏在船中,不敢出声。

只听四下无声,阿榕揣测其中必有古怪,便高声喝道:"船上的人,快出来,不然我们放火箭烧船了!"其实,阿榕只是虚张声势,太平公主务必要活捉张文放,好审清楚他此后的行踪和去向,追回所谓的密件,哪能冒冒失失地一把火烧得全无对证了?

但铁孟光哪里知道,她惊慌之下,赶紧冲到船头,挥手道:"莫烧船,莫烧船,我出来就是!"众人只见铁孟光丑如母猪,穿了一件极不合身的花衣,歪插银钗,乱涂胭脂,怪模怪样,当下无不哄笑。有个军卒故意调谑道:"哦哟,兄弟走南闯北,还真没见过这样好看的大美人!"

铁孟光不知他说的是反话,又是欢喜,又是害羞。众人见了她的"娇羞"之态,又是一阵哄笑。

阿榕忍住了笑,问道:"你这船上,可有别人? 有没有男人藏着或来过?"铁孟光倒是一惊,心想她怎么知道来过一个男人? 她天生不会作伪说谎,当下说道:"确实来过一个男人,应该是个坏和尚,但我也没有看清。"

阿榕急忙追问:"那这人什么模样? 现在到哪里去了?"铁孟光答道:"根本没看清,这人上来就要、就要……"说着脸色绯红,似是极为害羞。阿榕察言观色,说道:"要非礼你?"铁孟光点了点头,接着说:"我就这么一推,他就落到湖里去了。"

这些本来都是实情,但阿榕听了,觉得极不可信,就铁孟光这母猪样,还有男人上来就"非礼"她? 什么没看清就掉水里了,多半是跳水跑了吧! 她下令几个会水的健卒跳下水去,将花船推到岸边。并命人细细搜捞湖中,果然不多久,捞上一具男尸来。

阿榕细验这具男尸,发觉并未死多久,但这人清瘦干瘪,长着山羊胡子,是个五十来岁的老者,和张文放并无半分相似之处,不禁大为失望。阿榕觉得铁孟光这人极为可疑,当下命人将她锁拿,要带回山庄刑讯。

铁孟光见两个兵卒手执锁链冲着她过来,不禁恼怒发作起来,她大吼一声,扯住两人手中的铁链猛力一挥,就将两人拽倒在地,随即舞动铁链,飕飕作响,和兵卒们打斗起来。

阿榕看了一会儿,微笑着举起铜弩,瞄准铁孟光的大腿,顿时一支三寸短箭飞了过去,只听"啊"的一声,铁孟光中箭倒地,顷刻就昏晕过去。原来,这是阿榕在南方采集毒物淬制的药箭,铁孟光虽然胖大壮健,但怎么也经不起这能让野牛狮象也麻倒的毒箭。

兵卒们欢呼赞叹阿榕本领了得,当下从船上找出一个破渔网,把昏倒的铁孟光兜在里面,又拆下桅杆,几个人扛起铁孟光,往终南山庄走去。

约摸走了有五里多路,却见前方黑漆漆地陈放着一物,似乎是一口棺材,众人心中大骇。慢慢走近后,兵卒们战战兢兢地用火把照着细瞧,发觉并非是棺材,而是一只大柜子,于是先放下一半心。但阿榕见了却当即色变,比刚才更加惊恐。

原来，这只大柜子是阿榕私藏之物，阿榕虽然对太平公主忠心耿耿，本性朴直，但在山庄中耳濡目染了诸多攫财取巧之事，也动了小心思。她不但将平日里公主赏赐的宝物都收藏起来，而且也借机榨取了不少非分之财。

　　阿榕偷偷做了一个大柜子，里面装满了珍珠、玛瑙、琉璃、琥珀、珊瑚、砗磲、琬琰等各种宝贝。为防止他人发现，阿榕悄悄地将柜子藏在后山一座破庙的神像底座下，自认为是神不知、鬼不觉。哪里知道这人居然能窥得她的秘密！

　　阿榕怕柜子里有毒砂、毒虫之类的古怪东西，就用手中的金刀轻轻探进柜子的缝里，猛力一挑，然后纵身跃开，过了一会儿，却见并无什么异样。阿榕凑上一看，不禁暗暗叫苦，只见柜子里空空如也，原来的珠宝都不知去向，只有一封薄薄的信笺在里面，墨迹尚未全干，信上写道：

　　速放所擒之人，珠宝自当奉还。

　　阿榕一想，捉住的这个丑八怪，疯疯癫癫，也不像和张文放有什么关系，并无用处。没由来惹这等麻烦做什么？但写信之人似乎能洞察自己的一切秘密，很是让人担忧。眼下没办法，只好先放人，以后可要把珠宝藏好了。

　　想到这里，她假装笑道："原来是一场误会，我们抓错了人。"说罢，阿榕命人将尚在昏睡中的铁孟光抬来，放进了这只大柜子中。阿榕知道药性消退还得一个时辰，既然那人留下书信，肯定就在附近，于是索性就把铁孟光放入柜中。

　　阿榕一边指挥兵卒，一边留意四周的情况。突然见几十丈外的一棵松树上，似乎有一个黑衣人影。她的身手也是相当敏捷，悄悄地矮下身，借着杂草灌木慢慢贴近，突然一纵身，来到那棵树下的不远处，抬头望去，却愕然发现，树上的黑衣人影早就不见了。

　　"你的珠宝，放在山神庙第二级台阶下面，这次可仔细收好了。"只听一个清晰的声音从她身后传来，阿榕一惊，回头看时，只见黑衣人正静静地立在她身后不足三尺远的地方，这要是突袭暗算，可是万难抵挡。

　　阿榕气势先挫，小心问道："敢问阁下何人？是玉扇门的人吗？"这黑衣人正是铁孟光的师父许凤姑。这句话问来，却正好刺中了许凤姑的心事，她投入玉扇门并非完全出于本心，有一多半是很不情愿的，阿榕问得她很不好回答，于是恼恨之下，"哼"了一声，就转身离去。

　　阿榕惦记着自己那些珠宝，也不敢多和她纠缠，匆匆去找她收藏的那些财宝去了。

　　许凤姑回转过来，却看见三五个黑影围住了铁孟光睡着的那只大柜子在低声嘀咕。她心头一惊，取出三把飞刀在手，先侧耳倾听。

只听一个粗声粗气的声音压低了嗓子说道："这大柜子是上好的楠木做的，其中必有金银宝贝。"另一人声音更是粗糙，如铁刷洗锅一般："刚才有一队兵马过去，难道是他们扔下的？既是财宝，为何他们不要？"

前一人说道："管他呢，先扛走再说。"其余人纷纷附和道："对，就算只得只柜子，也不枉我们兄弟受冷挨冻，熬了这大半夜。"说着，两人抬起大柜子，就向南走去。

许凤姑听出这伙人原来是一群劫道的毛贼，先前看阿榕他们衣甲鲜明，人多势众，当然没敢露头。等人马过去后，又出来寻摸，结果发现了大柜子。许凤姑眼见他们走的路径和四大丑女的居处相符，就暂时没有惊动这些家伙，只是悄悄跟在后面。

其中一人觉得柜子沉重，心中窃喜，但终不放心，走了一会儿，说要歇肩，于是放下柜子，悄悄掀开一条缝向内窥视，黑暗之中，没看清铁孟光模样，却看到铁孟光从船妓身上得来的粉红丝裙，于是悄悄对同伙道："此中是个美貌女子。"

那人好色如命，听说是个女子，更是喜出望外。两人悄悄嘀咕道："老五、老六山寨中有雌老虎管着，这美人儿他们无福享受，知道后不免偷懒，还是先不要声张，抬到寨中去再说。"

又行了数里，却听得柜子里鼾声大作，好似猪吼。几个人大惊失色，放下柜子，正要仔细查看，只听"砰"的一声，柜子上盖飞裂开来，铁孟光打着呵欠从里面钻了出来。

"妖怪！"众人吓得撒腿就跑，一会儿就无影无踪，铁孟光站在当地，甚是茫然无措。

天空漆黑如墨，朔风正紧，要下雪了。

拾贰

垂拱前殿

寒冬腊月，雪满长安。

唐中宗披着厚厚的狐裘，喝着烫好的热酒，铜炉里烧着红红的火炭，仍然觉得浑身寒冷无力。天色昏昧，日头无光，这日子可真郁闷。

婉儿。每当中宗心中烦恼时，都会想起这个满面春风的娇小女子。她总有办法让自己心怀舒畅。

"快宣上官昭容来见驾。"中宗吩咐身边的小宦官。

上官婉儿这几天正忙着卖官鬻爵，收敛金银珠宝。这事儿其实是韦后和安乐公主等人先开的头，她们大肆收纳钱财后，直接以中宗之名义御笔授官，敕书是斜封着交中书省，时称为"斜封官"。一时间无论是屠酤无赖，还是愚夫庸才，即便是穿壁逾墙的三只手，目不识丁的睁眼瞎，只要交上纹银珠宝，一概封官加爵。

婉儿当然也知道，如此做法，实在是谬误荒唐，但如果自身清正，据理劝谏，不免要惹得韦后和安乐公主恼恨，所以婉儿也乐得浑水摸鱼，自己也捞取一把。

婉儿知道母亲郑氏爱财，为了讨老太太欢喜，收来的银钱都堆在郑老夫人的居处。婉儿命人取来几百个大瓮，收取的铜钱都满盛其中，拿来孝敬母亲。郑老太太看见光闪闪的金宝、响当当的铜钱。乐得眉开眼笑，命两个胖胖的婢女用大斗量钱。听了哗哗作响的银钱声，郑老夫人如饮醇醪，十分陶醉。

老夫人拉住婉儿的手，说道："你快落生时啊，我梦见一个神人，拿着一杆秤，说用这秤来称量天下。我想必是个男孩儿，将来做宰相的，哪知道生下你这个丫头片子。当时我好生失望，就刮你的小鼻子说：'就你这小东西，能称量天下？'结果你当时咿咿呀呀地好像在辩驳。没想到，神人果不欺我，我的女儿真的能称量天下，虽然做不得宰相，但比宰相还要强。"

上官婉儿嫣然一笑："那做宰相的崔湜，是女儿的裙下之臣，要不是我上次帮他啊，他早就贬死在南方的瘴疠之地了。"

母女俩正在说笑，宫中的宦官来宣婉儿，婉儿急忙奉旨前去，临行时嘱咐母亲代收钱财："银千两以下，钱五万以下者，不用理睬他们。若是精神倦了，也不用理会，让他们改日再来。"

郑老夫人精神抖擞，说道："不倦不倦，你快面圣去吧，我精神好着哪。"

中宗见了身披洁白狐裘、浑身上下透着灵气的婉儿，不免精神一振，向她诉苦道："朕如今渐老如摇落之秋木，鬓有白丝，齿落三枚，如今冬寒，风痹时作，是行将就木之兆啊！"

婉儿温言解劝道："天有四时，春生冬藏，四时循环无尽，陛下万寿无疆。冬日苦寒，不能不注意保养。何不巡幸新丰温泉宫，那里有地火热汤，浴之筋活骨畅，宫室中热汤蒸腾，其暖如春。我前些日子，嘱花匠已在此处育奇花异卉多本，想已怒放如三月之芳辰，何不一观？"

唐中宗听了如沐春风，马上宣旨："驾幸新丰温泉宫。"

天子出行，声势自是隆重。韦播、高嵩各统三千羽林万骑护驾，韦后、安乐公主、上官昭容都伴驾随行。一时间鸾旗招展、车马迤逦，前队早已到达温泉宫，后尾方才出得长安城。

上官婉儿独乘一辆三马齐驾的金络香车，面对着一望无垠的白雪，不禁诗兴大发，提笔在玉笺上写道：

三冬季月景龙年，万乘观风出灞川。遥看电跃龙为马，回瞩霜原玉作田。

鸾旗掣曳拂空回，羽骑骖驔蹑景来。隐隐骊山云外耸，迢迢御帐日边开。

翠幕珠帏敞月营，金罍玉斝泛兰英。岁岁年年常扈跸，长长久久乐升平。

安乐公主的金制宝车更是气派无比，前有红罗销金大伞四顶，大圆扇八面，引路障花十个，僮仆婢女百余人，并携有锦绣帐幔及茵褥地衣、步障等。可方才乘车出宫走了有三里来路，车子却停了下来。

公主揭开车前的绣额珠帘一看，一个肥头大耳的中年胖子跪倒在车前，看这人身穿紫衫，还是个从三品的朝官儿。公主怀中的黄毛花点猃狤冲他一阵猛吼，公主笑道："这不是司农卿赵履温赵大人吗？你这是拦路告状吗？有何冤情？"

赵履温堆出满脸的笑意，横肉块块饱绽，谄媚道："履温为表甘做公主牛马之心，请特许为臣替公主驾车一行。"

公主乐道："好啊，赵大人你要是走不快，可别怕我鞭打催促。"

赵履温斜塞起紫衫官袍，把车缆系在自己的脖颈上，奋力拉动公主的御车。还别说，这赵履温也真有几分蛮劲，丝毫没有落下队伍。众多侍卫宫女们纷纷掩了嘴，笑着观看。又在雪上拉了几百步，赵履温脚下一滑，一只朝靴掉了，接着双腿一软，跪倒在雪中。众人无不哄笑，安乐公主更是笑得前仰后合。

一行人，热热闹闹地去了新丰温泉宫，长安城内的宫掖里，一下子冷清下来。而大安宫中的垂拱前殿，更是一片死寂。七十多年前，七十多岁的唐高祖李渊就死在这座殿里，之后，太宗下旨，命将此处紧封密锁，铜锁里都灌上了铅汁，再不开启，如今都长满了铜锈。时间一长，宫女宦官们不知缘故，都道其中有鬼。

长安宫中有鬼，这些秘闻如同天寒地湿时那砖缝石罅中透出来的丝丝阴气一般，不时萦绕在陈旧的宫殿里。当年缠绵病榻的唐高宗，下旨修葺长安城东北龙首原上的永安宫时，就看到过数十个鬼魂，在大殿四周驰骋，穿过宫墙，越过玉阶和琐窗，后来听说这些鬼魂是汉朝楚王的太子。原来，这龙首原数百年前正是一片荒烟蔓草、坟冢累累的墓地。

而武则天把王皇后和萧淑妃剁去手足，塞进酒瓮中虐待至死。萧妃发愿说她要转世为猫，让武则天转世为鼠。此后，在凄厉的猫叫声中，武则天经常梦见有两个浑身浴血的女鬼，向她丢过来残缺不全的断肢和血肉。所以后来武则天久居洛阳，很少回长安。

这座大安宫，已经有近百年无人居住了，相传此处还发生过这样一件诡异的事情：太宗晚年时，突然有一个新入宫的小宦官中邪癫狂，四处乱窜，不听号令。侍卫拦阻时，他露出白森森的牙齿，又扑又咬，十分可怖，且力大惊人。

有人报知太宗，太宗也吃惊，当下站在高台上远远问他要做什么。这人答："要见爷爷。"太宗纳闷，让他自己去找，结果这个从未来过后宫的小宦官，轻车熟路地就来到了垂拱前殿，来到石阶前跪下，拜了三下，就口吐白沫，死在了殿前。

一干侍卫都是年轻汉子，不晓得旧事，只有太宗和几个年老的宦官心中惊异非常，难道这是李建成或李元吉的儿子的魂魄附体作祟吗？思念至此，不禁冷汗淋淋。太宗命人隐匿此事，并召慈恩寺高僧来殿前超度七日。此后，更是将此院深锁，严禁有人至此。

然而，这个雪夜中，垂拱前殿里却亮起了灯烛。

李煊和贺兰晶掀开殿中的青釉白花地砖，从地道来到这座散发着霉味的宫室中。原来，玉扇门为了追觅李渊当年的遗命，早已派人勘查了大安宫中垂拱前殿的位置，并暗中穿凿地道，因宫中卫士极多，且有人专门置蟠龙地瓮听响，所以进展极慢。

幸好，地母夫人和上官婉儿通了声气，婉儿伺机劝中宗驾幸温泉宫，宫中侍卫大大减少，防范极为疏松，这才得以一举打通这最后的阻碍。

贺兰晶那天赌气而走后，好几天没来看李煊。这次打通了宫中通道，她又兴高采烈地拉李煊去探秘，前后判若两人，李煊也只好听之任之。

这座旧宫殿里积满了尘土，散发着腐霉之气。贺兰晶探出半个身子，点燃了一盏极暗弱的白蜡烛，发觉蜡烛的火焰一闪，变成了蓝色。她急忙捂住口鼻，拉着李煊又缩回了地道中。李煊但觉胸中一阵烦恶，惊道："难道殿里有毒？"

贺兰晶点头道："浮罗山中有一种勾魂粉，不但沾唇即死，还可慢慢释放一种毒气，嗅之则肺腑溃烂，无药可救。幸好这里的药性经历七十多载，早已削弱殆尽，我们才没有当场命丧此地。"

李煊闻之惊骇不已，贺兰晶掏出一个瓷瓶，让他放在鼻边深嗅几下。李煊只觉这瓶中香气芬芳，又如醇酒一般冲鼻，刚才的烦恶之情一扫而空。

贺兰晶自责道："也是我太过粗疏，没有仔细探过就进入，谁想这皇家重地，竟然如鬼巢魔窟一般，布置有如此阴毒的机关！"

李煊不解道："是谁设下如此毒物，又有何用处？"贺兰晶用手指戳了一下他的额头："真笨啊，这当然是太宗李世民布置的了，他就怕殿内遗落下对他不利的证物，所以将殿门密锁，殿中下毒，万一有人私自进入，必然毒死。宫中的内监宫娥们更会视此处为鬼殿，不敢靠近，太宗就可以安心了啊！"

李煊点头称是，心想这太宗皇帝如此做，只能用做贼心虚来解释，看来地母夫人所言倒不虚假。

贺兰晶又从另一个瓷瓶中倒出一些药汁，涂在巾帕上，两人系住口鼻，来到殿中，先把四面的窗子打开，冬日朔风吹荡，毒质大为减轻。

贺兰晶这才稍稍放心，取了灯罩重点烛火，和李煊一起仔细观察殿中的情形。昏暗的烛光映照下，只见四处竟是空空如也，不但没有书札箱奁，就连床榻几案也一概没有。只有正中间放着一个大铜鼎，里面盛满浮着尘土的冷灰。

贺兰晶皱眉道："看来太宗皇帝早有准备，肯定是将高祖生前用过的一切器物，包括衾被帐幕都在这铜鼎中烧得一干二净，再也不留痕迹。就算有密旨密札，也全都毁灭无迹了。"

李煊叹道："太宗竟然如此绝情，一点儿也不念旧。"贺兰晶笑道："身为帝王，哪个不是心狠手辣，太宗囚父、杀兄、屠弟，毫不容情，后来相传有'武主天下'的谶语，他就强加罪名，杀了毫无过错的禁军大将李君羡，以他的性格，必然如此，有何稀奇？"

李煊心下默然。太宗如此阴狠，倒有明君之称；当今的天子中宗，懦弱厚道，与人为善，天下人却纷纷讥笑他无用。看来当皇帝，很是麻烦，眼下玉扇门和老仆尔朱陀都想拥立自己为帝，实在是有点赶鸭子上架，不免心下惴惴。

贺兰晶无暇留意李煊的表情,她仔细观看四处墙壁,但见东侧的一面墙上,有十几处剥凿刮削过的痕迹,想来可能是当年老皇帝题过的诗句或字眼,都被李世民下令刮掉,重新粉刷过了。当下不免大为失望。

正在此时,李煊踏上一个硬硬的东西。他脚下一滑,只听"咚"的一声,这东西被他踢到了墙壁上。贺兰晶急忙举烛照看,只见竟是一个白森森的骷髅头。她虽然胆子极大,但猛然见到,心头还是一惊,接着发现,共有四具尸骨横陈在大殿的西南角,骨质乌黑,姿势各不相同,似乎是突然受到痛苦而死。

李煊奇道:"这些是什么人?会不会是服侍高祖皇帝的宫女们,被拿来殉葬的?"贺兰晶摇头道:"殉葬要陪葬墓中,哪有在这里的!而且这几人手长脚壮,从身量看都是强健男人,并非女子,甚至也不是内监。"

贺兰晶眼珠一转,突然又想到,高祖皇帝幽居在此近十年,会不会在地下埋了什么东西?她回到地道中击掌为号,唤上来两个盲仆拿了铁锹四处掘地,窥探地下秘密。

只听得脚步塞窣,贺兰晶挥手灭了灯烛,又轻声咳嗽,让盲仆停下手中动作。一名侍卫颤声说道:"刚才我见这殿中似乎有亮光,你见到没有?"另一名侍卫也说:"是啊,现在怎么又灭了?啊,这里的窗户原来紧紧关着,怎么全都敞开了?"

那名侍卫说:"我听说,宫中有个吸人精血的僵尸,被锁在这座殿中,还记得前些天刘四在御沟中发现了一具被大卸八块的少年尸体吗?十有八九就是这僵尸弄死的,刘四向贺娄内将军禀报,贺娄内将军大为不悦,嘱他不得乱传。"

"啊,那刘四后来喝酒时莫名其妙地吐血而死,也是僵尸作祟吗?"

先前那人"嘘"了一声,放低声音说道:"反正这等邪僻之事,宫中有很多,还是少知晓为妙,有那闲工夫,不如去南山打几只黄羊,去平康里喝喝花酒……"

两人聊着,声音渐渐远去,看来是想远远地避开这座"鬼殿"。

看侍卫远去,贺兰晶命盲仆接着动手挖掘,又过了一会儿,果真碰到了什么东西。李煊十分兴奋,举烛照耀下,看到了一只大酒瓮。上面黄泥封口,不知里面为何物。李煊举手要揭,贺兰晶却拉住他的手,示意不可妄动。

接着盲仆在另外几个墙角各挖出一只大瓮来,全都一模一样。贺兰晶拉着李煊来到地道口边,低声道:"打开大瓮,如有异样,赶紧跳入地道,切记!"

李煊却笑嘻嘻地说:"这几只大瓮,说不定收藏的正是我们想要的东西,还有金银财宝呢!"贺兰晶道:"兵法未胜先料败,君子问凶不问吉。凡事要往坏处想。"

李煊见四处无人，嬉笑道："那我先把你往坏处想，你其实是吸人精血的妖精。"这"吸人精血"四字，是李煊刚从侍卫口中听来的，此时不假思索就脱口而出，但"言者无心，听者有意"，贺兰晶听了，粉面飞红，娇嗔之下，狠狠地向李煊当胸打了一拳。

打闹之后，两人以大瓮作赌，讲明若是宝物或遗诏，贺兰晶就无条件地应允李煊一件事，而若是毒药或毒虫，那李煊就要三天内都听贺兰晶的吩咐。这条件看起来大不平等，但李煊心想，自己身为男人，当然要有些风度，再说了，就算不打赌，自己现在不也是事事听她吩咐？

哪知道，两名盲仆拍开一个大瓮的泥封后，只闻得一股恶臭扑鼻而来，虽然两人都用丝帕掩着口鼻，气味还是相当地炽烈。李煊慌忙要跳入地道，贺兰晶却说："不忙，这不是毒物，只是尸臭罢了。"

过了一阵，觉得秽气渐渐消退，二人凑过来用烛光一照，不由得都是一阵恶心，原来大瓮之中，蜷缩着一个宫女的尸体。由于大瓮原是存放酒浆的，加上封住后空气隔绝，宫女的尸体还未完全腐烂成骨架，身上的衣服也清晰可辨。

贺兰晶直欲作呕，拉着李煊从地道里回去，再命青乌先生查验一切。

经青乌先生验明，这四个大瓮中全是死尸，两名宫女、两名小内监，都在十四五岁左右，是被人勒死后塞入大瓮之中的。而屋里横陈的尸骨，为二十来岁的青年男子，全是中了勾魂粉这种剧毒身亡的。

众人聚在一起研讨后，大致还原了那一日的恐怖场景：高祖皇帝驾崩后，移到其他的地方入殓发丧，太宗皇帝就命服侍高祖李渊的四名宫女内监将其生前所用之物，一概烧毁，就连桌几床榻，也劈碎焚烧。

这件事办完之后，派了四名侍卫过来，将墙壁上的字迹全都刮削，再重涂一遍。又奉命将这四名宫女内监全部勒死，塞入酒瓮，就地掘土，深埋于地下。而这四名侍卫奉命撒下勾魂粉后，也当即中毒而死。于是这垂拱前殿中的秘密，和高祖皇帝临终前的情形，就永远无人知晓。

大家商议明白后，无不垂头丧气，贺兰晶和李煊来到黄泉地肺的朝扉堂，依旧隔着帘幕向地母夫人禀报了这一切。地母夫人听后，缓缓说道："太宗皇帝果然下手果敢狠辣，但既然他敢肆无忌惮地毁，我们就敢肆无忌惮地造。晶儿，你派人将那些尸骨统统清除，然后派高手匠人，收集仿造些当年的旧器物，从地道中运进去摆放停当，再寻来高祖存世的书帖，派高手模仿娴熟后，在墙壁上写下'李二忤逆，愧对建成、元吉'等字样，新做的榻底上，拟一份'大唐后世臣子见此，奉遗诏立建成子孙为帝'的诏书，刻在竹席之上。"

李煊听了，惊道："这不是公然作假吗？岂不要犯下矫旨大罪？"贺兰晶也说："我们这样写，会不会有细心聪明的人看出破绽，当年就算真有这种字迹,李世民岂有不毁去之理?"

地母夫人冷笑道:"窃钩者诛,窃国者为诸侯。历代天子都称奉天承运,伪造的祥瑞之物难道还少了,远了不说,就是则天女皇,说什么在洛水中发现了刻有'圣母临人,永昌帝业'的玩意儿,别人不知,我难道还不知道?全是她侄儿武承嗣一手假造的。"

贺兰晶听了,点头称是,说道:"是啊,何况我们所造的,虽然不是高祖皇帝的原迹,但'虽不中,亦不远矣'。要不是对李世民不利的言语,他何苦派人着意铲削干净?"

地母夫人又说:"你说我们直接在壁上书写'李二忤逆'这样的话,不免会让聪明人起疑,这倒是不假,但世间聪明人少糊涂人多。最重要的是让糊涂人看明白,那些既然是所谓的'聪明人',就算起疑,也会审时度势,该疑时才疑,不该疑时,他们就缩起头来不敢怀疑。"

李煊听了,虽然觉得地母夫人的话确实不假,但心却犹如踏在初春的薄冰上一般,非常不踏实。

贺兰晶却拍手叫好,她兴高采烈地说道:"青乌先生是装神弄鬼的高手,再让他安排一些吓人的事儿,让宫里暗暗传播老皇帝鬼魂诉冤的惊悚传闻,这样我们的话更易于取信。"

地母夫人说:"这个计策可行,但不可多用,不可滥用。过段时间就是一年更替的正月了,此时皇家肯定要举行祭祖典仪,众人都相信,前辈的鬼魂会回来享用楮镪血食,这时候再作怪,事半而功倍。"

计婆婆听了,赞道:"地母夫人果然睿智过人。行事借势,如天干物燥时纵火,一星星可燃冲天之焰;行事逆势,如雨中泥塘里点火,就算千遮百掩,能有点火苗,也烧不起来。"

尔朱陀此时插口道:"我听说高祖皇帝的私玺流落于外,我此次来长安,其中一个目的就是寻找此物,不知是否属实?"

地母夫人说:"这事世间除了我,还真很少有人知晓。这玉玺高祖皇帝生前就找不到了,有人传言是高祖皇帝装到木匣中,丢到御沟中顺流漂走了。然而,此事大为不确,真是这样,不久木匣就会被人拾到,谁敢私藏国玺,必然要上报官府。这枚国玺,其实是齐王妃带出宫的。"

"巢剌王妃?"众人听了,不免有些惊诧。巢剌王妃是李世民之弟齐王李元吉的妻子,姓杨,生得美貌异常,有倾国倾城之色。李元吉和太子一起在玄武门之变中丧命,李世民将弟弟元吉改封为"巢剌王",以示其悖逆,所以人们就常呼这位杨妃为巢剌王妃。

地母夫人接着说道:"李世民虽为明君,却好色如命,竟然将弟妹强纳入宫,奸淫霸占。齐王妃常有欲轻生自尽之念,高祖派老宦官刘怀义暗中带此玉玺给她,说自己已是风烛残年之身,隐太子尚有后人在世间,玉玺日后当有大用。因此劝她忍羞偷生，负担起这件大事。其实可能也是高祖皇帝可怜她，怕她心无牵挂念想，就没有了求生之望。”

贺兰晶不禁问道：“那这事，母亲您从何处得知？”地母夫人说：“这是从曹王的一封密札中得知的，曹王李明是齐王妃被李世民霸占后所生。他后来和则天女皇的二子李贤交好，被贬到黔州，后来被女皇下令逼其自杀。曹王被贬出京时，我和团儿一起查抄他的府第，结果发现了一封密札，正是高祖皇帝写给齐王妃的。然而，我们却没有发现玉玺。”

尔朱陀说道：“敢问地母夫人，这密札是否尚在？”地母夫人叹道：“唉，当年呈报给则天女皇，女皇以为是陈年旧事，何必多生枝节，命婉儿烧掉。我当时也不知道这封书札有什么用处，于是就给了婉儿。前些日，我再询问婉儿，她说早已烧了。”

贺兰晶突然心念一动，说道：“既然垂拱前殿中的遗迹可以假造，我们何不再刻一个假的玉玺？”

地母夫人笑道：“这可难了，玉玺刻工之精，非一般人能办得到，而且就连那样好的玉料也是难寻，不是短期内就能造得。再说了，真玉玺尚在世间，万一有人取出来和我们对证，真伪还是会辨别出来的，反而让我们无比被动。”

贺兰晶说道：“那日在五兵神窟之中，我曾邂逅了明崇俨，要不要把寻找玉玺的事情向他问询？”

地母夫人说道：“也好，你和煊儿先去‘崇义鬼宅’探一探消息。计婆婆，麻烦你去黔南一趟，探访一下曹王死时的情景，看能不能获取玉玺的下落。青乌先生，召集三百六十名江湖好手，在幽谷中加紧操练。尔朱陀，你借羽林禁军之名，让工匠做一些盔铠甲胄……”

拾叁

崇义鬼宅

长安城内，各色货物的集散地当然是东西两市。一般来说，东市的货品相对要比西市高档一些，然而，更为名贵的绝世异宝，还有一些犯禁违律的奇物，却是这两市中找不到，也不敢有的。

　　想当年大唐初建之时，东西两市中倒还是有一些稀罕东西。不过贞观年间，有一个偷儿，从高僧玄奘的弟子辩机那里盗得金宝神枕后，竟然拿到西市里公然典当，结果被长安巡街使发觉，判定为皇家之物，并以此为线索顺藤摸瓜，不但擒获了盗贼，还由此揭露了高阳公主和辩机的私情。

　　御史将此案报知太宗，结果不但那偷儿被当街杖死，辩机也被腰斩于市，还连累了高阳公主身边的奴婢十多人，个个人头落地。

　　自此之后，凡有极奇珍异之物，人们均不敢于东西两市货卖，而是赶鬼市交易，其中最常聚的地点，就是位于崇义坊的崇义鬼宅。

　　这种交易，也并不是夜夜都有，凡不见月之夜，才会开市。不但是每月的晦日，即便是大风大雨大雪之夜，也有人来鬼宅买卖私货。外界对于崇义鬼宅当然也有着种种离奇的传说。有人甚至说，来这里交易的人都是僵尸，一般人进去会马上被干瘪的僵尸扑倒在地，饱饮鲜血。

　　还有人说，他曾经亲眼看见几十个无头的冤鬼，手持纸钱，进了鬼市，出来时，就每个人都有了自己的头。看来这鬼市中真是无奇不有，无头之鬼花钱竟然能买自己的人头。

　　事实上，据玉扇门所知，这崇义鬼市并非真有鬼怪出没，但其阴险莫测之处，却堪比鬼巢。这个鬼市在武周时期就存在过，经常出面主持的，据说是一个叫颉跌律的胡人，而真正的幕后老板，则是大名鼎鼎的酷吏来俊臣。此事的真假不可确认，但来俊臣被诛之后，颉跌律悄然失踪，鬼市也暂时清寂了不少时候。

　　然而，到了中宗年间，鬼市又异常热闹起来，其中有好多物品来历不明，追究起来，都是抄家灭族的重罪。这里的人也都胆大妄为、无法无天，所以恃强抢货、杀人伤命的事情也时有发生。玉扇门和他们向来是井水不犯河水,虽然彼此都知道一些名头,但从未有过来往。

这一天是十一月的晦日,长安城里大雾弥天。街鼓响过之后,坊巷中渐渐寂静。然而,到了三更天时,崇义鬼宅却亮起明如白昼的灯火。

按规矩,到崇义鬼宅交易的人,个个都不以真面目示人,全都是丑模丑样的妖鬼形状。贺兰晶找来几张厚厚的皮垫,贴在李煊的脸上,又用一大把猪鬃给他装上假胡子。李煊对着镜子一照,当真是丑怪至极,埋怨道:"你这是把我装扮成猪妖吗?"

贺兰晶笑道:"我本来想把你假扮成阴律司的判官,谁知道我把你的脸垫得太胖了,倒像个吃猪鬼。要是计婆婆在就好了,她最擅长易容之术。好在我们只是扮得怪模怪样,让人们看不出本来面目就好。"

李煊问道:"什么叫吃猪鬼?"

贺兰晶笑道:"吃猪鬼啊,据说是一种南方的鬼,经常作祟,让人得疟疾和瘟疫,需要人们杀了猪供奉它,才会放过人们。"

李煊点了点头,但转念一想,又说:"难道吃猪鬼样子就像猪吗? 不会吧! 那吃人的鬼就像人了?"

贺兰晶笑道:"这话好玩,那次我去荐福寺随喜,见一个油光满面的大和尚讲:'就是蝼蚁蚊虫也是一条性命,今生杀了蝼蚁,来世就变为蝼蚁,今生杀了鸡犬,来生就变为鸡犬……'我当场就说,照这样,还是杀人好,杀了人,来生就还变成人,最好杀了你这个大和尚,来生就变成你这样的,衣食无忧,养得肥头大耳的满嘴胡话来唬人玩。"

李煊张口欲笑,不想脸上贴的皮垫牵牢了肌肤,扯得生疼,他埋怨道:"看你给我弄得,连笑也不能了。"贺兰晶笑道:"崇义鬼宅中没有好笑的事情,全是可怕的东西,进去后,你也用不着笑了。"

李煊问道:"那你扮成什么鬼样子?"

贺兰晶笑道:"我要扮成狐狸精,戴上一个狐狸头的面具就行啦。"说着,取来一个洁白皮毛缝就的狐头面具,套在头上,然后又穿上一件皮袄,样子并不可怕,倒更增添了几分妩媚。

李煊埋怨道:"太不公平了,你自己扮得这样洁净可爱,却让我扮得腌臜不堪,明明是欺负人嘛。"

贺兰晶却说:"占便宜的是你,你一路上望见我这个样子,心情要多好,而我看到你这种腌臜样子,会恶心得我两天吃不下饭、喝不下茶。"

两人说说笑笑,携手来到崇义鬼宅前。浓浓的雾气中,朱红色的大门虚掩着。因为早知道底细,李煊比当初去安邑鬼宅时胆子要大了许多,他昂然推门而入,一抬眼,却还是吓了一跳。

原来门内左右两边各站着一个一丈多高的"大鬼",左边的身穿白袍,右边的身穿黑袍,脸色木然如蜡,看来假扮的是黑白无常。

只听黑白无常冷冷地说道："验货。"

李煊听过这里的规矩，所有进鬼宅交易的客人，必须先展露一件宝物给守门的"鬼使"验过，才能进入。这是防止有一些并无宝货贩卖的偷儿或闲杂人等入内窥探，于是李煊从包裹中取出一颗香瓜大小的夜明珠，对着黑白无常一晃，黑白无常当即向后飘动而去，犹如纸鸢一般。

贺兰晶悄声对李煊说："这两个小鬼不过是踩着高高的长木跷，又会在冰雪上滑行而已。"李煊默然点头。

不一会儿，一位赤发怪眼的鬼使走了过来。如此寒冬，此人竟然光着上身，胸前背后如刺猬般遍布钢针，针孔中渗着滴滴血珠，他手举一个纸牌，上写道"你可来了"。见到他俩，开口问道："两位似是初见，不知去哪里易货？"

贺兰晶答道："我们身上宝货不少，所需物品也不少，各处都想转转。"

赤发鬼使说道："两位需知，崇义鬼宅中每一处交易都要抽三成做利市，就算不成交，每进一处，也要一万钱。"

贺兰晶摸出一枚沉甸甸的金锭，抛给了这个赤发鬼使。鬼使再不啰唆，直接领着二人穿过一处灌木丛生的院落，来到一个残破的石桥边。

李煊悄悄附在贺兰晶耳边说："看来这鬼使也爱钱，收了金子，马上就和顺了不少。"贺兰晶笑道："那是啊，有钱能使鬼推磨，何况这家伙只是个假鬼。"

只听鬼使说道："此处为奈何桥。"李煊问道："那这里都卖什么货物？"鬼使不答，竟悄然自行离去了。

只见这奈何桥边，蹲着一个个衣衫褴褛，浑身沾着泥水腥气的"鬼魂"。李煊壮了壮胆子，凑上去一看，只见昏黄的灯笼下，地上各用枯干的墨迹写着一些字迹，看起来是些邪门歪道的药物，像迷魂粉、断肠散、枯血丹、百蛊丸等。

李煊悄悄地对贺兰晶说："你们手里的毒药比他们也不少，我可是亲身领教过的。"说罢就想做个鬼脸给她看，不想脸上装了皮垫，面上的肌肉动弹不得，只好作罢。

这时，走来一个满身绿毛的怪人，脸上也蒙着青蛙皮一般的面幕，身形足有七尺多高，很是胖大。他四处看了看这些货物，冷冷地说："这些穿肠断肺、腐骨烂心的霸道毒药，有什么稀奇的，我想要一种比较特别的药物。"

只听桥边一个身材干瘦的"鬼魂"，瓮声瓮气地说道："难道你是想要助兴的药物？我这里有相思子、叩头虫、发杀觜、驴驹媚、助情花、慎恤胶、藏春酒，可有你想要的？"

李煊听了这些春药的名字，茫然不懂，又低声问贺兰晶："这些都是什么药，你们也有吧？"贺兰晶听了，顿时羞得满面飞红，她暗中狠狠地在李煊左肋间掐了一下。李煊见她羞涩的样子，心下也略微猜到了几分，也是十分尴尬。

　　只听那绿毛怪人阴恻恻地说："你这些玩意儿，在西市上也能买得到，平康的妓坊里也有代卖，你想我到崇义鬼宅来，难道是冲这些来的吗？"

　　那干瘪鬼哼了一声，说道："难道你想买玉扇门的缚心丸吗？不瞒您说，也不是没有过，前几个月，有一个人就卖来着！"

　　贺兰晶心头一震，不由得问道："是谁卖的缚心丸？是真还是假？"那干瘪鬼一副嘲笑的口吻："你既然来得这崇义鬼宅，难道不知道这里做交易的都不以真面目示人吗？这缚心丸，确实是真的。别看这里人人扮鬼，这鬼宅中的货，可从来没人敢捣鬼。去年春天，一个吐蕃番僧用假玉石骗人，他以为逃去了藏地就没事了，结果还不是被人带了回来，剁去了双手双足，现在生不生、死不死地在柴屋里锁着哪。"

　　那绿毛怪人听了贺兰晶的话，不住地向她和李煊打量。贺兰晶暗自懊悔，刚才不该那样急于询问，这样岂不正好暴露了自己和玉扇门大有渊源！同时又暗自思索：这缚心丸还有何人会制？难道是明崇俨？

　　绿毛怪人欲言又止，贺兰晶心下更是懊悔，她拉起李煊，假装匆匆走开去。

　　两人在鬼宅角落里的一个假山石后躲藏起来，过了有一顿饭的工夫，但见那绿毛怪人已然离去，他们又转过头来到奈何桥边，问起那个干瘪鬼："刚才那绿毛人想买什么药物呢？"

　　干瘪鬼摇头道："就是这里的宅主，也只是知道交易的钱数，货品是不公开的。这是鬼宅的规矩。来鬼宅做买卖，图的就是保密。"

　　贺兰晶道："但我听说，鬼宅还有一个好处，就是什么都能买得到，就连人头也能买得到，就看能否出得起价。就算我们达成一项交易，按机密文牒的价码儿，买这个消息如何？"

　　干瘪鬼听了，觉得很是在理，但他起身说道："交易机密消息，要到阴阳界去。鬼宅中交易的货品各有场所，不得混乱。不然钱物全都没收，绝不通融。"

　　李煊和贺兰晶随着这个矮胖鬼转过几处角门，只见前面宽敞的庭院中并无屋舍，中间是一座高高的土坟，坟的南面有一个仅容一人钻进去的大洞，矮胖鬼说："这里便是'阴阳界'了。各种机密消息、迷案内幕，都可以从这里货卖。"

　　李煊看了了贺兰晶一眼，心想：要说掌握他人的机密隐私，普天下谁能及得上她们玉扇门，随便把她们藏在安邑鬼宅、五兵神窟中的机密拿出来卖一些，岂不要大发一笔横财！

　　但随即又想：玉扇门志向不小，肯定所谋者远，所图者大，哪里会瞧得上这样的小钱财！亏得自己没把想的说出来，不然贺兰晶肯定要小瞧了自己。

那天闲在客栈中没事,李煊拿出《孟子》来读,看到一句话叫"望之不似人君",原来并无感觉,但自从听地母夫人说要拥立自己为大唐皇帝后,心中就一直忐忑,对镜一照,越发觉得自己根本就没有人君之威严气度,当下深深地叹了口气。

干瘪鬼道:"此处规矩,只容得两人进土坟交易,因此你两位不可同时入内。"李煊拉紧贺兰晶的手,说:"我们是锤不离秤,秤不离锤,绝对不可以分开的,难道你这规矩就不能改一改?"

这番话说得贺兰晶心里甜丝丝的,犹如喝了蜜糖水一般,但干瘪鬼的脸上却露出苦色,说道:"土坟内倒并不窄小,但此处有严规,最多只能两人出,两人入,多一人就要死一人。可不是闹着玩的。"

贺兰晶笑道:"那这土坟,可准许只一人进去?"矮胖鬼一怔,说道:"这倒是准许的。"贺兰晶说:"那就是了,你先自己进去,将卖给我们的秘密写在纸上,然后我们取纸出来,留钱在坟中,你再进土坟取钱。这样岂不完全合乎规矩,既在土坟中交易,又没有多进去了人。"

干瘪鬼茅塞顿开,依言而行。李煊和贺兰晶来到土坟中,只见一具黑漆漆的大棺材靠着墙壁,早已朽坏不堪,零散着几根枯骨。李煊自从得知安邑鬼宅那些诡秘事情都是玉扇门的摆设后,胆子也大了许多,见了这些玩意,丝毫没有惧意,倒是对贺兰晶调笑道:"这里倒是安家的好去处。"

贺兰晶知他戏谑自己这身白狐装扮,也不生气,她叹道:"我曾经读过一句诗,'野田牛马瘦,高冢狐狸眠',做一只狐狸,睡在暖洋洋的太阳下,就算是在高坟中住又有什么?"

李煊听她谈诗论文,不敢接口,但见石制的香炉下压着一张纸笺,上写:"那人欲买一剂攻心毒药,让人心瘅而死,死后毫无痕迹,和中风而死的病人一模一样。"

这是一个什么来历的人?他不惜足蹈险地、费尽心机寻来此药,要加害何人?李煊、贺兰晶一时间找不出头绪。

再往前去,是名为"枉死城"的地方。此处所交易的货物,多是一些杀人的利器。比如有大食的弯刀,天竺的暗弩、铁蒺藜、枣核钉、吹箭筒等,这些东西都算不上多么珍奇,但按大唐律例,有些也是严令不得在东西两市货卖的。而且,这儿还有不少杀手招揽买卖,花上一定的钱财,就可以让杀手们替自己报仇行凶。取人性命、断人手足、伤人脸目,都各有标价,虽然要价不菲,却极重信诺。

这里所扮的鬼,也多是被刀斩斧截致死后的模样,不是断头,就是残肢,浑身血淋淋的。突然间李煊只觉得后面脖子上有热热的汁液淋上。猛一回头,只见一个身材十分高大的老婆子,她披头散发,银丝般的头发垂到胸前,核桃般满是皱纹的老脸似笑非笑,似哭非哭。她提着一个血袋子,布袋里不断渗出鲜血来。

李煊虽然事先知道这些鬼都是活人所扮，也不由得吓了一大跳，没敢问她卖的是什么东西。贺兰晶见此处血腥气刺鼻，又没有他们想要的东西，于是拉起李煊，加快脚步，走到"转轮藏"去。

相传阴曹地府中的转轮藏，是六道轮回之处。做了善事的，就转为天仙或人身，做了坏事的，则来生变为牲畜恶鬼，甚至发往地狱中长期受苦。

然而这崇义鬼宅中的转轮藏，倒像是诸般宝物的轮回之所。这里极为清雅，少有鬼气。北面墙壁上，嵌着一个玛瑙彩石镶成的六道轮回图，图上一个狰狞的鬼王怀抱一个巨轮，巨轮上分为好几层，刻有神、人、鬼、鸟、兽、虫等；南面墙壁上嵌着一块石碑，上写着十四个大字："岂知住世金银宝，借汝相看七十年。"

贺兰晶看了，点头道："这里颇有禅意。"李煊不懂，也不敢多问。只见这里的坐榻按八卦方位陈列，只有震位和离位上各坐着一个客商，其余的位子全都空着。

李煊奇道："今天如何这样冷清？"只听那震位上套着牛头面具的人说道："你们想必是初来此地吧？这'转轮藏'一向如此冷清，你想这里交易的都是既珍奇又违禁的东西，这样的东西是不常有的，岂能如西市上的货品一样源源不绝？"

说罢，那人从一个皮囊中拿出一件物事来，说道："这里奇宝很多，像我这件物事，不知二位是否有兴趣？"

李煊和贺兰晶凝目看去，只见这把玉拂尘长约三尺，尘柄由亮晶晶的水晶石磨就，环钮是一枚光灿灿的红宝石，颜色如熟透的桑葚泛着紫红色，即便在灯光之下，亦是晶莹剔透，发出淡淡的红光。这人从几案上拿起酒壶，倒出一些酒水，将这把玉拂尘轻轻沾湿，只见光彩摇动，拂尘上的龙髯也仿佛发怒般地立起来。

李煊啧啧称奇，贺兰晶却嗤之以鼻："这样的东西，也就在西市上摆摆算了。"

那牛头人听了，怫然不悦，说道："你可知道，这是当年隋宫中的旧物，得之于太湖。说是湖边有渔人下网，捞起一截铁链，这铁链越拽越长，似乎无穷无尽。这打鱼的人惊恐之下，报知官府。当时的太守令几百名军兵牵了几十头牛往外拽铁链子，拽了有几里长，终于到了尽头，从湖里拉出来一只大猕猴。这只水猴像一座小山一般高大，脖子上系着铁链，浑身腥涎，眼睛似睁没睁，大吼一声震得湖水翻起巨浪，又用大脚掌乱踏乱踩，踩死军士几十人。大家没命地乱窜，好在水猴又纵身跳回了湖中。太守惊魂稍定后，才敢派人收拾踩死的军兵尸身，没料想却发现了这支玉拂尘，猜想是水猴遗落下的物事。此宝后来呈给隋炀帝，炀帝闻其来历，怫然不悦，于是为萧皇后所藏。萧皇后一直带在身边，辗转万里，从中原到突厥，都没有遇祸，有人说都是此宝相佑。最后她回归中土时，献给了太宗皇帝。"

贺兰晶听了，不大相信，一直嬉笑。李煊却当了真，又问道："那怎么又到了你的手里？"

牛头人冷言答道："这里的东西，来路都不正，说出来都是抄家灭族之祸，所以卖家不说，买家无权询问。"

贺兰晶见牛头人所卖的东西和自己想找的物品无关，于是不再理他。又问离位上坐着的那个扮作僵尸模样的客商："这位先生，不知有何宝物？"

僵尸人沉默不语，只是伸手指了指地下，只见地下铺着一张貉皮，上面端端正正地放着一个一尺多长的青瓷圆桶，用透明的琉璃作盖，后面还有一个类似于井边辘轳的手柄。

贺兰晶和李煊看了，茫然不知有何用处，也看不出材质有什么特别珍异之处。李煊问道："你这件宝贝又有什么妙处？能不能讲一下？"

只见那僵尸人依旧不发一言，只是慢慢地把圆盖旋开，然后轻轻摇动手柄，只听里面瓮声瓮气地说道："贮音神瓶，索价黄金千两。"李煊和贺兰晶见这只瓶子竟然会说话，无不大惊失色。

贺兰晶好奇地问道："你这瓶儿是只会说这一句话，还是什么话都能说？"僵尸人并不回答，拿起这个贮音神瓶，将瓶口正冲着贺兰晶，然而，除了能看见瓶中似乎刻有一圈圈的螺纹外，并无什么奇特之处。贺兰晶又重复了一遍："我问你哪，这瓶儿是什么话都会说，还是只会说这一句话？"

僵尸人拿起琉璃瓶盖，随即又盖上了这瓶子。李煊见此物也不是他们想找的东西，便拉起贺兰晶的手，想离开此地。刚起身走了两步，却听得身后一个声音哑哑地说："我问你哪，这瓶儿是什么话都会说，还是只会说这一句话？"

这不正是贺兰晶刚才说的话吗？这声音虽然有些模糊黯哑，但分明就是贺兰晶的声音。回头一看，只见僵尸人正在摇动手柄，原来这是一只能随意贮音的瓶子，只要摇动手柄就可以将原来说过的声音重新发出。

贺兰晶当即回头，掏出一张万家金铺的契票，填上黄金百两，并加盖了几枚印鉴，递给僵尸人，买下他这件宝贝。这万家金铺，也是江湖上一个很有名的腕儿。长安城中的大盗偷了金器，在此处可以一夜之间就化为金锭或者其他器皿，这样销起赃来可就方便得多。有道是捉贼见赃，赃物都千变万化了，就容易抵赖得多。这位万老板虽然行踪不定，但绝对重信守诺，给江湖上的人不少方便，所以也就能一直在长安城里混下去。

李煊见贺兰晶花巨资买了这个玩意儿，心下略有些不安，附在她耳边悄声说："此物虽然新巧，但我们要来何用？"贺兰晶猜出他的心思，也悄声应道："你可能觉得我出手太过豪奢吧，我要此物，也不是拿来游戏，会安排大用场的。"李煊听了，于是不再多问。

收好了贮音神瓶，李煊和贺兰晶嘀咕了一会儿，只见那个身形魁梧的绿毛人走了进来。这不正是那个要买无味无痕的毒药，令人心痹而死，不露半点破绽的绿毛人吗？

只见这位绿毛人，大模大样地坐在了"乾"位，牛头人先看不过去，开口讥讽道："这位大概是不懂规矩吧，这'乾'位可不是随随便便就能够坐的，你手中可有什么震得住场子的宝贝？"

绿毛人"哼"了一声："说出来你们莫要心惊，这宝贝是从本朝高祖皇帝的献陵里盗出来的，是一方龙虎双钮的传国玉玺！"

在场几个人听了，无不大惊失色，贺兰晶和李煊更是心情激动，身体都有些微微颤抖。李煊抢先问道："你这、这个宝贝，要价几何？"

绿毛人未曾开口，牛头人却在旁边"砸价"："你这宝货，的确是珍奇无比、得来不易，但这东西一般人要来有何用？私藏国玺，被人知道可是抄家灭族之祸，敢拿出来炫耀吗？就算是想再脱手获利，普天下又有谁敢出钱再收？"

其实牛头人无心帮李煊他们的忙，也和绿毛人没什么瓜葛，只是他在这里经常收售宝物，论货砍价成了习惯，于是就冲口而出，确实也很是切中要害。

绿毛人也不生气，神情高傲地说："大凡宝物，皆是祸根。一个孩童拿一个泥人独自行走僻巷，也没什么凶险之处。但如果他拿的是金人、玉人，说不定就会引来盗贼来抢，连带着有伤身害命的麻烦，你说是不？"

众人听了，转念一想，都觉得绿毛人说的确实有些道理，只听绿毛人接着说："宝物哪有不烫手的，所以我这宝物，天下无人敢收、无价可求、无处可得，有此'三无'，坐在这'乾'位上，你说应当不应当？"说罢，他的眼直瞪牛头人。

牛头人一时语塞，无言以对。

贺兰晶本来也不想在价格上多作纠缠，她急欲一判玉玺真伪，于是问道："这宝玺现在何处，我们想验看一下，不算过分吧。"

绿毛人一笑而起，说道："此宝非我所有，我仅为汝等做一个中间人罢了。此处规矩，卖家和买者，如果不愿透露身份，我们是无权过问的。"

李煊说道："能否看一下货品？"

"此宝非同小可，藏在一个极隐秘的所在，卖方先要看你出不出得起价？"绿毛人慢条斯理地说道。

"多少金帛？"贺兰晶又想这等贵重之物，恐怕不会只要些钱帛，于是紧跟着又问道，"可否用其他宝物来换？"

却听那绿毛人说道："卖家说，不要金帛，不换宝物，只打听一件当年极隐秘的旧事。"

李煊、贺兰晶有些惊奇，但心想如果打探机密情报，那玉扇门可谓是天下一绝，就好比老鼠跌到米缸里，正可谓得其所哉。

贺兰晶说："那他可找对地方了，说说看，是什么旧事？"

绿毛人说："则天女皇在位时，相王的刘、窦二妃于某一年的正月，依例进皇宫向女皇贺年。然而，此后就再也没有了音讯，没有人见她们出得那座华丽而森严的嘉豫殿。她们是生是死，无人知晓，至今活不见人，死不见尸。所以，如果你们能确证出二人的下落，高祖玉玺随即双手奉上，分文不取。"

贺兰晶低头不语，心想相王李旦的刘、窦二妃，于某一年离奇失踪，这事自己似乎也有耳闻，但具体是怎么样一回事，并不完全清楚，还要回去向地母夫人咨询。

这其中的窦妃，正是临淄王李隆基的亲生母亲，这个消息，十有八九是他嘱托这绿毛人打探的。此人想必就是李隆基的部下，他们求购那种让人心悸而死、无形无迹的毒药想做什么？难道是要毒杀韦后？一时间谜团丛生。

绿毛人见贺兰晶一脸迷茫之色，开口道："如果你不知晓，也不急于一时，而且玉玺也不在此处，我先帮你们穿针引线。不如这样，十日之后，再于此处交易如何？"

事已如此，贺兰晶和李煊只好先应诺下来，回去和地母夫人商量后，再作打算。

门外，依旧是大雾弥漫，百物莫辨，仿佛是混沌未开之时的情景。

拾 肆

关中大饥

几天迷雾之后，长安又下起了大雪，奇寒无比，地上积雪与膝齐平。一时间，川塞路绝，客商难行，京师米贵，一斗百钱。长安城内，陆陆续续涌进来不少难民，许多人难耐饥寒，就踣在路途，成为一具具浑身青紫的僵尸。

宰相苏环急忙上书，送到新丰温泉宫，呈给中宗。此时的新丰温泉宫，正是一派暖玉温香的世界。和田羊脂美玉砌就的濯龙池中，十几个身材婀娜的美貌宫女，正服侍中宗在温汤中洗浴。中宗左抚右摸，兴致正浓。忽有宦官呈报，说苏宰相有紧急奏章，中宗懒懒地一挥手："没见朕正在洗浴？明日再来禀报！"

而山背面的海棠池中，却是另一番香艳热闹的情景。汤池中撒满了蔷薇、茉莉、玫瑰花瓣，按说此季节本无这些花儿，然而，细心的上官婉儿早就命一批花匠在温泉边上开辟了几间暖房，精心培育各种花草。这温泉地脉虽在隆冬，仍然是暖如三春。

安乐公主洗浴方罢，身着轻纱罗衣和上官婉儿一同饮酒为乐。她兴致极高，手持镶金足的鹦鹉海螺杯，一杯接一杯，喝得极是畅快。不一会就脸色酡红，大有醉意。她对侍女喝道："武延秀呢？把他给我叫来，这会子到哪儿去了，不会是勾搭哪个贱婢去了吧？"

侍女赔笑答道："奴婢们哪敢！我们躲避驸马如躲避蛇蝎一般，生怕惹公主生气呢！"

不多时，俊俏风流的武延秀眼角眉梢间都带着笑意，匆匆走来道："我正在暖阁看书，公主呼唤，有何吩咐？"说罢，就偎依着安乐公主也坐在绣榻之上。

安乐公主脸上有不信之色，讥诮道："你向来不喜读书，写诗时每每要求婉儿代笔，如今怎么倒用起功来了？"

武延秀悄悄附在安乐公主耳边说了几句，安乐公主哧哧娇笑，又抡起粉拳当胸给了他几下，说道："就知道你看的全是邪书，什么'兔吮毫'、'鱼接鳞'的，亏得有人能想出这等刁钻古怪的名字来。"

武延秀赔笑道:"同样的脯肉菜蔬,在御厨手中,滋味就大不相同,而房中之乐,也是如此,所以我要多多研习,不敢以'粗茶冷饭'侍奉公主。"

　　安乐公主又和武延秀畅饮几盏,已是大有醉意,她忽然一把扯下武延秀的裈裤,手捻其魁伟的下体对婉儿说:"比你家崔湜的怎么样啊?"武延秀猝不及防,神色甚是尴尬:"公主,你醉了,休要取笑。"

　　婉儿也是吃了一惊,心下又羞又恼,公主如此荒唐无礼也还罢了,那崔湜本是她的枕边人,现在早已投靠了太平公主,这不是一点儿也不留情面地揭人疮疤吗?但她经历惯了武后一朝的严威酷情,已是宠辱不惊,她淡淡地说道:"崔湜哪里能比得上!驸马和当年的莲花六郎一样出众!"

　　安乐公主醉眼乜斜:"婉儿,你见过张昌宗的?是了,听说你额头上那块疤,就是当年直勾勾地看着赤身裸体的张昌宗,被武皇用金簪刺伤的?"

　　婉儿气得浑身发抖。武延秀察言观色,满心想劝说几句,但又怕安乐公主怀疑他与婉儿有私情,也不敢开口。

　　一时间气氛有些凝重,不过随即婉儿话锋一转,说道:"今天是良辰佳时,从前的旧事,不提了吧。听说驸马精擅胡旋舞,能否一观?"

　　武延秀欣然应允,他随即换上了皮靴,戴上了胡帽,只见他勾手搅袖,摆首扭胯,提膝腾跳,姿势轻盈潇洒。公主和婉儿都拍手叫好。一曲方罢,武延秀说道:"若是有胡乐伴奏,就更增兴致。"

　　婉儿趁机说道:"这胡旋舞定是驸马当年去突厥和亲时学的吧?"此语一出,安乐公主柳眉倒竖,向武延秀诘问道:"是啊,你这胡旋舞和谁学的?是和突厥那个浑身膻腥味的骚胡公主学的吗?你到底和她睡过没有?"

　　原来,武周年间,突厥国主默啜说要和大唐和亲,将自己的公主许配给大唐皇子。当时武则天正欲以武家人为正朔,于是就指定了武延秀。但默啜为人狡猾,他所谓的"和亲"不过是缓兵之计,根本不想把自己的公主嫁到长安。

　　于是,这默啜借口要武延秀亲自到漠北迎娶公主。武则天也答应了,武延秀带了大量的金银彩缎和能工巧匠作为聘礼前去。殊不知,突厥国主默啜看是武延秀前来,假装发怒,说他不是李唐子孙,是假冒的皇子。于是就此吞没了彩礼,囚禁了武延秀,又发兵和武周治下的中原交战。

　　本来两国一交战,武延秀性命岌岌可危。但突厥公主见他俊俏伶俐,对他加意回护。胡人公主于礼法上很是疏放,武延秀也是风流之辈,两人虽未正式成婚,却早就在毡帐之中,做下夫妻之事。

　　如此过了六年,大唐与突厥议和,索要武延秀回朝。这突厥公主很是不舍,但武延秀对眼前这个面黑皮糙的胡人公主并不是太喜欢,而且这漠北苦寒不毛之地,又怎比得上大唐的繁华?

　　于是,他故意先假称不回中原,只是送送中原的信使。这天接近大唐边境时,天色已晚,武延秀置酒和公主痛饮并欢爱。直至深夜趁突厥公主睡熟之后,他偷偷快马加鞭,日行五百里,逃入了大唐境内。

这段往事,武延秀从来不提及。但安乐公主耿耿于怀,总觉得他在突厥的六年间,难说不会被胡人公主先"用"了。如今又想起此事,不由得勃然大怒。

武延秀让她突然一诘问,不免有些支支吾吾。安乐公主更加恼怒,拿起案几上的金壶就向他砸了过去。婉儿暗藏起微笑,假情假意地劝解:"驸马身在突厥险境,有些事情,也是不得已而为之。"

这话一说,更似乎坐实了武延秀借服侍突厥公主苟且求生的事情。安乐公主更加生气,指着武延秀大骂:"从今以后,不许在我面前跳这膻腥味的胡旋舞!以后我当了皇太女,就派兵把那个骚胡公主捉来,把她像那个汉朝的什么夫人一样,扒光衣服,剁去手脚,扔到厕所里当人猪。"

安乐公主露出一丝凶狠的神色,眼睛瞪着武延秀说:"到时候,我要你天天去喂这头人猪。"

这一刻,似乎不知从哪里漏进来一股冷箭般的寒风,让婉儿感到一阵阵的战栗。

正在此时,一个侍女急匆匆地走进来传唤:"皇后传公主、驸马还有上官昭容觐见,有急事商议。"

三人赶快起身,来到韦后所居的凤栖宫。只见韦后一脸焦急之色,说道:"贺娄将军出事了,我已一日一夜没能见她,难道这温泉宫附近有什么违禁作乱的刺客不成?"

贺娄氏一直深得韦后信任,时常侍立左右,保护皇后。宫中近侍卫都要听她号令,但现在怎么连她也莫名失踪了?刺客既然能算计了贺娄氏,那韦后的安危也大成问题,几个人听了这些消息,都是悚然动容。

武延秀说道:"赶紧让韦播、高嵩率羽林万骑封山大索,务必找到贺娄内将军!然后循其踪迹,捉拿刺客!"

上官婉儿却劝道:"不到万不得已,切莫兴师动众,以免惊动圣驾,也显得韦播、高嵩二人无能。"

韦后听了,赞同道:"是啊,我力荐韦、高二人于皇帝面前,如果此事传扬出去,必然要治他们一个疏于防范之罪,更会有人借机说他们不能胜任万骑统领之职,那可是对我们非常不利。"

一番商议之后,韦后决定还是责令韦播等人秘密访查,又派武延秀率领一千羽林军兵四处搜寻。

韦后懒懒地倚在锦被上,对上官婉儿说道:"不知为何,近几日神思躁乱,不能自己。什么山珍海味也是味同嚼蜡,连睡眠也是烦恶多梦。看来真是年岁不饶人,我们女人家,就像那娇艳的花朵一样,没开几天,就雨打风吹去了。"

婉儿柔声道:"皇后切莫如此沮丧,想当年则天女皇,于六十七岁古稀之龄登基称帝,又享国十五年。皇后可谓春秋正盛,只要多加调养,自然多福多寿。我给皇后举荐二人:一个叫马秦客,他医术通神,善于调制各种滋补的药饵;另一人叫杨均,善于烹制各种美食,虽古之易牙复生,未能及也!"说到此处,婉儿顿了一顿,又低声说:"更难得的是,此二人都是风神俊朗,'濯濯如春月柳'的美男子。"

韦后听了,脸上挂满喜色,但随即又将脸一板,诘责道:"既有这等人才,为何今天才和我说起?"

婉儿笑道:"皇后莫怪,我也是刚刚访查到此二人,而且前一段皇后身体无恙,也用不着他们。现在皇后刚染微恙,我就知道了有这么两个人,可见皇后定非凡俗之体,每有百灵呵护。"

韦后大悦,饮了一口茶,顿了一顿,又发愁道:"我看韦播、高嵩也是酒囊饭袋之辈,虽然让他们统领羽林万骑,也难说能成大事。还有什么可靠的人可以笼络?"

上官婉儿微一皱眉,想了想,说道:"兵部尚书宗楚客鹰视狼顾,有效力于皇后之意。此人性贪,皇后可宣密诏结纳,并多赐金帛。"

韦后大喜:"有兵部相助,大事不愁不成!"

婉儿小心翼翼地问道:"皇后所称的'大事',是指?"

"诛杀太平公主和相王李旦、李隆基那一家子!"

唐中宗乐极生忧,与宫女们一番鸳鸯戏水后,突然下肢酸软不适,麻痹难行。太医看视,说是患得风痹之症,与当年唐高宗的病症相仿。中宗联想到父亲晚年目不能视,头疼时作,于五十六岁就溘然长逝,不禁心生悲凉。

如今自己也年过五旬,鬓边已是白发星星。不禁忆起庾信《枯树赋》中的句子:"昔年种柳,依依汉南;今看摇落,凄怆江潭。树犹如此,人何以堪!"

唏嘘之余,中宗披裘乘辇,出了温泉宫,但见荒原中的枯木槁草在北风中萧瑟,不禁满目凄凉,泪下沾襟。偏偏此时,小宦官又呈上奏折,说是关中大饥,难民如潮,饿殍遍野,请求开仓济民。

中宗见奏,坐立不安,即命摆驾回宫。群臣商议,请求皇帝和后宫再到东都洛阳巡幸,以省下江南米粮运到长安的中途劳费。

大臣宋务光泪光盈盈,跪在丹墀下叩头固请:"舟船到长安,是溯流上行,本来就极为艰难,如今天寒,牛马多死于途中。东都附近有兴洛仓、洛口仓、回洛仓、河南仓、含嘉仓等多座粮仓,如驾幸东都,可免于路途辗转,利国利民。请圣上体恤民情,恩准东幸之请。"

中宗点头应允。然而回宫之后,和韦后一讲,韦后大怒,说道:"这必是太平公主和李隆基的阴谋,皇室东行,神都空虚,岂不任由他人作乱?"中宗懦弱,本无主意,如此一说,又打消了此意。

翌日上朝,宋务光又提东幸之意,中宗大怒道:"自古哪有天子离开国都,去逃荒要饭的?此事大辱国体,不许再提!"

太平公主却开口道:"值此国家有难之际,我等不可坐视。饥民数目不少,国库币帛一时恐不足用,我愿从封邑税赋中出纳钱粮,周济百姓。"

唐中宗闻言大喜,他正愁如果从宫中用度节省,韦后必然要恼怒,现在有太平公主带头捐资,自是件大好事。

却听中书侍郎崔湜又说道:"饥民数众,赈济衣食后,饱暖无忧,恐生奸盗之心,不如派人统驭其中丁壮,为公主营建佛寺,祈福天下。"

左拾遗辛替否听得要大兴土木,兴建佛寺,出班谏道:"沙弥不可以操干戈,寺塔不足以攘饥馑,佛之为教,要在降伏身心,岂雕画土木,相夸壮丽!还是以救济眼前的饥民,运送粮草为急务。"

中宗虽觉得辛替否说得在理,但太平公主既然慷慨出资,如何能驳了她的情面,于是又折中地说道:"佛寺也是要建的,可责令一些人搬草运粮,以解关中之困。另一些人为公主修筑佛寺。"

崔湜又道:"如今天寒地裂,饥民无衣,多有冻死者。兵部有衣甲袍铠数万,用以战备,如今事情紧切,臣以为先用于周济灾民,度过时下严寒后,再行收回,损耗者慢慢补齐,请圣上降旨恩准。"

中宗此时又感到一阵阵的头晕,于是摆手道:"此等琐碎之事,以后不必请旨,中书省自行拟定就是了。"

崔湜悄悄地向太平公主看了一眼,脸上露出一丝不被人知的微笑。

武延秀等人仍旧率铁骑四处在雪野中找寻,可找来找去,就是见不到贺娄氏的影子。据宫女们说,贺娄将军失踪的那一天,似乎有一个高大的军士来找她,然后两人就离开了。

新丰温泉宫当时有大队的禁军驻扎,严禁闲杂人等靠近,哪来的这个军士?难道本来就是混在万骑营中的?武延秀禀告之后,韦后大怒,把韦播、高嵩叫来大骂一顿,韦、高二人憋着一肚子火,回营又鞭挞万骑将士,弄得军营中怨声四起。

找了一段时间,还是没有半点线索,武延秀只好向韦后禀告说:"如今雪盖四野,踪迹难觅,贺娄将军如果遇害,尸身也难以寻找,不如等云开雪化之时,自会彰露。"

韦后无奈,只好依了。其实她也并不是有多在意贺娄氏的生死,而是担心自己的安危,她又命另一个孔武有力的尚宫柴氏当头领,多加警卫戒备。

此时,黄泉地肺中,贺兰晶独自来到厚土殿中,向地母夫人密报去崇义鬼宅所发生的事情。先说了有人要打探当年相王的刘、窦二妃的下落。

地母夫人身子一震，说道："此人必是临淄王李隆基，那窦妃是他的生身母亲，所以才不惜以玉玺重宝作条件来打探。更为可怕的是，他好像已经知道了我们的一举一动。这是为何？"

贺兰晶凝眉细思，突然想起在崇义鬼宅中有人贩卖缚心丸一事，当下讲了出来。地母夫人听了也是一惊："这缚心丸是我们的独门秘药。外人恐怕假冒不来，难道本门中有人暗中行私？"

贺兰晶道："这缚心丸的方子，只有您和我知晓，而做成的药丸，计婆婆、青乌先生都有一些。"

地宫里此时并无旁人，地母夫人幽幽地说道："以后要注意那个人！他本非我门中人，难保他不会有什么异心。"

贺兰晶知道她说的就是青乌先生，但她一向觉得他才能出众，做事干练严谨，并不像有异心的样子，就是平时寡言少语，不大和人深谈。但"防人之心不可无"，"小心驶得万年船"，玉扇门中，诸事讲究万分小心，"念念常如临敌日，心心常似过桥时"，一点儿也不可疏忽大意。

隔了一会儿，地母夫人又问："李煊可中你意，对你可好？"贺兰晶脸上一红："他啊，人倒是挺质朴实在的，只不过太过呆笨，不是太聪明。"

地母夫人笑道："就这样才好，他如果太过聪明，我可又不放心把你嫁给他了。知道吗？二十年前，我万念俱灰，只是因为你，才给了我在这世上存活的理由。"

这厢，韦后听得太平公主出纳封邑财赋，深得朝廷上下赞许，不禁大为恼怒。但要她出头捐纳财宝，却是抽骨割肉一样舍不得。正在此时，感业寺主持半老尼姑异空又前来啰唣，想求皇后赏赐些金帛。

韦后正没好气，大怒道："你这小小的感业寺，要不是我在皇上面前力保，早已拆成了白地。你别以为则天女皇当年在此出家，求佛有灵，就倚势作威。如今早已不是武周时代，而是大唐天下。如今不为我分忧，却又来哭穷，俗话说'无功不受禄'，知道吗？"

那异空尼姑，皮松面皱的脸上满是汗水，一时间惶恐无地。隔了一会儿，异空小心赔话说："贫尼庙中并无宝货，都是出家之人，但感怀皇后大恩，我寺愿于腊月初八佛诞节时，令一人焚身敬佛，为国家祈福，为皇后祈寿。有如此盛举，自然轰动京城，士绅官宦那一日布施也必极多，不但寺有余裕，还能孝敬皇后。"

韦后当然瞧不上那几文香火钱，不过此事如果办得极为隆重，倒是可以为自己挽回一些面子。当下瞧了异空一眼，问道："是何人愿焚身敬佛？总不会是你吧？"

韦后虽然愚蠢，但也知异空这老贼尼出门不是坐轿就是乘车，入门就有小尼搀扶，全不像出家人风范。背地里更是吃肉喝酒，甚至在庙里和不三不四的杂色人等赌钱为乐。

异空老脸一红，厚着脸皮说道："贫尼是一寺之主，现在还不能够做此事。本寺中有一位静晦法师，礼佛志虔，一心向善，甘愿早脱苦海，登彼岸而得大自在。"

韦后奇道："是吗？这人多大岁数，是出自本心吗？千万不要逼迫于她，到时候出了事端，不但你要吃罪，连本宫的颜面也扫地无存。"

异空一口答应："不会，不会。此人自幼在寺中修习，她的师父另有其人，贫尼也不知道她具体有多少岁数了，反正不是孩童，是心智正常的成年女尼。焚身敬佛，完全是她心甘情愿的。"

韦后吩咐道："赏五百两黄金给你。此事一定要办得隆重热闹，本宫到时候邀请皇帝和三品以上的朝官观瞻。"

异空大喜，忙不迭地谢恩磕头。

翌日朝堂之上，中宗宣旨，让三品以上的朝官于腊月初八，齐聚感业寺，观瞻静晦法师焚身敬佛之礼。

却见宰相苏环说道："上天有好生之德，我等目睹活人被焚，却坐视不理，是不仁也，臣不愿为之。"

唐中宗听了，也是感慨道："此事朕本来也于心不忍，但阖寺上下情志甚诚，这位甘愿焚身的静……什么法师，也是一心舍身求法。况且，皇后为此，早已斋戒沐浴，净心修身，准备停当。"

御史大夫窦从一，听说是皇后策划，连忙举笏出班，摇头晃脑地说："古有仁君商汤，于桑林中焚身求雨。东汉时又有平舆县令张熹，焚身求雨，舍身为民，传为千古美谈。如今盛世大唐，又有此等仁人佳话，自是天子洪福，万民之福也！"

群臣心中多有不屑，但都知道中宗凡事听信韦后，也就不敢再谏。

感业寺本为一座小寺，但武周年间，多加增扩，现如今规模宏大不凡。不觉到了腊月初八这一天，中宗御驾亲临，韦后、安乐公主、太平公主、相王李旦及朝堂重臣也伴驾一起来此。

只见院内古柏森森，大殿左右有钟鼓二楼，前有敬佛石碑一方，背镌观自在菩萨像。有楼五大楹，内供千手千眼观音像，高十数丈，系整株金丝楠木雕就。

寺后有一块空旷的高地，高出寺基丈许。异空老尼早就命人在此筑了一个高台，布好了帐殿，请中宗等人高坐其中。又在空地的另一端，修了一座三尺见方的青石台，上面堆满了浇过鱼油、硝粉的木柴。柴堆之中，端坐着一个身穿赭黄色僧袍的尼姑，她双手合十，神色木然，双目紧闭，寒风吹动衣袍,这人却一动不动。

安乐公主本来不想来看这尼姑自焚的场面,这事既不好玩,又有些可怕。但这是母亲韦后一手策划的事情,也不得不前来捧场,她躲在帐殿之中,只是和武延秀偎依着打情骂俏。

那异空老尼穿了一件云锦袈裟,脸上充满得意之情,只见她稽首行礼,又念了一大篇啰里啰唆的颂词,无非敬佛祈福之意。眼看已近日中时分,异空下令全寺尼姑齐宣佛号,只待请旨举火。

中宗还未发话,却听韦后说道:"吉时已到,速速举火成礼吧!"中宗也随即附和,众臣和卫士一起山呼万岁,几个小尼姑手持火把,战战兢兢地就要点火。

安乐公主一直在帐内玩闹,听得外面非常热闹,于是揭开帐角看了一眼。她突然好奇心起,对武延秀说:"你去近前看看,看那个马上要烧死的尼姑,现在的表情是哭是笑,真的万念皆空,不动声色吗?"

武延秀对安乐的吩咐,无不遵从,当下起身,径直来到柴堆前。只见这静晦法师,表情僵硬,嘴角还在不断抽搐,似乎并无欢悦坦然之情。又看了几眼,武延秀大惊:"咦,这人的模样,怎么如此像内将军贺娄氏?"

此时,柴堆旁的木柴已被引燃,武延秀大呼:"兵士们快来,将火灭了!此人好像是贺娄内将军!"

羽林军兵人数众多,七手八脚将火扑灭,此时安乐公主也从帐中出来,凑近观看,只见这静晦法师虽然剃了光头,刮了眉毛,但鼻高眼大,嘴阔腮长,果然就是贺娄氏的模样。

只见她闭着眼睛,神志不清,对众人的呼喊,也不理睬,武延秀命两个军兵扶她下来,竟然也拉不动。仔细查看,发现她宽大的僧袍内有一根钉在石台上的短桩,贺娄氏被拦腰捆了好几道牛筋,绑在这短桩上面。

中宗见状大怒,马上喝令金吾卫士将异空老尼拿下讯问。异空吓得浑身颤抖,委顿在地,当下供出自己有一个叫侯七的姘夫,此人惯于买卖人口。这天他得了一个健壮的中年女子,这女人被人下了迷药,半死不活的,相貌也不出色,正愁没销路,所以想要送给异空。

当时枕边的异空怒道:"我要她做什么?有多少婆娘想入寺为尼,我还不收呢!"

那侯七满肚子坏水,附在她耳边说,可以把这个女人扮成尼姑,用来焚身供佛,诈取钱财。本来异空也没敢做这等事,但后来面见韦后,被训斥了一顿,才壮了胆子玩这个把戏。

中宗大怒,传旨缉拿侯七,又全寺搜索,查出异空的一个地窖中积蓄了大量的金银财帛,并在密室中私藏了美酒、牛脯等。再仔细勘检,又发现感业寺众尼姑中,有三个小尼姑实为十五六岁的少年男子,都是异空老尼私藏起来陪其淫乱的。

查验明白后，中宗下令当场乱杖打死了异空，真假众尼姑都发配为奴，服役终生，不得赦免。

只是有一件事尚不明白，追缉中，得知那侯七早于前两日被人推到渭水中溺杀，据别人口供，侯七本为长安无赖，身材瘦小，并无武艺，贺娄氏如何为他所擒？

这恐怕要等贺娄氏清醒过来，才能有线索了。

然而，韦后心中却大为窝火，本来一个热闹隆重的仪式，却变成了一场闹剧，让太平公主、相王李旦等人看了个大笑话。她不得不怀疑，这件事本来就是他们策划的。

拾伍

黔南秘闻

暖阁之中,铜炉中的炭火烧得正旺,贺兰晶正在教李煊下围棋,李煊被让九子,仍然输得一塌糊涂。李煊叹道:"围棋真是难学啊,看似黑白两色的棋子,竟然能有这样多的变化和陷阱!"

　　贺兰晶笑道:"那我还是教你学写诗吧!"李煊连连摇手:"罢了,写诗更麻烦,我好不容易想出来一句,你却说不合格律。我就不明白,平白无故,设这些限制做什么?"

　　贺兰晶饮了一口茶,慢慢讲道:"格律本来也是没有的,《离骚》和《诗三百》都是不讲格律的,从六朝起就有了'四声八病'之说,到了本朝,有沈佺朝和宋之问加以演变,自此研练精切,稳顺声势,渐渐风行于世,已成定则。"

　　李煊听了摇手道:"这些事情,我一听就昏昏然不知所以,还是不学了吧。"

　　贺兰晶嗔道:"不得偷懒,大唐皇帝自那李世民起,个个精擅诗词书法,高宗、中宗,乃至女帝武则天,都有诗作传世。你要是不会写诗啊,将来如何在朝会上谕示群臣?难道像那懒婆娘韦后一样,让上官婉儿代作?"

　　李煊奇道:"上官婉儿?她也会写诗?"

　　贺兰晶嗤道:"上官昭容当然会写诗了,她还是女文魁星呢。前面说的沈佺朝和宋之问二人的诗作,都由她来评定好坏。有一年在昆明池边宴饮,婉儿坐在高高的彩楼上评诗,落选的就先扔下来,最后只剩下沈、宋二人的诗稿了。这沈诗结句是'微臣雕朽质,羞睹豫章才',而宋诗结句则是'不愁明月尽,自有夜珠来',你来看,谁写得更好呢?"

　　李煊听了,不假思索就答道:"自然是宋诗好。"贺兰晶拊掌笑道:"孺子可教也,想不到你鉴诗之才还不错,上官昭容当时就是这样评的。你倒说说看,为什么宋诗强过沈诗?"

　　李煊答道:"沈诗写的什么'牛犊遇脏菜',听起来腌臜恶心,还是宋诗写'自有野猪来',这情景好,来一头肥肥的大猪,我一块飞石过去,将它打翻,你再放上几枝弩箭,它肯定就跑不了啦。然后,我们架起篝火,烤出香喷喷的野猪肉来……"

没等他说完，贺兰晶又好笑，又可气，挥起粉拳当胸打了李煊一下，啐道："我刚才还以为孺子可教，现在才知道是对牛弹琴！"

李煊突然很认真地说："我原来在西域，整天就是打猎烤肉，心里无忧无虑的。来到长安，却见长安城中的人无日不在算计思虑，虽然这里的东西眼花缭乱，这里的饮食多滋多味，但我觉得，还不如在太阳下躺在开满野花的草坡中，美美地睡上一觉，更舒畅惬意。"

听了这番话，贺兰晶心有所动，说道："你这话倒很像《道德经》中所说的：'五色令人目盲；五音令人耳聋；五味令人口爽'……"

正说到这里，只见白百灵蹦蹦跳跳地进来说："计婆婆从黔南回来了，还带了不少好吃的水果呢。"

贺兰晶笑道："计婆婆一向爱吃，当然每到一处，就会吃遍当地的特产，这次到南国，想必遍尝了柑橘、龙眼、荔枝的美味吧。"

李煊对计婆婆一向很有好感，他急忙迈步前去，却见一个麻脸汉子驼着后背站在门口。李煊问道："计婆婆呢？"那人往屋里一指，李煊进屋一看，却是空空如也。再回头来，却看贺兰晶已和计婆婆并肩而立，对着他嬉笑，他恍然大悟，原来刚才那驼背汉子就是计婆婆所扮，在这一瞬间，她就换回了"原形"，动作十分麻利。

李煊作出一副委屈的样子，说："计婆婆，如今我们是自己人，怎么还来戏弄我啊？"

计婆婆笑道："不是戏弄你，我这一路不断乔装改扮，才能平安回来见你，要不是这样，我这把骨头可要扔在路上了。"

贺兰晶心中一惊，问道："难道我们的计划有泄露？有人伏击你们吗？"

计婆婆"啵"的一声，吐出嘴里的果核，又拿出一些龙眼请李煊和贺兰晶吃，接着说道："这些贼王八们简直是十面埋伏。出得长安后，渭水河上被他们凿沉了木舟，盘肠古道上遇到乱石飞弩，巴山客栈中被他们下毒纵火，黔苗老寨中被他们差点诱进蛇窟。幸亏你婆婆像猫儿一样有九条命，又精于易容改妆，这才能带了岭南佳果回来，让你们大享口福啊！"

贺兰晶深知，计婆婆虽然轻描淡写，将这些事情都一语带过，但一路上的惊心动魄，实在说上两三天也不过分。眼下只有计婆婆一人归来，随她去的那十数人，看来全都遭遇不测了。

从这些人的手段来看，显然是有条不紊地施行狙杀计划，那么，我们暗中访察曹王故地的计划是如何泄露的呢？

青乌先生？难道真是他有问题？

计婆婆却没有注意到贺兰晶紧锁的蛾眉，兴致勃勃地说道："我此行大有收获，虽然没能访察到玉玺的下落，却打探到一件机密大事。"

李煊兴奋地问:"是什么大事?"

计婆婆见此处并无别人,又开窗探头巡视了一番,然后落下窗户低声说道:"原来献陵中所葬的并非唐高祖皇帝,而是唐太宗不知从何处运来的一具和高祖皇帝年纪身材相仿的尸体,而真正的高祖皇帝,被秘密迁葬在另一个极隐蔽的地方。"

李煊、贺兰晶听了,都是大惊,说道:"这是为何? 你是听何人所说?"

计婆婆取出两个椰子,递给二人,自己又打开一个,将椰汁倒入碗中,说道:"我寻到曹王当时的旧宅,已是破烂不堪,里面住着一个九十多岁的老瞎子,听说是位宫中阉人,我当下就留了心。这老瞎子整天饥渴难耐,我去的那天正在下雨,他就爬到屋檐下接雨水喝。"

提到"喝"字,计婆婆端起满碗的椰汁畅饮,又招呼李煊、贺兰晶一起喝,李煊从未见过这椰汁,尝了一口,不禁啧啧称赞。

计婆婆接着说:"我打探到,这老瞎子原来不瞎,时而变卖一些珍宝为生。后来有一伙强盗半夜去劫了他,打瞎了他的双眼,又逼迫他交出全部财宝,所以就沦落成这样。"

李煊叹道:"真是可怜啊!"

计婆婆接着说:"看他这样,我就给他订了一桌酒席,送到家中来,这老瞎子大吃大喝,快活极了。别说,他酒量还不错,喝了几十盏后,就给我讲那些宫中旧事。他说,当年他叫怀忠,才十岁出头,就被派到垂拱前殿去侍奉高祖皇帝,当时高祖皇帝已是枯树风灯,经常卧病不起,其他宦官宫女偷懒,多命此人一手服侍。"

贺兰晶疑心道:"我们到那殿里访察过,计婆婆你也知道,好像服侍高祖的宫女太监,都被害死了!"

计婆婆说:"高祖皇帝当年虽然年老,但心智却十分清楚,他可能早就料到李世民会处死这些近侍,所以他有一天悄悄地对这个小宦说,他现在身体很差,已是油尽灯枯,所以要安排他悄悄出宫,还仔细叮嘱他记住长安城外一座破庙里藏有当年唐军从隋将屈突通大营中抢来的宝货。因当年国家未定,先行封赏后必然招致众人怠惰,所以高祖亲自派人藏在这个隐秘所在。后来国事繁忙,就将这一事搁下了。幽闭之中,高祖左右无事,就想了起来,看这个小宦怀忠对他很是体贴,于是就将此事告诉了他。"

李煊问道:"这怀忠是如何出得宫禁的?"

计婆婆说:"据说是高祖皇帝有一天故意装作大发雷霆,如发了狂一样,乱打诸般家具,又抢刀舞剑,状如疯魔,吓得近侍不敢靠近。隔了两日,高祖皇帝突然又温言如常。近侍入宫一看,那怀忠已被打死在偏殿之中,当时天气溽热,浑身都有了蛆虫,高祖命人抬去乱葬岗扔了。"

贺兰晶道:"这自然是高祖皇帝演的一出戏了。蛆虫之类,肯定是事先藏了腐肉后生出来的,到时候放在怀忠身上。"

计婆婆说:"一点不错,那太宗皇帝听说后,也没让人仔细勘查,于是这怀忠就逃出了宫去。"

"那他为什么又来到曹王府中?"贺兰晶又发问道。

计婆婆说:"他自幼进宫,对世事半点不知,有一次竟将一件皇家宝物在西市货卖,被人缉拿,判了个长流黔南。到了此地后,和本地人风俗言语不通,于是就依着曹王过活。"

贺兰晶突然想起计婆婆前面的话:"那献陵中所葬并非高祖皇帝的消息,从何得来?"

计婆婆说:"那老瞎子怀忠说,他在宫中有一个同乡伙伴,两人关系甚好,当时同在高祖身边供事。怀忠虽然出宫,还经常惦记着高祖的情况。不时借宫中宿卫互通讯息。在他口中,怀忠听得了一件很重要的事情。"

计婆婆讲到此处,神色显得十分郑重,手中也不再剥那些果皮了,她说:"高祖去世之前,经常查看一个锁钥紧固的小匣子,匣子里有一个小药丸似的东西,他不时拿来查看,反复吩咐宫女和宦官,在他临终前,一定喂他吃下这枚药丸。"

李煊说:"这也奇了,看样子这药丸是救命仙丹了。为何不早早服下治病,临死时再吃,做什么?难道真有起死回生之效?"

计婆婆说:"是啊,但据说这药丸的外皮似乎是极致密的胶质,里面沉甸甸的,似乎包着金芯,入腹根本就难以消化,这根本就不像是药丸!"

贺兰晶眼睛一亮:"这难道是高祖皇帝临终时留下的一道密旨?"

"啊!"李煊惊呼起来,"你是说这药丸里面封着一道高祖皇帝的临终密旨?"

贺兰晶和计婆婆一起点头,不约而同地说:"大有可能。"

贺兰晶说:"你想这等密封的胶丸,里面如果再铸以金芯,经过几百年也不会腐坏,高祖皇帝被李世民幽禁,气恼难平,虽然在宫殿中留下了很多激愤之语,但料知他驾崩之后,李二安有不毁去之理?而他临终之际,吞下了藏有密旨的此丸。那李世民心肠虽毒,但也不至于到毁父尸身、剖腹取丸的地步。'自古无不亡之国、不盗之墓'。一旦帝陵彰露,就是这件秘密大白于天下之时。虽然高祖皇帝无法料定是何年何代,但毕竟能让千秋后世的人知晓此事。"

大家听了,均觉有理,不禁暗自感叹高祖皇帝也是位心机深不可测的大枭雄。

"然而,这一切又如何能瞒过一直盯着父皇行动的李世民。"计婆婆接着讲道,"那怀忠老瞎子又讲,据当年宫里的小太监说,高祖驾崩于端午节的黄昏时分,李世民却下令秘而不宣,只火速派侍卫守住垂拱前殿,几个侍卫和宫女宦官们忙了一夜,清晨时十几个力士抬出一个极为沉重的铁棺,装上大车,覆上白布,不知运往何处去了。"

李煊听了,越想越觉得恐怖,他似乎是自言自语一般地轻声说:"难道李世民竟然将父亲遗体装在这具铁棺中偷运到别的地方去了?"

贺兰晶说:"此事大有可能,李世民怕高祖皇帝吞下的药丸里有什么对他不利的遗诏,但又不敢毁伤生父尸身,所以他想出这个办法,将父亲遗体悄悄葬在另外一个隐秘所在。如此一来,世人就永远不知道还有这样一个秘密了。"

李煊问道:"那大殓之时,有众多群臣、后妃们举哀,那时高祖皇帝的尸身难道是假的?"

贺兰晶说道:"想必就是找一个和高祖皇帝年纪、身形、容貌相似的人,害死之后做了替身。当时天气是暑气正盛时,李世民肯定借此为由速速成殓。高祖皇帝已幽居几十年,随身服侍的就那么几个人,此时肯定也被李世民调走甚至处死,哪有人辨别真伪。"

李煊听得惊心动魄,他一直在摇头,似乎不想相信这件事,但心中却隐约觉得此事大有可能。

过了一会儿,李煊又问贺兰晶:"我只听说过木棺、石棺,却少见有铁棺,为什么要抬铁棺进来?"

计婆婆抢过去说:"这棺材一般都是木的,因为轻便易取材,石棺、玉棺沉重,不便移动,但坚固不朽,也有它的好处。唯独铁棺,既沉重又易锈蚀,所以一般来说,用铁棺者极少。但方士们传说,用贴有符箓的铁棺能让棺中人的阴魂锁困其中,既无法奔赴冥界超生,也无法游荡于世间作祟,一般来讲,只有对付怨尸恶鬼,才使用铁棺镇压。"

李煊听了,义愤填膺,猛地一拍案几,说道:"这李世民真是心肠恶毒!"

正在此时,忽听白百灵急匆匆地跑来,上气不接下气地说道:"不好了,尔朱陀遇险了,韦播、高嵩手下的几百个兵将正追他入城,再不救援,他恐怕要有不测!"

原来,那贺娄氏昏迷了几天后,神志渐渐清醒,叙说出事那天,万骑之中,有一个身形高大的军士,要约她到偏僻处谈一件机密要事。走到一个荒僻的山谷时,突然一脚踏空,落进了陷阱,里面全是毒粉,顷刻间便人事不知,此后全身麻痹,直到现在才缓过来。

事实上,这里贺娄氏编了个谎话。那天这名军士说的是,在山后荒谷中发现了一处贮满金佛的宝藏,似乎是北魏太武帝拓跋焘灭佛时僧人所藏。他悄悄来献给贺娄氏,只求给他加官晋爵,当个小统领,好一吐经常被军中小校们欺压的怨气。贺娄氏财迷心窍,生性又粗枝大叶,仗着自己是皇室内将军，做梦也没想到，有人胆大包天，敢暗算于她，因此才上了当。

韦后听说羽林万骑中竟然混进来了敌人，不禁又惊又怒，叫来韦播、高嵩等人大骂了一通，命他们速速侦查，按贺娄氏叙说的模样，一个个筛查万骑将士，务必捉拿军中奸细。

这样一来，尔朱陀自然就藏不住身了，他连夜就想逃出军营，但营寨早已戒严，无奈之下，只好硬闯。拼杀之中，已是多处带伤，危急之时，许凤姑赶来救援，但羽林禁军人数众多，二人虽然冲出重围，却都各自带伤，始终无法摆脱追兵，这才发出讯号求援。

李煊一听之下，十分着急，拿了短剑就要赶去。贺兰晶劝道："你这样孤身前去，如担雪填井、杯水救火，管不了用。你放心好了，一切由我安排，定叫他们平安脱困。"

贺兰晶吩咐道："计婆婆，你派人告知四大丑女，她们的师父有难，让她们从街坊间阻击那些禁军，如果抵敌不住，就撤入安邑鬼宅。再让青乌先生率五百名盲仆从地道中来鬼宅附近埋伏。再找几个人，打扮成二人的样子，乘马从岔路上奔驰，引开敌人的注意力。"

李煊听贺兰晶临机决断，有条不紊，不禁暗暗佩服。贺兰晶拉起他的手，唤上白百灵，莞尔一笑说："我们一起去安邑鬼宅，让你旧地重游。"

三人下了地道，从地下奔赴安邑鬼宅。贺兰晶指着地道中驮灯鬼俑手指的姿势，解释说："如果食指伸，别的手指曲，就是生路，而如果握成拳形，万不可贸然前行，那就是死路。"

李煊吐了下舌头，心想原来还有这许多的名堂，反正有贺兰晶在身边，也就没有多在意，急步来到安邑鬼宅的地堂中。

沿着地堂右侧窄窄的石级而上，甬道变得十分狭窄，只能一个个鱼贯而入。此处是一间小如蜗牛壳般的石屋，贺兰晶和李煊两人在内，已觉得十分拥挤，不得不偎依在一起。

石屋里面，有两个精铜所铸的圆筒，镶着亮晶晶的镜片，贺兰晶让李煊俯上去一看，李煊不禁大吃一惊。原来通过这圆筒，可以将鬼宅外面的情形看得一清二楚，而且似乎比用肉眼观看来得更远更广。

贺兰晶贴在他的胸前，笑着说道："这安邑鬼宅你也来过，可知道这里是什么地方了？"

此处虽然李煊只于黑夜中来过一次，但其中景物留下的记忆却鲜明无比，宛如昨日。因为那是他从小到大第一次经历的诡异之事。他仔细想了下，说道："哦，原来如此！现在我们正在那大石龟的腹中，这望孔就是石龟那两只亮晶晶的大眼睛。我当时还奇怪，怎么龟身上满是苔藓，眼睛却'炯炯有神'！"

贺兰晶笑道："当时我就在这石龟中看你的傻样子呢……"后面的话欲

言又止,她心中想,当时如果将李煊视作敌人,那可是一念之间就可以让他从世上消失了,而如今只短短的几个月后,同样还是此地,他竟然能和自己亲密无间地偎依在一起,这世事的变化真令人不可预想。

这时,只听得兵马喧闹,四大丑女叫嚷着退进了安邑鬼宅,铁孟光关上宅门,自己牢牢地顶住。军士们推了两下,居然没推动。于是有的人就翻上墙头,想逾墙而过。

但只听得"啊啊"几声惨呼,那几名军士自行摔下墙头去了,四大丑女固然不明所以,李煊也是奇怪,问贺兰晶道:"那墙上难道也有机关?"

贺兰晶笑道:"只不过有些浸毒的钢刺罢了,谈不上机关。"李煊心中一惊,心想当时自己要是爬上墙头,不免也有性命之忧。

羽林统领见翻墙的军兵脸色发黑,死在地上,全身迅速溃烂,也不禁心惊胆战。但皇命在身,哪能就此罢手?于是调来攻城用的撞车,这撞车有一根尖头巨木,裹以铁叶子,厚厚的城门和石墙也能撞开,何况这安邑鬼宅的大门,只听"轰"的一声响,木片纷飞,门早已被撞得粉碎。军兵冲进来就是一阵密集的弩箭,铁孟光躲避稍慢,肩头就被射中了。

四大丑女见势不好,急忙退进芸辉堂中,贺兰晶对李煊说:"芸辉堂中的屋角处,有一个暗道,你现在退到后面的岔道,从标有兰草的通道过去,揭开地板,引四个丑女下来。"

李煊问:"你为什么不和我一起去?"贺兰晶说:"我要发动机关,布置些地刺,阻挡一下这些羽林军兵。"

冲在前面的羽林军,又有多人中了地面砖缝中的毒刺,倒地而死。其余人惊骇之余,不敢过快前行。统领又命人依攻城时的法子,以土囊铺地,来到了芸辉堂前。

几个人看到窗上那只巨型蜘蛛,纷纷骇异不已,不敢行动。那名统领大怒,乘着一头骏马冲上前挥剑就劈。只见蜘蛛体内迸散出一股黄绿色的粉雾,那统领立刻倒撞下马,口中不住地喘息,声如牛吼。

军兵赶忙上前救护,只见他面目狰狞,脸上的肌肉都扭曲了,似乎十分痛苦。正无计可施时,突然这人的脸上变为一种诡异的微笑,然后猛然跃起,在离他最近的军兵脸上咬了一口,那军兵立刻也倒在地上,喘息不止,声如暑牛喘吼。

其他军兵吓得纷纷躲避,却觑见台阶旁一个歪倒的铜兽口中,又飘出黄绿色的粉雾来,当场毒倒五六个人。这五六人中毒后,转身又扑向同伴,疯狂撕咬,剩余军兵吓得赶紧逃出了安邑鬼宅。

此时,四大丑女已由李煊接应,来到了地道中。李煊急忙问起尔朱陀和许凤姑的情形。金媒母说道:"我们先将军兵引开,师父和尔朱陀已向南面去了。"

这时,贺兰晶急匆匆地过来说:"他们已从晋昌坊附近的地肺入口脱困,此处不宜久留,这安邑鬼宅从此不可再用了!"

李煊说道:"我们不是已经将追兵阻退了吗?"

贺兰晶叹道:"如今闹出这样大的动静,羽林军哪能就此罢休,他们肯定要再来尽毁安邑鬼宅的,我命鬼仆立刻搬走所有的机密文册,无法运走的就地烧毁,然后引发炸药,封闭地道入口。快走吧!"

贺兰晶和李煊从密道出来,登上亲仁坊中的一座高塔,果然见密如蜂蚁般的军兵围住了安邑鬼宅,他们运来巨大的抛石机,将石块裹了浸油的棉被,点燃后抛入宅内。一阵阵惊天动地的响声过后,是冲天的烈焰腾空。可想而知,明日的安邑鬼宅,一切精巧机关全无作用,只余下一片灰堆瓦砾。

贺兰晶心下暗暗叹道:"我原来觉得只靠机关巧术,就可以纵横世间,无往不利,不想一旦正面和朝廷大军对抗,还是螳臂当车一般。怪不得母亲也感觉玉扇门现在失去了皇权依仗,已是大不如昔。这皇权,的确非同小可,一人之言,可以号令亿万之众……"

想到此处,她望了一眼李煊,突然间觉得他更加可爱了起来。

为今之计,最好是赶快找到高祖皇帝的秘密葬地,如果能找到确切无疑的传位密旨,那下一步就进宫挟制中宗,宣谕群臣,这长安城和整个大唐都将是自己的天下!

拾陆

阴山鬼兵

韦播、高嵩二人率兵平毁了安邑鬼宅,然后找了具身形魁梧、已是面目血肉模糊不清的尸体,斩下首级上报中宗,说是已将悍匪巢穴彻底捣毁,暗算贺娄将军的罪魁也在顽抗中被杀。

　　中宗碍于韦后之面,只好大加赏赐,二人得意洋洋地谢恩离去。

　　此时正是新年之时,宫内张灯结彩,轻歌曼舞,酒香四溢,一片欢乐之声。但唐中宗心下却郁郁不安,自己年事渐高,时常神思困顿,浑身乏力。往日可以一枕黑甜,直到天明,现在却常常夜半醒来,再也无法睡去。

　　韦后和自己的妹妹太平公主及侄子李隆基,已是势成水火,终不能相容。全仗自己从中维持,这事如何了局,实在没有成算。

　　扪心自问,中宗自觉对得起所有人,母亲武则天害得他整天战栗欲死,但自己还是力排众议,打开高宗皇帝墓穴,将之合葬,可谓尽孝。明知弟弟李旦和太平公主对自己的皇位有威胁,但还是让他们大权在握。妻子韦后专横跋扈,淫乱无度,自己念着她当年一起患难的情谊,不闻不问,宽容待之。对女儿安乐公主,更是无微不至的疼爱。

　　然而,这些慈爱换来的,竟然是抱怨。韦后埋怨自己宽纵了弟弟妹妹,女儿竟然要自己封她为皇太女,将来继承天下。这也太违背祖制了,中宗难得一见地坚决拒绝,眼中看到的是女儿那充满恨意的眼神。

　　宫中近来接连发生了一件件诡异的事情。先是有人禀报,在中宗驾临新丰温泉宫时,一直深锁的垂拱前殿,居然亮起了灯烛。后来在祭祀祖庙时,当中宗亲自给高祖皇帝的牌位上香时,却听到一个模糊不清的声音在说:"传位于建成子孙,不然天降灾祸尽灭皇族。"

　　中宗大为吃惊,以为有人混进来装神弄鬼,忙在禁军卫士的保护下逃到殿外,而后屏退左右,令金吾大将细细搜查,却并没有找到半个人影。唯一异样的是,在案几下找到一个一尺多长的青瓷圆桶,用透明的琉璃作盖,后面还有一个类似于井边辘轳的手柄。上面用黄纸贴着,写满看不大明白的符咒,只有四个字写作真书:收魂摄魄。

难道这东西能把高祖皇帝的魂魄招来？早就有人传言，武周时期，李氏子孙大受屠戮，就是因为太宗皇帝发动玄武门之变，令当年的隐太子李建成和齐王李元吉含冤而死，所以上天派来心月狐下凡，变为女帝武则天来惩治李世民的后代。如今，这冤仇依然未了？

中宗想着想着，不觉又是头疼欲裂，忙命宫女："朕身体不适，快传太医！"

黄泉地肺之中，虽然新年来临，却笼罩在一片沉闷忧郁的气氛中。尔朱陀和许凤姑冲出重围，各自带伤。当时尔朱陀是混在军营之中，身穿软甲，虽然中了几箭，都是筋骨之伤，未能伤及脏腑，可许凤姑肋下中箭，却入体极深，伤到了肝脾。贺兰晶和计婆婆四处寻来灵药医治，仅仅是止住了疮口的脓血，但却浑身火热不退，神思昏昏。

这一天，许凤姑睁开昏沉的眼睛，却见金嬷母、银无盐、铜东施、铁孟光四个人正跪在榻边。金嬷母哭道："师父，徒弟们不好，违背了你平日的教诲，私自下山入城……"

金嬷母等人一直害怕师父怪责，许凤姑也怕徒弟们笑话自己言行不一，所以师徒竟然是"麻秆打狼，两头害怕"，都是心中忐忑，没敢相见。后来四名丑女听说师父病势沉重，这才不顾一切，前来探视。

许凤姑抚着金嬷母的头说："我一向对你们板着脸孔，很是凶恶，心情不好时，就叱骂你们出气。现在想想，很是不该。师父生前的过错，你们不要太在意。前人说'人之将死，其言也善'，幸好我还有一口气，我对你们说，以后你们就自由自在地在世间生活，什么不能谈婚论嫁、不能到城市中去的规矩，一概废除……"

讲到此处，许凤姑一阵剧烈地咳嗽，嘴角渗出暗黑色的血来，四个丑女大哭道："师父你不要死，我们宁可让你再痛骂责打我们一次……"

许凤姑惨然一笑，说道："人就是这样，总以为自己有很多的时间，有些事情以后做也不迟，但是……"讲到此处，许凤姑又是一阵咳嗽，震动了肋下的伤口，疼得她面孔一阵阵抽搐。

四个丑女忙让她不要再说话，许凤姑点了点头，闭上眼睛，如释重负地昏然睡去。这一睡，就再没醒来，到了第二天早晨，许凤姑已是长眠而逝。

贺兰晶让李煊单独约见了尔朱陀，询问贺娄氏被劫一事到底和他有没有关系。尔朱陀顿足叹道："并无半点干系，我潜入军营，一是刺探军中情况，二是看看有没有能为我们所用的人，这才是大事，哪里会无事生非，没由来去捉贺娄氏？就算有这样打算，捉那个婆娘时也会易容改妆，扮作乡农也好，扮作小官也好，哪有自己不打自招暴露身份的？"

得知此事后，贺兰晶独自来到厚土殿中，向地母夫人密报。地母夫人神情凝重,她不无担忧地说:"黔南途中,计婆婆屡次遭遇埋伏,幸好她本领过人,才逃得性命。这次尔朱陀受伤,许凤姑身死之事,摆明了是有人早就探知了尔朱陀藏身羽林万骑军营中,这才用借刀杀人之计,达到一石二鸟之效果。"

贺兰晶说:"那冒充尔朱陀,劫走贺娄氏的是什么人?是太平公主和李隆基的人吗?"

地母夫人点了点头,说:"他们虽然日后可能再起纷争,眼下却是扭在一起的一股绳,这事几乎可以认定是他们所为,也并不为奇,但最为让人可怕的是,他们好像已经知道了我们的一切秘密!"

贺兰晶低声说:"母亲是说,我们这里出了内奸?"

地母夫人沾了点茶水,在案几写了个"青"字,随即擦去,神色郑重地说:"以后千万小心!"

韦后近来心情却是极好,韦播、高嵩二人汇报已将敌人的巢穴荡平,又秘密和宗楚客商议,私自招募饥民五千,给以衣甲马匹粮草,悄悄埋伏在南山僻静无人处扎营,日夜操练,以图大事。

朝臣们拥护自己的人也越来越多,太常卿郑愔虽然貌丑多须,但说起话来却言辞流利。他说,近来见街坊小儿多唱《桑条韦》一歌,大概是天下以顺天皇后为国母,主蚕桑之意,所以细心收录《桑韦歌》十二篇,请乐师重新谱乐,令天下传唱。

另一个佞臣迦叶志忠,赶紧附和道:"是啊,是啊。这唱什么歌,可绝非小事。当年高祖皇帝开国时,天下先唱《桃李子》;太宗皇帝未受命时,就有《秦王破阵乐》;则天皇后没登基前,天下歌《武媚娘》,这可是国之祥瑞啊!"

忠直的大臣们听了,心下暗骂:"什么国之祥瑞,分明是国之妖孽,难道女主临朝的祸害还不够吗?牝鸡司晨的故事是否又将重演?"

人逢喜事精神爽。芳林园的别馆中,花灯照地,瑞香氤氲。韦后喝了杨均和马秦客进献的天乳玉髓粥后,与两人在锦帐中云雨酣畅。雨散云收之后,韦后左拥右抱,赞道:"卿等不逊当年之二张,我若也能为女帝,定会将你们封为王侯,食邑万户。"

二人忙跪倒在韦后脚下,杨均伶俐,抢先说道:"我等安敢望此,只愿忠心报效皇后,愿皇后青春主驻,享国无极!"

韦后闻言大喜。马秦客心下好生不平,也慌忙表达自己的"赤诚之心":"臣也要身体力行,伺候皇后……欢喜……"马秦客口齿比较笨拙,韦后见他说得结结巴巴,言辞直白粗鄙,也不生气,只觉好笑,当下用脚踢了一下他胯下软绵绵的东西,说道:"身体力行?你倒是立起来看看。"

三人猥笑,又搂作一团。

正在此时,宫女禀告,贺娄氏求见。韦后简单更衣后,出来见贺娄氏精神已无大碍,便问道:"婚事准备得怎么样了?"

原来,元老重臣唐休璟有一个小儿子,年方二十岁,是老唐六十岁时和小妾所生,为了攀附韦后,愿和贺娄氏的女儿贺娄燕燕成婚。这贺娄燕燕对外宣称是贺娄氏的养女,其实就是她私生的女儿,此事中宗、韦后皆知。

贺娄氏施礼道:"一切准备停当,只请皇后吩咐了。还望皇后凤恩隆重,予以主婚。"

韦后欣然答允。和唐休璟结亲,意味着又有一位说话极有分量的重臣可以成为自己的外援,此事当然大好。

一瞥眼,见自己的老乳母王氏站在贺娄氏身后,神情忸怩,全不似从前的表情,不禁微微有些诧异。贺娄氏笑道:"她有事相求皇后,只是羞于开口。"韦后见六十多岁的王氏脸红如酡,核桃纹一般的老脸居然羞怯得像小姑娘一样,不禁大为好奇:"什么事呀? 让她自己说。"

王氏嗫嚅道:"皇后主婚多次,功德无量,当年则天皇帝宠爱张易之,替其母阿臧主婚,嫁得朝臣。现在皇后也是说一句话,别人谁敢不听哪! 就念老婢跟随皇后多年,也……"说得此处,低下头去,羞涩至极。

韦后心中大乐,故作不懂,追问道:"也怎么样啊?"王氏扭捏半晌,终于壮了胆子说道:"也给我找个男人!"

韦后哈哈大笑,又问道:"你可看中什么人了?"王氏见已将意愿表明,倒也不拘谨了,赔笑道:"那天我看御史大夫窦从一前来给皇后送礼,皇后没空答理他,老婢陪他说了几句话。我看那人言语温雅,正妻又去世多年,和我倒也般配。"

"般配?"韦后和贺娄氏都笑得直不起腰来。韦后说道:"人家窦从一出身名门,祖奶奶是高祖皇帝的太穆皇后,父亲是高宗时的宰相,自己又是从三品的高职,且年纪还比你小了二十多岁,何来般配一说?"

王氏老着脸皮说道:"他那些祖辈们的身份虽然尊贵,但都是老皇历了,哪里比得上皇后的荣光,不说别的,就冲我是皇后身边的人,我和他站一块儿,就丝毫不比他矮一头。"也别说,王氏本为蛮婢,长得倒是又高又胖。

这几句话说得韦后心里很是受用,点头道:"嗯,言之有理,此事我要和皇帝说一下,你这几天打扮打扮,准备做新娘子吧。"

王氏大喜,跪下千恩万谢,磕头不止。

这一晚,中宗在宫内大摆酒筵,请中书省、门下省及诸王驸马一起欢饮。酒过三巡,菜过五味,喝得正酣畅时,中宗忽然对御史大夫窦从一说:"听说爱卿正妻去世,久无伉俪,朕常替你忧心啊。如今我物色到一良配,今天正是喜气洋洋的好时候,择日不如撞日,就今日为你赐婚如何?"

窦从一喜出望外,心道能让皇帝亲口赐婚,不是金枝玉叶的公主也是元老重臣家的千金,能与这等人家结亲,对自己的仕途可是大大有利。当下跪倒拜谢。

不一会儿，只见宫女们提着金色烛笼，牵着五彩步障，打着金缕罗扇从西廊缓缓而上，扇后隐约见一人穿着大婚礼服，头上戴着花钗，只是面容被罗扇遮住，看不分明。

按礼俗，中宗命窦从一与之对坐，饮酒三杯，又命他赋《却扇诗》三首，这才撤去了罗扇。蓦然看见这新娘子皮松面皱，活像一只胖大的老猴，正是韦后的乳母王氏。窦从一这一惊可非同小可，还以为自己看花了眼，反复擦了擦眼睛，面前坐着的还是这个老婆子。只听皇上和群臣都哄笑不止，窦从一无奈，只好随之入了洞房。

宾客散尽，只剩下窦从一和王氏二人。窦从一气恼之余，独自盘坐在案几前生闷气。王氏反复招呼他，他仍旧不理不睬，老婆子不禁大怒，说道："姓窦的，你莫要欺负俺，你信不，明日我进宫就和韦皇后说，你怀恨在心，咒骂皇后，还和太平公主等人勾结……"

没等她说完，窦从一已是一身冷汗，吓得赶忙过来捂着她的嘴。王氏轻轻拨开他的手，老脸似菊花绽放般笑得皱纹都开了，说道："想堵我的嘴啊，用手不行，要用你的嘴。"说着就凑过来要亲吻窦从一。

窦从一差点没把晚宴中吃的酒饭全吐出来，王氏见他仍然"不从"，又利诱道："翊圣皇后对我极为尊重，如今你做了我的夫郎，朝中哪个敢不尊重你？"

窦从一转念一想，倒也不错，于是转忧为喜，当下把心一横、眼一闭，抱起王氏就进了鸳帐。

时近上元佳节，全城华灯齐放，正如武周时宰相苏味道诗中所写："火树银花合，星桥铁锁开。暗尘随马去，明月逐人来。游妓皆秾李，行歌尽落梅。金吾不禁夜，玉漏莫相催。"

长安城内，喧闹异常，按风俗，连平时深居闺门的女子，也都可以尽兴游玩，整夜不归。宫女们也叽叽喳喳，围着唐中宗求恳："皇上万福，今日是上元佳节，天下万民同乐。我们自入深宫，整日不见外面的情景，如今民间女子都有幸可以游玩，盼皇上开恩，放我们也出去游玩一下，好不好？"

中宗看了一眼韦后，说道："朕也觉得她们在宫中整日值守，十分气闷，不如就放她们出去玩一玩？"

韦后近来心情正好，就说道："任凭皇上裁夺。"宫女们听了，欢呼雀跃，各自取了积攒下的零钱，结伴前去长安街市上大开眼界去了。

而此时，贺兰晶和李煊正悄然出城，往南山的五兵神窟而去。原来，贺兰晶听计婆婆说起高祖皇帝的尸身被装进一个施满符咒的铁棺之中，不知秘密葬在了什么地方。大家讨论之后断定，既然这太宗皇帝不惜用铁棺符咒来对付自己的父亲，那么肯定也会将他秘密葬在一个囚魂禁魄的凶煞之地,让高祖皇帝的阴魂不得入冥府超生。

贺兰晶想起有两个盗墓小贼闯入了黄泉地肺,结果被制服后归顺。于是将这两人叫过来一询问,那穿山虎说道:"我们虽然惯于盗墓,但师父当年教我们找的却全是风水宝地,因为这样的地方才会有大油水。你想那凶煞之地,埋的往往是成精的狐怪、暴死的匪人、无主的僵尸,就算挖出来,也不过有些桃偶、竹符之类的玩意儿,我们费这劲做啥?"

钻地龙也说:"是啊,当年我的一个师兄,就故意捉弄我,指了一处阴煞恶地的墓藏。我当时也傻,也不想想有好东西他为什么不挖,结果我挖了三天,挖出一个很坚固的石棺。又费了九牛二虎之力,打开一看,里面只有一具怪鱼的骨头,他娘的,一点金银宝物也没有。后来听师父说,古时人们经常在这片水中溺死,后来捉了只怪鱼,又怕怪鱼死后作祟;才具棺礼葬的。"

贺兰晶吩咐道:"你们二人,速速在长安方圆两百里之地,找一处最为阴煞凶险的葬地,本门要埋葬一具最为阴厉的晋朝古尸,要镇得住他的魂魄,不得游荡于世间才好。"

这两人应了,收拾行囊,匆匆离去。

然而,这两人毕竟只是盗墓小贼,对于阴阳五行、风水卦卜这样的学问并不擅长。贺兰晶蓦地想到了曾在五兵神窟之中遇到的明崇俨,此人号称能通幽役鬼,对于禁魂锁尸的事情肯定更为精通,思虑及此,忙打开奁匣,找出那枚铜球,球中纸笺上的蝇头小楷字迹宛然:

欲款通消息,置信于内,放十二金人之齐王像口中,取于韩王像腹内,阅后即焚,慎之!

所以,虽然上元节京城中热闹无比,贺兰晶却拉着李煊从长安城的安化门南行,直奔五兵神窟而去。

走在路上,李煊问道:"这五兵神窟,也像黄泉地肺一样,是你们开凿的吗?"

贺兰晶说道:"这个神窟说来很是诡异,连我们也并未完全知晓其中的奥秘。其中有大大小小的石室几百间,层层叠叠,除了你看到的六国君主和王后的铜像外,更有很多奇形怪状的神像。这些神像,形容古怪,非佛非仙。一间石柱上刻有鸟篆写就的铭文,我们拓了下来,找高人译读,说是蚩尤之时就已经开凿这些洞窟,并打造了矛、戟、弓、剑、戈这五种兵器,故有了五兵神窟之名。"

李煊听得入迷,说道:"难道在上古时期,人们就会开凿这巨大的石窟?我记得那里的洞窟有的竟高达数十丈,广阔异常,难道纯由人力所为?"

"这倒谁也说不清楚,"贺兰晶说道,"不过上古之人所造的东西,有好多离奇古怪的,这五兵神窟的西北方,有一个粗如大树桩的铁柱立在山顶,上面铸有又像是文字又像是图案的花纹,所以也有人把这里叫铁桩峰。但我们从洞窟里却发现了一个惊人的秘密!"

李煊追问:"什么秘密?"

贺兰晶说道:"此事说来令人难以置信,这个铁桩原来是一把长剑的剑柄,剑身从山顶直插到山底的洞窟里……"

"啊!"李煊惊叹道,"那岂不是长达百丈,这样巨大的铁剑,如何铸成?还能插进山中,这不是神人吗?"

贺兰晶说:"是啊,而且据说太古之时,人们是不会炼铁的,但为何会有这样一把巨型铁剑,实在是难以索解。我们还在开挖洞中石壁时,发现了一截巨大的铜柱,一开始凿了几下,想要取出来,却发现这个大铜柱横陈在石层中,极长极深,要将它从石中剖出,实在是太难,所以就放弃了。有人猜,这正是铜戟的长杆。"

李煊突然有了个念头:"这五兵神窟中必然有五件兵器,会不会也分成金银铜铁锡五种材质?"

贺兰晶笑道:"锡做兵器?哪里能用啊!不过也有可能,这些兵器如此巨大,又有谁能用?只不过做仪仗罢了。你还是找找那个金质的兵器吧,按神窟中的兵器规制,可是好大的一块金哪。"

李煊嬉笑说:"金宝如今我都视如粪土,我已不再是那个丢了三百两官银就心急火燎的李煊了。"

贺兰晶见他提及当时自己派人戏耍他的事情,也觉得有些歉然,于是岔开话题,指着天空中皎洁的月轮,说道:"北风骤起,再过一会儿,铅云就会遮住这清朗的圆月了,唉,'天意竟如此,不教久团圆'!"

突然,贺兰晶脸色一变,说道:"这风中有血腥气,好像是前面山谷中吹过来的。"李煊仔细嗅了嗅,却没有什么感觉,但一向对她十分信服,也就没再起疑问。

贺兰晶说:"由此通过前山,有一条密道,我们穿过去窥探一下。"

当他们从枯松掩饰的洞口中探出头来时,却被眼前的景象惊得倒吸一口凉气。

只见几十名黑衣玄甲的兵士,个个用黑布蒙住了脸孔,手执陌刀和盾牌,押着一长队无头的俘虏,让他们自行走到山涧边,跳入了湍急的涧水之中。这些人被斩断的脖颈上,还淋漓着鲜血,一路洒下。

这些无头俘虏源源不绝,几乎有上千人之多,李煊看得目瞪口呆,低声问道:"这些是人是鬼?怎么无头死尸也会自己行走?"

贺兰晶皱着眉头说:"有些巫者会'赶尸'之术,倒也不算太稀奇,问题是这些人的来历,我们竟然毫不知道。"

隔了良久,黑衣玄甲的兵士才收队离开,贺兰晶屈指一算,跌入深涧的无头尸首少说也有三千多人。这些都是什么人?

贺兰晶轻轻一招手,和李煊悄悄登上一座高峰,然后从怀中掏出一个铜制的圆筒,李煊问道:"这是我们在鬼宅里买来的贮音神瓶吗?"

贺兰晶将圆筒递给他说:"不是啊,那贮音神瓶早已派上了用场。这件宝物是神眼镜,是花重金从大食商人那里买来的。"

李煊拿过一看,果然神奇,远处的山峦仿佛就在眼前一般,贺兰晶说:"先莫乱看,快看那几个黑衣军士,到哪里去了?"

"他们沿小路转过前面的山峦,快看不到了!"李煊说罢,又将神眼镜递给了贺兰晶。

两人悄悄登上另一座山峦,俯视山下,只见一片灯火闪耀,这里居然有一座非常大的营寨,寨前立着一排排黑衣甲士,刀戟森严,人马彪悍,一看就是能征惯战的精兵猛将。营前旗杆上的大纛,用古篆写着"阴山鬼兵"四个字。

贺兰晶叹道:"这支劲旅,当真称得上是'疾如风,徐如林,侵掠如火,不动如山,难知如阴,动如雷震'。这到底是谁的人马?"

李煊愕然道:"我听说有人会'剪纸为马,撒豆成兵'的妖术,可能这班人马就是变幻而成的吧。"

贺兰晶听了,不免啼笑皆非,抓过他的手臂,抽出短剑作势欲割,李煊一惊,急忙抽手道:"你做什么?"

贺兰晶笑道:"用你的血就能破这种邪法。"李煊一怔,随即想到相传用狗血一泼,这些人马就会显出原形,变为纸片和豆粒。贺兰晶戏谑自己是狗,自是不信这些军士是变幻而成的。

正在此时,只听风声大作,乌云从北边像遮天大幕一般罩了过来,霎时间星月无光,伸手不见五指。二人仔细倾听,似乎又从远处传来阵阵雷声。李煊奇道:"如今是寒冬,怎么好像有闷雷作响?"

贺兰晶脸色郑重:"这不是雷声,这是大军行走时的脚步声。这些军士随着鼓点踏步而行,千万人的步伐整齐如一,所以就有这样的响动。"

李煊不觉想起安邑鬼宅被摧毁时的场景:大军如白蚁一般,不一会就将鬼宅彻底荡平,实在是难以抵御。而如今这些军马,数量比当时的军兵更多了十倍有余,而且训练有素,气势威严,堪称劲旅。

冷风中又透出浓浓的血腥气,看来这支军马又杀了不少的人,这到底是谁统领的兵马?为什么鬼鬼祟祟地藏在此处?他们杀的又是什么人?二人心中留下一连串的疑问。

拾柒

婕妤春怨

四大丑女自师父死后，一直气愤难平，想要杀人报仇。地母夫人派人谕示她们不得妄自行动，要待诸事齐备，再共图大计。丑女们虽然不情愿，但见识过玉扇门的本事，也知道单靠自己四人是无法遂愿的，于是只好坐等。

　　张文放也一直不敢胡乱行走，生怕太平公主的人将他捉去。无聊之际，四丑女便来和他闲谈史事掌故，学书学画。这些丑女们和他朝夕相处，竟然萌生了爱意。只是丑女们容貌丑陋，无法施展媚惑之术，又拙于言辞，不知道用什么方法表达这"东邻窥宋"之情。

　　落花有意，流水无情。张文放心中却丝毫没有这个念头。这一日，张文放有一支细毫画笔落在丑女房中，想要取回，正要叩门时，忽听里面金嫫母的声音说道："我们几个情同亲姐妹一般，不可因张郎失了和气，依我看，让他一起娶了我们四个人好了。"

　　张文放大吃一惊，忙停住了正要敲门的手掌，只听铁孟光拍手叫好道："太好了，原先师父不让我们谈婚论嫁，我也觉得有些不好，只是没敢说。但现在师父废除了这一规矩，我又发愁了。"

　　银无盐笑道："你愁什么？怕没人娶你吗？"

　　铁孟光说道："不是，不是，听说成婚之后，就要跟着男人过，那就不能和师姐们天天在一起了。我心下很是不情愿，觉得还不如不婚不嫁好。但我们师姐妹中，只要有一个人婚嫁了，四人就不能在一起了，想想真发愁。如今师姐说得太好了，我们都嫁给那个张文放，岂不照样可以在一起了。"

　　铜东施也十分赞同："婚姻中有妻、妾之分，大师姐就当正妻，我们当妾好了。"

　　金嫫母却推辞道："我们师姐妹哪里还分这个。我那天正好听张郎讲一段古文说：'昔舜不告而娶，婚礼盖阙，故'尧典'以厘降二女为文，不殊嫡媵'……"

　　铁孟光打断她的话说："师姐越来越文绉绉的了，你就直说是啥意思，俺听不懂。"

"就是说舜当年娶了娥皇、女英两姐妹,都是正妻,不分妻和妾的,我们为什么不能也这样?"金嫫母略带羞涩地说。

银无盐也喜道:"确实如此,哎,你们说张郎给师姐讲这段故事,是不是也有想娶我们师姐妹之意?"

张文放听了,差点没晕过去,那天闲着没事,正翻《晋书》,不想金嫫母恰巧前来,搭讪聊天,于是就讲了这一段文字,哪知言者无意,听者有心。

金嫫母却叹气道:"我觉得很难说啊。我们四人容貌丑陋,自古未见好德如好色者,张郎又是风流俊雅,有多少美女贵妇都喜欢得不得了!他哪会看得上咱们?"

铁孟光怒道:"容貌有什么关系!真是奇怪,为什么我这样子就叫丑,别人那样子就叫美?我看有些美人儿,肤柔骨脆,和纸糊面塑的一样,不耐风雨,多生疾病,有什么好?"

铜东施却说:"也是有用处的,像我们这样的,给张郎生下孩儿,只要像了我们,也会容貌丑陋,要是男孩还好些,女孩……"

铁孟光道:"小孩哪里会只随我们丑陋的地方,让她的腰身和铜师姐一样苗条,胸脯和屁股如我一样丰满,眉眼就随他爹好了,不也是个漂亮女孩?"

众人哄笑,金嫫母说:"你以为我们四人嫁了张郎,小孩儿就是我们四人一起生的吗?"

铁孟光确实不大懂小孩是怎么生法,一时间露了怯,不敢再辩驳。

窗外的张文放听了,却越听越是心惊。虽然这些日子里,丑女们对他挺好的,但张文放一向风流自赏,哪里会心甘情愿和这些丑女们相伴一生。当下打定了主意,还是逃走为好。

此夜正是上元佳节,街上金吾不禁,玉漏不催,士女云集,摩肩接踵。正好趁人多混杂之时,逃出城去好了。

主意已定,张文放匆匆收拾了一下行囊,悄悄地离开了这座名为筹笔馆的小院。只见街上人来人往,热闹非凡,挂在树上的华灯多姿多彩,令人目不暇接。他本是喜欢热闹之人,闷了这许多时日,此番出来,大感心怀舒畅,一时间竟忘了自己还是被公主缉拿的人犯。

不知不觉,就随着人流来到了大慈恩寺前,只见此处扎起一座"大鳌山",上面花灯璀璨,有莲花灯、金鱼灯、仙鹤灯、龙虎灯、百果灯、元宝灯……更有各色焰火,彩光四溅,花雨缤纷,看得张文放目眩神迷。

正看得入神,忽觉有人伸手按在他的肩头。张文放扭头一看,吓得三魂走了两魂,这女子眉粗眼大,正是太平公主的亲信阿榕。

曲江池的北面,太平公主新建了一处恢宏壮丽的佛殿,供奉着一尊十丈高的金身巨佛。太平公主缓步走了进来,先看了看跪在地上的张文放,却没有说话。转头注视了一下佛前的海灯，说道："这佛前的灯也太寒碜了，明个儿换成八十八斤油、三斤灯草的，在佛前做善事，莫要吝啬。"

张文放心中懊悔不已，公主的人难道一直在监视那个地方吗？不然为什么一出门就被公主的人擒住？此番大概是有死无生了。但事到如此，也不能不辩，于是说道："文放私逃，挟带一些金银酒器用作盘缠，确有此事，但公主宽宏慷慨，也不会在意这些吧？"

公主对着张文放的脸仔细端详，看得他心中发毛，随后冷冷地说道："你串通玉扇门的人偷了我的檀木宝匣，是什么时候和她们勾结上的？"

张文放大惊："什么檀木宝匣？我可从未见过啊！"

太平公主大怒，吩咐阿榕："取庙里的大锅来，将他扔进锅里，用沸水烹死！"

张文放急忙说道："公主听我一言，那檀木宝匣的确不是我盗走的，就算是将我处死，也要先让我说清楚，前朝名臣王方庆曾言：'赏当其劳，无功者自退；罚当其罪，为恶者戒惧。'如今罚不当罪，既让我蒙受冤屈，又放过了公主身边的坏人，实在是死不瞑目啊！"

太平公主听了，心中似乎有所触动。她看着那油缸中巨大的灯焰跳动，沉思良久，没有说话。

这厢，武崇福听说张文放被擒，心下惴惴不安，生怕太平公主细细审讯，获知他当时私盗宝匣的勾当。后来却听阿榕转述，张文放已被公主在盛怒之下，扔进大锅中烹成了熟肉，这才微微放心。

然而，隔了几天，公主却在夤夜之中，大呼有鬼。一时间，众人纷纷惊起，武崇福火速去玄都观请来老道士张悟真，这人最擅长扶乩捉鬼，画符请箓。

大伙儿布置下三牲五鼎、高香黄纸，这张老道登坛作法，只见几缕阴风卷起，供桌下响起凄惨的哭声，老道一敲法钟，喝道："你是何方冤鬼，敢冒犯公主府宅？"

只听这声音模糊不清地说道："我受人冤枉，我根本没有偷盗公主的檀木宝匣，是别人栽赃陷害……"武崇福听得清楚，正是张文放的声音。

老道士手执桃木乩笔，在沙盘上划来划去，过了一会儿，张老道取来一大盘朱砂，朗声说道："冤鬼已申诉神明，三声铜锣响后，陷害他的人，印堂上将会出现一个朱砂印记！"话音未落，跟来的小道士就取过铜锣，连敲了三下。

武崇福听得心惊肉跳，三声铜锣一响，他下意识地就用衣襟在额头擦拭，太平公主忽然喝道："武崇福，你把宝匣中的红玉珊瑚藏到哪里去了？"

武崇福惊愕之下，慌忙说道："根本就没有什么红玉珊瑚，我确实没见到啊！"

只听太平公主冷冷地说道："你既然没有盗走檀木宝匣,怎么知道里面并无红玉珊瑚?"

"这个、这个……"豆大的汗珠从武崇福胖胖的脸上流了下来,虽然现在夜晚的寒风依旧料峭。

慧范从后面一把揪住他的衣领,喝道："快说,有半点隐瞒,就让你死得惨不堪言!"

武崇福脸色由白转红,突然他眼睛一翻,脖子一歪,身子软倒在地,竟然没了呼吸。原来这武崇福身体肥胖,早就犯过痰厥之症,如今料想难以活命,惊恐之下,竟生生给吓死了。

太平公主余怒未消,下令将武崇福的尸体倒挂在山庄水井旁的槐树上,示众三日。好让众人看了,心生惊惧,不敢再对公主有半点不忠之心。

"冰消出镜水,梅散入风香",长安城迎来了又一个春天。转眼间,已到了寒食时节。日光暖融,柳色清新,曲江池畔,已是车马辐辏,人潮汹涌。

娇艳的杏花绽放出嫩蕊,一阵轻雨过后,和风熙柔,水波荡漾,草木青笼,雕鞍宝马上的少年英侠,钿车珠幕中的倾城佳人,无不来此踏青拾翠。一时间曲江池边,聚集了众多花颜云鬓的长安美女,她们宝髻高梳,黛眉轻挑,如火似霞的红罗裙中酥胸半露,旖旎风流。引得长安少年们走马追逐,一路尾随。虽然大多数只落得个街尘满衣,甚至连佳人的回眸一笑也没见到。日暮鼓绝之后,只得悻悻回家,但他们依旧天天乐此不疲。

上官婉儿的天台苑里,也是繁花尽放,缤纷馥郁。然而,婉儿的心头却笼罩着重重叠叠的愁绪,每当物候更替的时刻,她总是被敏感地触动。揽镜自照,蓦地见到鬓边宛然有两根银丝般的白发,让侍儿轻轻镊下来后,她禁不住叹了口气,转头从青琐窗前望去,只见莺啼花落,幽苔暗生。

婉儿一直有一种不祥的感觉,她敏感地意识到,这一年注定要有不寻常的大劫难发生。韦后加紧让宗楚客私练军兵,想择机矫旨,本来计划在这个春天里就尽数诛杀太平公主及李隆基等人。然而,一股打着阴山鬼兵旗帜的铁骑,却砍瓜切菜一般地屠掉了宗楚客私练的二万军兵。因为是私自招募军兵,犯下朝廷大忌,韦后和宗楚客吃了哑亏,却不敢声张。

近来地母夫人也时常不再和她互通音讯,她们恐怕也在策划一个大的行动。据说,玉扇门已找到当年隐太子李建成的后人,想拥立这个人复位。婉儿其实早就考虑过,这些势力无论谁真正把握了最高权力,这紫极玉殿中就再也找不到自己的位置。

"上官昭容,你的好年华已经过去了。"婉儿对着镜子,自言自语道。

忽听帘外有侍女传呼:"太平公主驾到。"婉儿听了心中一惊,太平公主平素虽然也和她私下里款通消息,但以公主之尊,从未有过亲自登门过访之事。婉儿急忙出门迎到堂中坐定,让侍女奉上新烹的香茶,时鲜的果品。

婉儿仔细瞧去,只见太平公主今天并没有像往常一样身着锦服盛装,她穿着窄袖紧身、翻领左衽的胡服男装,脚蹬短靿皮靴,想必是亲自乘马而来。除了腰上系的七宝革带和头上的桃形金冠显露出一丝华贵的气息,太平公主给人的感觉,从来没有像今日这般平易随和。

铜兽中飘出一缕缕龙涎的香气,太平公主半坐半卧在软榻上,温声说道:"我刚去看了一下他们在城中新修的太平兴国寺,果真是龙象如云,巍峨壮观。如今春光烂漫,昭容为何也不去踏青游玩?"

上官婉儿赔笑道:"贱躯近来慵懒异常,全不似公主精神旺足,兴致高昂。"

太平公主叹了口气:"我近来也觉远不如当年的精力了。三十多年前,我也是这样穿了一身胡人男装,跳旋风舞于天皇天后面前,逗他们一乐,可现在乘马不到半日,就肌骨酸痛。"

婉儿忙道:"公主洪福无量,是九天上的谪仙下凡。纵有小恙,也不足为虑。想当年天后以古稀高龄统御天下,还十分得心应手,何况公主正值盛年。"

这番话说得太平公主心里很是舒服,她品了口茶,连说:"真好,真好。"也不知是在称赞茶,还是称赞婉儿这番话。抬得头来,见婉儿身后的墙壁上挂着一幅云纹素绢,上面题了一首诗,字迹娟秀妩媚,名为《婕妤怨》。

昔日合欢扇,今弃箧笥中。荣爱方几日,恩幸已秋风。
埃凝舞衫晝,网结歌板蒙。日晚长门闭,太息在深宫。

太平公主读罢,笑道:"上官昭容也有班婕妤之叹?你虽身为昭容,可当今皇上宽仁,你出入宫禁无人阻挡,自由自在,和诸公主们也没有什么区别,为何还有这样的愁怀?"

婉儿脸上微微一红,说道:"这都是婉儿食古不化,摹写前人的旧诗罢了,并非是真有什么感触。"

太平公主话锋一转,说道:"我皇兄年事已高,又体胖多疾,万一龙驭上宾,新皇即位,昭容就会更加体会到班婕妤当年的心境了。"

上官婉儿听了,心中像被一根尖针狠狠地刺了一下,她一直就忧虑此事。万一中宗驾崩,其子李重福或李重茂即位后,自己岂不也落个和班婕妤一样,孤零零地为先帝守陵的凄凉下场?要是韦后和安乐公主当国,想起在新丰温泉被嘲讽羞辱的一幕,想起安乐公主那恶狠狠的眼神,婉儿的心也是一阵抽搐。

只听太平公主又说道:"昭容有宰相之才,堪为股肱之臣,虽为女子,胜过那些庸碌男人。婉儿你也清楚，像当年的两脚狐杨再思、大滑头苏模棱，他们又有何才干，却稳居宰相之位？如果我能当国执政，必下旨正式诰封你为同中书门下平章事，开府仪同三司。"

婉儿慌忙行礼："多谢公主抬爱，但自古男主外，女主内，哪有裙衩为朝廷宰相之理？"

太平公主哈哈大笑："我母亲当年既然能堂堂正正地改制为周，做了女皇帝，再出一位女宰相，又有什么不可以呢？"

这番话说得婉儿怦然心动，低下头来。

太平公主见她虽然沉吟不语，但眼神中流露出一股敏锐振奋之色，和刚才的灰懒神态大不相同，当下拉住她的手，又说道："修佛寺余下不少的木料砖瓦，于是命他们造了一座小小的府宅，虽不宏大，却是精雅别致，想必合乎你的口味……"

婉儿推辞道："公主见爱，愧不敢当。这府宅还是公主自己留用吧，婉儿在宫外私居，已属非分，如何可以再多置府宅？"

太平公主起身道："莫要推辞，你如果不收，就是见外了。"

两人兴致极高，于是命侍儿们置酒痛饮。直饮到日晡之时，太平公主方起身说道："我有事要回山庄，就不陪你去看宅子了。让侍婢镜儿引你去看看吧，今晚就宿在那里！"说罢，太平公主眼中露出一丝狡黠之情，显得极为亲切。

这座小宅在永兴坊中，入得门来，先有一架香萝，虬枝苍劲盘蜒，紫红色的花串从架上垂下，清香怡人。架下凿一小池，方圆盈丈，用卵青色的玉石甃得整整齐齐，养着红黄色的鲫鱼。

香萝架后，是一座全用海珊瑚所做的假山石，高有数丈，蔚为壮观。地上种着名贵的金钱草和绣墩草，青翠如茵。绕过假山，才看到庭堂前的朱栏曲槛，只见轩前放着一对木鹤，栩栩如生，作振翅欲飞状。

婉儿见此，心中大震。这木鹤和当年莲花六郎张昌宗所乘之物一般无二，当年则天女皇听有人夸张昌宗是王子晋的后身，于是就让他身披羽衣，口吹玉箫，乘坐木鹤，在后宫游乐。而神龙宫变后，张昌宗被军兵斩首分尸，这木鹤也早被焚毁抛弃了。

更让婉儿吃惊的是，阶下一美少年，貌莹如玉，神凝秋水，宛然就是当年莲花六郎一般的模样，不禁惊问："你是？"

那少年匆匆下拜："在下名叫张文放，奉公主之命，迎接上官昭容。"

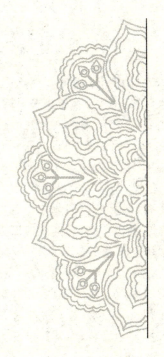

拾
捌

勾
陈
绝
域

起初，李煊觉得青鸟先生十分怪异可怖，别的不说，就他书案上经常放着的那只三寸白玉雕成的小棺，就让一般人惊骇不已。后来熟识了，李煊就大了胆子借机询问。青鸟苦笑着解释道："人莫有不死，'夫大块载我以形，劳我以生，佚我以老，息我以死，故善吾生者乃所以善吾死也'……"

　　接着，又大讲了一番"万物非欲生，不得不生；万物非欲死，不得不死"之类的道理，李煊听了也觉得其中玄妙无穷，是他以前从未想过的。

　　李煊苦于剑术和棋术都不及贺兰晶，常常被她取笑，因此和青鸟先生熟络了之后，虚心向青鸟先生指教。平日里青鸟不苟言笑，一副冷气逼人的样子，但谈论起剑艺、棋艺来竟是滔滔不绝，李煊也获益良多。

　　然而，青鸟最为痴迷的还是兵法战略。他居住的破庙后殿的暗室里，有一个用沙石堆成的"大唐全舆图"，上面用青石雕就了城郭模型，黄沙堆成了山岳形状，还模拟了草木、森林、河流的样子，很是精致。青鸟先生经常对此侃侃而谈，说如今突厥、契丹等胡人猖獗，若能拜他为将，当领数十万大军北征胡虏，再次封狼居胥，功比卫、霍当年，虽死而无憾矣。

　　这一天，青鸟先生教了李煊几套剑术，又谈了一会儿兵法。青鸟先生纵酒狂歌，来到庭前花树下，舞起剑来。只见剑光闪烁，花雨缤纷，这剑使得真是酣畅淋漓。

　　"好剑法！"一个清脆的声音叫道。李煊听得是贺兰晶到来，转过头来对她说："你看青鸟先生的这些剑法，如果尽数传给了我，是不是你以后就不敢欺负我了？"

　　贺兰晶嗔道："谁欺负你来着，你一个大男人，胜不过我一个小女子，还有脸说呢！"

　　李煊辩道："你哪里是什么小女子，你是天女，我是凡夫。"

　　青鸟先生见他们在一旁打情骂俏，只是拈须微笑，不发一言。

　　贺兰晶收起嬉笑之色，郑重地对青鸟先生说："地母夫人请先生去厚土殿有要事相商，请即刻前去。"

青乌先生听了，微一迟疑，把手中的长剑递给了李煊。当下从庙后那个宝葫芦般的石塔旁，启开草丛中的密道，纵身而入。这里也是连通黄泉地肺的入口，是东方八座生门中的一个。

李煊见贺兰晶身着一件杏色春衫，肌肤如玉，云鬟半军，不禁从她身后伸出手臂，欲将她拥入怀中。却见贺兰晶一脸郑重，向他摇了摇头。

贺兰晶注视着那个飖屃驮着的神像，这尊神披着甲胄，戴着宝冠，右手持棒，左手擎塔。她仔细看了看那座神像掌中铜铸的宝塔，伸手一旋，这宝塔居然能被拧开，成为上下两段。

李煊惊问："你是怎么知道的？怎么青乌先生没说过？"

贺兰晶对李煊说："你看这上面都有了些铜锈，但第三层和第四层的连接处却非常光亮，想必是能旋开的。"

说着，贺兰晶从宝塔中取出一枚长柄的铜钥匙，又凝眉沉思起来。

李煊心中有些不安，说道："我们这样私自窥探人家青乌先生的私有物品，是不是很不恰当？"

贺兰晶却说："唉，近来这一连串的事情，都对我们不利。先是计婆婆遇险，后来尔朱陀和许凤姑又遭遇不测，你想，为什么会有这样的变故？"

李煊心头大震："你是说，青乌先生竟然是里通外敌的叛徒？"

贺兰晶说："现在还不能判定，不过最可疑的人，就是他。如果真的是他，此人在玉扇门多年，又精通武艺和计谋，如果猝然反噬，我们可就要有灭顶之灾。因此，地母夫人将他请去，让我们细细勘查一下有没有可疑之处。"

李煊听了，当下有些踌躇，但贺兰晶这番话有理有据，他也无法辩驳。只是默默地看着这座小庙，和初见时的荒凉冷寂大有不同，如今是春风熙暖的天气，园子里多了不少的生气，墙角几株树上开出一簇簇洁白的丁香花蕊，散发着独特的香气。李煊心中突然五味杂陈，很不是滋味。

贺兰晶一边详细勘查毗沙门神像上下有无机关密钥，一边劝解李煊："我也觉得青乌先生不会是奸细，但防人之心不可无，要知道我们整日里几乎都是立在刀尖上行走，稍有疏忽，就会有粉身碎骨之祸。最好是我们查验之后，并无半点青乌先生背叛我们的证据。就此也让他洗清嫌疑。"

李煊听如此说，心下方有些释然，于是问道："这长柄铜钥匙是开启什么的？"

贺兰晶说："我也不知道啊。青乌先生私藏在此处，必定是他极隐秘的一件东西。但我查勘了神像上下，并无开启的痕迹。哦，对了，青乌先生是心思机敏的人，他绝对不会将钥匙和开启的东西放在一块的。"

说罢，二人又走进青乌先生的卧室中查寻。只见东面的几案上，摆着一个青瓷方匣，中间有一铜钮，留有一匙孔，大小似乎正和贺兰晶刚才找出的铜钥匙相当。

李煊欢喜道:"快拿钥匙来,看来正是开启此物的。"贺兰晶取出钥匙,正要伸进去,突然又停住了手,李煊急道:"咦,为什么不开呢?你怕有毒蛇毒药吗?"

贺兰晶沉吟了一下,说道:"你想,青乌先生是何等谨细之人,如果是隐秘之物,怎么会就这样大大咧咧地放在显眼之处,这里面肯定有诈。"说罢,她从头上拔下一根莲枝缠丝银质发簪,小心地从匙孔中伸进去一探,开始并未觉得有何异样,但过了一会儿,只见有丝丝青烟从中冒出。贺兰晶急忙抽出来一看,只见银簪伸进匣子的部分,大半已经被销熔,只留下黑黑的小半截。

李煊咋舌道:"如果我们先用钥匙探入的话,这把钥匙就早已毁掉,再也无法使用了。青乌先生看来早有安排,如果是心思迟钝的小毛贼,就算侥幸获取了钥匙,也无法开启探得真正的秘密。"

两人于是急忙四下搜寻,青乌先生住的这间破庙里别无长物,只有一案一琴,一榻一盆。当下细细看过室内诸般用具,连墙壁屏风之后,几案床榻之下,无不细细搜过,但仍旧一无所获。

李煊越搜越是心下不安,说道:"青乌先生是心细如发的人,我们搜过他这座住所,肯定会被他发觉的。"

贺兰晶叹了口气道:"是啊,我也早料到了此节。如果查不出青乌先生是奸细的证据……"

李煊问道:"那怎么办?"贺兰晶眼珠一转,露出狡黠的神情说道:"那只好我们假借有官兵来捣毁,将此处的东西索性砸个乱七八糟,然后一把火烧个干净。"

李煊踌躇道:"那青乌先生的琴和书,岂不全毁了?"

贺兰晶嗔道:"你这等婆婆妈妈的,能成什么大事?为大事者不顾细节,我们这里别的没有,就是不缺财钱珍宝,毁了这里,我们再为青乌先生买一处更好的居处。当然了,青乌先生性子孤冷,就喜欢一些荒颓的所在。"

听她如此说,李煊方才略有些释然。寻来寻去,约摸找了半个时辰,还是毫无线索,李煊不耐烦了,说道:"这钥匙或许是开启别处用的吧,或者竟是一枚早已不用的,但青乌先生留作纪念?"

贺兰晶又仔细看了看这把钥匙,摇头道:"决计不是,看这钥匙,有多处磨出来的亮痕,显然是经常使用的。据我所知,青乌先生最近一段时间根本没有外出,这钥匙还是有新痕,所以暗箱或暗室就在此处。"

又找了一回,还是全无头绪,李煊忽然说:"会不会就在刚才青乌先生走进的那个密道中?"

贺兰晶开始并不以为然,但转念一想,在密道出入口处,人们反而会忽略还有没有其他暗室,三十六计中第一计就是瞒天过海,正所谓"备周则意急；常见则不疑"，思虑到此处，她急忙拉了李煊从密道入口处下去。

下到密道底部，只见甬道旁边的壁上，嵌着四个文臣模样的五彩陶俑，全部是真人大小，簪缨执笏，神态各不相同。李煊听贺兰晶讲过，这密道分为休、生、伤、杜、景、死、惊、开这八类通道，可以从入口处的塑像上分别。如果入口处是文士模样，就是生门，可以通行无碍；如果是武将模样，则是伤门，会有各种埋伏捉人、伤人；而看到恶鬼模样，则是死门，其中的毒砂、暗弩、蛇蛊等，立时取人性命，无人可救。

不过，这只是最简单的识别方法，进入黄泉地肺之中后，又有多种变化，岔路繁复，有时生门连着死门，开门通到伤门。如果没有总图在手，有些平日经常不走的区域，连贺兰晶也不敢说全都能认清。

贺兰晶仔细勘查这四个陶俑，一时也看不出有什么异样。对比了一下，好像紫袍长髯的那个陶俑脸上的灰尘最少。贺兰晶伸手轻轻一抉，把这个陶俑脸上用夜明珠做成的眼珠摘了下来，李煊说道："咦，怎么我当时在五兵神窟中，看到有些夜明珠，想拿却取不下来，你却能如此轻易？"

贺兰晶神色郑重，似乎没有听进去他的话。李煊见她不答，凑上来一看，原来陶俑的眼珠被取下后，里面显出一个好似钥匙孔一样的洞来。贺兰晶虽然几乎已经判定这是真正的匙孔，但还是生怕有异，依旧先用银钗探了探，觉得确实是簧钥之类，这才用那柄长长的铜钥匙伸进去，向左扭时，根本扭不动，于是向右转了三圈，直至无法拧动。

两人都屏息静气，看能不能打开暗门。哪知扭完钥匙后，竟是毫无声息。李煊禁不住问道："难道我们拧的手法不对？"贺兰晶又抠了下陶俑右面的眼珠，却极为坚固，不像是活动的。一时踌躇无策，立在那里沉吟苦思。

李煊好奇，抓住钥匙柄又拧动起来，向右已是拧不动了，于是他向左回转，然后又向右转，反复两次后，听到对面墙壁后"喀喇"一声轻响，贺兰晶兴奋地说："哦，原来如此，这钥匙要反复拧动三次才行。"

原来刚才李煊反复拧动，无意间正好开启了墙壁后的机关。李煊得意非凡，说道："看来我还是大有用处的。"贺兰晶笑道："愚者千虑，必有一得。"说着，在对面墙壁上用力一推，墙壁立刻洞开，出现了一个暗门。

原来，这暗门后有设计精巧的自来石，暗门关上后，大石就牢牢地将暗门顶住，加上暗门样式和墙壁浑然一体，人们极难发觉，就算发觉，没有钥匙拨动机关，也无法移开门后的自来石，开启不得。

李煊误打误撞，开启了暗门，本来心下极是兴奋，但墙壁洞开时，他心头又蒙上了一层阴云：青乌先生既然私自设下这样一间密室，自然有不可告人的隐私在其中，难道他真的是玉扇门中的奸细？

暗门之中，先是一道白玉石阶，两边墙壁上，用彩贝嵌着很多壁画。一时也顾不上细细欣赏，但看得出大致是云台、仙宇之类，五色斑斓，栩栩如生。李煊几次在洞窟中吃亏，一看到这种地方，就不由自主地恐惧，当下说道："这里面会不会有埋伏，还是小心为好。"

贺兰晶笑道："小心是对的，但从各方面的情形看，此处设置极为隐秘，只有青乌先生自己经常出入这里，如果设下暗器、毒虫等物，岂不是自找麻烦？"

话虽如此，贺兰晶和李煊还是加倍小心，慢慢地观察着前行。走过这画廊般的长长一段阶梯，前方光线昏暗，出现了两条岔路。

贺兰晶从怀中掏出一个硕大的夜明珠，照亮暗道后仔细观看。李煊说："这两个暗道，一个镶着图画，一个是粗糙的岩石，想必是镶着图画的才是安全的通道。"

"也不然，"贺兰晶沉吟道，"要是青乌先生利用人们习惯性的思路，故意将外人引到有陷阱的地方去呢？"

李煊搔了搔头："那肯定是墙壁粗糙的这条路了！"不过转念一想，又说道，"那也不对，如果青乌先生料到来探路的人定会小心思考，就实则虚之，虚则实之，故意把粗糙的这一条设成陷阱呢？"

说话间，只见贺兰晶伏下身仔细看两个通道的地面，隔了一会儿，她坚定地说："从有画壁的这道路走是对的。"

李煊奇道："你是怎么看出来的？"贺兰晶答道："青乌先生经常来此处，虽然他脚步轻盈，并无印痕。但没有人走动的地方，必有浮尘覆盖。和有人经常走动的地方还是大有不同的。你看那条墙壁粗糙的路，地上薄薄的一层浮尘，非常均匀，显然是多日无人通行，所以那条路不能走。"

二人又向前走了十多步，顿时豁然开朗，一片明亮。只见眼前有一个宽大的厅堂，一架精致的云母屏风前塑着四只铜铸的大蟾蜍，蹲坐在地上，张着的巨口中，里面盛着鱼油，燃着火焰。屏风上，似乎是天然生就了一个圆圆的图案，上面依稀有桂树、殿宇，像是月宫的模样。

李煊忽觉脚下一软，不禁吃了一惊，以为是踏到了陷阱，定神一看，才发觉这地上铺着厚厚的茵褥，彩丝茸茸，软香温柔，若不胜物。贺兰晶说道："从前汉代皇帝有披香殿，这里似乎也堪称此名了。"

转过屏风，映入眼帘的是几十步开外的一尊美人玉像，虽然是玉石之质，却是神采奕奕，衣带似乎在随风飘动似的。四周花团锦簇，全都是新栽的奇花异草。一个紫檀几案放在玉像前，上面摆着玉石玛瑙雕成的瓜果。

李煊奇道："青乌先生这供奉的是什么神仙？"

贺兰晶见正对着玉像前一丈远处又有一个几案，上面放着一张古琴。她沉吟道："青乌先生最喜欢弹琴了，这里放一张琴，难道是弹给这个玉像听的吗？这尊玉像，难道是他的心爱之人？"

她随手在琴上拨弄了几下，也未见有异。李煊突然说："这里会不会是一座大墓,青乌先生把他的心上人葬在了这里?"贺兰晶瞥见右边墙上的衣架上搭着几件陈旧的彩缎衣服,点头说道:"这倒是大有可能。"

两人急忙继续前行,只见前面一个圆月形的门洞,却并无门扉,只有几挂水精珠帘,静静地垂下。这情形并不像李煊所想象的那样,是厝棺停尸之处,倒像是一间精雅的卧室。

李煊见了,又改口说:"会不会是青乌先生私藏了女人在这里?"贺兰晶说道:"玉扇门又不是佛门,向来不禁婚娶,青乌先生若有意中佳偶,地母夫人也不会干涉吧!何苦如此?"

李煊生怕里面真住着女眷,先高声呼道:"有人在吗?我们贸然前来,还望多多见谅。"贺兰晶正要笑李煊呆笨,却听得里面一个清脆的声音说道:"妙妙,妙妙,陌上郎来了。"

两人都是心头一惊:难道这里面还真住着青乌先生的家眷?想到青乌先生性格不乏怪异之处,此事也并非全无可能。贺兰晶于是也温言说道:"我们是青乌先生的朋友,冒昧来此,有唐突之处,还望多多包涵。"

说罢,却听得里面毫无声息,仍旧是那个清脆声音又在说:"妙妙,妙妙,陌上郎来了。"贺兰晶凝眉倾听,转头对李煊说:"这声音是鹦鹉说的,并非是有人在内。"

两人轻轻揭开珠帘,走了进去,果然见到帘后有一个金丝鸟笼,一只虎皮鹦鹉立在其中,笼中有一个木刻的人偶,雕成胖胖的小丫头模样,手中拿着米瓮和水瓶,隔了不多时,就有米和水慢慢从其中落在鸟的食皿中。

再往前走,是一道白玉石阶,杏黄色的丝缦垂下,里面静谧无声。揭开帘幕,里面却没有想象中的金碧辉煌,一如长安普通百姓的居室。粗木翘头案上放着一盏油灯,一个陶罐里面种着几株金黄色的田间野花,其他如水缸、米瓮、纺车等日用杂物无不齐备。靠墙的一张箱式床上,帐幕四垂,更不知睡有何人。

贺兰晶轻轻揭开帐幕,两人同时一惊。只见床上睡着一个容貌清秀的少女。她身盖土纺的蓝花薄被,侧身而卧,意态安详。一时看不出是死是活。贺兰晶轻轻呼唤了几声,却不见她有什么反应,伸指在她鼻间一探,这才发现,这个少女并非真人,乃是蜡和胶做成的一个人偶。

然而,这人偶却做得栩栩如生,发丝似乎是真人的头发,脸上的肤色和血脉似乎也清晰可见。仔细端详后,贺兰晶觉得这少女虽然容貌也相当不错,但却也并非倾国倾城之姿。她左眉间有痣,眼睛比较小,下巴有些尖削,缺少妩媚雍容之气度。

李煊和贺兰晶两人望着她,只见她嘴角始终在微笑,一时猜不出来历。贺兰晶说道:"看这情形,这大概是青乌先生早年的痴恋情人。"李煊却摇头说:"这少女年龄也就十六七岁,青乌先生都五十岁了,我看是他的女儿。"

贺兰晶笑道："听过这样一个传奇故事没有？说是一座荒坟上，人们发现了一对男鬼和女鬼，在一起相偎相依，十分亲密。令人奇怪的是，女鬼是白发苍苍的老妪，男鬼是年方弱冠的美少年，你猜这是怎么回事？"

李煊最怕贺兰晶出"题目"考他，因为每每答不出来。这次他灵光一闪，说道："我听说当年武则天就是以古稀老妪之身，让美少年二张陪伴，这肯定是他们的墓了。"

贺兰晶听了，啼笑皆非："我说了是一座荒坟，则天女皇葬在乾陵，人所共知，你怎么还会如此猜想？"

她见李煊抓耳挠腮，十分为难。于是就向他解释道："这座荒坟是一对恩爱夫妻的合葬墓，丈夫韶年早逝，而妻子守节到了白发苍苍之时，这才寿终正寝。两人合葬一处后，魂魄相依相恋，但妻子的模样却变成了老太婆。"说罢，唏嘘不已。

李煊听了，却没有什么感触。他见少女蜡像旁边，有一架子书册，当下取来一本翻看。看了几页，就递给了贺兰晶："你看这是什么书？"

贺兰晶拿到油灯之下，只见这一页上写道："苦雨绵连，自江浙归。风阻舟船三日，顾念卿卿孤寂，何人相诉？若得与卿同舟，虽永泛江湖，又何憾。秋九月丁亥。"

又翻一页，只见又写："近来长安市上，有螺蛳肉一味，加椒粉麻酱，比之当年素汤烹煮，有化腐朽为神奇之妙，惜不能与卿同尝。秋九月庚子。"

贺兰晶感叹道："青乌先生对这个少女情深如斯，每天都要把所见所闻记下来，讲给她听，就连去了哪里，吃了什么见了什么也要说给她'听'。只不知这个少女是死了还是远走他乡，十有八九是去世了，要不然青乌先生就是走遍天涯海角，也要找到她的。"

眼见居室中一尘不染，看来都是由青乌先生不时亲自擦拭。多年来，青乌先生一直守在这个少女人偶旁边，嘘寒问暖，犹如对待生人一般。这份痴心，实在令人惊异和感慨。

然而，时间紧迫，贺兰晶虽然好奇，也无暇细细查看这些笔记。青乌先生被地母夫人召去，恐怕他随时就会回来的。虽然不得贺兰晶讯息之前，地母夫人肯定会找借口拖住他，但如果耽搁时间太久，青乌先生不免会有疑心，也找不出充足的理由。

念及此，贺兰晶急忙拉起李煊说："我一直怀疑青乌先生暗中有对玉扇门不利的行动，但现在看来，只是他个人的私事，并无关碍，咱们速速离开吧。"

两人匆匆离开了这个密室，登上白玉石阶时，贺兰晶却突然停住了。李煊顺着她的目光看去，只见石阶尽头的角落里，竟然有一个乌黑的铁函。李煊诧异道："咦，这东西我进来时怎么没注意？你当时有没有察看此处？"

贺兰晶皱眉道："我也不记得有此物，想必是我们进了密室后，无意中触动了哪个机关锁扣，这铁函就落下来了？"

只见这铁函上面，有一个暗扣，紧紧地锁着，一时无法打开，也不知是装的是什么东西。李煊说道："大概又是青乌先生早年的情书，或是那位妙妙小姐的什么物品吧，我们不看也罢，趁早离开吧。"

贺兰晶却说："我从计婆婆那学了开锁之术，还未曾多多习练，我看这个锁也就是一般的锁钥，且看我开锁的本能练得如何了。"说罢，她从头上拔下金簪，又取下一根头发，仔细地拨弄起来。

约摸有一盏茶工夫，李煊有些不耐烦了，说道："算了，不开了吧。"贺兰晶柳眉一竖，嗔道："我最讨厌有人在我就要做成的时候，又劝我放弃。"说罢，只听"喤啷"一声，铁函的盖子已经打开。

李煊冲上去就要俯身细看，贺兰晶却一把扯住他向后急退："打开这种来历不明的东西，一定要先退后，以免遭了暗算。"

隔了一会儿，不见何异样，两人才又凑上来，只见铁函中是厚厚的淡黄色丝絮，贺兰晶用匕首轻轻拨开，只见一只玉雕的白虎赫然出现在眼前，再清掉右侧盖着的丝絮，现出一条青玉的蟠龙，贺兰晶轻轻捏住龙首，向上一提，见到宝物的全貌后，两人都愕然呆立在当地：这不正是开国皇帝唐高祖所制，自己苦苦寻找的龙虎双钮玉玺吗？

一系列的疑团涌上贺兰晶的心头：青乌先生私藏玉玺，有何图谋？他是从何处得来的？他知道玉扇门最渴求的就是这件宝物，为何隐匿不说？李隆基为了探听他生母的下落，言之凿凿地要用玉玺交换，我们开始猜测这玉玺一定是在他的手中，为什么却在青乌先生这里？

这些念头如闪电般在她心头掠过，最后得出一个结论，青乌先生早已暗通李隆基！

想到此处，贺兰晶果断地来到密道外，在宝塔顶端升起三盏黄灯。

厚土殿中，地母夫人取出一团碎纸，声称是从宫中盗出的旧图。据说和高祖皇帝的秘密葬地有关，请青乌先生拼出。这些碎图，大大小小足有百余张，一一拼凑，非常麻烦。

青乌先生说："此事大耗时光，不如让我带回，慢慢拼出。"

地母夫人却道："这事非常紧急，又事关机密，还是在这里拼吧。"说罢，又让白百灵焚香献茶。青乌也只好坐下来，耐心拼凑。

隔了一会儿，地母夫人突然说："我身体有些不舒服，到内殿歇一会儿。白百灵，你在这里照应青乌先生，拼好图形，就禀告我。"说罢，就起身离去了。

青乌先生拼来拼去，白百灵也在旁边一起帮忙，还是没有拼成。青乌突然摇头道："这张图中的碎片，好像丢失了不少，根本就不像是一张完整的图。"

就在此时，地母夫人匆匆出来，说道："近来，我们地上那些用来藏珍宝机密的鬼宅密所，都变得不可靠。我派人运了下来，在黄泉地肺的西北方，我规划了一个区域，可以用来藏宝，本来这等小事也用不着劳动青乌先生，但是，这些东西放置的地方，是机密重地，而且还想请青乌先生察看情形，再多多设计些机关、迷宫，加以防范外敌才好。"

地母夫人取出一张黄泉地肺的总图，青乌先生看时，发觉西北方原本空白处，又多了一些岔道，显然是原来地母夫人未曾公开示人的秘密所在。地母夫人说："已有一队盲仆推着十车财宝、秘籍在月神窟的癸字号岔道等候，先生带他们往西北走，凿开罗刹画像后的木门，就可以进入，将这些物品放到里面的玉衡窟内。"

青乌先生答应，当下领命离开。地母夫人望着他的背影，暗暗长叹了一声。

李煊和贺兰晶，依旧徘徊在青乌先生的居处，看着桌上的半盏冷茶，李煊心中悲戚，他颤声问道："照你刚才所说，青乌先生已被诱入了勾陈绝域之中，重达万斤的鬼门石落下后，他就困在其中，再也无法出来？"

贺兰晶神色凝重，点了点头。李煊一跺脚，说道："唉，青乌先生纵有不是，我们又何必下手置他于死地，给他个机会让他离开就是了。"

贺兰晶听了，说道："你不知道，青乌先生手段高强，性格怪异，他要是反噬报复，我们又岂能抵挡？我听胡人讲过一个故事，说是一个农夫见冻僵的蛇很可怜，于是就放在怀中暖它，结果毒蛇复苏后，一口就咬死了农夫。"

李煊心乱如麻，叹道："怎么我来到长安后，遇见的都是这样的事情。我原来在西域草原，人们都像猎鹰和猎犬一样的单纯朴实，我不想在这里了，我要回去。"

贺兰晶听了，有些生气地说："什么？你要回去？你是大唐皇族的嫡系传人！先人的冤仇、祖宗的基业，你都忘了吗？"

李煊也恼怒道："民间百姓尚且要以忠厚执家，难道整天琢磨阴谋诡计，背离良善，就称得上是对得起祖先了吗？"

贺兰晶反问道："你在西域，那里的人崇尚虎豹和鹰隼，还是猪羊？"

李煊一愕："当然是前者了，怎么了？"

贺兰晶说道："那两者谁更忠厚？虎豹潜伏在林间草丛，伺机扑向野牛野鹿；苍鹰飞旋上空，专捉幼年的羊羔；而猪羊不但与人无害，还任由宰割，毫不反抗，为什么你们不崇尚猪羊？"

李煊一时语塞，不过过了一会儿，又喃喃地说："我宁愿做一只山间的麋鹿，吃草饮泉，让虎豹捉不到我，我也不去伤害别人。"

贺兰晶见李煊神色黯然，郁郁难解，于是又宽慰说："我也于心不忍，但青乌先生确实勾结外敌，图谋不轨，幸好被我们发觉，不然我们会个个死无葬身之地的。念在多年相处的分上，勾陈绝域之中的水闸并未下令开启，所以青乌先生暂时不会死，其中的开阳窟有个通到地面的气孔，虽只有茶杯口大小，但我们可以投食下去，让青乌先生得以生存。"

李煊仍旧沉郁难平，隔了一会儿，他痴痴地说道："刚才密室里还有一只鹦鹉呢，我们要记着给它喂食。"

拾
玖

山雨欲来

凤仪宫中，韦后、安乐公主、武延秀、宗楚客等人正在密议大事。宗楚客面带忧色，说道："今日早朝时，跳出来一个芝麻小官，小小的许州司兵参军叫燕钦融的，竟然大放厥词，恶毒攻击皇后及公主。圣上仁慈，竟不置可否。我气愤不过，当他下殿后，我给韦播使了个眼色。韦播派出一个壮士，抓小鸡一样把他举起来一丢，那人脖子撞在石阶上，当场死了。然而，圣上当时的脸色极为难看，瞪了我一眼。我回去后茶饭不思，想来我这兵部尚书也当不长了。"

　　韦后却笑道："皇帝的脾气你又不是不知道，有我力保你宗爱卿，就如倚枕泰山，又有何忧虑？"

　　宗楚客说道："皇后此言极是，但前一段我们私练的军兵，被一队来历不明的'鬼兵'尽数屠戮，我想这些人十有八九是太平公主和李隆基的人。如此看来，我们的处境也很危险啊。"讲到这里，宗楚客压低了声音，说道，"俗话说'先下手为强，后下手遭殃'，当年玄武门之变，要不是太宗下手快……我们还是尽快动手，杀掉此二人。"

　　韦后踌躇道："皇帝虽然诸事顺从于我，但诛杀太平公主和相王一族，他却是万万不会同意的。"

　　宗楚客奸笑道："我们可以找个机会，趁皇帝离开长安时，矫旨命禁军将此二人杀死。皇帝回来后，正所谓'木已成舟'，生米已成为熟饭，皇帝也没奈何了。当年汉高祖诈游云梦，吕后就在未央宫诛杀了韩信。"

　　此言一出，宗楚客觉得有些不妥，心想这样说不免有把韦后比作吕后之意，但也不好解释，以免越描越黑。他偷眼看去，见韦后脸上流露出嘉许之意，并未留意这一点。

　　安乐公主更是拍手叫好，又说道："宗尚书，不如趁势把李重福和李重茂这两个贱婢所生的狗崽子也杀了，这样父皇就可以名正言顺地封我为皇太女了。"这两个兄弟，并非韦后所生，而且韦后还怀疑当年李重润被武则天杖杀，就是李重福告的密，所以此二人深为她所忌。

宗楚客听了，心中一惊，心想将皇帝的后嗣尽行屠戮，这如何使得？中宗虽然昏庸，但这断子绝孙的事，岂肯答应？但拘于安乐公主的气势，当时也不好反驳，只好应着。

武延秀说道："皇上除了冬季喜到骊山温泉宫巡幸，其他时候很少离宫，我们怎么才有机会呢？"

韦后略一思索，说道："此事易办，过一段就是盛夏的时光了，天气必将暑热难当，我会力劝皇上去嵩山避暑，他肯定会听，你们就可以安排大事了。"

宗楚客心领神会，起身告辞离去，韦后特意起身，亲自送他出宫，又着意嘱托了一番。宗楚客受宠若惊，再三拜谢而退。

回得宫来，见安乐公主正在和武延秀窃窃私语，韦后问道："你们小两口又在嘀咕什么？"

武延秀忙说："公主惦记着端午节斗草的节目，要我帮她想一个制胜的法儿。"

韦后有点不悦："眼下有天大的事要筹划，裹儿你心里还只是些玩闹的琐事，就这样，还当什么皇太女？"

安乐公主也不生气，笑道："军国大事有母亲您和宗尚书，这些我也不太懂，您看父亲身为皇帝，不也整天玩闹，又是斗鸡，又是马球，前不久还让大臣们骑马在芳林园摘樱桃。"

韦后叹了口气，心想女儿这一点确实是随了她父皇的脾性，当下挥手让她和武延秀退下。

忙了这大半晌，韦后感觉有点饿了。于是她派人唤来杨均，问道："前一日做的那种汤饼，再做一碗来。"

杨均答应，随即呈上一碗刚做好的汤饼，媚笑道："蒙皇后前日夸奖，我已天天准备，好让皇后随时享用。另外我又添加了不少滋味，请皇后玉口品尝。"

韦后尝了一口，赞道："滋味不错，这是如何烹制的？"

杨均喜形于色："多谢皇后夸奖，这是为臣从西域胡商那里特意调制的香料，又佐以羊羔、鹿胎烹煮后的汤汁，又以香蒲、鲜笋、紫蔻、砂仁、肉蔻、良姜等吸掉膻味……"

韦后一摆手，说："我还想学来做给皇帝吃呢，不想却这样麻烦。在房州时，我经常亲手做汤饼给皇帝吃，现在皇帝口味刁了，吃不惯寻常饭菜了。但你这个汤饼，实在不下于珍馐美味。"

杨均赔笑道："这事容易，什么时候皇后想用，就吩咐为臣做好，皇后您呈上去，就说是亲手调制，有何不可？"

韦后笑道："也好，看何时皇帝有兴致吧。"

中宗近来也是心烦意乱,安乐公主屡次纠缠,要求加封她为"皇太女"。自己又不是没有儿子,虽然长子懿德太子李重润被则天女皇杖杀,三子李重俊作乱被杀,但还有二子李重福和四子李重茂。他们虽然不是韦后所生,母亲又是身份低贱的宫女,但按礼法,却也是堂堂正正的皇位继承人,哪有将女儿立为皇储的道理?何况安乐公主骄横霸道,难以服众。因此唐中宗这一回极为少见地断然拒绝了爱女的非分要求。

安乐公主大为恼火,一事不成,又生一事。她又缠着中宗,想将昆明池收入她的私园之中。中宗一听,也皱起眉头,大感头疼。这昆明池历来是长安士民们共同游玩的地方,突然毫无道理地纳入公主私宅,岂不令天下大哗?而且,近来有不少官员上书,弹劾韦后和安乐公主种种淫乱不法的行为,中宗一概压下不问,这已让他十分为难,这时候如果再行此事,岂非火上浇油?

安乐公主气愤之下,当下命那个曾经为她拉车的司农卿赵履温征收长安民宅数十亩,强行拆除后,挖成大池,名为"定昆池"。赵履温率领一群凶神恶煞的吏卒,将不愿搬走的百姓用大棒赶打出去,然后将房屋捣毁推平,开辟为安乐公主的池苑。一时间,长安百姓怨声载道,中宗得报后,却也只得姑息不问。

这一日,已是临近傍晚的时分,唐中宗登阁眺望。只见远处黑云翻卷,烈风袭来,吹过空荡的回廊,发出尖厉的呼啸声。内侍小声劝道:"陛下,此处风急,回宫歇息吧。"然而,中宗却一摆手,仍旧立在风中。

正在此时,忽然有人通报:"上官昭容觐见!"中宗心头一阵欢喜,上官婉儿,这个机敏灵巧、善解人意的女子,总是像春风融化坚冰一样让自己心怀大畅。他忙命宫女们置下酒果茶点,要和婉儿畅饮叙谈。

然而,中宗回头看时,只见婉儿却全然没有了往日那种如沐春风般的笑容,而是脸色凝重,怅然蹙眉。

中宗有些愕然,开口问道:"上官昭容,出了什么事情?"

上官婉儿强颜微笑:"陛下放心,并无什么事情。只是我见这一场风雨来后,这姹紫嫣红的春光,就要被洗去了,留下的只是一地残红,故而惆怅。"

中宗听了一笑,有些释然:"原来如此,但花儿谢了明年依然能再开啊!"

"年年岁岁花相似,岁岁年年人不同。"婉儿怅望着雕栏外的风雨,接着说道,"这是一个叫刘希夷的书生写的诗,确实很精悍。细味此诗,'花相似',花也只是相似而已,今年的花,一落之后,永难再见。"

婉儿转目看去,只见中宗神色郁郁,鬓发斑白,心中骤然生起一股悲凉之情,仔细想想,正是对面这个被世人讥笑为懦弱天子的他,给了自己从未有过的荣光与权柄,而如今,种种迹象和直觉都在告诉她:他现在正处在极度的危险之中。

然而，婉儿却不能够为他做什么，现在已是即将出现终极对决的时候了，她无可选择。韦后和安乐公主是很难取胜的，在温泉宫时，安乐公主那咄咄逼人的样子，还浮现在眼前。所以，她现在不能告诉中宗，告诉他潜伏在他身边的种种危险，她只有长叹一口气，举杯向中宗劝酒。

中宗饮了几杯，看外面风雨如磐，花叶凋零，也黯然神伤地说："朕当年离开房州时，路上碰见一个老和尚，向朕讲了好多佛理经文。记得他说起'惜缘'一事，他说世上的机缘，都是一触即逝，就算是再游某地，再遇某人，和过去也是大有不同了。朕当时懵懂不明，现在倒是有些明白了。"

婉儿凄然一笑："陛下是不是觉得今天的婉儿有些变了？可能是今天的风雨让我变得伤感了。以前面见陛下时，婉儿都尽量抑制自己的情绪，今日才是坦诚相对。"

中宗举杯说道："好，好。朕已日日衰老，如此兴会，有一次，少一次，上官昭容，今日须拼得一醉。"

槛外的风雨，越发变得猛烈了。

长安休祥坊的一处院落中，李煊身披蓑衣悄然而至。急风吹动庭中的花枝草树，洒落了一地的残红败叶。他径直来到西南角的一间碾房中，推开上面的青石碾盘，下面的半块石碾中间出现一个圆圆的孔洞，只有碗口粗细，往下看时，黑沉沉的什么也看不到。

李煊对着这个孔洞喊道："青乌先生，我是李煊。我、我对你并无敌意，这次是前来看望你的。"

反复喊了几次，都不见有人回应。李煊纳闷道，我看黄泉地肺的总图，这里应该就是"勾陈绝域"中开阳窟的通气孔道，据查问，还有几拨人奉命给青乌先生一天送一次饮食。难道自己找图时有错误？

李煊掏出图来，又仔细看了一回，确实就是此处。李煊又对下面说道："青乌先生，和您相处这几个月，时日虽短，但向您问棋学剑，获益很多。在李煊心中，始终将您当师友看待，您外冷内热，不喜欢和生人多谈，但我却觉得您并非阴险之人。希望能尽快洗清您的冤屈，还您清白。"

说罢，李煊侧耳倾听，却始终没有听到有回应。隔了半晌，他叹了口气，又取出一个青布小包裹，用长绳拴住，一边缓缓地放了下去，一边说道："这里面是您最喜欢吃的牛脯，是新烤的，还有一瓶您平日里常喝的新丰清酒。"

李煊放下酒食，一回头，却见贺兰晶正伫立在他面前。看到李煊神色尴尬，像个做错事的孩子一样手足无措，贺兰晶叹道："你心肠很好，对人也是极有情义，但你千万不可自作主张放青乌先生出来。放虎容易擒虎难，这可不是闹着玩的。"

李煊一脸的忧郁，说道："难道青乌先生就永远再难见天日了吗？"贺兰晶也有些难过,劝道:"当我们大事已成,执掌天下大权,江山稳固之后,就可以把青乌先生放出来,宽恕他的罪过,让他自在云游,也算是对得起他了。"

"这倒也是,"李煊一时豁然开朗,但随即又转口说道,"只是,我感觉青乌先生性子刚硬,只怕他想不开……"

"青乌先生、青乌先生!"李煊又往井下大声呼喊了几次,但是仍然无声无息,贺兰晶撑开一张大大的油纸伞,柔声劝道:"走吧,我们还要赶到厚土殿中议事呢,明天再来看他,好吗?"

李煊默默地呆坐在地上,看着屋角滴下的雨水,突然很想哭出来。

黄泉地肺的厚土殿中,地母夫人正召集众人商议要事。前一日,贺兰晶从五兵神窟的韩王铜像的腹中找到了明崇俨的回信。上面并无一字,而是一张详细规整的地图,看样子,似乎是从某处的石壁上拓下来的。

大家研读后发现,韩王像的脚下,另一有一条密道,蜿蜒曲折地通往更深的地下,盘旋弯曲十多处后,末端画着一个石碑形状的符号,另一边用鸟篆字体标出三个字。

贺兰晶说:"我抄下后,分别问过两个精通上古文字的人,是'禁魂碑'三字,看来不会有误。"

地母夫人沉吟道:"大家说,那李世民当年将高祖皇帝葬在此处,有没有可能?"

计婆婆插言道:"我觉得此事大有可能,这个地方据我们猜测,是当年秦始皇埋葬六国国君的尸骨之处。秦皇当年崇信方士,肯定会选择一处极为阴煞凶险的葬地,将六国君王的冤魂禁锢深锁。那李世民选择此处,一来能禁锁高祖魂魄,二来有现成的地方,不用再大兴土木,耗时费工事小,惊动世人事大,所以这个地方实在是天造地设,再好不过了。"

大家听了,也都觉得很有道理。

帘幕后,地母夫人又说道:"如今我们得了高祖的传国玉玺,如果再能深入此墓穴,取得高祖皇帝的遗诏,那时号令天下,大事不愁不成。"

众人听了,无不欢欣鼓舞。李煊却道:"我们这样去打扰高祖皇帝的陵寝,是不是有些太不敬了?"

地母夫人笑道:"要知道,高祖皇帝临终时的心愿就是能将此密旨诏告天下,而且,李世民选择的这地方,是锁魂禁魄的阴煞绝地,让高祖皇帝的遗体放置在这里,他如何能安眠?当我们执掌天下后,定当择吉地重修献陵,迁葬高祖皇帝。"

李煊听了,觉得有理有据,当下再也无可辩驳。贺兰晶忽然想起五兵神窟附近那些"阴山鬼兵"来,她不无担忧地说道:"那些军兵行踪诡秘,威猛难敌,如果他们忽然出来,伏击我们,倒是十分麻烦。"

尔朱陀说道:"我这一段时间已调查过,这些军兵正是太平公主和李隆基的人马。前一段冬日里关中大饥，太平公主出资赈济，招募五千饥民为她造佛寺，又借口天寒无衣，让兵部从械库中取出衣甲配给……"

贺兰晶插言道："可我看这些兵马训练有素，是百战之师，不像是乌合之众的饥民啊！"

尔朱陀叹道："是啊，要想把这些未经战事、饿得半死的孱弱百姓练成虎狼之师，恐怕就算是孙武复生，也难以办到。但李隆基诡诈过人，他居然秘密联络了边关大将，将这些刚穿上铠甲的百姓拉到幽州去充数，换回一支能征善战的百练精兵。"

一时间，大家议论纷纷，如何能除去这支守在五兵神窟附近的劲旅，实在很是棘手。

隔了一会儿，地母夫人说道："我们还是用驱虎吞狼之计，过段时间，我约上官婉儿过来，将此事透露给她，让她转告韦后一党。等韦后和李隆基杀得两败俱伤，我们就正好从中取事了。"

计婆婆说："此计大妙，最好像当年李重俊作乱一样，起兵杀了武三思，自己也逃到南山身死，如果李隆基和韦后来个同归于尽，那实在是天佑我们成功！"

大家听了，又是一阵欢腾，而地母夫人却低头沉思："前几番约婉儿密谈，她都推辞不来，难道又有了什么变故？她的心思，如春云般多变，当年朝夕相处的日子里还有时猜不透，现在越发有些隔膜了。"

贰
拾

壬午宫变

傍晚时分，上官婉儿又来到永兴坊的小院。阁中红烛摇曳，张文放正在素绢上画一张婉儿倚栏吟诗的画像，虽然还没上色渲染，但画中人眼角眉梢的神韵全出，直欲活出纸中来。

　　张文放虽是被迫来到此处，但这些日子里，婉儿温柔可亲、善解人意，让他感受到从来没有体会过的关爱。他们一起谈诗论文、弈棋弹琴，虽然年齿有异，但却堪称是意趣相投。两人心中，都萌生了浓浓的爱恋之情。

　　张文放脸上荡漾着笑意，对婉儿说："本来想趁你回来时，就画好送给你的。哪知天气太潮湿，第一遍色彩久久不干，无法立刻再涂颜色。"

　　婉儿苦笑了一下，缓缓说道："这张画，你自己带在身边吧。我们这就要分开了，以后能不能见得到，还很难说。"

　　张文放吃了一惊，问道："怎么了？出了什么事情？"

　　婉儿看了看窗外，天上阴云密布，星月无光。她转身含泪说道："眼下还没发生，但不久必然会出大事情，我能不能躲过这一劫还很难说。你走吧，后天有个日本遣唐使要回国，你搭他的船去扶桑避一避。"

　　张文放摇头道："不，古书云：'儒有闻善以相告也，见善以礼相示也，爵位相先也，患难相死也。'文放虽不才，却不可忘恩负义，于患难中背弃昭容。"

　　婉儿从竹箧中拿出一本厚厚的书册，说："这是我这大半生里写下的诗，是我最珍爱的诗集。你也知道，外面流传的那些滥俗的应制之作，根本就不是我的心声，只有这个册子里，才是我最真实的情感。你将我的诗带出去，让它们流传后世，就是我最大的心愿。正所谓：'盖文章，经国之大业，不朽之盛事。年寿有时而尽，荣乐止乎其身，二者必至之常期，未若文章之无穷。'"

　　接过这本浅黄色封套的锦缃书册，张文放又恳切地说："文放冒昧，有一言不知当讲不当讲，圣人云：'功成、名遂、身退，天之道。'昭容富贵已极，荣宠已极，也算得功成名遂了，何不学赤松子之游，和文放隐姓埋名，泛舟五湖，从此逍遥自在？"

婉儿叹道："我又何尝不想这样！但我和你身份不同，自武周以来的种种朝政机密，我都尽数知晓，就凭这一点，就让我天下虽大，却难以容身。何况我还有老母亲在世！但愿能度过这一劫数，我们就还有重逢之时。"

说罢，婉儿又从怀中拿出三个蜡丸，递给张文放。张文放奇道："这是什么？是药丸吗？"

"这蜡丸中是三个藏宝之处。为防万一，我将积攒下的珍宝挑了一部分，分别暗藏在扬州、洛阳、广州等三地，其实任何一地的珠宝就足以让你衣食无忧、富甲一方。"

张文放推辞，婉儿凄凉地说："如果我逃不过眼下这一劫，这些珠宝岂不是如蜜蜂采花酿蜜，一场辛苦后，为他人而忙？送给你，也算有所得、有所偿。"

婉儿散开如丝的秀发，斜倚在张文放的膝上沉沉入睡。只见她秀眉微蹙，似乎在睡梦中都有无穷的心事。张文放不免生出怜悯之情：这个让不少人既羡慕又嫉妒的女子，又背负了多少沉重的压力，面临过多少致命的凶险啊！

这些时日，婉儿一直和张文放腻在一起。俗话说"愁苦日长，欢愉日短"，他们却总觉得时间太短，沉浸在欢愉之中，固然觉得时日短暂，而相对惜别之际，更觉得玉漏相催。

那张画有婉儿肖像的《倚栏吟诗图》终于完成了，图上的婉儿身着银红地乌合花锦裁成的衫襦和长裙，虽然不是盛服严妆，但依然气度雍容，意态娴雅。婉儿端详良久，卷起来交给张文放，惨然说道："此图不要送我了，你自己带在身边，以后或是天各一方，或是阴阳相隔，请时展画图，莫要忘了我旧时的容颜。"

婉儿换上一身便服，悄悄送张文放在渭水登舟而去。乱流之中，夕阳明灭，彼此的心中，也是纷乱如麻，不能自己。

刚回到宫中，只见侍女惊惶失措地禀告说："启禀昭容，大事不好了，皇上归天了！"

"什么？皇帝驾崩了？"婉儿如同遭到雷轰电震一般，身子一阵颤抖，虽然她早有预料，中宗正处于危险之中，却没想到，下手居然是这样快。

急匆匆地赶到神龙殿，只见韦后和安乐公主正相对哭泣。中宗直挺挺地仰卧在龙榻上，早已没有了半点气息。婉儿也哭道："这是怎么回事？"

韦后喝退了左右的宦官宫女，哽咽着说："今天下午，我劝皇上去嵩山避暑，皇上说那里的玉女台下的石淙涧边，有一座三阳宫，两崖多有洞穴，水击石响，淙淙有声，倒是非常幽静。只不过当年去时，是为则天女皇伴驾，心中时常忐忑，所以不愿再去此处。于是我们就商定再去华山避暑……"

安乐公主听得不耐烦了，嚷道："母后，你倒是拣紧要的事情说啊，这等芝麻谷子般的琐事，也啰唆个不停，这都什么时候了？"

韦后大怒道："臭丫头你懂得什么？都是你，经常烦扰你父皇，他的心疼之病就是你要当皇太女给闹的！"

安乐公主也气得粉脸通红："母后你说这话就不对了，明明是你进了一碗汤饼后，父皇吃下就心疼难忍，骤然离世了！"

韦后扬起手掌，"啪"的一声，打了安乐公主一个清脆的耳光："照你这样说，是我害死你父皇了？你是我女儿，难道不知道我平时说话虽狠，但绝不会有加害你父皇之心吗？"

上官婉儿连忙劝解："眼下不是吵架的时候，请皇后接着说一下，到底是怎么回事。"

韦后哽咽着，又啰唆了半天，上官婉儿终于听明白了。原来商定去华山避暑之后，韦后很是欢喜，特意呈上一碗据称是她亲手所做的汤饼。中宗一尝，果然和在房州之时的滋味大有不同，正赶上中宗上午酣睡，午饭吃得很少，此时确实有些饿了，当下将这碗汤饼吃得一干二净。

刚放下碗来，中宗就突然觉得胸口沉闷，像有一只无形的大手直接捏住了他的心脏，在用力攥紧。他捂着前胸，神色极为可怖。韦后母女吓得脚也软了，直到中宗扑通一声歪倒在地下，才想到喊："快传太医！"

婉儿问道："太医说什么？"

韦后说道："太医只说皇上是中风痰厥，以致龙驭上宾。"说罢，韦后拉住婉儿的手，恳切地说，"如今我心乱如麻，方寸大乱，今后该怎么办，可全指望妹妹你了。"

婉儿见韦后全无昔时的霸悍之色，一脸的沮丧无助，禁不住心肠一软，说道："为今之计，只好先秘不发丧，宫中严禁消息泄露，把诸位宰相召入禁中，锁于中书省内听命，然后召兵马五万人戒严京师，让皇后的亲族，诸如韦捷、韦灌、韦璿、韦锜、韦播、高嵩等人统领，并召宗楚客尚书等一起议事。"

此言一出，婉儿心中又暗暗有些后悔："我到底是打算帮谁呢？不是答应了太平公主，要倒戈相助吗？"也许是中宗皇帝的暴毙让她心里特别震撼，她几乎可以断定，这正是太平公主和李隆基合谋下的毒手，他们一定是通过马秦客和杨均，联手害死了中宗。想到马秦客一直进献含有赤箭粉的丸药给中宗，婉儿突然明白了，虽然汤饼中下的药物一般人服下后都会无事，但中宗体内积累了赤箭粉的药性，这两种药物一旦遇上，就立即会让人心悸而死。

然而，这两个人也是她举荐给韦后的，一旦说破，婉儿也有莫大的责任。她心知肚明，却不敢说破。

眼见卧榻上已死去的中宗皇帝,双目圆睁,一副惊恐的样子,仿佛看到了极为可怖的情景一般。婉儿长叹一声,伸手轻轻替他合上了双眼。

韦后突然又忧虑道:"天气暑热,如果秘不发丧,这……如何能放得久?"婉儿知道她是担心中宗的遗体腐坏,于是说道:"当年南朝陈高祖陈霸先猝然逝世,也是内无嫡嗣、外有强敌,他的章皇后也是秘不发丧。因天气暑热,有人建议用蜂蜡做棺材,密封陈高祖遗体,我们何不效此故事?"

韦后听了,忙依言而行,用蜂蜡作棺,暂时封藏。婉儿又命内侍尽取皇家窖冰来,堆放在神龙殿里。虽是盛夏,但殿里却弥漫着阴森森的寒气,让人不由自主地悚然骨栗。

大家都是一夜未睡,眼睛中布满了血丝。商量来商量去,纷乱如麻,似乎有商量不完的事。天色将晓时,韦后密谋将宗楚客召入了神龙殿。

宗楚客只见一具黄色的蜡棺陈列殿上,白色的丧烛高燃,韦后、安乐公主、上官昭容等都是素服麻衣,伏地哭泣,不禁头皮一麻,醒悟道:"原来中宗皇帝竟然暴毙了!"

宗楚客深知宫闱多有诡谲难测的秘密,也不敢询问皇帝的死因,只好唯唯听命。韦后颤声说道:"如今圣上龙驾归天,哀家心中彷徨无措,还望宗爱卿主持大事。"

见情况紧急,宗楚客将牙一咬,双目露出一丝凶光:"启禀皇后,不如趁此机会,宣太平公主和相王及诸子,尤其是临淄王李隆基入宫。等他们甫一进宫,就安排刀斧手将他们立斩于殿前。"

韦后平时霸悍,如今真的面临大事,却有些畏缩踌躇,说道:"如此行事,是不是有些操之过急了?"

宗楚客坚持道:"皇后,当断不断,必有后患。等皇帝归天消息一泄露,人心思变,就不可收拾了!"

韦后稳了稳心神,终于狠下心来说:"派人传旨,召太平公主及相王诸子进宫议事。"

然而,过了良久,宣诏的中使回来禀告说:"太平公主不在山庄,相王也宣称游猎未归。"宗楚客听了惊骇道:"难道消息走漏,他们已提前有了防备?"

韦后说道:"皇帝归天后,宫女内侍一个也不准离开神龙殿,就连上官昭容也是昨晚刚刚知晓,她也从未离此半步,怎么可能会将消息泄露?"

宗楚客疑惑道:"或许他们早已心怀鬼胎,所以才不敢前来。"上官婉儿心中却明镜一般:加害中宗的计划,就是他们一手策划。他们不但能第一时间知道,还能预测到今天的局面!

此计不成,宗楚客也没了主意。又过了一会儿,只听得中书省内被禁锁的百官喧嚷不止,又传出哭声阵阵,韦后情知消息早已走漏,她忙了这一晚一天，头疼欲裂，无奈中一跺脚："罢了！罢了！先召集百官于太极殿，正式发丧吧！"

黄泉地肺中，不久也得到了这一惊人的消息。贺兰晶说道："想那次在崇义鬼宅中，见到有人高价求一种让人心痹而死的毒药。此毒的阴毒之处在于，发作后，毫无迹象，和患心疼病死的人并无不同。当时我们还困惑，这人买此毒药是想对付谁，现在终于明确了，他们的目标正是中宗皇帝。"

地母夫人嗟叹一声，说道："如今这局面虽然出乎我们的预料之外，却也是个极好的机会。中宗的两个皇子都不是韦后亲生，深为其所忌，太平公主、李隆基等人又和韦后水火不容，他们对皇位必将有一番争夺。如果此刻我们取得高祖皇帝的遗诏，喻示百官，继承大统，实在是天降良机，恰逢其时啊！"

众人听了，都是精神百倍，大受鼓舞。当下地母夫人传命，玉扇门倾尽全力，务必争分夺秒，赶到五兵神窟中尽快挖掘到高祖的锁魂铁棺。

临行之前，地母夫人屏退左右，单独召贺兰晶来到卧榻边，抚着她的头发说："晶儿，此番我们孤注一掷，取得高祖皇帝的密旨后，就要冒险夺位。这九五之尊的宝座，不知有多少人暗中觊觎。我们在朝中孤立无援，也没有勋臣宿将相助，能否成功，实在是难说得很啊！所以，我今天就把隐藏多年的秘密告诉你，不然，就怕来不及说了。"

贺兰晶听母亲说得很是凄凉沮丧，不禁握住她的手说："不会的，母亲为何说得如此丧气？说不定我们一举成功，成为大唐这万里疆土的主人呢。"

地母夫人语气变得柔和了一些，说道："你说得也不错，但君子问凶不问吉，凡事要先考虑一下最坏的结果才对。"

厚土殿里的四个青铜人俑手中的雁足灯，火焰不停地跳动。地母夫人突然一把拉下遮住脸庞的黑幕。贺兰晶一声惊呼，她从小到大都没有见过母亲的脸。此刻明亮的灯光下，只见地母夫人的脸上满是鱼鳞般的疮疤，竟如鬼怪一般，鼻子也被削去了，只剩下两个孔洞。

饶是贺兰晶经历过许多凶险，见过许多的丑怪之人，但自己的母亲，居然是这样一副脸孔，还是让她浑身颤抖，难以接受。

地母夫人缓缓地又带上了面幕，凄然说道："晶儿，有没有吓到你？"

贺兰晶上前抱住她说："不管你是什么模样，我都不怕你，你还是我最亲近的人。"说到这里，她又忽然一跺脚，狠狠地说，"是什么人把你害成了这样？"

地母夫人叹了口气后，沉默不答，却又反问道："你可知你的父亲是谁？"

贺兰晶懂事之后，曾经多次问过这个事情，但地母夫人总是会发怒，吓得她后来从不敢问。如今母亲却自己提及此事，她知道这个秘密终于要揭开了，生怕地母夫人又改主意不说了，于是当下不敢多言，只是侧耳倾听。

地母夫人拥她入怀，缓缓说道："当年则天女皇驾幸东都洛阳，让我在长安开凿黄泉地肺。当时我就留了心，想收得几处隐秘的宅第当作商谈秘密的场所。当时的长兴坊有一处院落，里面杂草丛生，还有不少无人照看的红芍药花自开自落，我就起心想征收过来。哪知道，就在这里，我遇到了那个魔星，也就是你的父亲。"

贺兰晶问道："我父亲，他究竟是谁？"

"他当年已是四十多岁，但依然能让女人一见如醉。史书上常说有一些妖媚的女色能倾阳城、惑下蔡，而他就是男人中的妖。"

贺兰晶紧抓住地母夫人的手说："他就是我父亲，他叫什么？"

"他叫贺兰敏之，是则天女皇姐姐韩国夫人的儿子。"地母夫人此言一出，贺兰晶大吃了一惊，这人可是个非常知名的人物，有关他的流言至今纷纭不休，但贺兰晶随即疑问道："他不是在四十年前，因逼奸太平公主侍女，被则天女皇流放到岭南的雷州，中途被人用马缰绞死了吗？难道他也和明崇俨一样，使用了金蝉脱壳之计？"

地母夫人说道："这倒不是，据贺兰敏之对我说，他之所以能活命，多亏了高宗皇帝暗中吩咐人保护和掩饰。当年他的妹妹被封为魏国夫人，经常花枝招展地进宫和高宗皇帝玩乐，武则天是何等之人？哪里容得下有人夺她的宠？不久就派人下毒害死了这位外甥女。然而，高宗皇帝因韩国夫人和魏国夫人相继暴死，自己却无能为力，内心十分愧疚，于是就千方百计地回护于他，高宗皇帝下了密旨给岭南的行军总管，悄悄将贺兰敏之救下，并派舟船送他去赤土国的鸡笼岛避祸十年。十年之后，他终于又忍受不了寂寞，悄悄潜回了长安。"

说到这里，地母夫人停了下来，望着灯火静静地出神。贺兰晶猝然听到自己父亲的来历，不免也心情激荡，不能自己。一时间，两人都没有说话，厚土殿里静谧无声，只有灯芯燃烧时发出的"滋滋"声响。

"当时，已是立夏。长安街头，桃花落尽，杏树成荫，就连牡丹也凋落殆尽，不复繁盛之景。骤然见到这一宅院的芍药摇曳多姿、花容绰约，不禁令我心动。这贺兰敏之折了一枝红艳的芍药送我，并柔声说道：'唯士与女，伊其相谑，赠之以芍药'……于是，我彻底被这个男人俘获，那一刻，我什么都不再挂念，不再畏惧，心中就只有他。"

贺兰晶听得入神，地母夫人却又住口不说了，她又沉浸在当年那段温馨的回忆之中。这许多年来，那些场景她一点儿也没有忘记过，只是她拼命压抑着自己，不再去想。却在这一刻，像是打开了洪水的闸门，这些记忆汹涌而至，让她心神激荡，不能自己。只是这一切，她不便和女儿细细谈起。

又隔了一会儿，地母夫人饮了口贺兰晶递过来的杏酪，才又缓缓说道："当时，我并不知道他就是贺兰敏之，然而，即使是普通男子，也犯了则天女皇的大忌。好在当时女皇年老事繁，又经常居于东都洛阳，于是我就将她瞒过。然而，这事却瞒不过则天女皇的另一个心腹——团儿。"

贺兰晶说道："就是那个后来因诬告相王李旦被则天女皇杖杀的团儿？"

地母夫人说道："是的，当时我的名字叫做扇儿，我们俩的名字合起来，就是团扇。从前有人写过团扇诗，说是夏天人们用它扇风，而秋凉一至，就被抛弃了。我们的命运也是如此，都是则天女皇的工具罢了，用过就丢掉毁掉。"

说到这里，地母夫人又长叹一声说："当时团儿知道了这件事，却瞒下不说，一是因为和我共事多年的交情，二是她自己也有把柄在我的手上。团儿权欲之心比我还重，她竟然仿效女皇当年勾搭上太子的伎俩，想把当时的皇储李旦诱惑上手。当李旦进宫请安时，她假传口谕，将李旦诱入她的居所，做出种种妖娆风骚的媚态来，想诱惑这位皇子。"

听到此处，贺兰晶不由脸上一红，想道：母亲独断独行，不由分说地把自己指配给李煊，也是看中了他皇家后裔的身份吧！

地母夫人继续说道："然而，李旦当年整日里战战兢兢地生活，生怕有什么错处被女皇找到，哪里敢招惹更多的是非。团儿求欢不成，转爱为怒，心想李旦怎么会不理睬自己？一定是他身边的娇妻美妾太多，分了他的心神。这团儿胆子也很大，就跑到女皇面前诬告说，李旦的正妃刘氏和侧妃窦氏，背地里经常施巫蛊妖邪之术，祈盼女皇早早生恶病而死。碰巧那几日里，则天女皇正感觉头昏气短，身体很是不适，听得此言后，当下大怒。于是当刘、窦二妃进宫觐见时，女皇就传旨将她们秘密处死，从此这刘、窦二妃就活不见人、死不见尸，成为一个无法解开的谜团。"

贺兰晶猛然想起那次在崇义鬼宅时，绿毛人曾经说不惜用传国玉玺来换取刘、窦二妃的下落，这窦妃就是李隆基的生身母亲，所以他才如此急迫地想打探这件事。她不禁问道："这两位妃子到底下落如何？"

地母夫人长叹了一口气，接着说道："这团儿生性十分残忍，听得女皇吩咐将二妃秘密处死，不留痕迹后，她很是得意，命人将刘、窦二妃剥掉衣服，扔进大锅之中烹死，然后又用大碓将她们的尸身碾碎，丢到南御园中，让那里饲养着的狮虎全部吞吃掉了。这手段真是狠毒之极，所以人们就算是把长安掘地三尺，也没有办法找到她们的尸骨了。后来团儿和她的亲信也被女皇全部杀死，所以，知道这事情的就只有我了。"

讲到这里，地母夫人又十分谨慎地叮嘱贺兰晶："此事轻易不可透露给李隆基。他若不知其生母的消息倒还罢了，若是从我们口中得知其母死得如此凄惨，不免会迁怒于我们，岂不没由来地替他人受过！"

贺兰晶点头应诺，又问道："据我所知，那团儿诬告李旦的奸谋不久就败露，难道是母亲您告发的她吗？"

地母夫人摇头说："这倒不是，虽然我也不满意团儿这些心狠手辣、灭绝人性的手段，但是我们毕竟是相互依存的伙伴，从顾念多年的交情上来说，我也不会想置她于死地。而且，俗话说唇亡齿寒，没了她，并不完全是好事情。"

贺兰晶纳闷道："那又是何人在女皇面前告发了她呢？"

地母夫人声音低沉："这件事，我后来也反复思索过，有时不免怀疑是上官婉儿告的密。团儿被女皇派酷吏拷打得死去活来之际，她居然怀疑是我告的密，于是临死前反咬一口，把我和贺兰敏之私自相好的事情说了出来，于是则天女皇盛怒之下，又将我拿入死牢，对我痛加拷掠，三木加身，百刑齐施，逼问那贺兰敏之的下落，但当时我对他情深不渝，即便是毁了我娇美的面容，我也坚持不吐一字。"

贺兰晶不禁追问道："那现在，这贺兰……"她心想直呼父亲的名字总是不妥，但心情上却很难接受这个声名狼藉的人，忽然成了她的父亲。

地母夫人知晓她的心意："这个人滥情寡恩，听到事发的消息后，就自己先逃得无影无踪。后来我听说，他有意接近我，也并非出于真情，而是想借我的手来报复则天女皇。当然，这一切，也是上官婉儿告诉我的，是真是假，至今我也无法验证。"

贺兰晶听了此处，忽然说道："那这件事情，还真有可能是上官婉儿一手策划的。她暗中窥伺了你们的秘密，却装作不知，而后在女皇面前密告，既除掉了嚣张跋扈的团儿，又借机将母亲您牵涉其中，这一石二鸟之计，实在是十分阴毒啊！"

地母夫人沉吟了半晌，又疑惑说："但是当年我能够生还，都是婉儿从中一手遮掩。我当时被折磨得昏死过去，她借机向女皇回报说我已经被打死。然后将我悄悄运出宫来，找地方调养安置。当时我万念俱灰，只想一死了之，多亏婉儿用佛书道藏中的道理反复来解劝。后来又发觉腹中有了你，这才偷生到今日。"

贺兰晶皱眉道："我并不是很熟悉上官婉儿的为人，但我觉得她是个非常精明的女人，或许她当时还想利用您在江湖上的势力。我觉得这许多年来，我们固然依靠上官婉儿，办了不少大事，但是她也倚托我们，刺探秘密，挟制百官，震慑韦后，才有了她女中宰相一般的风光，是不是？"

地母夫人听了，悚然一惊，说道："听你这样一说，倒也很有道理。原来我可能过于信赖她了。因为当年她救过我的性命，所以，我就一直对她非常感恩和信任。如今看来，弄权之人，都是无情无信无义，只有权势和利益才是最亲密的伴侣。"

时辰已经不早,地母夫人讲完了这些沉埋于心中十多年的秘密,如释重负。轻松之后是一阵阵袭来的疲倦,于是她对贺兰晶说道:"好了,你也早点回去安睡吧,明晚我们全体出发,直奔五兵神窟。"

贰壹

冰封铁棺

大唐景龙三年六月乙未日，玉扇门全部出动，来到五兵神窟所在的崇山峻岭之中。

　　地母夫人命穿山虎和钻地龙率五百盲仆为前驱，计婆婆和尔朱陀为第二队，贺兰晶、李煊为第三队，地母夫人带着白百灵亲自压阵殿后。

　　暑夜之中，虽然没有了烈日煎烤，但似乎一场雷雨即将到来，空气异常沉闷。穿山虎身体肥胖，更是热得汗流浃背，他从背囊中取出酒壶，"咕咚咕咚"地大口猛喝。钻地龙也取出一些凉水沁过的葡萄，不时坐下来品尝几颗。

　　两人磨磨蹭蹭，不一会儿计婆婆带领的第二队人马已经赶上了他们，计婆婆叱道："你们这是做什么？临行前不准备好，怎么却在路上吃喝？"

　　穿山胖虎赔笑道："婆婆有所不知，胖虎是无酒不干活，哪次挖坟盗墓，如没有几斗好酒壮胆鼓劲，那绝对是做不成的。酒是通表助阳之物，喝了能祛邪除祟。再说了，婆婆，这五兵神窟，我们虽然有地图，但毕竟不如婆婆您熟悉。"

　　计婆婆心想，这话倒也有几分道理。为了尽快缩短行程，于是计婆婆带路，从五兵神窟盘旋而下，不一会儿就来到了巨大的韩王像前。

　　只见这韩王铜像高有十数丈，头戴冕旒，身佩长剑，很有帝王之威仪。但与之很不相衬的却是，韩王作屈膝跪倒状，神情十分沮丧。虽然因年代久远，韩王身上生满了斑驳的绿锈，但面部却仍然是黄灿灿的，并无半分锈迹。众人猜测，这大概是当时就镀上了厚厚的一层黄金。

　　钻地龙拔出一柄匕首，想从这韩王的脸上，刮下一点来看看是不是真金，胖虎一把将他扯了下来："你别丢人现眼了。宝贝有的是，大事还没办，就算这韩王像是个金子铸的头，也没工夫耗费时间。"

　　计婆婆仔细打量这座气势巍峨的韩王铜像，不禁皱起眉头来。只见铜像身体的下半截深深地陷入洞底的山石之中，虽然地图上明确画着韩王脚下还有一条密道，到哪里去找呢？她挥手示意，让钻地龙和穿山虎推一下韩王像,两人使出吃奶的力气,这铜像却始终纹丝不动。

钻地龙又看上了韩王腰间的那把宝剑。这把剑从剑柄看就非常高古别致,剑柄浑圆,有常人手臂一般粗,柄底还刻有重重叠叠的圆环,和当时又扁又平的剑柄大不相同。他伸手一拔,似乎有些松动,于是就和穿山虎说:"胖虎,你力气大,拔一下看看。这把剑弄到西市恐怕也能值十万钱。"

穿山虎用劲一拔,宝剑还是无法拔动。他肌肉贲张,涨红了脸用力去拔,依然是毫无效果。但用手摇上一摇,觉得这宝剑并非是整体和铜像铸在一起,而是后来放进去的。

计婆婆上前握住剑柄,试了两下,然后向右转动,只听"喀喀"几声轻响,再试着向上一提,只听"嚯"的一声,一把寒光凛凛的宝剑照得众人眼前都是一亮。

穿山虎满脸堆笑,赞道:"还是婆婆手段高明,计多智广……"计婆婆无暇理会他的拍马奉承,仔细查看韩王铜像。当时那宝剑拔出时,计婆婆就侧耳倾听,似乎这铜像的肚脐处轻响了一声。她轻轻一敲,听得这铜像似乎是空心的,接着伸手用力一按,那韩王肥硕肚皮上的铜板居然向内跌落,开了一个三尺见方的大洞。

计婆婆本能地向旁边一闪,生怕有什么毒物或暗器发出。那穿山虎却大大咧咧,抢先把胖胖的脑袋伸进去探看。只听他欢喜道:"呵呵,原来密道在这家伙肚子里。"

钻地龙也挤上去看,又拍了拍胖虎的肚子说:"人家肚子里有密道,装得全是宝,你这肚子也不小,可惜装的全是屎。"穿山虎大怒,打落了他的手说:"你奶奶的,难道你肚子里装的不是屎? 咱们大老爷们,又不是女人,能装娃娃,不装屎装啥?"

计婆婆喝住了二人,她见密道果然是在这里,但洞口藏在铜像腹中,进出极不方便,于是下令让盲仆一齐动手,用铁斧将韩王像齐根砍断,将洞口进一步开挖,布置了辘轳、吊篮等物,静等洞中的秽气散出,就下洞探秘。

钻地龙嬉皮笑脸地缠着计婆婆道:"俗话说'重赏之下,必有勇夫'。我们哥俩一会儿还是打头阵,去下面探秘……"他一边说,一边眼睛直勾勾地看着计婆婆手中的这把剑,计婆婆明白了他的心意,笑道:"你们在玉扇门中白待了这许多时日,依然还是鼠目寸光,只看重这些蝇头小利,也罢,这剑就赏给你们吧。"

穿山虎见钻地龙得了宝剑,就一把抱起他,放在青竹吊篮之中,说:"你这剑可不能白得,赶快下密道为我们探路,若有毒虫、恶鬼什么的,先帮我们清理了。要是下面就是阎王老爷的地府,你就先替我报个到,销了我的生死籍。"

钻地龙怒道:"这可不行,按规矩是要先放灯盏、公鸡下去,再燃三炷香,香烧完,才能进。这可是有说头的,灯盏有火,公鸡能唤出红日,都是纯阳之物,阴宅里的魂祟最怕这些了,至于烧香,则是拜祭一些恶鬼,求它们高抬贵手。如果灯灭了,鸡死了,就说明里面的鬼煞太凶,不能进。我门中的师伯据说就是因为有次偷懒,没做这些事情就匆忙下去了,结果半天没动静,大家将他提上来时,他整个身体都溃烂了,像太阳下晒化的蜡烛一样……"

这一胖一瘦忙乎他们门中的这些仪式,不觉耽搁了半天,当李煊和贺兰晶也赶到时,钻地龙才刚刚下去。贺兰晶查问了这里的情形后,却起了疑问:"我们此前得到的传闻,是说高祖的铁棺被秘密运出京城,择秘地下葬,但这韩王像腹中的密道如此狭小,铁棺如何能运得进去?"

计婆婆听了,心中也隐隐觉得有些不对,说道:"是不是另外还有别的密道通达地宫? 或者是原来这个洞口极大,后来给封得小了?"

李煊仔细看了看洞口,只见洞口内缘,也是由青铜铸就,老旧程度和韩王塑像一般无二,于是轻声对贺兰晶说道:"你看下这里,似乎不像是后来改造过的吧?"

贺兰晶点头道:"虽然有诸多疑问,但如今箭在弦上,不得不发,只好先按明崇俨所画的秘图先探一探了,就算图上有误,也要探过之后再说。"

这时候穿山虎趴在洞口问:"喂,瘦子,下面有什么?"只听钻地龙在下面应道:"鬼,有鬼!"

穿山虎骂道:"别瞎掰,说正经的,什么鬼?"

"真是鬼,一只大鬼!"钻地龙在下面又答道。

穿山虎听瘦龙语气很平和,不像是惊慌失措的样子,恍然明白了,他对李煊等解释说:"哦,是这样,我这兄弟口齿不清,也不会讲官话,他说的可能是有一只大龟,并非是鬼。"

众人哑然失笑,接着看洞下飞出一只白鸽,这是表明一切无碍,境况平安的讯号。于是大家分别乘青竹吊篮鱼贯而入。只见吊篮正好落在一只硕大的青铜巨龟的背上,这龟背十分宽阔,能躺下三四个人,而且青鳞片片,并未有斑驳锈蚀的样子,仍旧精光熠熠。再仔细一看,这龟的形状颇有些怪异,爪子像是老人们那干瘪枯瘦的手指,头面居然是一个戴着冠缨的人脸,神情悲苦沮丧。

这个"人头龟"头部正对的方向,是一条长长的甬道,黑沉沉的看不到任何东西,也无法判定有多长。那钻地龙说道:"我看有点不好,这龟人愁容满面,岂不是预示着前方会有凶险?"穿山虎在他后脑上拍了一下:"胡说八道,我们进来拿走其中藏的宝贝,这龟人当然要心疼委屈了。再说,我们这伙人是做什么的,就算有凶险,岂能奈何得了我等?"

当下,命盲仆在前面开道,一路上不断凿开岩壁,放入大颗的夜明珠,照亮已走过的甬道。

这甬道盘旋而下，本来此处就位于地下几十丈处，又往下走了不知有多深，大家渐觉越来越凉爽，甚至开始打起寒战来。

又走了一段，只听前面的脚步声停了下来，穿山虎和钻地龙在小声嘀咕。李煊等人赶去一看，只见前面石窟之中，赫然摆放着一个巨大的骷髅头，虽只是个头骨，但足足有一人高，白森森的牙齿和盲仆手里所持的铁铲一般大，尤其奇特的是，这骷髅居然通体透明，像是冰塑的一般。刚才穿山虎和钻地龙争论，就是因钻地龙说是冰做的，穿山虎却说是水晶做的。

经过穿山虎用火把试烤之后，不见有一丝水珠滴下，已经确定并非是冰，而是一块巨大的水晶石雕成。两人大喜，琢磨着怎么把这个水晶骷髅弄出去卖钱，然而这东西少说也有几千斤，如何搬得动？两人又琢磨着砸碎了卖碎水晶，无奈被计婆婆喝止，只好忍痛割爱，继续前行。

贺兰晶仔细端详，只见这水晶骷髅脑盖中有层层叠叠、细如碎砂的白点，于是对李煊说道："你看这骷髅的脑中，像不像我们夜晚时看到的星空模样？"

李煊小时候经常在西域大漠中露宿，对天空中的繁星很是熟悉，看后惊奇地说道："是啊。是啊，这里白白的一长条，好像是天上的银河啊。咦，这里还能找到斗柄模样的七个白点呢！"

贺兰晶也看到了北斗清晰的样子，叹道："难道这骷髅是上古神人所制，上合天象？"

李煊说："应该是吧，那李世民恐怕制不出这等神奇的东西，而且这东西如此沉重，就算从别处运来，也千难万难。你原来说过，五兵神窟中，有好多令人不可思议的巨大兵器，看来都是上古神人所制吧。"

贺兰晶说："那这样说，上古神人肯定是个子非常高大，一个小手指就比大树还要粗，不然如何能使用这样大的兵器？这水晶骷髅我们看着虽然大，但对上古神人来说，恐怕就是他们项上的吊坠罢了。"

李煊咋舌道："是啊，相传上古有盘古开天辟地，能用身体撑开天地，可想而知，上古神人比我们想的还要巨大。"

面对着巨大的水晶骷髅，两人惊叹之余，又隐隐觉得有些可怖。仔细寻觅，又发现对面的石壁上刻着零乱的花纹，像是符咒，又像是一种古怪的文字，找了通晓鸟篆文字的人来识读，也毫无头绪。

接下来走过的，是一段盘旋曲折的羊肠小路，只能让人弯下腰鱼贯而入，贺兰晶突然说："这么走，像是钻在一个大海螺中了。"计婆婆敲了敲旁边的石壁，觉得白洁坚韧，倒也真像是海螺的内壳一般。

李煊生长在大漠，不识海螺，于是问道："海螺是什么样子？"计婆婆从怀中掏出一个用作发信号的海螺递给他看，这海螺只是拳头大小，镶有铜质镀金的吹嘴，计婆婆叮嘱说："莫要乱吹，那些盲仆全靠这个号令来行动，胡乱一吹,他们可就乱了阵脚。"

李煊看了,啧啧称奇,又问贺兰晶说:"听说大海中有比房屋还大的巨鱼,那会不会也有一只非常大的海螺,被封在这石窟之中,成了这地府的通道?"

贺兰晶微笑道:"这倒也有可能,只不过无法验证。"

大家这样一想,耳边隐隐听到这里似乎回荡着大海的波涛声,仿佛还夹杂着一些呢呢喃喃的经文咒语声。贺兰晶再侧耳一听,这些声音又细不可闻了。突然间只听前面穿山虎"哇呀"一声,显得内心非常惊奇激动。

李煊和贺兰晶加速前行,只觉得前面豁然开朗,并有丝丝凉风袭来,看来已经来到了一个巨大的石窟之中。那穿山虎甫一出声,只听回声激荡,显得很是空旷,不禁惊得把后面的话又咽了下去。众人聚到此处,只见这个石窟足有几十丈高,上面黑沉沉的看不到顶,而且十分宽阔,虽然火光一时间照不全石窟中的全貌,但这里能容下成百上千的人,是毫无问题的。

只见这洞窟的中间,赫然有一座巨大的圆形白玉高台,足能坐上几百人还嫌宽敞。石台的边缘,围着洁白光润的栏杆。令人奇怪的是,几十根竖杆的顶端,蹲踞着的全是无头人的石像,穿山虎奇道:"寻常石栏上,都是雕着龙虎狮麟,这里弄这些没头的人算咋回事,我来数数,一、二……一共三十个无头人。"

贺兰晶仔细看了无头人的衣饰,说道:"这些无头人虽然没有了头颅,但从衣饰纹络上看,上有天河带,下有星辰纹、山纹,脚踏赤舄,显然是上古帝王的打扮。"

穿山虎听了赞道:"天女连上古衣物也知悉得如此详细,真是无所不通,实在令人佩服。"

贺兰晶听了,心中却微微一酸,这些东西都是她和青乌先生闲谈时学到的,本来这等访古寻幽之事,是青乌先生最擅长和喜欢的,但如今……

她正在沉思,突然李煊拉着她来看石台旁边的鱼灯,只见两只石雕的大鱼,口中各有两根手臂粗的灯芯,烧得正旺。李煊问道:"相传秦陵中有人鱼膏灯,能万年不熄。就是此物吗?"

贺兰晶摇头道:"不是吧,想要万年不熄,如何能做得到?"

李煊指着灯说:"刚才他们说一打破封门进来时,这两盏灯就在燃烧,那也有千百年了吧?"

计婆婆过来仔细看了一下,说:"这灯中的油虽然不少,但也无法支持千年,这灯是他们刚进门时自己点燃的。我们原也炼过一些药剂,涂在纸张、布帛、枯草等物之上,无风不燃,遇风就着火,这灯芯分明也是类似的东西做的,所以他们一带风进来,这灯就燃着了。当年行走江湖,骗了不少人哪。"说着计婆婆脸上浮现出一副得意之情。

就在此时，只听穿山虎发出惊奇的声音："哇，原来铁棺在这里！"大家见他站在高台之上，就赶紧也登上来一看，都惊得目瞪口呆。

只见圆圆高台上的正中，是晶莹如水晶般的一潭寒冰，像一个巨大无比的镜子，镶嵌在玉石台面的中心。这块寒冰，颜色虽有些发蓝，但却是澄澈无比，往下看时，只见距表层十几丈处，竟然有一具黑黝黝的铁棺，悬浮在厚厚的冰层中。

贺兰晶长吁一口气，又喜又忧。喜的是，原来估计这神窟中定有非常复杂的迷宫，甚至有很多可怕的毒虫或者机关，根本没想到竟然能如此顺利地就直接来到铁棺的埋藏处。忧的却是，这铁棺深藏在厚厚的坚冰之中，如何能开启出来？

计婆婆猜测道："这冰层如此澄澈，浑然一体，这铁棺放置之时，恐怕还是一泓清水，不知怎么，后来就冻成了寒冰。"

正在此时，白百灵也赶了过来，她见已经发现了铁棺，高兴地欢呼雀跃，急急忙忙地去禀报给地母夫人。

众人面对这碧潭寒冰，一时间茫然无措，商量来商量去，也没有什么好的办法。贺兰晶最后将银牙一咬，下令让盲仆用铁锹钢钎，硬砸硬撬，又命他们从洞口搬来柴草树枝，点火烧烤，冰层略一松动，就大块砸开撬起。

当真是精诚所至，金石为开，冰层虽然坚硬深厚，但在日复一日的忙碌开凿下，离那具神秘的铁棺已是越来越近了。

洞中见不到日升月落，约摸过了四五天的样子，铁棺终于要露出来了。地母夫人也忍不住亲自来到洞窟底部，要亲眼目睹这铁棺中到底有什么秘密，是否和传闻中所说的一般。

几十个盲仆已经快要凿开铁棺顶盖上面的冰层了，几十根镔铁撬杆已经准备好，大家都等着铁棺开启的那一瞬间。

就在此时，地母夫人却瞥见穿山虎和钻地龙二人鬼鬼祟祟地向海螺通道的入口处退去，这两人一直贪财好利，为何却在开启铁棺之时悄悄想溜走？难道这铁棺有什么危险？这两人早就知道？

地母夫人心念电转，急忙喝道："你们俩站住！"

众人都是一惊，纷纷回头去看这二人。却见这两人一改往日里那种猥琐卑微的样子，而是目光炯炯，神采逼人。虽然依旧是一胖一瘦，但站在那里，却有渊停岳峙的气势。

尔朱陀挥刀上前，喝问道："你们到底是什么人？"

那钻地龙眼疾手快，顺手抄起一根铁撬杆，笔直地举起对着尔朱陀说道："它会告诉你。"

尔朱陀大怒，抡刀猛砍。那钻地龙抬手用铁杆一格，只见火星四溅，一声脆响过后，铁杆从中被截成了两段，但尔朱陀的陌刀也被蹦脱了手。尔朱陀臂力过人,在大漠草原之上,经常用套索拉住急驰的奔马。没想到面前这个小小的瘦子,竟然也力气这样大。

尔朱陀虎吼一声,对着钻地龙冲了过去。却见这钻地龙腾空跃起,一下子从尔朱陀的头顶翻过,轻轻巧巧地来到他的身后,手中的半截铁杆一下子戳到了尔朱陀的肩头。

李煊见形势不好,情急之下,捡起一块大冰扔了过去。钻地龙一侧身,躲了过去。李煊又扔一块,却被穿山虎一探手,就稳稳地拿在了手里。计婆婆呼哨一声,几个盲仆就冲了上去。这几个盲仆虽然大脑受损,全无意识,但却长得魁梧有力,都曾是身有武艺的巨盗惯匪,只见他们听了号令,如疯似狂般地向穿山虎、钻地龙二人扑去,势头很是威猛。

却见穿山虎手一扬,将手中的冰块掷出,当即打倒了两人,然后一探脚,挑起一根铁杆,顺手挥出,又有两个盲仆被打得血肉横飞,死在地上。穿山虎怪眼圆睁,犹如金甲神将一般,威风十足。

地母夫人心头一阵发冷:这两人武艺如此了得,却甘心扮作猥琐小丑混入玉扇门中达半年之久,必有重大图谋,难道就是为了今日吗?她正要开口,却听贺兰晶问道:"你们谁是王毛仲?谁是李守德?"

穿山虎哈哈大笑:"玉扇门果然消息灵通,我就是王毛仲,他就是李守德。"说着一指旁边的钻地龙,"我们都是临淄王李隆基的家奴。"

此语一出,众人头脑中都是如天旋地转一般,往事中的种种疑窦纷纭而至。地母夫人更是一下子想到:那日李煊和贺兰晶刚订婚约之时,这两人就装作冒冒失失地闯入黄泉地肺,假称是这瘦子向胖子推销探墓的铁铲。当他们试用时,误打误撞在密道的要害处,就此闯了进来。如今想来,定是他们算计好了的,而且选在订婚的喜庆之日,大凡这样的日子,定要讨些吉彩,一般不会直接就取了他们的性命。其心机不可谓不深,算度不可谓不细。

贺兰晶突然跌足叫道:"不好,我们错怪了青乌先生了。"她抬起头,盯着王毛仲问道,"我们当时去探青乌先生的密室,你们一直在盯梢,是不是?后来又趁我们进了密室时,就悄悄将传国玉玺放在青乌先生密室的通道中来嫁祸于他?"

那王毛仲得意洋洋地说:"反正你们也出不去了,告诉你也无妨,这正是我家主人所施的反间计。临淄王重人轻物,他说用一个玉玺换你们的得力臂膀青乌先生,可是大大的便宜事。"

李守德接着又说:"你们也别妄想回去放青乌先生出来。首先,你们出不去,其次,我已控制了那些向青乌先生投食的盲仆,只消在他的食物中放些毒药……嘿嘿。"

李煊、贺兰晶、计婆婆都是勃然大怒,贺兰晶取出连发的劲弩,压上几枚毒箭射了过去。王毛仲和李守德身手敏捷,抄起倒在地上的盲仆尸体,挡在身前，只听"噗噗"声响，毒箭都射在这些尸身上。

计婆婆一声唿哨，又有几十名盲仆操弩欲射。王、李二人见势不妙，急忙往后退去。有三名盲仆率先追了上去，却听"砰砰"两声，都被王、李二人打倒在地。

眼看他们退入了海螺通道，贺兰晶叫道："不好，他们万一堵住了通道，我们可就出不去了！"计婆婆也顿足道："是啊，这可万万不能让他们得逞，上面虽然有一些盲仆把守，但绝非他们的对手。"说着就率先追了上去。

李煊叫道："千万小心！"只见计婆婆已尾随二人闯入了海螺通道，贺兰晶急道："计婆婆自己一人，难说能敌得过此二人，我们快去帮她！"然而，话音未落，却听得海螺通道中发出一声闷雷般的巨响，紧接着碎石纷纷而下。

李煊和贺兰晶急道："婆婆，快退回来，他们有炸药！"然而，已经晚了。他们急匆匆地在石砾中扒拉，手指上全都是鲜血淋漓。当找到计婆婆时，她头脸上全是血污，额头上一个巨大的疮口，很是骇人。贺兰晶慌忙撕下衣襟来裹扎，但见计婆婆脸色煞白，呼吸微弱，已是奄奄一息。

他们将计婆婆安放在平坦处，两人望着目光已经渐渐散乱的计婆婆泪如雨下，李煊哭道："快点救治，婆……你千万不要有事，都是为了我，才连累了你！"贺兰晶也哭道："婆婆，你可不要离开我们啊！你经历了那么多凶险，都没有事的啊。"

只见计婆婆脸上露出一丝苦笑："你们这俩傻孩子，婆婆已经老了，就算再活，能活多久啊，总是要死的，能有你们为我哭，婆婆就很满足了。婆婆要……要嘱咐你们……"正说到这里，一股鲜血从计婆婆的嘴角渗出，她双目发直，就此逝去。

贺兰晶抱着计婆婆大哭道："婆婆你是最喜欢说话的，你想嘱咐我们什么事，你倒是说啊！"李煊想起计婆婆平日里对他的种种好处，也是痛哭失声。

形势紧迫，也不容许众人用过多的时间哀悼，大家暂时用碎石在洞窟一角砌成一个石墓，将计婆婆的尸身用毛毡裹好后葬在里面。

贺兰晶又抱怨道："倘若青乌先生在此，定能制得住这两个恶贼，只可惜我们中了反间计……"

地母夫人暗怀愧疚，声音低沉地说道："有一些机密，是这两个小贼刺探不到的。当时很多重要的机密一再泄露，我们的行踪他们似乎都了如指掌。所以我就怀疑上了青乌先生，如今细细想来，李隆基得到这些机密的途径还有另外两人。"

李煊追问："是哪两人？"

"明崇俨和上官婉儿。"

贺兰晶的心猛地一沉："是啊，我一直把明崇俨当作可以参与机密的人，为什么没有怀疑他早已被李隆基收买？是他一上来就告诉了自己很多隐秘的事吗？怎么就这样轻易相信他了呢？"

地母夫人心中，也在回想那些没有设防就向上官婉儿透露的机密之事。如此看来，玉扇门今天算是落入人家挖好的陷阱中了，这铁棺十有八九也是假的。然而，事已至此，也不得不开，想到这里，地母夫人立刻下令：撬开铁棺！

这巨大的铁棺棺盖有半片宫门一样宽大，又因天长日久，和棺体锈在了一起，几十个盲仆反复撬动，费了半天劲，才终于发出"嘎呀"一声沉闷的声响，铁棺的上盖被掀翻到一侧。

贰贰

天星如雨

新筑就的马球场上，用石碾压得如镜面般平整，又遍浇了麻油，即便是天干不雨，也不起灰尘。一身轻衫的李隆基，正策马持杖，在球场上驰骋。然而，和往日不同，今天和他一起打球的葛福顺、陈玄礼、李仙凫、刘幽求、麻嗣宗等人，一个个无精打采，李隆基见这球胜得极是轻易，于是笑问："诸君为何心不在焉？"

葛福顺满脸急切焦躁之情："如今形势危急，哪有闲心打马球为乐？"刘幽求也附和道："是啊，据人密报，韦后和宗楚客等人不久就会矫诏诛杀我等，到时候人为刀俎，我为鱼肉，一切都来不及了。"

李隆基却淡然一笑，说道："且莫着急，了一事说一事，现在且打球为乐，不必多想。"

眼见红日已坠，夜幕低垂。李隆基置下肉菜果蔬，大家团坐进食。葛福顺心中依然是郁郁难平，拿起酒壶来准备痛饮一番，借酒浇愁。哪知甫一入口，却觉得凉沁沁的并无半点酒味，当下诧异道："临淄王一向轻财好客，如今怎么连酒也不管了？让我喝起凉水来了？"

麻嗣宗也察觉到了，同样疑惑道："是啊，我这杯子里也是清水，这是为何？"

刘幽求心思机敏，他想李隆基绝非吝啬之辈，就算是寻常官宦待客，也没有用水充酒的道理，既然不让喝酒，想必要有大事要办。他脑子中灵光一闪，兴奋地说道："临淄王，难道举大事之期，就在今夜？"

李隆基又是淡然一笑，轻叹道："刘兄，你不该过早说破，葛将军他们一激动，恐怕饭都吃不下了。"

葛福顺一听，兴奋地将酒碗摔出去几丈远，拔刀大叫道："今夜就动手，太好了！我这就潜入万骑营，取了韦播、高嵩这两个家伙的狗头！"

正在此时，天空中流星四散，如雪飘一般。大家都看得呆了，过了一会儿，刘幽求拊掌大笑道："天象如此，机不可失！还多说什么，抓紧行动吧！"

李隆基也憬然而起，拔剑出鞘："先发者制人，后发者制于人。我早就定好今夜举事，如今是箭在弦上，成败与否，在此一举！"

众将抑制住内心的欢呼，凛然听命。一时帐里鸦雀无声，静得连心跳的声音几乎都能清晰地听到。

皇宫之中，韦后半卧在龙榻之上，心绪不宁，晚膳也无心享用，只是让侍女们进了一碗冰糖燕窝羹。虽然前不久，她和上官婉儿及众位亲信计议，立中宗年方十六岁的小儿子李重茂为帝，好让自己临朝摄政，总揽大权。

在上官婉儿的建议下，之前韦后已下令征府兵五万屯于京城，令韦捷、韦灌、韦璿、韦锜、韦播、高嵩等统领。但太平公主和李隆基的身影却依然不时浮现在她的眼前。

所以，她就在刚才下定了决心，让上官婉儿拟了一份诏书，给相王李旦、临淄王李隆基、太平公主、谯王李重福等定下谋反作乱的罪名，要派羽林军和那五万府兵一起行动，彻底诛杀这些人，老少良贱一个不留。

黄昏时的深宫里，韦后命人拉上了厚厚的帘幕，暗得不得不点燃了灯烛。上官婉儿听此消息后，神情却是镇定如恒，她摇笔云飞，没多时就拟好了诏令，韦后看过后，亲手加盖了御印，接着让婉儿派宦官出宫，密传给亲信韦温，让他奉旨调诸路人马行事。

然而，当婉儿走过，韦后因初次做主，密令此等大事，心中一直忐忑不安。正欲让宫女去御医处取一枚安神丸来，却听得宫女宣告，安乐公主进宫来了。

安乐公主不知今夜将发生天翻地覆的大事，仍旧喋喋不休地询问道："母后，何时立我为皇太女啊？"

韦后正心乱如麻，叱道："你能不能让我安静一会儿？"说罢，她抚着胸口说道，"这几日啊，我这一颗心就好像用一根细丝线悬着一般，说不定哪天一口气上不来，就和你父皇一样归天了。到时候看还有谁疼你爱你？"

安乐公主听罢，也心有所动，于是温声说道："母后，我不惹你生气啦。要不这样，上官婉儿劝我，和当年则天女皇召集'北门学士'参与政事一样，我也选用一批忠于咱们的臣子，让他们帮我们出出主意，处理一下国事，可好？"

韦后看了安乐公主递过来纸笺，上面写有几个人名，都是平日里谄媚于她的一些亲信小人：如帮她拉车的那个司农卿赵履温、娶了韦家奶妈的御史大夫窦从一，还有韦后的妹夫临汴王李邕等。韦后欣喜道："经此大事，我的裹儿终于知道为母亲分忧了。"

安乐公主经此一夸，不禁欢呼雀跃，连忙说道："我要回去好好画一下眉，试一下衣裳。这许多天来，我都没仔细装扮过，明天要召集大臣们议事，我可要让他们好好瞧一下皇太女的仪范。"

韦后见安乐公主竟然现在就以"皇太女"自居，不禁又暗自叹了口气，心想这皇太女可不是你自己说当就能当的，但当下不忍心惹她不快，也不点明，先哄得安乐公主兴致勃勃地回去了。

安乐公主走出宫门，只见西边天色暗红，接近中天的地方，突然闪过了几颗极为明亮的流星。提灯的宫女见了，惊奇地注视着天空，悄声和公主说道："公主您看，这么亮的流星！"

安乐公主懵然无知，并不惊异，反而喜道："这是神明垂赐天象，兆示我将被册封为皇太女之意啊！"随侍的宫女当然连声称是，谀词如潮。

羽林营中，韦播和高嵩正在帐里饮酒看舞，之前宫中传出命令，让今夜全军衣不解甲，马不解鞍，全力戒备。韦播和高嵩却不以为然，觉得这只是大惊小怪而已，于是两人相约聚饮，又从平康里的妓坊中叫来几个丰胸肥臀的波斯舞女跳舞助兴。

韦播笑骂道："葛福顺那小子，听得先帝猝然驾崩，朝中大权尽归我们韦家所有，吓得连夜逃亡，不知到哪里去了？"

高嵩恶狠狠地说道："跑不了，过段时间我们请旨在天南海北、四面八方通缉他，一旦擒获，先剁了双足，再押到京城受刑。"

两人手中的酒杯"砰"的一声碰在一起，笑道："以后这长安城，就是咱们的天下了，就算他尊如王爷、贵似宰相，也得看咱们的眼色，哈哈！"

韦播帐前的亲兵头目名叫韦六，是他的一个远房表弟，生得五大三粗，样子倒是挺魁梧，其实并不精熟武艺，只是靠韦播提携，才混得来羽林军中，平日里借势作威作福，叱打士卒，凶狠霸道。

然而，在韦播面前，他却像一只驯熟的土狗，低声下气，十分服帖。韦播醉意醺然地说："韦六，快去催一下，这都酒喝到一半了，那盆鲟鱼炖熊掌怎么还没好？和那厨子说，再晚几分，把他的手切下来炖汤！"

韦六连声答应，出去办理。

高嵩盯着波斯舞女高耸的胸脯，低声和韦播说道："刚才你说切下人手炖在汤里，我和你说件事。有一次，我去擒斩一名犯臣的全家，有个女人长相虽美，却性子霸悍，韦六想奸淫她时却被其乱抓乱咬，一怒之下，就将她掐死了。后来切下来她的两只奶房，蒸熟了大伙吃，也送了我一只，别说，那味道还真不错。"

韦播也狠亵地吃吃笑道："是吗？改天有机会，给我也尝尝这味道。"

两人正说得兴奋，有人端着一个热气腾腾的汤盆走了进来，韦播也没仔细看，伸手就揭开盖子，对高嵩说："其实那美人的乳房，和这炖烂的熊掌倒很有几分相似之处……"

刚说到此处，却见对面高嵩已是脸色煞白，眼孔里露出十分恐怖的样子。韦播再低头一看，汤盆里哪有什么鲟鱼熊掌，竟然是一颗血淋淋的人头，是的，韦六的人头！

高嵩率先"啊"的一声大叫出来，只见来人将汤盆带人头往高嵩头上一砸。这力道威猛无比，高嵩的脑袋顿时被砸得像只摔烂的大西瓜一般，身体也像歪倒的麻袋一样，重重地倒在地上。

波斯舞女尖叫逃散，韦播也吓得手脚发软，刚想伸手摸身边的陌刀，却被来人一脚踏住手腕，疼得他"哇哇"鬼叫。灯烛下，来人的面目此时看得格外分明，他头发上指，目眦尽裂，正是万骑左营统领葛福顺。

韦播结结巴巴地说道："你……反……反……"一个"反"说了半天，也没吐出别的字来。葛福顺轻蔑地看了他一眼，手中的利刃猛然一挥，韦播顿时身首异处。

万骑营中，葛福顺在一彪人马的簇拥下，用木杆高高悬起韦播、高嵩二人的首级，策马四处高呼："韦后毒杀先帝，图谋扰乱社稷。现在大伙儿一起诛杀韦氏，拥立相王为帝以安天下，有助逆党者，这杆上的首级就是榜样！"

万骑营的豪杰，平日里早就看不惯韦播等人的骄横作风，此时大多都轰然而起，欣然听命。

长安城内，夜禁极严，寻常时日里晚上就少有车马人声。如今这些天，都知道皇帝驾崩不久，国势不安，更是加意地戒备森严。夜幕一降，当真是鸦雀无声，空荡荡的街衢里，只有巡夜甲士的马蹄和打更人的吆喝声，才能像一颗小石子落在沉沉的井水中一样，暂时打破这黑夜中的静谧。

然而，今天万骑营中却灯火通明，鼓噪之声惊天动地，长安百姓皆被惊起，但均藏在家里不敢出来。老宰相韦巨源刚刚睡下，听得外面喧声如雷，又匆忙起身，颤颤巍巍地非要出去看一下情况。夫人和儿子都跪地苦劝道："兵荒马乱，凶险之极，等事定之后再出门吧！"

韦巨源年近八十，却姜桂之性，老而弥辣，他激动得白须乱颤，一把揪开夫人扯住他衣袖的手，又将挡在面前的儿子踢开，让两个老家人扶着，喝令开了宅门，直奔朱雀街而去，口中嚷着："国家有乱，我是三朝老臣，哪能坐视不管？"

韦巨源刚走到街口，只见一队人马呼啸而来，手中执着巨斧长锯，还有人抬着云梯，推着撞锤大呼狂叫着向皇城内苑而去。他抢到道路中间，喝道："你们是何人统领的兵马？奉了谁的号令，竟然敢黄夜之中，凌犯皇宫……"还没等他说完，一名军将骑着快马，一下子将韦巨源撞倒在地，马蹄正好踏在他的胸口，当即口中鲜血狂喷，死在道中。

内将军贺娄氏听到有人说起城中生变的事情，匆忙跑进宫中，回禀韦后。韦后不以为然，还以为是羽林万骑的人去捉杀太平公主及李隆基等人闹出来的动静。她挥手道："我知道了，不必惊慌，到天明自有分晓。"

贺娄氏满怀狐疑，刚退出了皇后的寝宫，却听得鼓声震天，越来越近。接着犹如霹雳一般的巨响不断，一名侍卫满脸沾着污泥的血水，也看不出他哪里受了伤，嚎叫道："内将军，大事不好，叛贼撞开了玄武门和白兽门……"

这玄武门和白兽门，是通入内苑禁地的最后一道屏障。贺娄氏闻得，不禁大惊失色，充满疑惑地问道："究竟是怎么回事？谁人反叛？"那名侍卫正要开口，只见远处冲来的兵将张弓举弩，羽箭飞蝗般射来，这名侍卫背上片刻之间就身中数箭，委顿在地而死。

贺娄氏的胳膊上也中了一支弩箭，吓得慌忙躲在巨大的殿柱后面，才侥幸暂时逃得性命。只听"笃笃"声响不绝于耳，弩箭钉在木柱上，像啄木鸟啄木一般响个不停。她一手扒开宫门，冲着里面拼命嚷道："皇后，叛贼真的杀过来了，贼势很大，我先抵挡一阵，皇后快逃到飞骑营去！"

韦后这才惊慌，忙不迭地在她提拔的另一名内将军——尚宫柴氏的护佑下，匆匆赶往芳林门，逃去飞骑营。柴氏找来宫中最为名贵的护身软甲，飞速给韦后穿上，然后背起手脚酸软的韦后就往宫殿后面逃。

只听得刀声霍霍，贺娄氏发出一声凄厉的惨叫，就再也没有了声息。柴氏只觉得后脖颈黏乎乎的，下意识地一摸，满手是也不知从哪里飞溅来的淋漓鲜血。她吓得也不敢回头观看，忙不迭地和几个侍卫紧护着韦后逃开。

慌忙中，宫女们大声惊呼，四散逃命，打翻的灯烛落在帐幕上，燃起了熊熊大火。要是在往常，柴氏当然要大声叱打她们，但现在却哪里顾得上！

出得芳林门，好容易来到其侄韦璿统领兵马的飞骑营，韦后脚上的丝履不知何时已然丢掉，她跣着两足，头发也披散零乱。内将军柴氏率先喝道："韦捷何在，还不赶快出来迎接皇后圣驾！"

喝了几句，蓦然发现，大帐中那一排顶盔贯甲的兵士都木然不动，用一种奇怪的眼神瞧着她们。韦后和柴氏被瞧得有点发毛，正要开口质询，只听有人举剑挑帘，走了进来。

柴氏眼尖，只见这名魁梧威猛的大汉右手执剑，左手提着一个血淋淋的人头，看面目正是韦捷。韦后吓得"啊"的一声，用手捂住了眼，浑身不住地颤抖。柴氏还壮着胆子问道："你是何人？受何人主使？你可知这是抄斩六族的大罪吗？"

这人仰天大笑："老子名叫陈玄礼，临淄王有令，斩得韦后人头者赏黄金千两。但攻打皇宫的差使派给麻嗣宗、刘幽求他们了，却令我对付飞骑营的韦捷、韦灌这两个狗东西。总以为这份富贵没指望了，哪知你们肥猪拱门，自己送上门来了！呵呵，俗话说'天予不取，必遭天谴'……"

没等说完，柴氏情知无望，举刀向陈玄礼劈来，只见陈玄礼身子矫捷异常，轻轻一闪，就躲过了锋刃，接着身形一晃，已到了她的身前。柴氏慌乱中又劈了数刀，只见血花飞溅，一个女人大声惨呼。柴氏定睛一看，原来陈玄礼不知何时已将韦后擒在手中,挡在身前,刚才劈的这一刀,正好砍在了韦后的肩头。

柴氏吓得双手发软,陈玄礼趁她心神慌乱,飞起一脚,将她踢出数丈开外。柴氏的身体刚一坠地,四周的兵士枪戟乱搠,将她刺死在地上。

砍在韦后肩头上的这一刀,也是相当深。鲜血早已洇红了她身上那绣着九只凤鸟的皇袍,陈玄礼看着不可一世的韦后瘫软在地,失血过多的脸色变得和纸片一样苍白,眼神中全是痛苦和恐惧,其中还带着些许求乞,不禁心中也浮起一种异样的感觉:这一刻她不再是那个嚣张跋扈、令人生畏的执政皇后了,而是一下子变回了原形,变成了一个年老色衰、无力无助的孱弱妇人。

原来,一个人坐在权力的神座上,他或她就是司命的主宰,就拥有着掌握别人生死和命运的权力,而一旦离开了权力的光环,就像传说中的妖精蜕去了随意变化的灵气,现出本是破扫帚或旧灯笼的原形和本质来。

然而,只有片刻的犹豫,如此情势下,自然也不容许陈玄礼过多地遐想。他只是稍稍迟疑了一下,像是在蓄积一种最凌厉的气势。他定了定神,再次举起那把冷森森的长柄陌刀……

武延秀死在了肃章门外。

安乐公主为了准备册封皇太女的大典,又命尚衣监给她做了好几件华贵的服饰。她听到外面传来了喧嚣声,却毫无警惕,依旧沉浸在镜前试衣的好心情中。她挥手打发驸马武延秀:"去看看,外面闹得这么乱,到底是怎么回事!"

当武延秀刚出肃章门,只见黑压压的一队人马像旋风般扑了过来。他还没醒过神来,颈上的人头就成了这些人换取富贵的最佳猎物。

一名偏将心思机敏,眼见武延秀的人头先被大伙砍掉掠走,于是也就不再和众人争抢,率先冲进了万春殿。殿内,安乐公主正换了朝廷大典上穿用的钿钗礼服,朱红色的绶带上佩了瑜玉双珮,头上装束了九枝花树。她扬扬得意,完全沉浸在被册封为皇太女的憧憬之中。

她对眉毛还不是很满意,如果眉尖再上挑一点,就更有"皇太女"的气度了。对着嵌在宫墙上的那面明晃晃的巨大铜镜,让侍婢取来龟兹出产的青黛石再仔细地描一下双眉,忽然听得身后一阵响动,她还以为是武延秀回来了。可尚未回头,就觉得脖颈上一凉。临死前那一瞬间,她清晰地从镜中看到,随着寒光一闪,自己的头颅离开了脖颈,所以,尸首异处的安乐公主,那双杏眼始终睁得大大的。

上官婉儿这一天也住在宫内,韦后拟定的那份诛杀李隆基等人的诏书,她根本就没有发出去,她早就知道今晚要出天翻地覆的大事情,在这个关键的时刻,是不允许再摇摆迟疑的。她派宦官送给韦温的是另一份诏书,上面只是空泛地说形势急迫,要严加戒备之类。

那份墨迹淋漓,尚未完全干透的诏书就放在案上,也许,这张薄薄的纸,可以成为她的救命符。

婉儿今夜特别怕黑,让宫女们在殿中悬了十来个朱红色的大灯笼。在摇曳不定的火焰照耀下,婉儿的脸色十分苍白。不知为什么,她从来都没有像今天这样忐忑过。这些年来,有过多少大风大浪,有过多少生死旋涡,看起来娇小纤弱的她都闯过来了。但今天,她却觉得像走在一个黑漆漆的深潭边,一旦被吞没,立刻万劫不复。

婉儿深吸了一口气,想闭上眼睛养一下神。这四十年来的种种片段,忽然都浮起回现在眼前,那一张张人脸,有的凶恶,有的龌龊,有的威严,有的温和,有的亲切。突然间婉儿浑身打了个冷战,她睁开眼来,浑身的冷汗浸透了衣衫。因为她清醒地意识到:刚才浮在她眼前的人脸,竟然全都是死去的人,没有一个还活在世上!

难道我今天也注定难以活命了吗?婉儿的心中有不祥的预感。

不会的!实在不行,我就放弃这一切的权柄和荣华,隐居于江湖天地间,过普通人的日子,以往的这一切,就算是前生一梦吧!

张文放,这个温雅出尘的男子,他还会等我吗?想到这里,婉儿那似乎被寒冰封住的心中,又隐隐融出一股暖流。

然而,时间已不容许她多想,兵戈撞击的铿锵声,人喊马嘶的喧嚣声,已是越来越近,婉儿果断地下令:"大家谁也不要慌乱,和迎接圣驾时一样,分两列执灯烛,大开宫门,迎接来者!"

冲在前面的是一名番将。他一路杀来,已是双眼血红,然而,眼前这一幕倒还是让他吃了一惊。只见四扇厚重的朱门大大地敞开,两排盛妆华服的宫女执烛而立,井然有序,一如往常。大殿正中,一位美貌的女子正端坐在锦裀之上,高挽着望仙九鬟髻,饰以花钿、步摇、象牙梳,身着宝蓝色瑞锦长裙,外罩平金绣鸳鸟纹锦半臂,容貌高华,气质淡雅。

这名番将被上官婉儿的非凡气度所慑,一时怔在当地。只听婉儿开口笑问道:"这位将军,多多辛苦,敢问军中主帅是谁?"番将愕然,正不知该如何作答。却听得身后一声马嘶,枣红马上一位身形高大的金甲将军赶到近前,喝问道:"怎么了,为何在此停驻不前?"

婉儿缓缓起身,说道:"原来是刘幽求刘将军啊,有请殿内相叙,有机密之事商榷。"

刘幽求进得殿中,婉儿将那份墨迹未干的密旨递与他看,说道:"这份密旨今天晡时就要发出,结果我压下了。你们今夜所行之事,我也全都知晓。太平公主早就前来密访,让我在宫中留作内应,如今可已大功告成?"

刘幽求躬身施礼:"启禀昭容,大局已定。据说韦后、安乐公主、武延秀及韦温、韦播等韦氏亲党的首级,都已送呈给临淄王了。"

婉儿长吁了一声,心中五味杂陈,说不出是种什么滋味。不管怎么样,过去三年的那一段生活必然要终结了,虽然韦后霸悍,安乐狂恣,但中宗称制后的这三年,却是她一生中最美好幸福的时光。

刘幽求倒退出宫殿,喝令兵士:"给我严加看守,不得有一兵一卒骚扰上官昭容这座宫室!"

宫女们听了,虽然没有敢当时就欢呼雀跃,但一个个却喜形于色,上官婉儿本来惨白的脸上也泛出些许红晕的光彩。

然而,刘幽求刚要上马离开,只听有人高喊:"临淄王驾到!"他赶忙上前,在李隆基耳边悄声细语,将上官婉儿所陈之言尽数转述给了李隆基。

岂知李隆基听了,却双眉一竖,说道:"上官婉儿这个人,不可留下。她手上的那些文纸和诏书也尽数焚毁,以免蛊惑人心!"

刘幽求愕然"但据她说,太平公主曾事先密访过她。她压下韦后所矫的密旨,也是有些功绩的吧……"

李隆基冷冷地说道:"我意已决,干大事者不拘小节,更不允许纠结不清。这上官婉儿……"李隆基顿了一顿,欲言又止,随即狠狠地做了一个劈杀的手势。

夜风吹来,地上狼藉的黄叶、纸片、碎衣等杂物都卷在了半空。刘幽求心中忽然浮起一股寒意,他不敢让李隆基看到自己的神色,当即背过身去,从马背上抽一柄长长的陌刀,迅速向婉儿的宫室内走去。

随着一声沉重的"吱呀"声响,厚厚的宫门被打开了,看到神色凝重的刘幽求拿着一柄雪亮的陌刀,婉儿马上全明白了。

她凄然地对刘幽求说道:"我早就料想到,如果李隆基是个深谋远虑的人,他是不会让我活在世上的,因为我知道的事情太多,而且都是惊天动地可以扰动天下的大秘密。我不死,很多人会难以安眠。我只是抱着一念企望,以为尽力帮了李隆基和太平公主,就可以得以不死,从此隐遁江湖,再不重现于世间。"

婉儿说到这里,转过身对着镜子中的自己,朗声叱道:"婉儿啊婉儿,你浸淫在这黑暗丑恶的宫廷多年,居然还有这样天真的想法,难道不该死吗?"

说罢,她将眼睛一闭,引颈就戮:"刘将军,动手吧!"

刘幽求虽是一个勇悍的铁汉,但却也听得心中凄恻,然而,情势已不容许他多作耽搁,万一李隆基怀疑上官婉儿向他私下传播了什么秘密,那可是后患无穷。想到这里,他毅然挥动了陌刀。

婉儿的心中,此刻却是一片平静和坦然。自从踏入宫廷,就早已准备好将这头颈中的一腔鲜血赌上。终于要结束了,再不用夜不能眠地担忧,再不用绞尽脑汁来算计了。

　　宫中大局已定，新立的少帝在太极殿中瑟瑟发抖。然而，出乎他意料的是，外面兵马始终没有冲进这座殿来。此时，李隆基已下令封刀禁杀。婉儿的这一泓鲜血，成为此次宫变的最后封缄。

　　狂风过后，是大雨如注，仿佛要洗去这满地的血污。明日的晴空下，会是一个全新的万里江山。

贰叁

雪池温汤

李煊和贺兰晶等人困在神窟之中，这长安城中所发生的一切，虽然是惊天动地，天翻地覆，但他们却是毫不知晓。当盲仆用力撬开那具锈迹斑斑的神秘铁棺时，结果却让大家非常失望，只见里面只有一摊黑黑的淤泥和半棺污水。大家用铁叉、铁条等物捞取了半天，也只有一团团的絮状秽物，并无什么神奇珍异的东西。

　　贺兰晶仔细检查了一下这铁棺上盖的背面，只见上面泛着青鳞状的花纹，还隐隐嵌有一些铜铸的字痕，早已锈蚀成了蓝绿色，用剑尖一碰，就纷纷落下。刮去表面的浮锈，感觉其中有一个像是古篆体的"姬"字。

　　李煊奇道："难道这具铁棺中葬的是一个绝世美女？是某一位六国君主的姬妾吗？"

　　地母夫人却摇头道："这铁棺是禁魂之物，在秦始皇当年，上好的镔铁更是难得一见。花费这样大的精力将铁棺运到这冰窟之中，必然是对棺中人极为忌惮和重视。如果是一名姬妾，就算再是倾国倾城的美人，又何必这样处置？"

　　贺兰晶又接着辨认上面的字迹，说道："咦，接下来这个似乎是个'上'字，不对，这上面还有一个圆坑似的刻痕，左边还刻有一些笔画……"

　　地母夫人眼睛一亮，说道："这是'延'字，嗯，'姬延'……这里葬的是周朝最后一个君王——周赧王。这周赧王虽然是八百年周朝的亡国之主，但此人寿命极长，据说活了有一百多岁。可能当时秦始皇大一统后，毕竟心存疑忌，在方士们的鼓动下，选择了这里当作镇压六国君主魂魄的阴宫。针对这最为尊贵的周天子，当然要更加着意对付，于是将他葬在这洞底寒窟之中。这棺内的周天子已是尸骨无存，极有可能当年就被秦始皇用某种厉害的药水将尸体腐尽了。"

　　贺兰晶叹了口气道："管他是什么王，这棺里反正不是唐高宗李渊，自然也不会有密诏。我现在忽然明白了，这件事从头到尾，就是李隆基布设的圈套，如今我们可真是身处绝境了。"

此时，地母夫人却朗声说道："晶儿，越是身处险境，越要冷静坚强。天无绝人之路，就算是身殒于此，我们也要尽力而为，坚信会有出路。一息尚存，就要振奋精神，勇往直前！"

李煊听了，心下暗暗赞许地母夫人的胆魄和自信，想玉扇门能有这样庞大的势力，自然也并非全是侥幸得来，当下他也鼓起精神说："是啊，你们看，这样一具黑黝黝的大铁棺，怎么可能从海螺通道那细如羊肠般的地方抬进来？肯定是另外有出口的。"

贺兰晶却仍然愁眉紧锁："你不知道，一般古人造墓之时，都是预留一个极小的出口，让最后一批工匠和人员撤离。这进棺的宽阔入口，如果没有再开启的必要，往往就会在封墓时彻底堵死。"

刚裹好了伤的尔朱陀，此时焦躁道："管他封没封死，那也要找一找。要是封得太死，出不去，也算死心了，万一没封严或者尚有其他出口呢？"

大家听了，纷纷点头，白百灵也说道："不错，就是这个理儿，实在找不到出口，那也无法可想，但怎么也得死马当活马医，寻一下吧！"

这白百灵平时一向谨小慎微，不敢发表自己的见解，如今身临绝境，也没了顾忌。

好在众人事先已料想到洞中会有不少的凶险，随身都准备了大量的干粮和照明的烛火、柴炭等物，如果单看给养，倒可以支撑一些时日。洞里到处有冰，可以融化了解渴，不必担心断水。

众人仔细敲击四处的冰壁，想找一下异样之处。突然，白百灵一阵惊呼："不好了，有黑乎乎的怪东西爬过来，大家快看，那是什么？"

顺着她手指的方向看去，只见那具被打开的铁棺的污物里，爬出来一大堆黑豆粒大的虫子。这些虫子窸窣作响，不一会儿就爬到白玉高台的边缘。火炬照耀之下，这虫子的颜色竟然变成了紫红色。想来这虫子的颜色太过深紫，所以在暗处看，似乎是黑的。

那些盲仆虽然看不见，但他们的耳音却极其灵敏，听到情形有异，都加倍小心，听得声音将近，慌忙退后。这些虫子似乎也有知觉，竟然追着人的气息而走。经过刚才的一场拼斗，两名盲仆的尸体还留在地上，不一会儿就被大量紫红色的虫子爬满。随着虫子的啃噬，两具尸体竟然渐渐腐化成又黏又软黑乎乎的一团，渐渐地化为一摊黑水四溢而流。

大家见此情景，无不骇然，李煊惊疑道："这棺中本来全是一摊的棉絮状的秽物，怎么变出这许多的怪虫来？这些虫子冰封在里面达上千年，竟然依旧能复活，岂不怪哉？"

贺兰晶却突然醒悟："你这一说'怪哉'，我倒想起一个事情来。一本竹简刻就的古书上说，汉武帝曾经见过这种虫子，红色的，虽然个头不大，但头目牙齿耳鼻样样俱全。他的臣子东方朔说，这是秦朝冤狱中的怨魂变化而成的。因为酒能浇愁，所以让人拿酒对付它。一经酒浇，就如汤泼雪，顿时靡散无形。"

地母夫人叹道："此处怨毒之气，更甚于秦朝冤狱，可不知何人带有烈酒？"

尔朱陀跌足叹道："我平生极为好酒，但生怕饮酒误事，来此窟探秘前，那一囊好酒，我拿了又放下，放下又拿起，最终还是没带来！"

眼前那一片片的"怪哉虫"，像潮水一样直奔众人的脚下来。几十名盲仆首当其冲，他们又目不见物，无法躲闪扑打，片刻之间就被这些虫子咬倒在地，渐渐化为一摊黑水。

此时刀剑不怎么管用，众人只好用刚才从地面折来准备生火的树枝挥扫扑打。然而，这些虫子似乎长着硬硬的甲壳，很难打死。有几只虫子已率先爬到李煊的脚上，眼看就要咬破靴子往里面钻，贺兰晶挥起树枝扑打了两下。岂料这虫子咬得很紧，有一只竟然没有被打落。情急之下，她抢下一只火把，往李煊靴子上一丢，只听"嗞"的一声，虫子自然被烧得焦烂，但李煊也呻吟一声，疼得倒吸冷气，慌忙褪下冒着烟的鞋袜后，只见脚面上被烫出好大一片焦黑红肿。

白百灵却突然想起一事，说道："我记得那个胖胖的坏蛋，说话时满口酒气，想必是带了酒来的。"

这一语提醒了大家。尔朱陀捡起那个穿山虎王毛仲遗下的皮囊，打开后一嗅，喜道："果真有酒，还是烈酒！"其实不用他说，众人也都嗅到了一股浓烈的酒香。

尔朱陀喝了一口，含在嘴里，往地上的"怪哉虫"一喷，只见被喷到的虫子发出"啧啧"怪叫声，化为了一摊暗红的液汁，像是脓血一般。后面的虫子，虽然没有被喷到，但被酒气所袭，也纷纷变得麻木僵直。

然而，正当众人长吁了一口气，想定一下神时，后面又有一些虫子纷沓而来，有部分虫子被残留的酒水化掉，但有些虫子却像变得聪明了一样，绕过有酒液的地方，从两侧包抄过来。

"不好！"尔朱陀叫道，"看样子，虫子数量极多，这皮囊中的酒十分有限，如何是好？"

贺兰晶灵机一动，说道："虫子既然怕酒，我们不妨将酒倒在鞋子和裤脚上，然后再清扫扑打，火速开出道路，寻找出口。"

李煊却想，这酒气很容易挥散，只能抵得了一时，如果时间长了，"怪哉虫"就会仍然阴魂不散般地扑上来，那可如何是好。于是他又翻看王毛仲遗下的行囊，想再找出些酒来。

哪知翻来翻去，只找出三个陶制的圆形坛子。这坛子形制奇特，虽然有盖，但盖子好像是烧结在上面一样，根本无法取下来，盖子中间倒是有一个极细小的小孔,用蜡封着。

贺兰晶凑过来看了看,拔下头上的宝钗,用钗尖来捅封蜡,倒出来一撮黑黑的粉末,这时地母夫人叫道:"小心,这是火雷,刚才计婆婆就是受此暗算而死!"

李煊听了,慌忙抢过来,就要丢到原来藏有铁棺的寒潭之中,地母夫人却喝止道:"且慢,天下之物莫不可为我所用,用这火雷炸炸这些可恶的怪虫子!"

尔朱陀点燃了线香,将另一端慢慢插入火雷上面的细孔中,然后将火雷轻轻滚到"怪哉虫"最集中的角落,地母夫人告诫众人远远地避在石窟的入口处,隔了良久,却不见有什么响动。

又过了一会儿,尔朱陀慢慢起身,前去察看了一下,原来这火雷翻滚之时,早将线香压灭了。尔朱陀焦躁起来,抢过一个火把,用力掷在火雷旁边,只听"轰"的一声巨响,火雷爆炸开来,一块碎陶片打中了尔朱陀的左肩,登时鲜血长流。

贺兰晶和李煊都关切地问道:"伤得重不重?"尔朱陀爽朗地一笑,自己撕下一块衣襟裹好了伤口,笑道:"不妨事,刚才右肩伤了一处,现在左肩也来了一下,正好不偏不倚,公平得很啊!"

大家见这火雷的威力还是相当巨大,将"怪哉虫"炸得四散横飞,接着又犹如风中落叶般沙沙落地,只不过,还是有部分虫子没有被完全炸死。贺兰晶正蹙眉沉思,忽然白百灵眉飞色舞地欢喜道:"快看,那里竟然炸出来一个孔洞!"

众人顺着她手指的方向看去,果然有一个黑乎乎的石缝出现在冰壁上。因为这个孔洞并不在火雷爆炸的地方,所以大家一时没往这里瞧。李煊率先冲到洞边,只见这石缝虽然窄扁,但足能容得下一人的身体通过,只不过里面好像积了不少的碎冰碎雪,还在不断地簌簌落下。

想来,这个洞穴原来是被碎雪堵严了的,只因火雷巨震,才将这些残冰碎雪震了出来,彰露于众人的眼中。大家齐声欢呼,尔朱陀却一挥手拦住抢在前面的白百灵说:"此洞中不知有无凶险,我先开路,大家随后跟来,但不要靠得太近。"

尔朱陀虽然几处有伤,但依然手执陌刀,当先开路。众人鱼贯而入,进得洞来,起初这洞口极为狭窄,简直就像是一道裂开的石缝,又窄又扁,刚好能容得一个人侧身而入。大家心中不禁暗暗担忧,万一这石缝根本就不是通道,岂不糟糕?

幸好,这石缝进去后居然越走越宽,转了几转后,大家觉得豁然开朗,竟然又来到了一个大大的洞窟中。

之前为了节省火烛,只有当先的尔朱陀一人手持火炬。来到此处后,只见洞窟极大，大家急于一看究竟，就都点亮了手中的火把。只见此处虽然远不如盛有寒潭冰棺的地方宽敞，但也可以容得下百十个人坐卧。

这洞窟嶙峋不平的赭色石壁间，嵌着十几块平滑的青色石板，刻着一些古里古怪的文字，似乎还不是上古鸟篆之文，又画了一些星图及巨型怪兽。有一只体形非常大的怪兽，像一只巨大的壁虎，居然还肋生双翼，似在天空翱翔。众人啧啧称奇，要是平日里，定要细细欣赏一番，但如今的心思却是想马上找到另一个出口。

众人迅速寻找，却没有看到出口。李煊一眼瞧见石壁上镶着五只巨大的乌龟，泛着青幽幽的光芒，但非铁非石，也看不出是什么材料制成。这几只大龟，探头伸尾，四足箕张，姿势甚是奇特。

李煊用手指弹了弹，只听发声清越，宛如在敲击瓷器一般。贺兰晶说道："你这是在鉴别宝物吗？快想想这是不是机关，又如何能开启。"

李煊灵机一动，说道："这大龟四肢箕张，样子有些特别，可能这个机关就是用手握着这龟爪旋转的。不管是什么人安设的机关，只要他也是我们这种身形的，机关再巧，使力的道理总不会差。"

哪知道李煊双手分别握住一个龟爪，用力向左扭动，却觉得如蚍蜉撼大树一般，竟然动不了分毫。他又想起，破解青鸟先生密宅机关时，曾经是左扭不动，又往右扭，连转几圈才开了机关，于是又用力向右扭动，哪想，一样徒劳无功。

地母夫人等也仔细察看，又让李煊试着向外拨动，结果也是丝毫不动。众人大失所望，贺兰晶叹道："这五只巨龟想必是塑在墙上作装饰用的，并非机关。"

但众人都不愿意接受这个结论，都着急地想：这洞窟里再没有别的出路，难道唯一的一线希望又将就此破灭？

李煊想起，有一次探访此处时，曾和贺兰晶说起嵌在此山中的"五兵神器"，每一件都是巨大无比，绝非凡人能使动。那上古神人的力道必然大得无与伦比，这机关自己拧不动，会不会是一个人的力气不够？

于是，他招呼了尔朱陀，两个人各握两只龟爪，用力扭动，贺兰晶刚要说"不要徒费力气了"，却听到"嘎吱"一声闷响。这种声音如果在平日听来，是十分聒噪刺耳的，但如今却让大伙如闻仙乐一般。

果然，这只大龟被扭动了。第一下既然扭动，之后就不甚费力了，然而只扭了半圈，乌龟的脑袋从向上扭成向下，就又扭不动了。众人屏息静气，静静地等，却并无半点异样。刚刚燃起一盆火的心中，好像又被浇下一瓢雪水。

尔朱陀叫道："这个机关想必早已失灵，但不知那几个乌龟扭动后有没有别的古怪。"

当此境地，也无法可想，就算是有何凶险，也顾不得了。尔朱陀和李煊又匆忙转动另一个大龟，哪知这只大龟，二人用尽全身力气，仍然转不动。

无奈之下，只好再转第三个，只听"嘎吱"一声，众人心中都是一喜，接着只听沙沙声响，从洞顶落下一些东西来。白百灵俯身拾起，惊呼道："哇，全是金珠。"

果然，在火把的映照下，白百灵洁白纤细的手掌里，一颗颗桂圆大小、闪着金色光芒的圆珠熠熠生辉。大家都是识宝之人，眼见这金珠的颜色黄中带赤，定是极纯正的黄金熔铸。然而，此时身在险境，这些金珠还不如白米黄豆更能宽慰人心。

不过这倒也提醒了大家，原来洞顶之上还有孔穴，因为距地面太高，火炬的光芒根本无法照见。刚进来时，大家都没有注意到洞顶是否还有通道。尔朱陀将手中的火把用力一抛，足足抛到几丈高的位置。大家提起心神看时，都大失所望，只见洞顶有个小小的圆孔，最多有碗口大小，根本无法容得人身通过。

反正怎么着也是彷徨无措，李煊和尔朱陀又去转另一只大龟。大家纷纷暗暗祈祷，最好能打开一扇密门来。这只大龟"嘎吱"一声转动之后，又听得沙沙声响不断，众人心头一喜，以为必然有暗门开启。

然而，四下望去，依旧是严丝合缝的坚硬石壁，哪里有半点缝隙？李煊只觉得脖颈上一凉，此时众人也都察觉到，只见从上面的孔洞中不断地落下来大片大片的冰雪。这冰雪越落越多，似乎永不止歇，不一会儿，就积了有半尺厚。

地母夫人说道："不好，这雪越落越多，岂不将我等都埋住了？"贺兰晶赶忙让李煊和尔朱陀反方向转动大龟，看能不能将落冰雪的机关再关死。然而，二人用尽平生之力，却再也拧不动这只大龟了。

眼见冰雪越落越多，地母夫人说道："此处不可停留了，先撤走吧！"李煊却说："还有一只大龟，不知扭动后有没有出路。"说罢，就赶忙去转剩下的那一只。

说来也怪，这只大龟，李煊居然一个人就可以扭得动，刚扭了半圈，只觉得犹如倾盆大雨从天而降，一个水柱落了下来，豆大的水珠打在众人身上。更为怪异的是，这水滴初时冰冷，渐渐地变得温暖起来，后来更是冒着丝丝热气，和刚烧开的沸水一样烫。

大家惊慌之下，没奈何，只好又回到放有周赧王铁棺的那个大洞窟之中。刚一出洞口，就有一大堆仿佛嗅着他们气息的"怪哉虫"直扑过来，贺兰晶惊呼一声，她反应极为灵敏，用手中的匕首向冰壁上一刺，深深嵌入了墙体内，然后凭借这个力道，纵身跃起，像壁虎一样贴在壁间。

众人见此情景，也纷纷仿效贺兰晶的样子，将身体悬贴在壁上。只见不一会儿，洞口就流出来滚热的沸水，首当其冲的"怪哉虫"一下子全被烫死，接着又被远远地冲走。

虽然那令人生厌的怪虫被彻底除掉，但眼见这水越流越多，似乎是永无止歇一般，大家都心急如焚。这洞窟固然极大，一时还不至于完全淹没。但在这里既寻不着出路，又眼见这水势无休无止，不禁都黯然无措。

突然，贺兰晶说道："我想明白了，这上面的洞穴孔道，设置了精巧的机关，既能让山顶的寒冰冷雪落下，使洞窟中到处奇寒凝冰，又可以导入温泉的沸热之水，将坚冰融化。那具铁棺，必然是在寒潭没冻结前，沉入水中的。然后再落雪凝冰，就此封固。"

地母夫人说道："嗯，这个猜测大致不错，我想这个洞窟内可能原来积了满满的寒雪，只不过后来化掉了一些，才变成了现在的样子。"

李煊心中却始终焦急不减，心想此时就算推究出这个洞窟的所有来历，又如何解得燃眉之急，眼看水流不断，渐渐就要将洞窟全部淹没了。

突然，白百灵一声惊呼，身子滑落到了水中。原来，随着洞窟中的温度逐渐升高，冰壁渐渐融化剥落，白百灵本来脚下踏着一块向外突出的冰块，此时冰块消融跌落，于是她也身子一晃，跌落下去。

李煊靠她最近，急忙伸手一探，将她的一只手腕捏住，然而，李煊被这股力道一带，也随之跌落下去。只听"扑通"一声，两人一起跌入了水中。众人齐声惊呼，李煊却探出头来说："不妨事，这水里倒不是太热。"

原来，虽然上面落下的温泉水足以烫熟皮肉，但冲进洞窟后和其中的冰雪相混合，温度已大大降低。白百灵本来水性极好，但李煊却不知道，一只手始终用力揽在她的腰间，白百灵心中忽然有一种异样的暖意，脸上泛起了酡红。

此时，冰壁越来越疏松，正在大片大片地剥落，尔朱陀、地母夫人、贺兰晶等也相继落入了水中。他们落水之前，都寻了一些石缝，将手中的火炬牢牢地插在其中。

眼看水势越涨越高，有一只火炬位置略低，已被水淹灭。尔朱陀焦躁道："这水要是灌满了洞窟，我们岂不要葬身于此？"

地母夫人依然镇定如恒："这洞窟极大，算来总要有几个时辰的工夫才能灌满。你看岩壁上的冰块不断融化，如果有隐藏在其中的密道，必然也会彰露出来。'祸兮福之所倚'，这未必不是一个转机。"

众人听如此说，又有了精神，全神贯注地盯着四面的石壁，看冰层剥落后，是否会显露出暗门密道来。

然而，水温越来越高，每人的头上都蒸出了汗珠，岩壁上的冰层几乎都脱落干净了，却依然没有出现他们期望的暗门密道，连刚才发现的那种大石缝也没有。

一时，众人都沉默无语，壁上那几只火把因燃烧干净而熄灭，洞窟里顿时一片黑暗，大家的心中，也是刹那间感到昏暗无光。

虽然大家怀里都藏有夜明珠，但心中既已无望，也没有心力再取出来照明。贺兰晶紧紧偎依着李煊，心里却是一片宁静。李煊触到她衣衫尽湿后显露出的玲珑体态，心中突突乱跳，纷乱不已。

地母夫人取出几粒药丸，说道："这是我秘制的百涎九鸠丸，服下后本来是两个时辰后发作，但捏破外壳后，入腹瞬间即死。死时犹如迷醉，并无痛苦。大家一人分一丸，如果到了最后时刻，不愿受淹毙之苦，就服下吧！"

贰肆

百丈神梯

又过了好大一会儿工夫，大家竟然觉得，水位并没有再继续升高，竟然还有些下降。贺兰晶率先发现了这一点，疑惑道："怎么这半天也没有淹没我们，是不是上面的温泉之水不再流了？"

地母夫人说道："我觉得不是，如果不再流入温热之水，绝不会这样灼热。现在我觉得，反而是越来越热。"

李煊突然心中一喜："既然依然有水流入，水位却不再上涨，那必然另有一个出口将水排出了？"说着，他四处游了一圈，声音更加激动地说道，"这个洞窟中心有一个巨大漩涡，似乎水正是从这里流走的。"

贺兰晶恍然大悟，叫道："我明白了，这走水的通道必然就在那个玉台寒潭之内，起先里面有残冰堵结，既无法窥得密道，也不能流出积水。现在残冰融化殆尽，水自然就可以从密道流出了。"

众人一听，这道理果然不错，立刻信心大增，大家游到中间，脚下踏住玉台栏杆上那些无头人塑像的脖颈，掏出夜明珠一照，果然发现，中间一个巨大的漩涡在盘旋，仿佛水下有一只巨大的怪兽将水吸入一般，显得十分诡异。

贺兰晶说道："可见这寒潭之内，必有密道，而且既然能容铁棺通过，想必是十分宽大的。我水性最好，先下去探一下。"

李煊抓住她的手臂说："还是让我去吧，当初我被你关在洞窟时，就曾经在水下探过道路的。"贺兰晶甩开他的手，笑道："这漩涡里最是凶险不过，就你那点本事，还是算了吧，都别争了，我去探一下路。"

李煊从尔朱陀的背囊里取出一根长绳，系在贺兰晶的腰间，叮嘱道："先看一下情形，不管怎么样，我默默数着数儿，念着第十八时，就拉你出来。"

贺兰晶系好长绳，又整理了一下衣衫，然后就像一只游鱼一样敏捷地潜入水中。李煊神情紧张地数道："一、二、三……"当数到十二时，李煊就用力收绳，将贺兰晶拉了上来。

贺兰晶一脸娇嗔，说道："我刚快潜到那个泄水密道边，就被你死命拉上来了，这不是白费气力吗？这次我再下去，一定要数到三十再说！"

李煊只好依从，只见贺兰晶又随着急促的水流而下，不一会儿就看不见了踪影，李煊只觉得这一捆长绳已放入了不少，不禁大为担心。白百灵在一边朗声计数，念到二十三时，李煊似乎感到手中的长绳一阵颤动，他生怕有异，也顾不得许多，急忙用力上拉，只见一股血花先从水中泛出，众人无不失声惊呼。

好在长绳拽动时，还是非常有力，证明并未从贺兰晶身上脱落。大家帮着李煊用力收绳，只见贺兰晶脸色苍白，手臂、肩头、肋下各有好几处伤口，鲜血汩汩而出，情势十分危急。

李煊赶忙撕下衣襟，手忙脚乱地为她裹扎伤口。地母夫人也情切关心，仔细查看她身上的伤势，眼见这几处创口虽然并未伤及脏腑，但一时间血流如注，失血极多，加上四处是水，敷的伤药被水一泡，都散了，急得众人都是犹如油煎心肺一般。

贺兰晶的脸上却显出一丝喜色，她用尽力气说道："水下果然有一个暗道，只不过旁边横插着许多刀剑一般尖锐的东西，我随着急速的水流冲过去，一不小心，就中了伤……"

尔朱陀听罢，怒火上冲，他抱起一块大石，将一根长绳系在腰间，就冲了下去。李煊慌忙让白百灵和地母夫人托住贺兰晶的身躯，自己紧紧地攥住系在尔朱陀身上的长绳。

尔朱陀怀抱大石，下坠之势更为急速，他将大石举在身前，借水流急冲之力，将拦在暗道入口处的尖锐刀剑撞得纷纷折断。又随水前行了一段，忽见身旁有两条金灿灿的长龙直直垂尾而下，尔朱陀慌忙一把扯住，但觉凉沁沁的，非金非铁非石，也不知是何物铸成，细看二龙之间，竟然有宽宽的石阶可登。

尔朱陀喜不自胜，纵身踏上，然后连连晃动系在腰间的绳子示意。李煊却误以为他遭遇了凶险，猛地向外拽动。尔朱陀心急，幸好他力大无比，没被拉动。李煊死命拽了好几下都扯不动，心中一片绝望，以为尔朱陀必然也被什么机关卡住，时间一久，生还必然无望。

想到这里，李煊就想马上入水查看，但地母夫人说道："且慢，你看这绳子晃动得极有规律，抖三下，就停一会儿，再抖三下，又停一会儿，如果是尔朱陀在水下遭遇了凶险，正在危境之中挣扎，哪里会如此镇定准确地把握节律？"

俗话说"关心则乱"，李煊静下神来一想，果然不错，他转忧为喜道："果然如此，果然如此，尔朱陀必然是在水中找到了安全脱险的所在。"

于是，当下众人循了绳子，分别游过了这水下密道，来到这双龙护栏的神梯之下。眼见那水流依然向前，不知流向何处去了。但此时众人哪有闲情逸致来勘索？大家急忙攀上阶梯，甫一离水，李煊忙又重新为贺兰晶再敷了一遍伤药。眼见贺兰晶脸白如纸，浑身寒战，李煊不禁又忧上心来。

尔朱陀身上的伤口被水一浸，也感到非常不适，但他素来勇悍，当下重新裹了裹伤，又提着陌刀当先开路，向上攀去。

这道阶梯笔直陡峭，几乎是直上直下，李煊将贺兰晶背在身上，双手扶住那两条雕龙，用力攀上。贺兰晶虽然伤重，却欣慰地说道："这道阶梯一直向上，这、这就对了，我们下来这么深，往上走，就能出此山窟了。"

李煊也是心中十分兴奋，当下柔声说道："是啊，这就要脱险了，你如果累，就合上眼睡一会儿。"

贺兰晶却说："不要，我怕闭上眼，就再也醒不过来，看不到你了。"李煊心中一阵酸楚，但他强自抑住，贴在贺兰晶耳边说："不许这样说，我还要你为我们李家传宗接代呢。"

这要是在平日，贺兰晶必然娇嗔大作，一顿拳脚打将过去，但如今形势非常，听了后但觉心中甜滋滋的，她虽然口上说不要合眼，但靠在李煊背上，不知不觉，就昏然睡去了。

虽然有夜明珠照明，但黑暗中，只能看清神梯附近这一点儿地方。也不知走了多久，眼前赫然出现了一个平台，上面建有一座巍峨的殿宇。尔朱陀还以为是出现了幻觉，他用手揉了揉眼睛，说道："奇怪，这座殿宇是何人所造？"

地母夫人也瞧见了，低声提醒道："小心其中有机关埋伏。"尔朱陀点了点头，蹑手蹑脚地靠近，走到近前，才发现这座殿宇全是石制，什么斗拱飞檐、楹栏梁柱，全是鸭蛋青色的岩石磨制。殿门也是两扇极厚极重的石门，好在并未关紧，只是虚掩着。

尔朱陀手按陌刀，随手将身边一个空的皮囊从门缝里丢了进去，只听"啪嗒"一声，殿宇中回荡着清脆的声响，显得极为空旷，除此之外，却再无任何动静。

大家互相望了一眼，放下一大半心，看来殿宇中无人在内。当下尔朱陀奋力用肩头顶开石门，只听"吱呀"一声，石门很轻易地就被推开了，然而，随即却响起一阵清脆的铜铃声。

众人都大吃一惊，纷纷手持兵刃，四下眺望，警惕地提防戒备。岂料过了良久，却再无别的动静。

走进殿内，只见四壁嵌着许多尊大大小小的佛像，年份已是相当古老，虽然还可以依稀看出当年宝相庄严的形态，但多数已斑驳剥落，面目漫漶不清。更有甚者，似乎被人狠狠地击打敲凿过，变得肢残头断。

地母夫人看了，说道："这个石殿和原来那些地方大有不同，中土自汉明帝始知有佛，而玉台寒潭似乎是秦始皇当年所造。"

尔朱陀说道："嗯,此处看来是后来人所造。也许造这石殿的人根本就没有发现玉台寒潭,只是觉得此处有种种神秘莫测的怪异之事,所以建殿塑佛,加以祈祐。"

白百灵却说："那为什么这里的佛像似乎有人捣毁破坏,难道真是此处的怪物作祟吗?"

地母夫人笑道："这倒不是,可能是有天不怕、地不怕的盗贼至此,以为佛像中会藏有什么珍宝,故而敲开寻觅。当年塑佛像时,确实有'装藏'之说,也难怪有人会起贪心。"

原来古时塑佛,往往在佛像背后留一空洞。开光时,由住持高僧把经卷、珠宝、五谷及金属肺肝放入封上,称"装藏"。所以,不少佛像中确实藏有奇珍异宝。甚至有人相传,从佛像中取出过金叶经书、舍利神丹、返生妙咒等世上难求的宝物。

李煊看了一下,也说道："嗯,这里的字我好像都能认得了,这上面写的是什么:世中有菩萨……空见无相见……无作见无生……"

地母夫人打断了他的话说："别念了,全是些佛经中的文字,我们还是查看一下那神梯是就此中断呢,还是能继续上行。此处似乎还在谷窟之内,离地面还有一段距离呢。"

尔朱陀刚要到殿后查寻,却听得有人哈哈大笑,接着朗声说道："不用找了,神梯就在殿后,离地面还有三百步之遥,也不远了。只不过出口极为险要,我等守在此处,有强弩、火雷,你们是插翅难逃的。"

这声音极为熟悉,李煊怒道："穿山虎! 不,王毛仲,你这个奸贼,有本事就过来正大光明地打一打,休使鬼蜮伎俩来害人!"

众人这才发现,原来这殿角一尊护法天神的肚脐间,有一个蜡烛般粗细的圆孔,直通外面。李煊折了根树枝一探,根本探不到头,但觉有缕缕冷风从里面吹出来。

只听王毛仲的声音又从石孔中传来："呵呵,乌鸦落在猪身上,谁也别说谁黑。你们玉扇门不也是一直靠这类暗地里搞鬼的秘术挟制别人吗? 高手斗智不斗力。不过你们能来到此处,也是相当了不起了。"接着他又对身边的李守德说道："如今仅凭我们二人,就灭了玉扇门这一心腹大患,岂非奇功一件?"

李守德说道："可惜事关机密,好多人并不知晓,据飞鸽密报,不少临淄王手下的将佐,还都骂你王毛仲不忠不义,事到临头,却撒脚溜了呢。"

只听"砰"的一声,王毛仲不知摔碎了什么东西,口中骂道："他娘的,这些家伙,难道不知道我王毛仲是何等样人物,为了临淄王,脑袋掉了也不说疼的人,哪里会在最危难的时候弃主而逃?"

李守德劝道："喝酒、喝酒,我们立此大功,王爷自然心中有数,那些家伙又晓得什么？不过听说他们可立了大功了，韦后、安乐公主、上官婉儿、武延秀这些危害社稷的妖妇奸贼们，全都被斩了首级，悬在东市示众呢。"

众人都是一惊，这些天被困在洞窟之中，不得消息，原来已经发生了翻天覆地的大变故。地母夫人听得上官婉儿也于此次宫变中身首异处，死于非命，不禁悯然神伤。

地母夫人对着石孔高声说道："那你俩想把我们困于此处，是作何打算？"

王毛仲尚未回答，李守德就抢先追问道："是啊，王兄，想必他们已是又伤又累，不如我们下去取了这几颗人头，送给临淄王，岂不省了好多事？"

王毛仲说："何必费这样的力气，狗急跳墙，人急拼命，弄不好我们还要带了伤。何况临淄王叮嘱过，最好是将他们玉扇门的首脑人物一一活捉，王爷说有个秘密还要讯问这些人。"

只听李守德唯唯答应，接着王毛仲又说道："当然，他们如果非要硬闯神梯出口，我们也顾不得了，只好弩箭、火雷齐发。如今咱们这样安排：你睡觉时，我就听着他们的动静，我睡觉时，你就听动静，只要他们没有了动静，我们就去神梯出口处放箭布雷。"

李守德似乎十分不愿，嗫嚅说："为何要如此麻烦，我们干脆去守在神梯出口，不就得了。"

王毛仲粗豪的声音放声大笑道："你哪里知道，那神梯出口旁不远处，正是一个山顶火池，石头化成了铁水一般的熔浆，人在那里站上一盏茶工夫，就比三伏天的酷热还难耐。你去守在那里试试，如果待上一天，非成了烤羊不可。"

尔朱陀听了大怒道："这两个狗贼难道想画地为牢，把我们困在此处吗？老子偏不信那一套，非要闯出去不可。"

李煊劝道："险要之处，一夫当关，万夫莫开。我们切莫心急慌乱，自投罗网。"

尔朱陀也是一时气愤，想到在洞窟之中，自己尚未受伤时，就难说能斗得过王、李二人，如今对方居高临下，扼守险阻，又有火雷硬弩等利器，如何可以轻易冲得出去？

一时，大家都默然无策，为了节省火烛，择地坐卧后，就全都熄灭了。黑暗中呆呆地坐着，犹若身处牢狱一般，都仿佛有一块巨石压在心头，想到有人在时刻窃听，连呼吸都觉得十分不畅。

李煊把贺兰晶抱在膝上，只觉得她浑身火炭一般烫，他失声叫道："不好，一定是受伤时浸了冷水，才发起烧来的。听说这刀伤后发热极为凶险，要赶紧服药才好。"

地母夫人用手探了一下，也心急道："本来黄泉地肺中藏有不少神药，这样的伤病那是药到病除,可惜我们虽然也带来一些,但多半在计婆婆身上,后来洞窟中一淹水,药囊也没有顾得上拿。就算拿了,那些药多是犀粉制成,一入水也被冲散了。"

尔朱陀突然敲打火石,又点亮了火烛,用一根烧焦的树棒在地上写道:"我先冲出,引得他们消耗掉火雷、硬弩,这样就可望逃出。"

地母夫人却摇手道:"徒死无益。"接着拿过蜡烛,一口吹灭了。又是漆黑中的静寂,只听得石孔中王毛仲嚷道:"怎么没动静了,地母夫人那个老妖婆,还在吗?"

李煊大怒,骂道:"狗奴才,闭上你的臭嘴,你就是李隆基的一只癞皮狗而已!"

哪知王毛仲却不愠不怒,笑道:"呵呵,在下受临淄王大恩,这条性命就是拜其所赐,为王爷效犬马之劳,是我的本分。"

当下李煊和白百灵都反唇相讥,痛骂王毛仲。地母夫人说道:"算了,不和他作这种无谓的口舌之争,我们暂时歇一下神吧。"

然而,贺兰晶病得似乎是越来越沉重,嘴里断断续续地说起胡话:"浮在白云上……摘牡丹花儿……"接着又全身一颤,说道,"快闪开,有毒,有毒……"

李煊大急,摇动她的身体说:"醒醒,醒醒,没事的,我在呢!"地母夫人取过一只半湿的头巾,敷在她的前额上,说道:"不要晃了,她这是高烧昏迷中,要降下热度才行。"

尔朱陀急得直搓手,悄声说道:"这时间越久,越糟糕。长安城内的局势一平稳,李隆基自然就会提兵来此,到那时,我们就更加无望了。说什么也要冲一冲。"

只听黑暗中,一阵嚯嚯声响,似乎是白百灵在不停地用树枝画什么东西。地母夫人叱道:"白丫头,在做什么,好生让人心烦。"只听白百灵动作变轻,却依然在那里划动,地母夫人无暇再和她计较,转口说道,"是的,为今之计,已是耽搁不得,虽然敌人地势十分有利,但也要想办法攻他个出其不意。"

说罢,地母夫人侧耳靠在石孔旁倾听,只听得后面没有了声息,想必是王毛仲和李守德二人听到她的话,以为现在就要全力冲出,所以就到窟口防备去了。

此时,白百灵突然又敲打火石,点亮了灯蜡。她手中举着一块从衣衫上撕下的白绸,脸上显出一股从未有过的坚毅之色,只见上面写道:"我来学你们讲话,绊住敌人,定可逃生。"李煊愕然,冲口说道:"那你……"却见白百灵把手指放在唇边,做了个噤声的手势。

李煊急忙也用焦黑的木枝一端在地上写道:"我们逃走,你将如何?"白

百灵取出早已写好的另一条白绸,上写:"我意已决,不然无人可逃!"眼见李煊仍然有犹豫踌躇之色,白百灵心中大急,她取出那枚百涎九鸩丸,一口就吞进了腹中。

大家齐声惊呼,李煊轻轻将贺兰晶放在地母夫人怀中,上前拉住白百灵的手,双泪盈眶。白百灵附在他的耳边,声音细如蚊嗡:"煊哥哥,这些日子我始终心神不定,你可知道,我也想陪在你的身边,终生服侍你……"说到此处,白百灵脸上飞红发烫,好在洞中黑暗,也不怕人瞧见,她接着又说,"可是,我又担心天女会不高兴的,因此很是烦恼。现在好了,只愿你能和天女白头偕老,和美终生,只要能偶尔还能记得有过我这样一个人就好……"

李煊听了,不禁热泪长流,他本来就不善言辞,此时更是不知说什么才好,只是将白百灵拥在怀中,紧紧地抱住。

只听石孔中又传来王毛仲和李守德的动静,有一人说道:"刚才肯定是老妖婆使诈,骗咱们去的,你听,这不依然有这些人的声音。"另一人也说:"嗯,我仔细听了,他们还在百佛殿之内,只不过就算是他们使诈,我们宁可勤快些,也不要功亏一篑,放跑了这几条大鱼。"

白百灵猛然推开了李煊,打手势让他们快走,接着就模仿贺兰晶的声音大声呻吟了两声,然后又学着地母夫人的腔调说:"快取返魂丸来。"然后又学出李煊和尔朱陀的答应声,连翻包裹声,取药瓶、开瓶塞的种种声响,都模拟得惟妙惟肖。

白百灵口中不停,一边紧推李煊等人,要他们速速离开,众人无奈,只得缓缓走出了石殿。李煊最后回头望了一眼,正好和白百灵四目相对,却见火光照映下,她那双俏目亮晶晶地在闪烁,眼中似乎全是喜色。

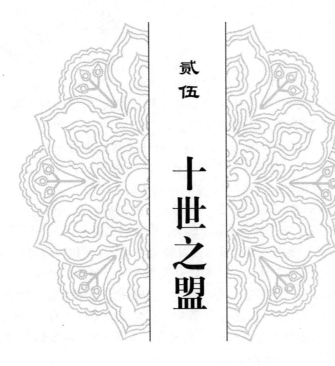

贰伍

十世之盟

神梯的末端,是一个水井大小的出口,四周全是黑炭渣一样的坚硬岩石,如犬牙般嶙峋交错,几十步外,就是一个热浪灼人的火池,里面翻滚着炽热的石浆。还不时飞溅出来,落在附近。

李煊他们不敢多作停留,急忙沿着山脊向更高的山峰而去。其实他们也不知该怎么走,但既然王毛仲和李守德守着的那个地方离山顶还有相当一段距离,那么往高处走,肯定不会正好碰到他们二人。

这山路越走越险,也越走越寒。离那火池渐渐远了后,山上已是满布积雪,踏上去有没膝之深。李煊说道:"如今我们要到哪里去?"

尔朱陀道:"李隆基必然会派兵四处捕拿我们,这可如何是好?"地母夫人望着昏迷中的贺兰晶,说道:"我们还是要想办法回到黄泉地肺之中,那里面机关重重,贼人不可能尽数知晓,而且还要寻得丸药为晶儿疗伤治病。"

李煊和尔朱陀心想不错,都满口答应。此时正是黎明时分,一轮红日正喷薄而出,映出天边朵朵云霞灿烂。大家辨了一下方向,略事休息,就直奔长安城边黄泉地肺的最近入口而去。

然而,这条路很危险,直奔长安城,弄不好就是自投罗网。

所以几个人都格外小心,快出山谷时,已是黄昏时分,一座汉代残存的烽火高台已经赫然在目。这高台上,就有一个密道入口。眼见残阳如血,四周静谧无人,只有风声瑟瑟,吹得野草遍野起伏,众人都是长吁了一口气。

这座烽火高台,已被千年来的风雨腐蚀得面目全非,望楼已经坍塌了一半,障坞也毁得不成样子,但雄伟的形制仍然存在。

众人急急登上烽火台,此时尔朱陀身上的创口因用力过度,又渗出斑斑鲜血。李煊劝他再裹扎一下,尔朱陀却焦躁道:"这算什么,先进入密道要紧。"

在地母夫人的指引下,李煊和尔朱陀迅速揭开望楼正中那几块地砖,只见下面全是白灰砂石,地母夫人说:"揭去这表面约半尺厚的灰土,就有一个青石板,石板揭开后,就是密道的入口,有石阶蜿蜒而下的。"

就在此时，只听有人在吹号角，四周聚过来一队铁骑，为首一名大将，口中叫喊："四面围住，休得让玉扇门的首脑人物跑了！"

大家听了，都是一惊，急忙快速行动，连地母夫人也降尊纡贵，亲自动手帮忙。哪知下面那块青石板揭开后，却看不见密道，仍旧是十分坚硬的沙石！

地母夫人愕然道："难道我记错了？不对啊，这城外的入口最为重要，只有寥寥几个，我也进出过几次，焉能有错？"接着，她又俯身仔细查看了一下，叹道："此处确为密道入口，只是事先被敌人填塞了。你看，密道四周所镶的石条还是完好无损。"

李煊看时，果然见几道刻有卷云花纹的石条组成一个四方形，深嵌在土中，足以证明地母夫人所料的是明确无误的。

但事到如今，明白了却又能如何？

地母夫人叹道："这李隆基早已安排下了种种诡计，我们事事落于其彀中，看来也是气数将尽！"

李煊拔出蟠钢鱼肠剑，尔朱陀横持陌刀，守住登上烽火台的阶梯，准备做最后一搏。然而，下面这些军兵，只是紧紧围住，却并不上前攻击。

眼见从四面八方不断地有兵将赶来，将这个烽火台围了个水泄不通。几万人一起行动，很快就在四周挖了一条深深的堑沟，又将尖硬的树枝竹片立在沟旁，牢牢地围住。

尔朱陀笑道："这群蠢货，真是生搬硬套，这种鹿角丫杈本来是对付骑兵冲击的，我们现只有四人，也无战马，却如此小题大做，可笑啊可笑。"他顿了一顿，又说道，"嗬，连攻城的投石机也运来了，你看……"

暮色之中，李煊顺着他的手指看去，只见一队兵丁推过来一个巨木做成的庞然大物，不禁暗暗心惊，这样巨大的投石机械他在安邑鬼宅被毁时见过。巨大的石球裹了浸透了火油硫黄的棉絮点燃后投出，有着地裂天崩一般的威力。

如今的形势，已是困于绝境，李煊叹道："早知终究无法逃脱，还不如就大家一起死在那个石殿之中，倒也算团圆。"地母夫人唇角颤动，似乎想说什么，但又觉得多说无益，就没有开口。

然而，这些兵士只是将这座汉代烽火台牢牢围住，却并没有前来进攻。李煊等人很是奇怪，只有地母夫人猜到了几分。

好在这一夜，正是月圆时分，一轮明镜般的朗月照得大地一片通亮。李煊和尔朱陀轮流戒备，其实，众人也知道戒备无用，这台下的大军如果怒潮一般冲过来，又如何能抵御得了？

夜半时分，只见又有一队人马飞驰而来。虽在月光之下，却依稀看得出这一队兵将身着锦衣软甲，人高马壮，是皇家万骑中最精锐的御前护卫。当先一人，张弓搭箭，射上来一封书信。

李煊呈给地母夫人，地母夫人示意当众打开，只见上面写道："嘉豫殿当年之事，还望以实情详尽以告，如此，除李煊外，可保汝等性命！"后面加盖了李隆基的印玺，看来自是他亲笔所书。

地母夫人阅毕大怒，当下将书信撕碎，扔在风中，如雪片般纷纷飘去。她高声喝道："李煊是我至亲之人，我们又岂可苟且偷生，将他出卖！你们转告李隆基，如果真想得知秘密，就将我们全部赦免。我等远赴异域，再不回中原就是。"

只听下面的人群铠甲铿锵，逼近高台，竖起高高的盾牌防护，一人骑着一匹软缎般光亮的黄骠马，朗声说道："如此形势下，容不得你们讨价还价。你们要是死不了，定然让你们遍尝武周时遗下的那种种酷刑？地母夫人，你可要讲给他们听听，什么叫'死猪愁'、'定百脉'……"

李煊在怀中摸索出百涎九鸩丸，就要张口服下，地母夫人眼明手快，一掌打去，那枚丸药被远远地打飞到远处，落在烽火台下的荒草之中。地母夫人叱道："如今我们几人同生共死，再不可动此念头！"

此时，贺兰晶也悠悠醒转，看到眼见的情景，她偎依在李煊的怀里，贴着他宽厚的胸膛，望着李煊怅然长叹道："想不到我们今世之缘竟然如此之短，唯一可幸的是，我们不能同生，却能共死，不必面对相爱之人率先离世的惆怅。"

李煊一向拙于言词，此刻只是热泪横流，喉中哽咽，却想不起说什么才好。

只听那下面骑黄马的大将又说道："临淄王已改封为平王。传平王之命，拂晓前如玉扇门余孽仍不归降，就戮力攻伐，格杀勿论！"

贺兰晶紧蹙蛾眉，说道："依李隆基的脾性，是言出必遂的，如今我们已是无计可施了吗？"

地母夫人长叹一声，缓缓点了点头。

眼前那轮明月慢慢地向西方沉下，启明星已在东方的天边熠熠生辉，李煊取出怀中那颗火雷，尔朱陀也从包裹里摸出一颗，大家对视了一下，只待敌人攻上时，就打火点燃，和率先冲到的敌将同归于尽。

只听一阵震天动地的鼓响，台下的兵将搬开鹿角丫杈，填平壕沟，就要策马冲锋。李煊远望天边，只见云霞正灿烂无比，瑰丽迷人。

却听得脚下传来"咚咚"响声，只觉得有人似乎在掏地洞，接着轰然一声，填塞密道入口的砂石忽然都陷落了下去。李煊大惊，以为有敌将打通了暗通，要上来出其不意地将他们生擒。他本来拿着火石，忙丢下来，举起尔朱陀放在一边的陌刀，作势欲砍。

哪知密道中钻出来一个猿猴般模样的丑女，满头满脸都是灰土，正是四大丑女之一的金嫫母。李煊见了，大喜过望，问道："青乌先生也脱险了吗？"

此时尔朱陀已将火雷上插的线香燃着，见密道居然又神奇地贯通了。当下飞起一脚，将火雷踢到冲在前面的军兵群中，只听"轰"的一声，当场炸倒十几人，后面的人见势，都吓得纷纷倒地躲避。

金嫫母说道："此时来不及说，快入密道！"

当下，李煊抱起贺兰晶率先踏入密道，地母夫人随后，尔朱陀在洞口殿后。见又有一队人马在军将的催促下冲来，尔朱陀手臂一甩，口中喝道："炸死你们这些王八羔子！"

军兵吓得连滚带爬，来不及后退的也匍匐在地，不敢动弹。岂知过了半晌，并无动静，仔细一看，原来尔朱陀扔过来的，是一块粘满泥垢的大青砖。为首将佐又急又气，喝令速速向前，十多个军兵刚登上烽火台，却发出一声巨响，火雷爆炸，一霎时血肉横飞，本来半塌的望楼此时完全坍塌。

李煊等人来到密道之中，便如鱼入大海，虎入深山。后面的追兵再多，也一时奈何不了他们。尔朱陀喜道："他们如果敢进来，单是那迷魂肠一段，就够绕上半天的，弄不好就走进黑沼潭，自个把自个活埋了。"

在黄泉地肺中走了一段，四大丑女中的银无盐、铜东施、铁孟光都相继前来接应。当他们来到那个巨大狸猫似的"梁渠"怪兽边时，香瓜般大小的夜明珠照耀下，赫然站着一个形容清癯的道人，正是青乌先生。

李煊欣喜地上前，拉住青乌先生的手说："幸亏你安然无恙，不然我们可要后悔死了。"

接着他又转身，有些尴尬地对地母夫人说："小子大胆，自行将黄泉地肺的总图从晶儿手中盗出，让四大丑女私放青乌先生逃走。还请地母夫人恕罪。"

地母夫人慨然说道："多亏你一片仁德之心，才救得我们逃得性命，是我错了。和青乌先生多年相处，却不能知人识人，是我之过也。"

接着，她又温言对青乌先生说："青乌先生于玉扇门有莫大功劳，我却误信谗言，实在是委屈了先生……"

青乌先生截住她的话，诚挚地说："当时形势诡谲，敌人的毒计又极能迷惑人心，所以才有了误会。夫人也没有痛下杀手，只是暂时将我囚住……这些不说了，且说，我在厚土殿，给大家请来一个护身符。"

"护身符？"大家都是一怔，青乌先生常装扮成麻衣道人，请符施咒自然是拿手好戏，但大家都知道多是故弄玄虚的东西，此时虽暂时脱险，但也不是说笑之时，心想必然有异，但都知道青乌先生的脾气，现在问他，他是不会说的。

众人急急来到了厚土殿，青乌先生命丑女揭开厚重的金黄色帘幕，正见殿中端坐着一人，此人身穿金线龙袍，却是科头无冠，头发已是花白，相貌却十分端庄慈和。几人中只有地母夫人能认得出来，率先问道："你、你可是相王李旦？"

此言一出，李煊等人无不大惊，难道此人就是李隆基的亲生父亲，即将身登大宝的相王李旦？

原来，起初李隆基动手起事时，确实是瞒住了父亲李旦，但等得京城中整夜到处都在沸沸扬扬地骚动，李旦自然知晓了事变的情由，待听得韦后、安乐公主、上官婉儿及诸韦亲族纷纷授首，更是心中大悦，早就放下了一颗悬着的心。

只见捷报纷纷传来，位居宰相的韦温老贼也被押到东市当众斩首示众了。据说韦温被擒时，吓得已是瘫痪在地，官袍里屙满了屎尿，秽不可闻。

兵部尚书宗楚客，刚被韦后下旨升为中书令，才扬扬得意了十几天，却突然一夜之间就听说韦氏已败，天地翻覆，早惊得张皇失措。他连夜化装成披麻戴孝的奔丧人，骑着青驴就想逃出长安。

刚到通化门，就被慧范率领的一队人马拦住，慧范扯下他裹在头上的白布孝帽，冷笑道："宗尚书，你全族将灭，怕无人给你戴孝，先自己戴孝嚎丧吗？"

宗楚客吓得魂不附体，但依然叫嚷道："我要见太平公主和临淄王，有要事禀告。"慧范一摆手说："公主早有恩命，只要遇见你宗尚书，马上就地正法！"说罢，两名刀手一齐动手，当先一人挥刀刺入了宗楚客胸膛，另一名陌刀一挥，就斩下了他的首级。

那个曾经不顾大臣仪范，亲自掀了紫袍为安乐公主拉车的赵履温，如今听说安乐公主被斩杀，慌忙见风使舵，急匆匆地跑到相王李旦府前，磕头如捣蒜，口中嚷道："相王英武，臣赵履温早有意拥立相王为天子，相王万岁万岁万万岁……"

相王李旦最厌恶这种反复无常的小人，没等他说完，就命万骑军兵将他乱刀砍死在府前。这赵履温为安乐公主修筑定昆池时，曾强行拆除民宅无数，因此百姓早就恨之入骨，现在见他被朝廷处死，纷纷上前，割其肉食之，以解心头之恨，不多时，赵履温就被剐成了一副骨头架子。

眼见韦后党羽已剪除殆尽，相王李旦也心下大悦，让人取来美酒，畅饮了数杯。

放下酒杯，感觉有些疲惫，正想去小憩一会儿，只见又有人来回报，说一个黑布蒙面之人自称是临淄王的密使，有机密要事相告。李旦问道："那人有何事，如今又有何事不能直说？"

仆人出去回话，不多时又进来说："那人说，他已知晓当年嘉豫殿之事。"

"嘉豫殿"，这几个字犹如雷轰电闪一般，李旦急不可待地说道："快让他进来。"

只见一个黑衣黑袍的人走上前来,对李旦跪倒施礼,说道:"小人是玉扇门的人,但地母夫人残忍毒辣,要将我处死,我好不容易才逃出性命。如今相王英明,临淄王神武,将这些鬼魅小丑一网打尽,据说地母夫人和她的党羽都死于非命。小人急欲戴罪立功,访查得一件极为重要的秘密。"

李旦急忙问道:"可是当年我那刘、窦二妃的下落?这两位爱妃,贤淑有德。我当年为诸武所逼,朝不保夕,是她们和我相濡以沫。我这些年来,无时不思念她们,只希望能找到她们的尸骨,好好安葬,百年之后,也好和她们同棺共穴。"

黑袍人却神秘地说:"相王可知,她们并没有死,只是被囚禁在黄泉地肺之中!"

李旦大喜道:"此话当真,那你为何不速速将她们放出来?"

黑袍人显得有些为难:"二位皇妃受了惊吓,关在那个地方已经习惯了,但如果有外人一接近,她们就吓得发疯发癫,要死要活地哭闹。我怕硬来会伤损了二位皇妃,所以斗胆请相王亲自去引她们出来。"

李旦一听,也未加思索,就点了家将八名,和黑袍人一起来到胜业坊里的一口枯井处,这里也是黄泉地肺的生门之一。哪知下了密道,黑袍人左转右转,先是突然放下石门,将一名家将砸死,四名家将隔在门外,又突然发暗弩,射倒了另外三名家将,然后他哈哈一笑,就把李旦擒到了厚土殿中。

地母夫人最后一次看见李旦,是二十年前,当时他年方三十,是个神采飞扬的美男子,如今却见他两鬓如霜,成了一个苍老的半百之人。然而,眉宇神情之间,还依稀是当年那谦和有礼的模样。

地母夫人叹道:"相王,你也这样老了?"

李旦说道:"听说你就是当年的扇儿,你为了揭破团儿的奸谋,身受大难,我一直以为你已经不在人世。还曾一度在府中供奉了你的牌位。不想如今还能重逢,真是幸事。"

只听金嬷嬷怒道:"你别在这里东拉西扯地套近乎,我们被李隆基害得可惨了,我师父、计婆婆、白百灵还有许许多多的人,都丧命在你们手上,我要你血债血偿!"

李旦神色悯然,但依旧声音平和地说道:"我活了半生,世上的血腥仇杀也见得多了。年轻的时候,母皇武则天就大兴冤狱,屠杀李唐宗室,我的两个亲哥哥就都死于非命,其他人更不必说了,凝成的血痂如果堆积起来,会比麟德殿的台基还要厚。如今我已年过半百,也将不久于人世,实在不愿意看到世上还有更多的杀戮。"

说着,他转身面向李煊:"听说你是隐太子李建成的四世孙?"

李煊正在忙着给贺兰晶喂下犀角银花丹，听得此语后，冲他点了点头。

李旦接着又说："我们李唐皇室，自玄武门之变以来，骨肉相残，杀伐不断，岂非天谴？我已严命我的五个皇儿，要终生相敬相爱，不得生相互残害之心。李煊，你虽是隐太子的嫡系传人，但登基为帝之事，一定要有群臣和禁军的拥戴，复位之事，甚为渺茫。"

李煊看着怀中又沉沉睡去的贺兰晶，黯然说道："如今之事，都是因我而起，如果没有复位之举，也不会有那么多人死去，我已决心重归西域，再不踏回中土一步。"

李旦赞道："如此甚好，我们就此立下盟誓，让我的子孙与你们的亲属及后代，结好十世，不得相争相害。如有违犯，则生不得为李姓族人，死不得入族谱坟茔，不得见列祖列宗。"

地母夫人心下如镜子一般明彻，其实单以李旦要挟，也未必就能有大的转机。万一李隆基心黑手辣，借机牺牲了父亲性命，那皇位岂不提前落在他的手中？她素知李旦为人温厚谦和，比太平公主和李隆基要慈善得多，倒不如依从他的建议，让李煊、贺兰晶等远赴西域，躲开这弥天罗网。

青乌先生摆下了香烛香案，铺好了玉版松纹花笺。李煊突然想起初入黄泉地肺时，地母夫人要尔朱陀做媒写下婚书时的情景，屈指一算，还不到半年时间，就有了如此翻天覆地的大变故，不禁唏嘘不已。

李旦连写数份盟书，又拟了一道手诏，晓谕各处关隘一律放行，馆驿一律竭力接待，他将手诏递到李煊手中说："虽然初次相识，但看得出，贤侄亦是敦厚有为之人。他日希望蛮荒西域，也是我李家的另一处天下。我经常想，如果当年高祖皇帝，派太宗去西域或东北等地另立一国，重开一域，又将如何？"

地母夫人果断挥手道："事不宜迟，迟则生变。我留下来和相王叙叙旧，你们这就起身，奔西域而去吧。这条路尔朱陀最为熟悉不过，我不必多虑。只是李煊你要记住，这一生要好好对待晶儿。"

李煊惊讶地问："那您就不和我们去了吗？"

地母夫人惨然揭下了脸幕，大家都是大惊失色。只听她声音凄凉地说道："一个女人的容貌毁成了这个样子，活在世上还有什么意思？只因我不放心晶儿，才苟活到今日。如此夙愿已了，这黄泉地肺，就是我最好的坟墓。"

大家听得地母夫人的意思竟是要在这里自尽，都劝道："夫人，不可如此！"铁孟光更是诚恳地说："夫人你看，我们四个姐妹生来就丑得没法见人，这不也活得好好的？"

地母夫人温言对铁孟光道："多谢你们的心意，但我决心已下，劝也无用。我已服下了慢性毒药，三天之后发作，无药可救。《南华经》中说：'夫大块载我以形，劳我以生，佚我以老，息我以死。故善吾生者，乃所以善吾死也。'"

后来这几句引庄子的话，除了青乌先生，大家都听不甚明白，但也知道地母夫人主意已决，难以说动。只见她又厉声说道："你们赶快动身！这其中的珍宝和药物，能带的就带走吧！听到没有，赶快启程，不得延误！"

接着，地母夫人起身转入那厚重的金黄色帘幕后，竟没有丝毫的犹豫和留恋。

李煊等人一齐跪倒，一时都不知说什么才好。倒是尔朱陀最后说了句："夫人保重，我们这就离去了。"

帘幕后，地母夫人默然不语。

眼见众人相继离去，李旦小心翼翼地问道："扇儿，当年我那两位爱妃，究竟是怎么样了？"

只听地母夫人感叹道："扇儿，扇儿，她也死了好多年啦，这称号不可再用了。刘、窦两位皇妃的下落，我都尽数告诉了我女儿贺兰晶，十年之后，他们会告诉你的。"

李旦急道："我现在已是半百之人，我们李氏皇族，一般都是这个寿数。可见我也难以久居世间了，你就将这个秘密告诉我吧。九泉之下，也好安心。"

地母夫人却笑道："如果泉下有灵，你们自然会相见，那一切不完全明了，还用得我来陈述？如果泉下无知，那就算你寻得二位皇妃的尸骨合葬，又有何益？"

李旦一时语塞，黯然无对。

地母夫人又柔声说道："我也是为了晶儿打算，虽然有盟誓为凭，但还是让她知道这世间唯一的秘密，更能保得平安。但愿你能如高祖皇帝一样长寿，那还足足有二十年可以享用呢！"

李旦苦笑道："我哪里敢指望这许多，只愿不现在就毙命这地窟里，就是万幸了。"

地母夫人说道："我也是言出必践之人，本来想留你三天，但如今我知你也是守信之人，那我现在就亲自将你送出黄泉地肺，也省得你担惊受怕。"

走在狭长的甬道中，地母夫人忽然想起一件事，问李旦道："你对那明崇俨有何恩德，为什么他如此帮你？"

李旦愕然道："没有啊！不过，我好像听三郎隆基说过，当年太平公主曾帮他藏身逃命，怎么了？"

地母夫人惨然一笑道："不必多说了，多谢你解开我心中的一个谜团。我也告诉你一件事情，当年揭破团儿谗言的，不是我。"

李旦惊问道："那是谁？"

地母夫人说:"我也不能肯定,但据猜测,可能是上官婉儿。"

这条密道直通一个小道观的阁楼,挪开封口的青石盖板,出得洞来,眼见正是薄雾冥冥的黄昏时分。地母夫人说道:"此处是永昌坊,离东宫不过三百步之遥。你快去吧,众人正等着你坐上龙位,登基为帝呢。"

李旦苦笑道:"身为帝王,也不见得就极乐无忧。这个皇帝我也当不了多久,只盼以后能天下太平,不再生刀兵血灾。"

地母夫人望了一眼阁下的风景,只见蝉噪四方,青草萋萋,凄然说道:"这蝉儿埋入地下数年,方得出来一睹天日,我又何尝不是如此。而今复归黄泉,更是永别天光。"

李旦劝道:"扇儿,不如我下旨修一座道观,让官府拨钱供奉,足可让你清修养生。可好?"

地母夫人毅然说道:"事已至此,我意已决,夫复何言?"转身就返回了密道之中。

长安城经历了一次天翻地覆的大变化,满街的鲜血洗去后,换上了姹紫嫣红的鲜花。原来那一批纡朱曳紫的缙绅们做了刀下之鬼,换了一批更加生气勃勃、踌躇满志的新人。

那城下的黄泉地肺,已被地母夫人启动机关,引渭河之水沙彻底淹没溺毁,所以,那几日,城中有多处出现塌陷和地面摇动,可善于言辞的太史令奏曰:"如今天降祥云,地摇厚土,正兆除旧布新,大位更易。"

年方十六的少帝李重茂还呆呆地坐在宝座上,太平公主一把就将他扯了下来,喝道:"这不是你坐的地方!"这个少年随即被贬到其父中宗曾经待过的囚所——房州,一年后就莫明其妙地死去了。

神龙逝去,景云飘来,炽烈的阳光下,大明宫的金阙丹墀显得格外鲜明,臣民如蚁,匍匐在承天门下。高高的承天门上,是新天子李旦。一年后,李旦下旨追复上官婉儿的昭容之位,以礼改葬,谥为惠文。

两年后,李旦传位于李隆基,不久太平公主一党被诛,改年号为开元。大唐最为绚烂的一页就此翻开。

那一日,青乌先生和李煊等人在玉门关作别。出得此处,就是一望无际的大漠戈壁,李煊诚恳地说:"青乌先生,就到西域住上一年半载,再回中土如何?"

青乌先生叹道:"我还有许多自己的私事要料理,就不陪你去了。这几本兵书和剑谱送给你,闲来仔细读读。草原蛮族历来重武轻文,要统御他们,不受侵凌,也要既勇武又机智。"

李煊见青乌先生执意要回中原,不由得想起他密室中那个神秘的女子蜡像,但他生性谨慎,欲言又止。这一路上,骑在雪山白驼上的贺兰晶已经完全康复，只是李煊怕她过于伤心，瞒住了地母夫人已死的讯息，只说地母夫人毁了黄泉地肺，在白百灵的陪伴下去南诏的佛寺隐居。

此时，贺兰晶冲口说道："青乌先生，那位女子是您的什么人？你这是要寻找她吗？"

青乌先生脸上苦涩地一笑，却不直言而答，他叹道："有恨头如白雪，无缘谁系红绳。"又郑重地对李煊、贺兰晶说道，"你们这一对鸳侣，可要好好珍惜彼此才是。"

说罢，青乌先生就策马而去，消失在茫茫的夜幕之中了。

李煊和贺兰晶相对怅然，他们登上玉门关的城楼，只觉得疾风烈烈，触目全是黄沙漫漫，顿感天地苍茫，广袤无限。想到天一明就要出关西行，从此远离中原，更不知有生之年还能不能再入此关，两人都是万千思绪一齐翻涌在心头。

贺兰晶见李煊郁闷不乐，似乎是愁肠百转，无比惆怅。她忽然问道："你还记得当初我假扮仙女，初次见到你时，你向我祈求的心愿吗？"

李煊想了一想，不好意思地说道："记得我当时说的是'让老仆尔朱陀活过来，和我一起回西域'。"贺兰晶说道："是啊，如今你不是得偿所愿吗？还有什么不高兴的呢？"

李煊叹了口气，心中暗道：可惜的是，计婆婆、白百灵、地母夫人等都在这一年中相继死去，再也无法复生了。只是他不愿让贺兰晶伤心，所以就忍住不提。

此夜，两人均无倦意，就这样偎依着过了一夜。只见天色渐白，东方的云霞泛出迷人的光彩。贺兰晶见此处风光奇异，关河壮美，不禁诗情澎湃。她逗李煊说："如此美景，岂能无诗？快写一首给我。"

李煊附在她耳边，悄声说："我这辈子算是学不会写诗了，将来我们生个儿子，你教他写吧。"

贺兰晶装作气恼的样子，挥拳捶打了李煊几下，见李煊只是坏坏地笑，不觉又害羞起来。她贴在李煊胸前，娇声说道："你说，我们的儿子如果出生了，取个什么名字？"

李煊抬眼看见天边的太白星依旧明亮，于是冲口说道："就叫李白，字太白。"

后 记

这本小说从构想到结尾，花了一年。和书中故事的时间线一样，是从夏末开始到第二年的初秋结束。以前总以为当作家就是写小说，但我出了十五本书之后，这是第一次动笔写小说。

　　基于对唐代的熟悉和偏爱，所以这部小说还是以唐代的历史为背景来演绎。小说中，当然要加一些比较离奇怪诞的想象。以前总喜欢对着史书挑别人的破绽，如今正如钱锺书先生所说："批评家一动手创作，人家就要把他的拳头塞他的嘴。"所以，我自己写起小说来，也不是所有细节都经得起推敲。

　　不过，书中大的史实还是严谨的。之所以有这样一个创意，是由玄武门之变中的一些谜案而来，如果加以细致地考证，我们会发现，李世民在杀兄屠弟的同时，对父亲李渊一样是使用了武力的，然后，按他的旨意，史官修改掩饰了这些事实，并把李建成丑化成一个十足的小人。

　　我们现在所知道的历史，并不一定就是当年的真实情况。别说是历史，就是现在发生的一些事情，真相往往也隐藏在迷雾中，根本无法触及。

　　所以英国历史学家卡莱尔曾说："历史都是假的，除了名字，小说都是真的，除了名字。"我这本小说中的一些故事，也许并非是发生在太平公主、韦后、中宗、上官婉儿的身上（诸如韦后杀死与之私通的美男一事，史无明载，是从晋朝皇后贾南风那里借过来的），但却很可能，在历史的长河中，都曾经真真切切地上演过。比如像书中的"黄泉地肺"，写的时候纯粹是出于天马行空般的虚构，但接近完稿时却看到了这样一则消息：2001 年，考古专家们曾在汉长安城的长乐宫下，发现了纵横交错的地下通道和地下建筑。

　　太阳底下，并无新鲜之事，几千年的历史中沉埋着很多不被人知的故事，可能极尽我们的想象之力，也无法完全涵盖。也许凡是我们能想出来的事情，世界上都曾发生过。

　　因为看得最多的就是唐诗、唐史和唐传奇。我的这本小说，用现在的话来说，可以称之为是一本向唐传奇致敬的作品。当然，像其中的探疑盗墓等情节,似乎有现下一些悬疑小说的影子,但归根结底还是继承着唐传奇中的元素而来。主人公李煊和贺兰晶的爱情,也是典型的唐传奇模式,没有过多的恋爱经历和感情发展,就直接订了婚,似乎显得很是突兀,但这正是遵循了当时唐人们往往先成婚后恋爱的习俗。

书中拾掇了很多唐代笔记中的"碎片",诸如:"肉屏风"、"风流箭"、"重明枕"、"长安鬼宅"、"湖中水猴"等,这里不一一列举,都可以从唐传奇中找到痕迹。而计婆婆让李煊大开眼界的那个食单,也是来源于笔记里的记载,是当年韦巨源升官后招待中宗皇帝的"烧尾宴"中的,年代倒是很吻合。

小说里把唐太宗写得很"腹黑",和传统中的太宗形象出入较大,但小说的主人公是李建成的后代,自然对他的印象很差,只着眼于他狠毒的一面。公平地说,唐太宗也并非像正史上粉饰得那样完美,正如《木皮散人鼓词》里骂的那样:"玄武门谋杀建成和元吉,全不念一母同胞兄弟仨!贪恋着巢刺王的妃子容颜好,难为他兄弟的炕头怎样去扒!"

金庸先生在《飞狐外传》的后记中说:"写商老太这个人物,企图表示:反面人物被杀,他的亲人却不认为他该死,仍然崇拜他,深深地爱他,至老不减,至死不变,对他的死亡永远感到悲伤,对害死他的人永远强烈憎恨。"相比之下,我觉得李建成的子孙,更有资格对太宗皇帝憎恨和厌恶的。

书中把著名唐代笔记《朝野金载》的作者张鷟(字文放)戏谑了一把,把他写成是被太平公主和上官婉儿"包养"过的男宠,说起来有些唐突古人,但谁让他写《游仙窟》那样的情色文字来着。据说唐传奇中唯有张鷟敢于直陈自己就是频逢艳遇的男主角,所以这本小说中这样写,也不算对他太过不敬。

既然是写小说,必然要有夸张和虚构,但对于其中的几个真实人物,如唐中宗、韦后、太平公主、安乐公主等人的性格把握,我自信还是相当符合他们的真实面貌的,这本书中可能夹杂了一些悬疑味、武侠味、宫斗味,但我最想体现出来的还是唐的味道。

写小说,有一个独特的乐趣,那就是可以穿越其中和主人公一起经历种种迥异于现实的悲欢离合,这一年间,就如同活在另一处,过了又一生。希望诸位读者,也会有同样的感受。

江湖夜雨
完稿于 2012 年秋分

后记

图书在版编目（CIP）数据

长安道 / 江湖夜雨著 . —杭州：浙江大学出版社，
2013.7
ISBN 978-7-308-11740-1

Ⅰ.①长… Ⅱ.①江… Ⅲ.①长篇小说－中国－当代
Ⅳ.①I247.5

中国版本图书馆 CIP 数据核字（2013）第 142886 号

长安道

江湖夜雨 著

责任编辑	徐　婵	
出版发行	浙江大学出版社	
	（杭州市天目山路 148 号　邮政编码 310007）	
	（网址：http://www.zjupress.com）	
排　　版	杭州中大图文设计有限公司	
印　　刷	浙江印刷集团有限公司	
开　　本	710mm×1000mm　1/16	
印　　张	15.75	
字　　数	300 千	
版 印 次	2013 年 7 月第 1 版　2013 年 7 月第 1 次印刷	
书　　号	ISBN 978-7-308-11740-1	
定　　价	35.00 元	